JULIE GARWOOD

Die Rache des Marquis

Aus dem Amerikanischen übertragen
von Eva Malsch

BASTEI
LÜBBE

BASTEI-LÜBBE-TASCHENBUCH
Band 11755

1. Auflage 1991
2. Auflage 1992

Deutsche Erstveröffentlichung
Titel der Originalausgabe: Guardian Angel

Printed in France
Einbandgestaltung: Adolf Bachmann
Titelfoto: John Ennis / Agentur Schlück
Satz: Siebel, Lindlar
Druck und Bindung: Brodard & Taupin
ISBN 3-404-11755-7

1

LONDON, 1815

Geduldig wartete der Jäger auf seine Beute.

Es war ein gefährliches Täuschungsmanöver, auf das sich der Marquis von Cainewood eingelassen hatte. Der berüchtigte Pagan von der Shallow's Wharf würde gewiß davon erfahren, daß sich ein anderer für ihn ausgab. Das mußte ihn aus seinem Versteck locken, denn sein ungeheurer Stolz würde nicht zulassen, daß seine Untaten als Verdienst eines anderen galten. Sicher würde der Pirat versuchen, Rache zu üben. Mit dieser Möglichkeit rechnete Caine. Und er wollte Pagan schnappen, sobald dieser auftauchte. Dann würde die Legende endlich zerstört werden.

Der Marquis hatte keine Wahl. Die Spinne wollte einfach nicht aus ihrem Netz kriechen. Niemand ließ sich bestechen. Nein, es gab keinen Judas unter den Seeleuten. Und das war erstaunlich, denn die meisten Männer von niedrigem Stand hätten ihre Mütter für die Summe verkauft, die er bot. Doch die Seeleute lehnten das Gold ab und blieben der Legende treu, jeder aus seinen eigenen persönlichen Gründen. Caine, von Natur aus ein Zyniker und reich an schlechten Erfahrungen, hielt Angst für das wahre Motiv. Angst und Aberglauben.

Ein Mythos umgab den Piraten wie eine Schutzmauer. Niemand hatte ihn je gesehen. Sein Schiff, die *Emerald*, wurde oft beobachtet, wie sie über das Wasser flog. Und der Anblick dieser düsteren Schönheit weckte Angst in den Aristokraten mit den prallen Börsen, veranlaßte das gemeine Gesindel zu boshaftem Kichern und die Armen zu Dankgebeten, denn Pagan teilte sein Diebesgut stets mit den Menschen, die vom Glück weniger begünstigt wurden.

Wann immer das magische Schiff gesichtet wurde, konnte niemand auch nur ein einziges Besatzungsmitglied an Bord beschreiben. Das gab den Spekulationen und der Bewunderung für den Phantompiraten ständig neue Nahrung

Seine Raubzüge beschränkten sich nicht auf das Meer. Offenbar liebte er die Abwechslung, und seine Aktivitäten an Land erregten sogar noch größere Empörung. Pagan bestahl nur die vornehme Gesellschaft. Und um zu verhindern, daß seine mitternächtlichen Überfälle auf arglose Leute irgend jemand anderem angedichtet wurden, hinterließ er seine persönliche Visitenkarte in Form einer langstieligen weißen Rose. Wenn sein Opfer morgens erwachte, fand es die Blume neben sich auf dem Kissen. Allein der Anblick dieser Rose genügte manchmal, um erwachsene Männer in Ohnmacht sinken zu lassen.

Natürlich wurde er von den Armen vergöttert und als romantischer Held gefeiert. Auch die Kirche war ihm wohl gesinnt. Häufig stellte er Truhen voll Gold und Juwelen ins Vestibül neben die Kollektenschüssel und legte eine weiße Rose darauf, damit die Priester auch wußten, für wen sie beten sollten. Dem Bischof fiel es sehr schwer, den Piraten zu verdammen. Andererseits hütete er sich, ihn zu lobpreisen, denn dadurch hätte er sich den Zorn einflußreicher Aristokraten zugezogen. Und so nannte er ihn einfach nur »Pagan, den Schlingel«, ein Spitzename, den gewisse Kreise grinsend und augenzwinkernd auszusprechen pflegten.

Das Kriegsministerium hatte keine solche Zurückhaltung geübt und ein Kopfgeld auf den Piraten ausgesetzt – eine Summe, die von Caine verdoppelt worden war. Er jagte den Bastard aus persönlichen Gründen und vertrat den Standpunkt, daß der angestrebte Erfolg alle Mittel rechtfertigen würde. Auge um Auge, Zahn um Zahn. Er wollte Pagan töten.

Ironischerweise paßten die beiden Gegner gut zusammen. Das gewöhnliche Volk fürchtete den Marquis. Mit seiner Arbeit für die Regierung hatte er sich eine eigene finstere Legende eingehandelt. Wären die Umstände anders gewesen, hätte Pagan es nicht gewagt, Caines Zorn herauszufordern, hätte dieser ihn vielleicht weiterhin gewähren lassen. Aber diese Gunst hatte der Pirat mit einer Todsünde verwirkt.

Abend für Abend ging Caine in eine Kneipe namens »Taugenichts« inmitten der Londoner Slums. Das Lokal wurde von berüchtigten Hafenarbeitern frequentiert. Er setzte sich stets an einen Ecksitz, den breiten Rücken durch eine Steinmauer vor heimtückischen Angriffen geschützt, und wartete geduldig auf Pagan.

In dieser zwielichtigen Umgebung bewegte er sich mit der Selbstverständlichkeit eines Mannes, der auf eine dunkle Vergangenheit zurückblickte. In den Slums hatte ein Adelstitel nichts zu bedeuten. Sein Überleben hing einzig von seiner Größe, seiner Kraft und seinem Kampfgeist ab. Allein schon seine muskulösen Schultern und Schenkel konnten so manchen potentiellen Widersacher abschrecken. Er war dunkelhaarig, hatte eine bronzefarbene Haut, und seine Augen zeigten die Farbe eines Wolkenhimmels. Früher hatten seine Augen die Herzen feiner Damen höher schlagen lassen. Jetzt wich die zarte Weiblichkeit vor seinem kalten, ausdruckslosen Blick zurück. Man munkelte, abgrundtiefer Haß habe den Marquis von

Cainewood in Stein verwandelt, und dem stimmte er vorbehaltlos zu.

Nachdem er beschlossen hatte, Pagans Rolle zu spielen, erkannte er, wie schwierig es war, dieses Täuschungsmanöver durchzuführen. Falls die Gerüchte zutrafen, floß adeliges Blut in Pagans Adern, und er hatte sich der Piraterie verschrieben, um seinen aufwendigen Lebensstil zu finanzieren. Diese Klatschgeschichten nutzte Caine zu seinem Vorteil. Als er zum erstenmal in die Taverne gegangen war, hatte er seinen kostbarsten Anzug getragen und eine kleine weiße Rose am Revers seines Dinnerjacketts befestigt – eine prahlerische Geste, die natürlich sofort die gewünschte Aufmerksamkeit erregte.

Um sich den nötigen Respekt zu verschaffen, hatte er seinen scharfen Degen zücken müssen. Wenn er auch wie ein Gentleman gekleidet war, focht er ohne Ehre und Anstand. Bald bewunderten ihn die Männer. In wenigen Minuten hatte er ihre Hochachtung erworben und ihnen Todesängste eingejagt. Ein etwas mutiger Bursche erkundigte sich stotternd, ob das Gerede stimme, daß er tatsächlich Pagan sei. Caine antwortete nicht, aber sein Grinsen verriet, wie gut ihm die Frage gefiel. Und als er dem Tavernenwirt erklärte, daß dieser Seemann verdammt schlau sei, zog man daraus die unvermeidlichen Schlüsse. Bis zum Wochenende breitete sich die Kunde von Pagans allabendlichen Besuchen im »Taugenichts« wie ein Lauffeuer aus.

Monk, der kahlköpfige Ire, der die Kneipe bei einer betrügerischen Kartenpartie gewonnen hatte, saß gegen Ende der Öffnungszeit meistens neben Caine. Als einziger wußte er über das Täuschungsmanöver Bescheid, und er billigte Caines Plan uneingeschränkt, da ihm bekannt war, welche Greueltaten Pagan an der Familie des Marquis begangen hatte. Außerdem blühte das Geschäft, weil jeder einen Blick auf den Piraten werfen wollte. Monk, in erster Linie auf seinen Profit bedacht, verlangte ungeheuerliche Preise für sein verwässertes Ale.

Seine Haare hatte er schon vor Jahren verloren, aber orangerote Brauen machten diesen Mangel wett. Buschig und gekräuselt wanden sie sich wie Efeuranken über die sommersprossige Stirn, die er nun in Falten zog, um den Marquis sein Mitgefühl zu zeigen.

Es war fast drei Uhr morgens, die Sperrstunde längst überschritten. Nur zwei andere Gäste saßen noch vor ihren Getränken. Als sie einen verschlafenen Abschiedsgruß gerülpst und das Weite gesucht hatten, wandte sich Monk zu Caine. »Sie sind geduldiger als ein Floh auf einem mageren Hund. Nacht für Nacht sitzen Sie hier. Hoffentlich lassen Sie sich nicht entmutigen«, fügte er hinzu, goß dem Marquis Brandy ein und nahm einen großen Schluck aus der Flasche. »Aber Sie werden ihn kriegen, Caine, daran zweifle ich nicht. So wie ich's sehe, wird er erst mal ein paar von seinen Männern herschicken, mit dem Befehl, Ihnen aufzulauern. Deshalb rate ich Ihnen, stets auf Ihren Rücken aufzupassen, wenn Sie hier weggehen.« Kichernd fuhr Monk fort: »Pagan legt großen Wert auf seinen Ruf, und Ihre Komödie müßte seine Haare allmählich grau färben. Sicher wird er bald auftauchen. Ich wette, morgen abend kommt er.«

Caine nickte, obwohl Monk seine allnächtliche Ansprache stets mit dieser Prophezeiung beendete.

»Und dann werden Sie ihn zerquetschen wie eine Wanze, Caine.« Der Marquis nippte an seinem Glas, zum ersten Mal an diesem Abend, und lehnte sich an die Wand. »Ja, ich werde ihn kriegen.«

Die rauhe Stimme jagte einen Schauer über Monks Rücken. Gerade wollte er Caine beipflichten, als die Tür aufflog. Der Wirt drehte sich halb auf seinem Stuhl um und beabsichtigte, den späten Gast auf die Sperrstunde hinzuweisen. Doch dann konnte er nur noch Luft schnappen. Nach einer Weile fand er seine Sprache wieder und flüsterte: »Heilige Mutter Gottes, hat sich ein Engel zu uns verirrt?«

Der Eingang befand sich in Caines Blickfeld. Obwohl er keine Reaktion erkennen ließ, staunte er ebenso wie Monk und sein Herz begann plötzlich schneller zu schlagen.

Die Frau, die hereingekommen war, sah tatsächlich wie ein Engel aus, und er wagte nicht zu blinzeln, aus Angst, die Vision könne sich in Luft auflösen, wenn er die Lider nur für einen Sekundenbruchteil schließen würde. Die Frau war unglaublich schön. Vor allem ihre Augen fesselten ihn. So grün wie mein heimatliches Tal in einer klaren, mondhellen Nacht, dachte er. Sie starrte ihn an, und er starrte zurück.

Fast eine volle Minute verstrich, während sie einander musterten. Dann kam sie auf den Tisch zu, und die Kapuze ihres schwarzen Umhangs fiel auf die Schultern. Caines Atem stockte, denn im Kerzenschein schimmerte das üppige kupferrote Haar wie Feuer.

Ihre Kleidung befand sich in erbärmlichem Zustand. Die Qualität des Capes deutete zwar auf einen gewissen Wohlstand hin, aber an einer Seite klaffte ein Riß, als wäre es mit einem Messer aufgeschlitzt worden. Ein Teil des grünen Satinfutters hing in Fetzen vom Saum herab. Caines Neugier wuchs. Sein Blick kehrte zum Gesicht der jungen Frau zurück, und er entdeckte leichte Aufschürfungen an der rechten Wange, eine kleine Schnittwunde in der vollen Unterlippe und Schmutzflecken auf der Stirn.

Wenn sie ein Engel ist, muß sie soeben der Hölle einen Besuch abgestattet haben, überlegte er. Aber obwohl sie den Kampf mit dem Satan vermutlich verloren hatte, sah sie immer noch zauberhaft aus – viel zu hübsch für Caines Seelenfrieden. Angespannt wartete er auf eine Erklärung.

Sie blieb vor dem runden Tisch stehen und betrachtete die weiße Rose an Caines Revers. Der Engel war sichtlich verängstigt, die Hände umklammerten einen weißen Beutel, und Caine sah mehrere Narben an den schmalen Fingern.

Was er von dieser Frau halten sollte, wußte er nicht. Aber er wollte keinesfalls, daß sie sich vor ihm fürchtete. Diese Erkenntnis bewog ihn, die Stirn zu runzeln. »Sind Sie allein?« fragte er brüsk.

»Ja.«

»Um diese Zeit, in diesem Stadtteil?«

»Ja, sind Sie Pagan?« Ihre Stimme war ein heiseres Wispern.

»Sehen Sie mich an, wenn ich mit Ihnen spreche!«

Sie gehorchte und schaute unverwandt auf die Rose.

»Bitte, antworten Sie, Sir, Sind Sie Pagan? Ich muß mit dem Piraten reden. Es ist sehr wichtig.«

»Ich bin Pagan.«

»Man sagt, Sie würden alles tun – für einen angemessenen Preis. Stimmt das?«

»Allerdings«, bestätigte Caine. »Was wollen Sie von mir?«

Sie ließ den Beutel auf den Tisch fallen. Das Zugband öffnete sich und Münzen rollten hervor. Monk stieß einen leisen Pfiff aus.

»Dreißig Stück«, verkündete sie, den Blick immer noch gesenkt.

Caine hob die Brauen. »Dreißig Silberstücke?«

Schüchtern nickte sie. »Genügt das? Mehr habe ich nicht.«

»Und wen wollen Sie verraten?«

Verwirrt schüttelte sie den Kopf. »O nein, Sir, Sie mißverstehen mich. Ich will niemanden verraten. Ein Judas bin ich nicht.«

Die Frage hatte sie anscheinend tief gekränkt. »Mein Irrtum ist wohl verständlich«, verteidigte er sich. Wie ihr Stirnrunzeln bekundete, war sie anderer Meinung, und er gelobte sich, sein Temperament zu zügeln. »Also, was wollen Sie?«

»Daß Sie jemanden töten, bitte.«

»Ah ...«, erwiederte er gedehnt. Seine Enttäuschung war fast schmerzlich. Sie sah so unschuldig aus, so verletzlich. Und trotzdem bat sie ihn in sanftem Ton, einen Mord zu verüben. »Und wer soll das Opfer sein? Vielleicht Ihr Ehegatte?« Der Zynismus in seiner Stimme klang so scharf wie ein Nagel, der über eine Schiefertafel kratzt. Doch das schien sie nicht zu stören.

»Nein.«

»Sie sind also unverheiratet?«

»Spielt das eine Rolle?«

»O ja«, entgegnete er leise.

»Ich bin nicht verheiratet.«

»Und wen soll ich töten? Ihren Vater? Ihren Bruder?« Wieder schüttelte sie den Kopf, und Caine beugte sich langsam vor, beinahe am Ende seiner Geduld. »Ich bin es müde, Ihnen Fragen zu stellen. Erklären Sie endlich, was Sie wünschen.« Er hatte sich gezwungen, sie grob anzuherrschen, um ihr Angst einzujagen und ihr zu entlocken, was sie beabsichtigte. Aber die erhoffte Wirkung seiner harten Stimme blieb aus. Ein rebellischer Ausdruck trat in die grünen Augen. Offenbar besaß das verschüchterte Kätzchen sogar einen gewissen Kampfgeist.

»Ehe ich Ihnen genauere Hinweise gebe, müßten Sie sich bereit finden, diese Aufgabe zu übernehmen.«

»Aufgabe?« wiederholte er ungläubig. »Ich soll jemanden umbringen, und das bezeichnen Sie als 'Aufgabe'?«

»Ja.«

Sie weigerte sich immer noch, ihm in die Augen zu schauen, was ihn immer heftiger irritierte. »Also gut, ich bin einverstanden«, log er. Während sie erleichtert aufatmete, fragte er: »Also, wer ist das Opfer?«

Da hob sie den Kopf, und beim Anblick ihres gequälten Gesichtsausdruckes krampfte sich Caines Herz zusammen. Das Bedürfnis, sie zu umarmen und zu trösten, überwältigte ihn fast. Dann ärgerte er sich über seine Schwäche. Welch ein lächerlicher Wunsch ... Zum Teufel, diese Frau heuerte ihn an, um jemanden ermorden zu lassen. »Nun, wen soll ich töten?«

Sie holte tief Luft. »Mich.«

2

»Heilige Mutter Gottes!« hauchte Monk. »Das meinen Sie doch nicht ernst, liebe Lady.«

Ohne Caine aus den Augen zu lassen, antwortete sie dem Tavernenwirt: »Ich meine es sogar sehr ernst, guter Mann. Glauben Sie, ich hätte mich mitten in der Nacht hierher gewagt, wenn es anders wäre?«

»Anscheinend haben Sie den Verstand verloren«, bemerkte Caine.

»Keineswegs. Wenn dies zuträfe, wäre alles viel leichter.«

»Ich verstehe.« Mühsam beherrschte er sich, und der Impuls, sie anzubrüllen, bereitete ihm Halsschmerzen.

»Und wann soll ich diese – diese ...«

»Aufgabe?«

Er nickte. »Wann soll ich diese Aufgabe erledigen?«

»Jetzt.«

»Jetzt?«

»Wenn es Ihnen recht ist, Mylord.«

»Wenn es mir recht ist?«

»Oh, tut mir leid«, flüsterte sie, »ich wollte Sie nicht erzürnen.«

»Warum glauben Sie mich zu erzürnen?«

»Weil Sie so schreien.«

Er mußte ihr recht geben und seufzte tief auf. Zum erstenmal seit langer Zeit war er außer Fassung geraten. Um eine Entschuldigung für diese Schande zu finden, sagte er sich, daß ein solch ungeheuerliches Ansinnen jeden halbwegs vernünftigen Menschen völlig überrumpeln mußte. Die Frau sah so aufrichtig aus – und so zerbrechlich. Um Himmels willen, auf der Nase hatte sie auch noch Sommersprossen! Sie sollte um diese Stunde daheim sein, hinter Schloß und Riegel, im Schoß einer liebevollen Familie, statt hier in dieser schäbigen Kneipe zu stehen und seelenruhig ihre eigene Ermordung zu erörtern.

»Ich sehe, in welch eine unangenehme Lage ich Sie gebracht habe, und ich bitte Sie um Verzeihung, Pagan. Haben Sie noch nie eine Frau getötet?« Echtes Mitgefühl schwang in ihrer Stimme mit.

»Nein, ich habe noch nie eine Frau getötet«, stieß er zwischen zusammengebissenen Zähnen hervor. »Aber für alles gibt's ein erstes Mal – oder?«

Diese Worte meinte er ironisch, aber sie wurden ernst genommen. »Das ist genau die richtige Geisteshaltung«, lobte sie, und jetzt lächelte sie wirklich und wahrhaftig. »Sicher wird es nicht allzu schwierig sein. Natürlich helfe ich Ihnen.«

Am liebsten hätte er seine Stirn auf die Tischplatte geschlagen, immer wieder. »Sie helfen mir?« würgte er hervor.

»Gewiß.«

»Sie sind verrückt.«

»O nein – aber verzweifelt. Es muß so schnell wie möglich geschehen. Glauben Sie, daß Sie sich beeilen und Ihr Glas austrinken könnten?«

»Warum so schnell?«

»Weil sie mich bald suchen werden, vielleicht schon heute nacht. Mein Tod ist unausweichlich. Entweder sterbe ich von Ihrer Hand, Pagan – oder diese Leute meucheln mich. Und ich möchte mein Ende selbst bestimmen, das verstehen Sie doch?«

»Warum bringen Sie sich nicht selber um?« platzte Monk heraus. »Wäre das nicht einfacher, als jemanden zu beauftragen?«

»Um Gottes willen, Monk, Sie dürfen sie nicht auch noch ermutigen!«

»Das will ich gar nicht. Ich versuche nur zu begreifen, warum eine so hübsche Lady sterben will.«

»Oh, ich könnte mir niemals das Leben nehmen«, erklärte sie. »Das wäre eine Sünde. Jemand anders muß es tun. Das sehen Sie doch ein?«

Jetzt hatte Caine endgültig die Nase voll. Er sprang hoch, warf seinen Stuhl um und stützte seine großen Hände auf die Tischplatte. »Nein, ich sehe gar nichts ein, aber ehe diese Nacht zu Ende geht, wird mir alles klar sein, das schwöre ich. Fangen wir ganz von vorn an. Am besten nennen Sie erst mal Ihren Namen.«

»Warum?«

»Das gehört zu meinen kleinen Regeln«, fauchte er sie an.

»Ich töte nur Leute, die ich kenne. Also, wie heißen Sie?«

»Das ist eine dumme Regel.«

»Antworten Sie!«

»Jade.«

»Verdammt, ich will Ihren richtigen Namen hören!« donnerte er.

»Verdammt, das ist mein richtiger Name!« erwiderte sie ungehalten.

»Und das meinen Sie ernst?«

»Natürlich.« Sie zuckte die Achseln. »Ich heiße nun mal Jade.«

»Ungewöhnlich. Aber es paßt zu Ihnen. Sie sind ja auch eine ungewöhnliche Frau.«

»Ihre Meinung über mich ist bedeutungslos, Sir. Ich habe Ihnen einen Auftrag erteilt, das ist alles. Verhören Sie alle Ihre Opfer so intensiv, bevor Sie ihnen den Garaus machen?«

Er ignorierte ihren durchdringenden Blick. »Nennen Sie Ihren Zunamen, ehe ich Sie erdrossele.«

»Sie dürfen mich nicht erdrosseln. Auf diese Art will ich nicht sterben. Und ich bin es, die hier den Preis bezahlt, falls Sie's vergessen haben.«

»Wie hätten Sie's denn gern?« spottete Caine. »Ach, zum Teufel, ich möchte es gar nicht wissen.«

»Aber Sie müssen es wissen«, protestierte sie. »Wie können Sie mich töten, wenn Sie keine Ahnung haben, welche Methode ich bevorzuge?«

»Das werden wir später besprechen, Jade. Eins nach dem anderen. Warten Ihre Eltern zu Hause auf Sie?«

»Das ist unwahrscheinlich.«

»Warum?«

»Sie sind beide tot.«

Er schloß die Augen und zählte bis zehn. »Sie stehen also ganz allein auf der Welt?«

»Nein.«

»Nein?«

Jade seufzte ungeduldig. »Ich habe einen Bruder. Aber

mehr werde ich Ihnen nicht verraten, Pagan. Das wäre zu riskant.«

»Warum, Miß?« fragte Monk.

»Je mehr er über mich weiß, desto schwerer wird ihm seine Aufgabe fallen. Ich glaube, es ist schlimm, jemanden töten zu müssen, den man mag, nicht wahr, Sir?«

»Ich mußte noch nie jemanden töten, den ich mag«, gab Monk zu. »Eigentlich habe ich überhaupt noch niemanden getötet. Aber Ihre Theorie erscheint mir sinnvoll.«

Caine mußte sich sehr zusammennehmen, um nicht wieder zu brüllen. »Das wird gewiß keine Probleme aufwerfen, Jade. Im Moment kann ich Sie nicht ausstehen.«

Sie wich einen Schritt zurück. »Warum nicht? Ich habe Sie nicht halb so schwer beleidigt wie Sie mich. Oder sind Sie einfach nur von Natur aus griesgräming, Pagan.«

»Nennen Sie mich nicht Pagan.«

»Wieso nicht?«

»Das ist gefährlich, Miß – falls jemand lauscht«, erklärte Monk hastig, als er sah, wie wütend Caine geworden war. In seinem Kinn zuckte ein Muskel. Er besaß ein wildes Temperament, und in ihrer Unschuld reizte sie ihn unwissentlich bis zur Weißglut. Wenn er die Beherrschung verlor, würde er vermutlich ihren Wunsch erfüllen und sie zu Tode erschrecken.

»Und wie soll ich ihn nennen?« fragte sie

»Caine.«

Sie schnaufte undamenhaft. »Caine! Und er findet, daß ich einen ungewöhnlichen Namen habe.«

Caine umfaßte ihr Kinn und zwang sie, ihn anzusehen. »Wie heißt Ihr Bruder?«

»Nathan.«

»Und wo ist er jetzt?«

»Unterwegs – in dringenden geschäftlichen Angelegenheiten.«

»In welchen?«

Sie schlug seine Hand beiseite, ehe sie erwiderte: »Schiffahrtsgeschäfte.«

»Wann kommt er zurück?«

Erbost starrte sie ihn an. »In zwei Wochen. Und nun will ich nichts mehr sagen. Wann werden Sie endlich aufhören, mich zu belästigen, und statt dessen Ihren Auftrag ausführen?«

»Wo wohnen Sie, Jade?«

»Sir, Ihre endlosen Fragen bereiten mir Kopfschmerzen. Ich bin es nicht gewöhnt, mich von Männern anbrüllen zu lassen.«

Caine warf einen Blick auf Monk und verdrehte die Augen. »Diese dumme Frau will, daß ich sie umbringe, und beklagt sich über Kopfweh!«

Plötzlich packte sie ihn am Kinn und drehte sein Gesicht zu sich herum, womit sie absichtlich sein Verhalten von vorhin nachahmte. Ihre Kühnheit verblüffte ihn so sehr, daß er sie gewähren ließ. »Jetzt bin ich daran!« rief sie und ließ ihn los. »Ich stelle hier die Fragen, und Sie werden antworten. Von mir bekommen Sie nämlich die Silbermünzen. Die erste und wichtigste Frage lautet – werden Sie mich wirklich töten? Ihr Zögern und dieses gräßliche Verhör beunruhigen mich.«

»Bevor ich eine Entscheidung treffe, müssen Sie meine Neugier befriedigen.«

»Nein.«

»Dann werde ich Sie nicht töten.«

»Sie Schurke!« kreischte sie. »Ehe Sie wußten, wer Ihr Opfer sein soll, haben Sie mir ein Versprechen gegeben!«

»Das war gelogen.«

Entrüstet schrie sie auf. »Sie enttäuschen mich zutiefst. Ein Mann von Ehre würde sein Wort nicht so leicht brechen. Schämen Sie sich!«

»Ich habe nie behauptet, ich sei ein Ehrenmann.«

»Nein, Miß, das hat er nicht«, warf Monk ein.

Ihre Augen schienen grüne Flammen zu sprühen, ihre Hände, auf den Tisch gestützt, berührten beinahe Caines Fingerspitzen. »Man sagte mir, Pagan würde stets sein Wort halten.«

»Offensichtlich wurden Sie falsch informiert.«

Ihr Gesicht war dicht vor seinem, und er versuchte sich auf das Gespräch zu konzentrieren. Dabei wurde er von ihrem wunderbaren Duft gestört – so sauber, so frisch, so feminin. Er wollte noch etwas sagen, doch ihm fehlten die Worte. Noch nie hatte ihm eine Frau so energisch Paroli geboten. Die Damen der guten Gesellschaft pflegten die Köpfe einzuziehen, wenn er sein Mißvergnügen zeigte. Jade war anders. Ohne mit der Wimper zu zucken, hielt sie seinem Blick stand. Plötzlich verspürte er einen heftigen Lachreiz, wenn er auch nicht die leiseste Ahnung hatte, warum. Jades Wahnsinn mußte ansteckend sein.

»Sie müßten am Galgen baumeln, nachdem Sie mich so übel reingelegt haben», meinte sie. »Dabei sehen Sie gar nicht wie ein Betrüger aus. Ein so abscheuliches Benehmen hätte ich Ihnen nicht zugetraut.«

Jade wollte sich vom Tisch entfernen, aber Caine hielt ihre Hände fest. Er beugte sich noch tiefer hinab, bis seine Lippen beinahe ihre Stirn streiften. »Ich bin ein Pirat, Madam. Und ein Pirat benimmt sich nun mal abscheulich.«

Er wartete auf einen weiteren Wutanfall, doch statt dessen brach sie in Tränen aus. Auf diesen Gefühlsausbruch war er nicht vorbereitet. Während er sein Taschentuch hervorzog, sprang Monk auf, um Jade zu trösten. Ungeschickt tätschelte er ihre Schulter. »Ist ja schon gut. Weinen Sie nicht, Miß.«

»Das ist alles nur seine Schuld«, schluchzte sie. »Ich

bat ihn doch nur um einen kleinen Gefallen, der seine kostbare Zeit gewiß nicht übermäßig beansprucht hätte. Aber nein, mit so was darf man ihn nicht behelligen. Und dabei erbot ich mich sogar zu warten, bis er sein Glas leeren würde«, fuhr sie klagend fort. »Und ich war bereit, ihn anständig zu entlohnen.«

Monk starrte den Marquis vorwurfsvoll an. »Jetzt haben Sie die arme Lady aber wirklich sehr betrübt.« Er riß das Taschentuch aus Caines Hand und betupfte linkisch die Tränen auf Jades Wangen. »Alles wird wieder gut, Miß«, gurrte er.

»Nein«, widersprach sie, die Stimme von dem Leinentuch gedämpft, das Monk ihr unter die Nase hielt. »Wissen Sie, daß ich noch nie im Leben irgendwen um etwas gebeten habe? Und jetzt, wo ich's zum erstenmal tue, wird mir mein Wunsch abgeschlagen. Heutzutage will niemand mehr auf ehrliche Weise sein Geld verdienen. Nein, da stehlen die Leute lieber. Eine Schande ist das, nicht wahr?«

Caine verschlug es die Sprache. Sollte er sie in die Arme nehmen und ihr Trost spenden – oder Sie bei den Schultern packen und sie schütteln, bis sie zur Vernunft kam? Eins stand jedenfalls fest – wenn Monk ihn noch lange so böse anschaute, würde er ihm das Nasenbein brechen.

»Miß, es ist wohl kaum eine ehrliche Arbeit, Geld von einer Lady zu nehmen und Sie dann umzubringen«, argumentierte der Wirt und streichelte ihren Rücken, um den sanften Tadel noch zu mildern.

»Natürlich ist das ehrliche Arbeit – wenn die Lady den Tod wünscht.«

Monk machte eine kurze Pause, um sich an der Schläfe zu kratzen. »Da hat sie recht, oder?« fragte er den Marquis.

»Um Himmels willen ... Was tun Sie denn da?« fragte er den Marquis.

»Um Himmels willen ... Was tun Sie denn da?« fragte Caine, als Jade ihre Münzen einzusammeln begann.

»Ich gehe. Verzeihen Sie, daß ich Sie belästigt habe, Pagan oder Caine, oder wie immer Sie heißen.« Sie band den Beutel zu und steckte ihn in die Tasche ihres Umhangs.

Als sie sich zur Tür wandte, rief Caine ihr nach: »Wohin gehen Sie?«

»Das braucht Sie nicht zu interessieren. Aber da ich nicht so unhöflich bin wie Sie, teile ich Ihnen mit, daß ich woanders Hilfe suchen werde. So leicht gebe ich nicht auf. Ehe der Morgen graut, werde ich jemanden finden, der bereit ist, mich zu töten.«

An der Tür holte er sie ein. Er legte ihr die Hände auf die Schultern und drehte sie zu sich herum. Sobald er sie berührte, fing sie wieder zu weinen an. In seiner Verwirrung folgte er einem übermächtigen Impuls und riß sie unsanft in die Arme. Damit öffnete er die Tränenschleusen noch weiter. Das Gesicht an seine starke Brust gedrückt, entschuldigt sie sich für ihr undamenhaftes Benehmen, immer wieder von wildem Schluchzen unterbrochen.

Er wartete, bis sie sich wieder einigermaßen gefaßt hatte. Im Augenblick konnte er ohnehin nicht vernünftig mit ihr sprechen. Und da sie so laut weinte, hätte sie vermutlich kein Wort verstanden. Nachdem sie ihn um Vergebung gebeten hatte, schob sie ihm die Schuld an ihrem gegenwärtigen Zustand zu. Noch nie war er einer so entnervenden Frau begegnet.

Aber wie warm und weich sie sich anfühlte ... Normalerweise verabscheute er weinende Frauen. Aber diese da wollte er nicht mehr loslassen.

Beim Abklingen ihrer emotionalen Erregung bekam sie einen Schluckauf wie ein Betrunkener. Es war höchste Zeit für ein paar klärende Worte. »Jade, so schlimm, wie Sie glauben, kann es doch gar nicht sein. Morgen werden Sie mir danken, weil ich Ihr Ansinnen abgelehnt habe.«

»Morgen bin ich tot.«

»Nein«, erwiderte er und drückte sie an sich. »Das werde ich verhindern.«

»Meinen Bruder dürfte es ziemlich enttäuschen, wenn ich sterbe.«

»Das kann ich mir vorstellen«, bemerkte Caine trocken.

»Aber ich bin zu schwach, um diese Leute zu bekämpfen. Das sind ganz gemeine Männer, und ich fürchte, sie werden mich mißbrauchen, bevor sie mich ermorden. Und einen solchen Tod will ich nicht erleiden. Das wäre würdelos.«

»Sie möchten also in Würde sterben? Wie ein Soldat auf dem Schlachtfeld?«

»Man soll mich nicht als Feigling in Erinnerung behalten.«

»Könnte Ihr Bruder Ihre Probleme lösen, wenn er zurückkäme?«

»O ja.« Sie lehnte wieder ihre Wange an Caines Brust. »Nathan würde mich beschützen. Seit Papas Tod sorgt er für mich. Und er ist ein sehr starker Mann.«

»Dann werde ich bis zur Heimkehr Ihres Bruders auf Sie aufpassen. Ich gebe Ihnen mein Wort.«

Es dauerte eine ganze Weile, bis Jade auf seinen Vorschlag reagiert. Er glaubte, sie würde mühsam nach Worten suchen, von tiefer Dankbarkeit überwältigt. Aber dann befreite sie sich aus seinen Armen und schaute zu ihm auf – keineswegs dankbar, sondern ärgerlich.

»Ihr Wort zählt nicht viel, Sir. Vorhin haben Sie's

gebrochen. Erst wollten Sie mich töten, dann besannen Sie sich anders.«

»Das kann man nicht vergleichen.«

»Sie meinen es also ernst?«

»Natürlich, wie Sie erklärt haben, wird Ihr Bruder in zwei Wochen zurückkehren und Ihre Sicherheit gewährleisten. In zwei Wochen – das stimmt doch?«

»Vielleicht kommt er noch früher. Aber Sie sind ein Pirat. Sie können es nicht riskieren, mich zwei Wochen lang zu beschützen. Auf Ihren Kopf ist ein Preis ausgesetzt. Wenn Sie getötet werden, möchte ich nicht die Verantwortung übernehmen.«

»Sie scheinen nicht viel von meinen Fähigkeiten zu halten.«

»Warum sollte ich? Sie haben doch bewiesen, daß man den Gerüchten nicht glauben darf, die über Sie kursieren. Wahrscheinlich stimmt es auch nicht, daß Sie weiße Rosen auf die Kissen Ihrer Opfer legen.«

Caine seufzte. »Tun Sie nicht so, als hätte ich Sie maßlos enttäuscht.«

»Genau das haben Sie aber! Sie sind kein Ehrenmann. Außerdem bezweifle ich, daß Sie stark genug sind, um es mit meinen Feinden aufzunehmen. Und mit Ihren breiten Schultern würden Sie eine großartige Zielscheibe abgeben. Nein, tut mir leid. Für eine solche Aufgabe eignen Sie sich einfach nicht.«

Am liebsten hätte er sie erwürgt. Sie wandte sich wieder ab, und in seiner Verblüffung über ihr Verhalten ließ er sie beinahe gehen. Diesmal holte er sie erst ein, als sie den Gehsteig vor der Tür erreicht hatte. Energisch zog er sie in die Taverne zurück. »Monk, Sie werden niemandem erzählen, was hier vorgefallen ist. Geben Sie mir Ihr Wort?«

»Warum sollte er, wenn Sie Ihr Wort so sorglos brechen?« fragte Jade. »Ein Gentleman stellt keine Forderungen, die er selbst nicht erfüllen kann. Hat Ihre Mama Ihnen keine Manieren beigebracht?«

Caine strich mit einer Fingerspitze über ihre Wange. »Ich bin kein Gentleman, sondern ein Pirat, und das macht einen gewaltigen Unterschied.«

Sobald er sie anfaßte, schien sie zu versteinern. Das verstand er nicht. Als er die Hand sinken ließ, erwachte Jade sofort aus ihrer Erstarrung. »Ja, da besteht allerdings ein Unterschied«, gab sie zu. »Sagen Sie, Caine – könnte ich Sie so in Wut bringen, daß Sie mich töten würden?«

»Dieser Gedanke hat einen gewissen Reiz.« Er streckte wieder eine Hand nach ihr aus, und sie wich rasch zurück.

»Fassen Sie mich nicht an! Das dürfen Sie nicht!«

»Wieso nicht?«

»Ich hasse es, berührt zu werden.«

»Und wie soll ich Sie dann töten?«

Offenbar erkannte sie nicht, daß er scherzte. »Mit einer Pistole.« Mißtrauisch musterte sie ihn. »Sie haben doch eine?«

»Gewiß. Und wohin soll ich ...«

»Hier hin. Ein gezielter Schuß ins Herz ... Natürlich müssen Sie ganz genau treffen. Eine Verzögerung würde mir mißfallen.«

»Klar, so was käme nie in Frage.« Seine Mundwinkel zuckten.

»Wie können Sie das komisch finden?« zischte Jade. »Zufällig sprechen wir über meinen Tod!«

»Ich amüsiere mich ja gar nicht, ich versuche nur, richtig wütend zu werden. Darf ich Sie vorher vergewaltigen?«

Sie holte tief Atem, bevor sie antwortete. »Nein.«

»Schade«, meinte er und ignorierte ihre erboste Miene.

»Sir, sind Ihre Eltern vielleicht Vetter und Kusine ersten Grades? Sie führen sich auf wie ein Schwachsinniger. Und wenn Sie an keiner geistigen Störung leiden, scheinen Sie der kaltblütigste Mann zu sein, der mir je untergekommen ist. Sie benehmen sich einfach schändlich!«

Ihre Augen blitzten in so einem intensiven Grün wie Caine es noch nie gesehen hatte. Es funkelte, als hätten tausend Smaragde zu Jades Gunsten auf ihre Farbenpracht verzichtet.

»Ich bezweifle, daß Sie in ernsthafter Gefahr schweben«, bemerkte er. »Die Feinde, die Ihnen nach dem Leben trachten, könnten ja auch Ihrer übererregbaren Phantasie entsprungen sein.«

»Oh, ich verachte Sie, Caine«, flüsterte sie. »Und was Ihre alberne Vermutung betrifft ...«

»Heben wir uns diese Diskussion für später auf, Jetzt bin ich nicht in der richtigen Stimmung dafür. Ich will kein Wort mehr über Ihren angeblich unentrinnbaren Tod hören. Und wenn Sie mich noch lange mit Ihren großen Augen anstarren, werde ich Sie küssen, um Sie von ihren dummen Sorgen abzulenken.«

»Mich küssen?« Sie blinzelte erstaunt. »Wieso, um alles in der Welt, sollten Sie den Wunsch verspüren, mich zu küssen!«

»Ich habe nicht die leiseste Ahnung«, gestand er.

»Sie würden jemanden küssen, den Sie nicht ausstehen können?«

»Ich denke schon«, erwiderte er grinsend.

»Sie arroganter, anmaßender ...«

Seelenruhig unterbrach er Jade und wandte sich wieder an den Wirt, ohne sie aus den Augen zu lassen. »Nun, habe ich Ihr Wort, Monk?«

»Klar, ich erzähle niemandem, was heute nacht geschehen ist, Caine. Aber wie wir beide wissen, wird Ihr Freund Lyon, ehe die Sonne sinkt, irgendwas wittern und die

Wahrheit aus mir rausquetschen. Deshalb will ich Sie lieber schon mal warnen.«

Caine nickte. Der Marquis von Lyonwood war tatsächlich ein guter Freund, dem er rückhaltlos vertraute. Bei verschiedenen Regierungsaufträgen hatten sie zusammengearbeitet. »Ja, er wird was merken. Aber seine junge Ehefrau und sein Sohn müßten ihn erst mal zur Genüge beschäftigen. Außerdem – wenn er hört, in welche Situation ich geraten bin, wird er schweigen. Falls er Fragen stellt, können Sie offen mit ihm sprechen. Aber ansonsten mit niemandem – nicht einmal mit Rhone«, mahnte er und nannte den Namen von Lyons engstem Freund.

»Trotz all seiner Verdienste – Rhone redet zuviel.«

»Gut, er soll nichts erfahren. Aber ich flehe Sie an, Caine – halten Sie mich über die Sache mit der kleinen Lady auf dem laufenden.«

»Monk?« Jade zog die Aufmerksamkeit der beiden Männer wieder auf sich. »Sie besitzen nicht zufällig eine Pistole?«

Ihre Stimme klang viel zu eifrig, so daß Caine sofort wußte, was sie plante. Die Gedanken eines Engels waren so leicht zu lesen wie ein lateinischer Text. »Er hat keine, und er wird's auch nicht tun«, verkündete er.

»Was werde ich nicht tun?« fragte Monk.

»Sie werden Jade nicht erschießen – oder?«

»Natürlich nicht«, beteuerte der Wirt hastig und riß seinen Blick mühsam von der schönen Frau los.

»Werden Sie von Ihrer Kutsche abgeholt, Jade?« fragte Caine.

»Nein«, erwiderte sie ungeduldig. »Ich habe eine Droschke gemietet. Wie Sie sich denken können, lag es nicht in meiner Absicht, heute nacht nach Hause zurückzukehren.«

»Dann nehmen wir meinen Wagen.« Er packte ihren

Arm und führte sie vor das Haus, gefolgt von Monk. Draußen befreite sie sich aus Caines Griff und hob einen großen grauen Ranzen vom Gehsteig auf. »Da ist alles drin, was ich besitze«, erklärte sie. »Ich komme direkt vom Land.«

»Sie lassen Ihre Sachen auf der Straße liegen – damit jeder sie stehlen kann?«

»Ich wollte bestohlen werden.« Jade sprach in dem Ton einer Lehrerin, die einem begriffsstutzigen Schüler Binsenweisheiten einzutrichtern versucht. »Sicher wären meine Kleider irgendeiner armen Seele willkommen gewesen. Ich hätte sie ja nicht mehr gebraucht, wenn Sie ...«

»Genug!« fuhr er sie an. »Sie werden nie mehr von dieser idiotischen Idee reden, sich umbringen zu lassen – verstanden?« Als sie nicht schnell genug antwortete, packte er sie an den Haaren. Sie stieß einen schrillen Schrei aus, und Caine entdeckte eine große Beule über ihrem Ohr. »Großer Gott, Jade, wo haben Sie das her?«

»Rühren Sie's nicht an!« rief sie, als er die Beule betasten wollte. »Es tut immer noch weh.«

»Kein Wunder.« Caines Hand sank hinab. »Was ist geschehen?«

»Ich bin im Haus meines Bruders an einer Teppichkante hängengeblieben und die Teppe hinuntergefallen. Und dabei habe ich mir den Kopf an einem Pfosten gestoßen. Das hat mir beinahe den Wind aus den Segeln genommen.«

Den Wind aus den Segeln? Caine fand diese Ausdrucksweise ziemlich seltsam, nahm sich aber nicht die Zeit, darüber nachzudenken. »Sie hätten sterben können. Sind Sie immer so ungeschickt?«

»Ich bin niemals ungeschickt«, entgegnete sie. »Normalerweise benehme ich mich sehr damenhaft. O Gott, sind Sie rüde ...«

»Und was ist passiert, nachdem Sie gestürzt sind?« wollte Monk wissen.

Jade zuckte die Achseln. »Ich bin spazieren gegangen, um wieder einen klaren Kopf zu bekommen. Und da sind sie natürlich hinter mir hergekommen.«

»Natürlich?« fragte Monk, und Caine murmelte gleichzeitig: »Wer – sie?«

Jade runzelte die Stirn. »Die Männer, die ich beobachtet habe, als sie den elegant gekleideten Gentleman umbrachten. Um Himmels willen, passen Sie doch auf! Das habe ich sicher schon einmal erwähnt.«

»Bestimmt nicht.« Monk schüttelte den Kopf. »Daran würde ich mich erinnern.«

»Sie wurden Zeugin eines Mordes?« erkundigte sich Caine. »Nein, Jade, davon haben Sie nichts erzählt.«

»Ich wollte es aber.« Ärgerlich verschränkte sie die Arme vor der Brust. »Alles hätte ich erklärt, wenn Sie nicht mit mir gestritten und mich abgelenkt hätten. Es ist also Ihre Schuld, daß ich es vergessen habe.«

»Haben Sie den Mord gesehen, bevor Sie sich den Kopf anstießen, oder nacher?« fragte Caine.

Monk wandte sich zu ihm. »Meinen Sie, es war ein adeliger Gentleman, der da umgebracht wurde?«

»Vorher ...«, erwiderte Jade. »Nein, nachher. Zumindest glaube ich, daß ich erst nachher hinuntergefallen bin ... Oh, ich entsinne mich nicht mehr. Es pocht so heftig in meinen Schläfen. Verschonen Sie mich endlich mit Ihren Fragen, Sir.«

»Nun beginne ich alles zu verstehen«, sagte Caine zu Monk, dann sah er wieder Jade an. »Trugen Sie zum Zeitpunkt des Mißgeschicks diesen Umhang?«

»Ja«, bestätigte sie verwirrt, »aber was ...«

»Bei dem Sturz zerriß er, und Sie verletzten Ihr Gesicht, nicht wahr?«

Seine Stimme klang etwas zu herablassend für Jades Geschmack. »Würden Sie mir verraten, was Sie angeblich zu verstehen beginnen?«

»Ganz einfach, Sie haben ein Trauma erlitten, Jade. Deshalb können Sie nicht mehr logisch denken – wenn ich auch betonen muß, daß das die wenigsten Frauen können, nicht einmal im Normalzustand. Wenn Sie sich ein paar Tage lang Ruhe gönnen, werden Sie erkennen, daß Ihre Phantasie Ihnen einen Streich gespielt hat, und Sie werden sich nur noch den Kopf darüber zerbrechen, welch ein Kleid Sie auf Ihrem nächsten Ball tragen sollen.«

»Meine Phantasie spielt mir keinen Streich!«

»Sie sind doch ganz verwirrt, Jade.«

»Bin ich nicht!«

»Hören Sie auf zu schreien!« befahl Caine. »Wenn Sie mal überlegen ...« Seufzend unterbrach er sich. »Aber jetzt sind Sie zu konfus, um nachzudenken. Wir warten, bis Sie sich besserfühlen.«

»Er hat recht, Miß«, murmelte Monk. »Hätten Sie den Mord an einem adeligen Gentleman beobachtet, wäre die Neuigkeit sofort in diesen Stadtteil gedrungen. Die Täter hätten mit ihrer Schlauheit geprahlt. Hören Sie jetzt auf Caine. Er weiß, was am besten ist.«

»Aber wenn er glaubt, ich würde mir nur einbilden, ich wäre in Gefahr, braucht er mich nicht zu beschützen.«

»Oh, doch!« widersprach Caine. »Wenigstens weiß ich jetzt, wovor ich Sie schützen muß.« Ehe Jade weitere Einwände erheben konnte, fuhr er fort: »Ob's Ihnen gefällt oder nicht – Sie stellen eine Gefahr dar, bis Sie sich wieder erholt haben. Es wäre unvereinbar mit meinem Gewissen, wenn ich Sie jetzt Ihrem Schicksal überließe.« Er lächelte sanft. »Ich schütze Sie sozusagen vor sich selbst. Geben Sie mir Ihren Ranzen.«

Sie versuchte ihr Gepäck an sich zu nehmen, ehe Caine danach greifen konnte, und es kam zu einer Art Tauziehen, das er gewann. »Um Gottes willen, was steckt denn da drin?« rief er. »Dieses Ding muß mehr wiegen als Sie.«

»Es enthält mein gesamtes Eigentum. Wenn's Ihnen zu schwer ist, trage ich's selbst.«

Caine schüttelte den Kopf und umfaßte ihre Hand. »Kommen Sie. Meine Kutsche wartet zwei Häuserblocks weiter vorn. Sie müssen endlich ins Bett. Gute Nacht, Monk.«

»Auf bald, Caine«, verabschiedete sich der Wirt.

Abrupt blieb sie stehen. »In wessen Bett?«

Er seufzte laut genug, um die Betrunkenen zu wecken, die am Straßenrand lagen. »In Ihrem eigenen Interesse. Für Ihre Tugend besteht keine Gefahr. Ich gehe nie mit Jungfrauen ins Bett, und mit Ihnen schon gar nicht.«

Caine glaubte, dieses Versprechen würde sie beschwichtigen. Natürlich war es eine halbe Lüge. Er wollte sie küssen – wenn auch nur, um für ein paar Minuten segensreiches Schweigen zu erwirken.

»Gehört das zu Ihren kleinen Regeln?« fragte sie. »Niemals mit einer Jungfrau zu schlafen?«

Beleidigt starrte sie ihn an, und er wußte nicht, was er davon halten sollte. »Genau. Ebensowenig gehe ich mit dummen Frauen ins Bett, die ich nicht sonderlich mag. Also sind Sie in meiner Obhut völlig sicher.« Zu allem Überfluß grinste er.

»Ich glaube, allmählich beginne ich Sie zu hassen«, murmelte sie. »Bei mir sind Sie auch sicher, Caine. Niemals würde ich Ihnen gestatten, mich anzufassen.«

»Gut.«

»Ja, sehr gut«, bestätigte sie, um das letzte Wort zu haben. »Und wenn Sie nicht aufhören, mich mit sich zu zerren, schreie ich Ihren Namen laut in die Welt hinaus, Pagan – bis die Polizei Sie schnappt!«

»Ich bin nicht Pagan.«

»Was?«

Sie stolperte, stürzte beinahe, und er hielt sie fest. »Ich sagte – ich bin nicht Pagan.«

»Wer zum Teufel sind Sie denn dann?«

Sie hatten die Kutsche erreicht. Aber Jade weigerte sich einzusteigen, ehe er nicht die Frage beantwortet hatte, und schlug seine hilfreichen Hände beiseite. Schließlich gab er nach, warf ihren Ranzen dem Fahrer zu und verkündete: »Ich heiße wirklich Caine, und ich bin der Marquis von Cainewood. Würden Sie sich jetzt in den Wagen begeben? Dies ist weder die richtige Zeit noch der passende Ort für eine längere Diskussion. Unterwegs werde ich Ihnen alles erklären.«

»Versprechen Sie's?«

»Ja!« fauchte er.

Offenbar glaubte sie ihm nicht. Sie verschränkte die Arme vor der Brust. »Schande über Sie, Caine! Wie konnten Sie so tun, als wären Sie dieser edle Pirat!«

»Der Bastard mag alles mögliche sein, Jade, aber er ist ganz gewiß nicht edel.«

»Wieso sagen Sie das? Wahrscheinlich kennen Sie ihn gar nicht. Ist Ihr eigenes Leben so unglücklich, daß Sie vorgeben müssen ...«

Er unterbrach sie, indem er unsanft ihren Arm umklammerte. Mit der anderen Hand riß er die Blume von seinem Revers und schleuderte sie zu Boden. Dann hob er Jade hoch und stieß sie in die Kutsche.

Sobald sich das Fahrzeug in Bewegung setzte, wurde es im Innern dunkel, und Jade konnte Caines gerunzelte Stirn nicht mehr sehen, was sie als höchst angenehm empfand. Und er sah ihr Lächeln ebensowenig.

Eine Zeitlang schwiegen sie, und Jade nutzte diese Atempause, um sich zu fassen, während Caine seine Nerven beruhigte. Schließlich fragte sie: »Warum spielen Sie den Piraten?«

»Um ihn aus seinem Versteck zu locken und dann zur Strecke zu bringen.«

»Wieso?«

»Das erzäle ich Ihnen später.« Er glaubte, sein schroffer Tonfall würde sie von weiteren Fragen abhalten. Aber er irrte sich.

»Sie sind mir böse, weil ich Sie bei dieser Jagd gestört habe, nicht wahr?«

Caine seufzte ungeduldig. »Sie haben mich nicht gestört. Bis jetzt war ich erfolglos. Aber wenn Ihr Problem gelöst ist, will ich meine Jagd fortsetzen. Keine Sorge, Jade. Letzten Endes werde ich mein Ziel erreichen.«

Sie machte sich keine Sorgen, aber das konnte sie ihm natürlich nicht sagen. Caine hatte gar nicht versagt. Er war in die Taverne gegangen, um Pagan aus der Reserve zu locken. Und genau das hatte er getan.

Erfreut über ihre Leistung, lehnte sie sich zurück. Auch ihr Bruder würde sich hochzufrieden zeigen.

3

Die Tränen waren eine hübsche Zugabe gewesen. Der spontane Gefühlsausbruch hatte Jade selbst genauso überrascht wie Caine. Eigentlich hatte sie nicht geplant, typisch weibliche Schwäche zu mimen, um ihn aus der Kneipe zu lotsen. Aber als sie sah, wie sehr es ihn bestürzte, eine Frau in diesem beklagenswerten Zustand zu sehen, weinte sie natürlich um so heftiger, woraufhin Caine völlig hilflos wirkte. Sie hatte gar nicht gewußt, daß sie so wundervolle schauspielerische Talente besaß. Es erforderte eine gewisse Konzentration, auf Befehl zu weinen, aber dieses Problem hatte sie bravourös gelöst. Wenn sie sich ernsthaft bemühte, konnte sie wahrscheinlich schneller in Tränen ausbrechen, als ein Gentleman seinen Hut fallen ließ.

Sie schämte sich kein bißchen für ihr Verhalten. Verzweifelte Situationen verlangten verzweifelte Maßnahmen. Das pflegte Black Harry wenigstens zu behaupten. Wie hätte ihr Adoptivonkel angesichts jener Szene gelacht ... In all den gemeinsamen Jahren hatte er sie niemals weinen sehen, nicht einmal, als die Peitsche seines Feindes McKindry auf ihren Rücken geklatscht war. Es hatte wie Feuer gebrannt, aber kein einziger Schmerzenslaut war über Jades Lippen gekommen. McKindry konnte nur ein einziges Mal zuschlagen, ehe Harry ihn über die Reling warf. Ihr Onkel war so wütend, daß er sogar selber über Bord sprang, um den Schurken zu erledigen. Aber McKindry konnte besser schwimmen. Kraftvoll hatte er die Wellen durchpflügt, um die französische Küste anzusteuern.

Natürlich würde Black Harry einen weiteren Wutanfall bekommen, wenn er ahnen würde, was Jade jetzt beabsichtigte. Die Haut würde er ihr abziehen. Aber es war ihr unmöglich gewesen, ihm den Plan zu erklären. Ihr hatte einfach die Zeit gefehlt, um zur Insel zu segeln und ihn einzuweihen. Und es kam auf jede Minute an. Caines Leben stand auf dem Spiel.

Jade wußte alles über den Marquis von Cainewood. Ein widersprüchlicher Mensch – derb und urwüchsig, aber auch ein Ehrenmann. Vom ersten bis zum letzten Wort hatte sie den Bericht über ihn gelesen und sich jede Einzelheit gemerkt. Sie besaß die geradezu unheimliche

Gabe, alles automatisch auswendig zu lernen, was sie las. Eine äußerst nützliche Fähigkeit ...

Es war schwierig gewesen, den eindrucksvollen Bericht aus dem Kriegsministerium zu holen, aber nicht unmöglich. Selbstverständlich hatten sich die Informationen unter Verschluß befunden. Daß sie jedes Schloß öffnen konnte, erfüllte Jade mit ganz besonderem Stolz. Beim dritten Versuch hatte sie die Akte Caine in ihren Besitz gebracht.

Leider wurde nirgends in diesem Bericht erwähnt, welch ein hübscher Teufel Caine war. Der Ausdruck »skrupellos« kam bei der Schilderung seiner Aktivitäten häufig vor, aber die Wörter »gewinnend« oder »faszinierend« fehlten. Die Akte enthielt auch keinen Hinweis auf seine imposante Körpergröße.

Jade erinnerte sich an ihr Unbehagen, als sie festgestellt hatte, wie seine Vorgesetzten ihn nannten – »Jäger«. Aber bei ihrer weiteren Lektüre verstand sie, wieso man ihn so getauft hatte. Caine gab niemals auf. Einmal hatte er sich trotz äußerst schlechter Chancen mit der Geduld und Ausdauer eines Kriegers aus grauer Vorzeit an seine Gegner herangepirscht und letzten Endes den Sieg davongetragen.

An dem Tag, an dem er über den Tod seines Bruders Colin informiert worden war, hatte er den Dienst quittiert. Der letzten Eintragung seines Beraters zufolge, eines gewissen Sir Michael Richards, billigte Caines Vater diese Entscheidung vorbehaltlos. Der Herzog von Williamshire hatte soeben einen Sohn ans Vaterland verloren und wollte nicht auch noch den zweiten betrauern. Richards vermerkte auch, Caine habe bis zu jenem Tag nicht geahnt, daß auch sein jüngerer Bruder für die Regierung tätig gewesen war.

Colin und Caine stammten aus einer großen Familie.

Außer den beiden Söhnen gab es noch vier Töchter. Die Kinder taten ihr Bestes, um füreinander und die Eltern zu sorgen. Wie in der Akte mehrmals betont wurde, war vor allem Caine der geborene Beschützer. Ob er diese Eigenschaft als Tugend oder Makel betrachtete, interessierte Jade nicht. Sie wollte einfach nur ihren Vorteil daraus ziehen.

Natürlich hatte sie beabsichtigt, Caine zu mögen. Immerhin war er der Bruder Colins, den sie sehr schätzte, seit sie ihn aus dem Meer gefischt und er sie gebeten hatte, zuerst ihren Bruder zu retten. Ja, sie war darauf vorbereitet gewesen, Caine zu mögen – aber nicht auf die körperliche Anziehungskraft, die er auf sie ausübte. So etwas hatte sie nie zuvor erlebt, und es beunruhigte sie, denn er würde sie vermutlich überwältigen, wenn sie ihm eine Gelegenheit dazu geben würde.

Um sich dagegen zu wappnen, legte sie ein Verhalten an den Tag, das ihn ihrer Meinung nach abschrecken mußte. Wenn sie nicht wie ein Kind heulte, jammerte sie. Die meisten Männen haßten undisziplinierte Frauen, nicht wahr? Jedenfalls hoffte sie das. Die Umstände zwangen sie dazu, die nächsten zwei Wochen bei Caine zu verbringen. Dann würde es vorbei sein. Sie würde in ihr gewohntes Leben zurückkehren – und er würde wieder wie gewohnt den Damen nachstellen.

Es war sehr wichtig, ihn glauben zu machen, daß er sie beschützte. Nur so vermochte sie für seine Sicherheit zu sorgen. Seine Überzeugung von der Unterlegenheit aller Frauen, vermutlich aus der Existenz vier kleiner Schwestern gewonnen, erleichterte Jades Plan. Außerdem baute sie auf ihre Männer, die sie bei Caines Landsitz erwarteten. Sie versteckten sich im Wald ringsum und würden Caine ohne sein Wissen Rückendeckung geben.

Die Briefe standen im Mittelpunkt des Manövers, und

jetzt wünschte Jade inständig, sie hätte sie nie gefunden. Aber was geschehen war ließ sich nicht ändern. Und es erschien ihr sinnlos, Reue zu empfinden. Damit würde sie nur Gedanken und Gefühle verschwenden. Und es lag ihr fern, irgend etwas zu vergeuden. Sie mußte ihren Weg gehen. Als sie ihrem Bruder Nathan die Briefe des Vaters gezeigt hatte, war der Stein ins Rollen gekommen. Sie hatte sich diese Suppe eingebrockt und würde sie auch auslöffeln.

Jetzt verdrängte Jade ihre Sorgen. Unwillkürlich hatte sie Caine Zeit zum Nachdenken gegeben. Und das Schweigen konnte ihr Feind werden. Sie mußte Caine daran hindern, irgendwelche Schlüsse zu ziehen, und mußte ihn beschäftigen. »Was ...«, begann sie.

»Still, meine Süße«, befahl er. »Hören Sie das?

»Dieses seltsame Quietschen? Ich wollte es gerade erwähnen.«

»Es ist eher ein hartnäckiges Knirschen ... Miller! rief er durch das Fenster. »Halten Sie an!«

Ruckartig blieb der Wagen stehen, als das linke Hinterrad zerbrach. Jade wäre zu Boden gefallen, hätte Caine sie nicht umarmt. Einige Sekunden lang drückte er sie an sich, dann flüsterte er: »Ein schlecht gewählter Zeitpunkt, nicht wahr?

»Oder ein erfolgloser Trick.«

Diese Bemerkung würdigte er keiner Antwort. »Warten Sie im Wagen, ich werde sehen, was ich tun kann.«

»Seien Sie vorsichtig!« warnte sie. »Vielleicht lauert Ihnen irgendwer auf.«

Seufzend öffnete er die Tür. »Gut, ich werde aufpassen.«

Sobald er die Tür hinter sich geschlossen hatte, stieß Jade sie wieder auf und kletterte hinaus. Der Kutscher stand neben seinem Arbeitgeber. »Ich begreife das nicht, Mylord. Vor jeder Fahrt überprüfe ich die Räder.«

»Es ist nicht Ihre Schuld, Miller«, entgegnete Caine. »Der Wagen steht weit genug am Straßenrand, so daß wir ihn über Nacht hierlassen können. Schirren Sie das Pferd los. Ich ...« Er unterbrach sich, als er Jade und den Dolch in ihrer Hand entdeckte. Beinahe hätte er gelacht. »Stecken Sie das Ding wieder weg, Mädchen. Sie werden sich womöglich verletzen.«

Sie schob die Waffe in ihre Kleidertasche. »Caine, wir geben prächtige Zielscheiben ab.«

»Dann setzen Sie sich wieder in die Kutsche«, schlug er vor.

Sie tat so, als hätte sie nichts gehört. »Miller, hat sich jemand an diesem Rad zu schaffen gemacht?«

Der Fahrer hockte sich neben die Achse. »Das nehme ich an. Schauen Sie, Mylord – die Einschnitte am Radkreuz ...«

Jade wandte sich zu Caine. »Was tun wir jetzt?

»Wir reiten auf dem Pferd.«

»Und der arme Miller? Wenn wir ihn hier allein lassen, werden diese Schurken über ihn herfallen.«

»Das ist schon in Ordnung, Miß«, warf der Kutscher ein. »Meine Brandyflasche wird mich warm halten. Ich setze mich in den Wagen und warte, bis Broley mich holt.«

»Wer ist Broley?«

»Einer von den Tigern.«

Jade wußte nicht, wovon Miller redete. »Sie sind mit einem Tiger befreundet?«

Caine grinste. »Broley arbeitete für mich. Das erkläre ich Ihnen später.«

»Wir sollten eine Droschke mieten«, meinte sie. »Dann könnten wir alle zusammen fahren und müßten uns nicht um Miller sorgen.«

»Um diese Zeit finden wir bestimmt keine Droschke.«

»Und was ist mit Monks gemütlicher Taverne? Warum warten wir nicht dort, bis es hell wird?«

»Nein. Monk hat die Kneipe sicher schon zugesperrt und ist heimgegangen.«

»Außerdem sind wir schon ziemlich weit weg vom 'Taugenichts', Mylady«, warf Miller ein.

Während er das Pferd losmachte, griff Jade nach Caines Hand und trat näher zu ihm. »Ich glaube, ich weiß, was mit dem Rad geschehen ist. Es müssen dieselben Männer gewesen sein, die ...«

»Still, alles wird wieder gut.«

»Wie können Sie das wissen?«

Ihre Stimme klang verängstigt, und er versuchte sie zu beruhigen. »Das verraten mir meine Instinkte«, prahlte er. »Meine Süße, Ihre Phantasie geht wieder mal mit Ihnen durch ...«

»Zu spät«, konterte Jade. »O Gott! meine Phantasie!«

Der Pistolenschuß krachte im selben Moment, in dem sie sich gegen Caine warf und ihn aus dem Gleichgewicht brachte. Er hörte die Kugel pfeifen, die dicht an seinem Ohr vorbeistrich. Jade hatte ihm das Leben gerettet – wenn er auch bezweifelte, daß dies mit Absicht geschehen war.

Er umklammerte ihre Hand noch fester und sprang hinter sie, während er Miller mit einem durchdringenden Schrei warnte. Dann begann er zu laufen und schob Jade vor sich her, um sie mit seinem breiten Rücken abzuschirmen.

Mehrere Schüsse knallten, und Jade vernahm die donnernden Schritte der Verfolger. Es klang so, als versuchte eine Herde wilder Pferde die Flüchtlinge niederzutrampeln. Sie verlor die Orientierung, aber Caine schien sich in dieser Gegend gut auszukennen. Er zerrte sie durch ein Gassengewirr, bis sie Seitenstechen bekam und kaum noch atmen konnte. Als sie taumelnd gegen ihn sank, hob er sie auf die Arme, ohne sein Tempo zu drosseln.

Noch lange, nachdem die Geräusche der Feinde verhallt waren, stürmte er weiter. Auf einer alten Themsebrücke blieb er endlich stehen. Er lehnte sich an das wackelige Geländer und drückte Jade an sich. »Das war knapp. Verdammt, meine Instinkte haben mich im Stich gelassen. Ich war völlig ahnungslos.«

Bei diese Bemerkung keuchte er kein bißchen, und sie staunte über sein Durchhaltevermögen. Ihr eigenes Herz pochte immer noch heftig von der Anstrengung. »Laufen Sie oft durch solche Gassen, Caine?

Diese Frage kam ihm ziemlich seltsam vor. »Nein – warum?«

»Sie müssen gar nicht nach Atem ringen. Und wir sind kein einziges Mal in eine Sackgasse geraten. Sie kennen diese Stadt sehr gut, nicht wahr!«

»Ich denke schon«, antwortete er mit einem Schulterzucken, das Jade beinahe über das Geländer warf. Erschrocken umklammerte sie seinen Hals und merkte erst in diesem Augenblick, daß er sie immer noch auf den Armen trug.

»Sie können mich jetzt runterlassen. Wir haben die Verfolger abgeschüttelt.«

»Da bin ich mir nicht so sicher.«

»Ich habe Ihnen doch schon erklärt, daß ich mich nicht gern anfassen lasse. Stellen Sie mich auf die Füße.« Prüfend starrte sie in sein Gesicht. »Sie geben mir doch nicht die Schuld an Ihren mangelhaften Instinkten?«

»Nein. Was für verrückte Fragen Ihnen einfallen, Jade!«

»Nun, ich bin nicht in der Stimmung, mit Ihnen zu streiten.Entschuldigen Sie sich, und ich werde Ihnen verzeihen.«

»Ich soll mich entschuldigen?« Ungläubig hob er die Brauen.»Wofür?«

»Sie sagten doch, ich wäre völlig verwirrt und hätte eine zu lebhafte Phantasie. Und Sie haben mir noch andere Beleidigungen zugemutet.«

Caine entschuldigte sich nicht, aber er lächelte. Sie bemerkte ein Grübchen in seiner linken Wange, und ihre Herzschläge beschleunigten sich schon wieder.

»Wir stehen auf einer Londoner Brücke, in einem berüchtigten Stadtteil, von üblen Halsabschneidern gejagt. Und Sie haben keine anderen Sorgen, als mir eine Entschuldigung zu entlocken. Meine Süße, Sie sind tatsächlich nicht ganz bei Trost.«

»Ich entschuldige mich immer, wenn ich Unrecht getan habe.«

Entgeistert schaute er sie an, und sie mußte lächeln. Er war wirklich ein attraktiver Bursche. Das Mondlicht milderte seine kantigen Züge, und sein Stirnrunzeln störte Jade nicht mehr so sehr. Sie wünschte sogar, er würde ihr Lächeln erwidern. Statt dessen fragte er: »Können Sie schwimmen?«

Sie starrte auf seinen Mund und fand, daß sie noch nie so schöne weiße Zähne gesehen hatte. Ungeduldig schüttelte er sie. »Können Sie schwimmen?« Seine Stimme nahm ein drängenden Klang an.

»Ja.« Sie gähnte undamenhaft. »Warum?«

Anstelle einer Antwort warf er sie über seine rechte Schulter und stieg auf das Geländer. Ihr langes Haar streifte den hinteren Rand seiner Stiefel. »Zum Teufel, was treiben Sie denn?« kreischte sie und hielt sich an seinem Jackett fest. »Lassen Sie mich runter!«

»Die Brückenenden sind blockiert. Holen Sie tief Atem, Jade, ich bleibe dicht hinter Ihnen.«

Sie fand gerade noch Zeit, einen Wutschrei auszustoßen, dessen Echo im schwarzen Nachtschatten verhallte, bevor Caine sie vom Geländer warf. Plötzlich flog sie durch beißenden Wind, und ihr fiel gerade noch rechtzeitig ein, den Mund zu schließen, ehe das eisige Wasser über ihrem Kopf zusammenschlug. Ihre Lungen schmerzten. Unwillkürlich öffnete sie die Lippen, preßte sie aber sofort wieder zusammen, als sie einen widerlich fauligen Geschmack wahrnahm.

Energisch gelobte sie sich, nicht in dieser Kloake zu ertrinken. Nein, sie würde am Leben bleiben – zumindest, bis sie ihren neuen Beschützer wiederfand und ihn ertränken konnte. Etwas streifte ihr Bein, und sie wurde von schrecklicher Angst erfaßt. In ihrer Verwirrung bildete sie sich ein, Haie hätten es auf sie abgesehen.

Dann schlang Caine einen Arm um ihre Taille, die starke Strömung riß sie beide unter die Brücke, weg von den Feinden, die nach ihnen suchten. Jade versuchte auf Caines Schultern zu klettern, und er befahl: »Halten Sie still!«

Verzweifelt umklammerte sie seinen Hals. »Die Haie, Caine!« flüsterte sie. »Die werden uns schnappen!«

Der Würgegriff verriet ihm, wie nahe sie daran war, den letzten Rest Fassung zu verlieren. »Hier gibt's keine Haie. Nichts könnte in diesem Wasser überleben.«

»Sind Sie sicher?«

»Ja. ein bißchen müssen Sie sich noch zusammenreißen, meine Süße. Bald können wir aus dieser Jauche steigen.«

Seine sanfte Stimme beruhigte sie ein wenig. Sie erdrosselte ihn immer noch beinahe, aber der Griff hatte sich etwas gelockert.

Eine gute Meile trieben sie flußabwärts. Endlich zog Caine Jade auf eine grasbewachsene Böschung. Sie fror zu sehr und fühlte sich zu elend, um ihm wegen seines

Benehmens Vorwürfe zu machen. Nicht einmal richtig wimmern konnte sie. Dazu klapperten ihre Zähne viel zu heftig. Nach einer Weile stammelte sie: »Ich – ich stinke wie ein toter Fisch.«

»Genau«, stimmte Caine belustigt zu.

»Sie auch, Sie – Sie Hochstapler!«

»Hochstapler?« wiederholte er, zog sein Jackett aus und warf es zu Boden. »Was meinen Sie damit?«

Jade versuchte, das Wasser aus ihrem Kleidersaum zu wringen und strich die nassen Haarsträhnen nach hinten, die ihr die Sicht versperrten. »Tun Sie nicht so unschuldig!« Sie gab ihre unzureichenden Bemühungen auf, schlug die Arme um ihre Taille und tat ihr Bestes, um sich ein wenig zu wärmen. »Sie haben sich für den Piraten Pagan ausgegeben. Aber der würde niemals eine vornehme Dame in die Themse schmeißen.«

»Jade, unter diesen Umständen habe ich die einzig richtige Maßnahme getroffen«, verteidigte er sich.«

»Ich habe meinen Umhang verloren!« klagte sie.

»Ich kaufe Ihnen einen neuen.«

»Aber in der Tasche stecken meine Silbermünzen. Nun?«

»Nun – was?«

»Bringen Sie mir den Umhang.«

»Was?«

»Holen Sie ihn. Ich warte hier.«

»Das meinen Sie doch nicht ernst.«

»Völlig ernst. Wir wurden nur eine Meile den Fluß hinabgetrieben, Caine. Sicher werden Sie nicht allzu lange brauchen.«

»Nein.«

»Wie bitte?«

»Ich würde den Umhang niemals finden. Wahrscheinlich liegt er inzwischen auf dem Grund der Themse.«

Jade wischte sich über die Augenwinkel. »Jetzt bin ich völlig verarmt – durch ihre Schuld.«

»Fangen Sie nicht schon wieder an!« mahnte er hastig, weil er ahnte, daß sie den Tränen nahe war. »Jetzt fehlt uns die Zeit für hysterische Anfälle oder Jammereien, obwohl das offenbar die zwei einzigen Tätigkeiten sind, die sie großartig beherrschen.« Er hörte, wie sie empört nach Luft schnappte, und grinste. Ihr Temperament schien zurückzukehren. »Haben Sie Ihre Schuhe noch an, oder muß ich Sie tragen?«

»Wie soll ich das wissen? Meine Füße sind ganz gefühllos.«

»Dann schauen Sie nach, verdammt!«

»Ja, verdammt«, murmelte sie und gehorchte. »Ich habe meine Schuhe noch an. Nun? Werden Sie sich jetzt entschuldigen?«

»Nein, das werde ich nicht, und senken Sie bitte Ihre Stimme, Jade. Wollen Sie alle Gauner von London auf unsere Fährte locken.?«

»Nein«, wisperte sie und rückte näher an ihn heran. »Caine? Was hätten Sie getan, wenn ich nicht hätte schwimmen können?«

»Dasselbe. Aber dann wären wir zusammen in den Fluß gesprungen.«

»Ich bin ja gar nicht gesprungen! Aber lassen wir das. Ich friere. Was machen wir jetzt?«

Er zog Jade auf die Beine und stieg mit ihr die Böschung hinauf. »Wir gehen zum Stadthaus meines Freundes. Das liegt näher als meines.«

»Sie vergessen Ihr Jackett!« erinnerte sie ihn. Ehe er ihr sagen konnte, daß sie es liegen lassen solle, rannte sie zurück, wrang mit ihren gefühllosen Fingern so viel Wasser heraus wie möglich und eilte zu Caine zurück, der einen Arm um ihre Schultern legte. Sie wischte sich

Wasser aus den Augen. »Ich sehe grauenhaft aus, nicht wahr?«

»Sie riechen noch viel schlimmer«, erwiderte er fröhlich, drückte sie fast freundschaftlich an sich und fügte hinzu: »Eher wie verfaultes Schweinefleisch als wie ein toter Fisch.«Jade würgte, und er preßte rasch eine Hand auf ihren Mund. »Wenn Sie jetzt Ihr Abendessen ausspukken, werde ich sehr böse. Ich habe schon genug Ärger mit Ihnen, also sollten Sie die Situation nicht zusätzlich komplizieren.«

Sie biß ihn in die Hand, was mit einem Fluch quittiert wurde, aber Caine ließ sie wenigstens los. »Ich habe nichts zu Abend gegessen, weil ich mit leerem Magen sterben wollte.«

» Vielleicht werden Sie trotz allem sterben«, murmelte er. »Seien Sie jetzt still und lassen Sie mich nachdenken.« Doch dann konnte er sich die Frage nicht verkneifen. »Warum zum Teufel wollten Sie mit leerem Magen sterben?«

»Manchen Leuten wird übel, wenn sie sich fürchten. Ich dachte, das könnte mir auch passieren – vor Ihren Augen ... Ach, reden wir nicht mehr darüber. Ich wollte einfach nicht in völlig besudeltem Zustand vor meinen Schöpfer treten, das ist alles.«

»Ich hätte nicht fragen sollen. Kommen Sie jetzt. In Lyons Haus können Sie ein heißes Bad nehmen. Dann werden Sie sich besser fühlen.«

»Ist Lyon der Freund, den Monk erwähnt hat – der, der sich in alles einmischt?«

»Lyon mischt sich nie in etwas ein.«

»Monk sagte, Lyon würde herausfinden, was in dieser Nacht geschehen ist. Das klingt doch nach Einmischung.«

»Sie werden Lyon mögen.«

»Wenn er Ihr Freund ist, hege ich da gewisse Zweifel. Aber ich werde versuchen, ihn zu mögen.«

Schweigend setzten sie ihren Weg fort. Caine war jetzt auf der Hut, und Jade machte sich nicht halb so viele Sorgen, wie sie vorgab. Nach einer Weile fragte sie:»Was tun wir, wenn wir gebadet haben?«

»Dann werden Sie sich hinsetzen und mir alles erzählen, was Ihnen widerfahren ist.«

»Das habe ich bereits getan. Aber Sie glauben mir nicht, was?«

»Nein«, gab er zu.

»Sie sind nun mal gegen mich eingenommen, Caine, also werden Sie gar nichts glauben, was ich Ihnen sage. Warum sollte ich mich dann überhaupt noch bemühen?«

»Ich bin nicht gegen Sie eingenommen«, protestierte er. Er war merklich irritiert und beschloß, sich in keinen neuen Streit verwickeln zu lassen. Er führte Jade durch ein weiteres Labyrinth aus Hintergassen, und als sie die Eingangsstufen eines imposanten roten Ziegelhauses erreichten, fühlte sie sich so erschöpft, daß sie beinahe echte Tränen vergossen hätte.

Caine klopfte beharrlich an die Tür, bis sie von einem Riesen mit unheimlicher Narbe auf der Stirn geöffnet wurde. Offensichtlich hatte der Mann geschlafen und war sichtlich ungehalten über die Störung. Jade warf nur einen kurzen Blick auf sein mürrisches Gesicht, dann rückte sie näher zu Caine heran. Der Mann, den sie für Lyon hielt, trug nur Kniehosen. Seine beängstigende Miene verwandelte sich sofort in einen Ausdruck ehrlicher Überraschung, als er den Besucher erkannte. »Caine? Was um Himmels willen ... Kommt rein!« Er trat vor, in der Absicht, Caines Arm zu nehmen, dann besann er sich abrupt anders. Offenbar hatte er bemerkt, wie die beiden ungeladenen Gäste rochen.

Verlegen sah Jade ihren Begleiter an, um zu bekunden, daß sie ihm die alleinige Schuld an ihrem peinliche Zustand gab. Dann betrat sie die Halle mit dem schwarzweißen Fliesenboden. Eine schöne Frau eilte eine gewundene Treppe herab, langes silberblondes Haar wehte hinter ihr her. Sie sah so bezaubernd aus, daß Jade sich noch elender fühlte.

Hastig machte Caine alle miteinander bekannt, während Jade zu Boden starrte. »Lyon und seine Frau Christina – und das ist Jade.«

»Was ist denn mit euch beiden passiert?« fragte Lyon.

Da hob Jade den Kopf und schüttelte nasse Haarsträhnen aus den Augen, wobei mehrere Tropfen auf die polierten Fliesen fielen. »Er hat mich in die Themse geworfen.«

»Er hat – was?« Lyon mußte sich ein Grinsen verkneifen, denn soeben hatte er in Jades verfilztem Haar etwas entdeckt, das wie ein abgenagtes Hühnerbein aussah.

»Caine hat mich in die Themse geworfen«, wiederholte sie.

»Tatsächlich?« rief Christina verblüfft.

Jade wandte sich zu ihr. »O ja. Und danach hat er nicht einmal um Verzeihung gebeten.« Plötzlich brach sie in Tränen aus. »Alles ist seine Schuld! Erst hat er sein Wagenrad verloren, dann seine Instinkte. Und mein Plan war viel besser. Aber das wollte er einfach nicht einsehen.«

»Fangen Sie nicht schon wieder damit an!« warnte Caine.

»Warum hast du das arme Kind in die Themse geworfen?« Mit ausgestreckten Armen ging Christina zu Jade. »Sie müssen ja bis auf die Knochen frieren!« Abrupt hielt sie inne, als sie zu nahe an das Mädchen herankam, und wich zurück.

»Es war nötig«, erläuterte Caine und ignorierte Jades zornigen Blick.

»Ich glaube, ich hasse ihn«, teile Jade der Hausherrin

mit. »Und es ist mir egal, ob er Ihr Freund ist oder nicht. Ich halte ihn für einen rüden Schurken!«

»Ja, manchmal kann er ein Schurke sein«, stimmte Christina zu, »aber er hat auch nette Eigenschaften.«

»Die müßte ich erst mal kennenlernen.« wisperte Jade.

Christina rümpfte die Nase, holte tief Luft, dann legte sie einen Arm um Jades Taille. »Kommen Sie, wir kriegen Sie schon wieder sauber. Ich glaube, die Küche wird uns heute nacht die besten Dienste leisten. Lyon, weck doch das Personal. Wir brauchen heißes Wasser.« Sie wandte sich wieder zu Jade. »Was für einen ungewöhnlichen Namen Sie haben ! Aber er gefällt mir.«

»Er hat sich darüber lustig gemacht«, flüsterte Jade laut genug, so daß Caine es hören konnte.

Er verdrehte die Augen und rief:» Ich habe mich nicht über Ihren Namen lustig gemacht! Christina, ich schwöre, seit ich diese Frau kenne, tut sie nichts anderes als weinen und jammern.«

Sie warf ihm einen vernichtenden Blick zu, dann ließ sie sich von Christina in den hinteren Teil des Hauses führen. Die beiden Männer schauten ihnen nach.

»Da hören Sie's, Lady Christina!« klagte Jade. »Ständig beleidigt er mich. Dabei habe ich ihn nur um einen kleinen Gefallen gebeten!«

»Und er hat sich geweigert, Ihnen zu helfen? Das sieht Caine gar nicht ähnlich. Normalerweise ist er sehr freundlich.«

»Ich bot ihm sogar alle meine Silbermünzen an. Jetzt bin ich völlig verarmt. Er warf nämlich auch mein Cape in die Themse, und das Geld steckte in der Tasche.«

Christina schüttelte den Kopf. An der Ecke des Küchentrakts blieb sie stehen, um vorwurfsvoll in Caines Richtung zu schauen. »Wie ungalant!«

Eifrig stimmte Jade zu, während sie weitergingen.

»Um welchen Gefallen hat sie dich denn gebeten?« fragte Lyon.

»Ach, das war nichts Besonderes«, erwiderte Caine gedehnt, bückte sich und zog seine nassen Stiefel aus. »Ich sollte sie nur umbringen.«

Lyon brach in lautes Gelächter aus, verstummte aber sofort, als er merkte, daß sein Freund nicht scherzte.

»Sie wollte noch vor Tagesanbruch sterben.«

»Nein!«

»Aber sie erlaubte mir, vorher meinen Brandy auszutrinken.«

»Sehr rücksichtsvoll von ihr.«

Die zwei Männer grinsten, und Caine bemerkte: »Nun glaubt deine Frau, ich sei ein Monstrum, weil ich Jade enttäuscht habe.«

»Christina weiß ja nicht, welchen Wunsch du dem Mädchen abgeschlagen hast.«

Caine warf seine Stiefel in die Mitte der Halle und ließ ihnen die Socken folgen. »Ich könnte mich immer noch anders besinnen und Jades Bitte erfüllen«, meinte er trocken. »Verdammt, meine Lieblingsstiefel sind ruiniert.«

Der Hausherr lehnte sich an einen Torbogen und bebachtete, wie Caine aus dem Hemd schlüpfte. »Du wärst unfähig, sie zu töten. Außerdem hat sie's sicher nicht ernst gemeint. Sie wirkt ziemlich verängstigt. Ich kann mir nicht vorstellen...«

»Sie wurde Zeugin eines Mordes«, unterbrach ihn Caine. »Und jetzt sind ein paar Leute hinter ihr her, die sie offenbar zum Schweigen bringen wollen. Mehr weiß ich nicht, aber ich möchte mich so bald wie möglich über die Einzelheiten informieren. Je eher ich das Problem löse, desto schneller werde ich Jade los.«

Da Caine so wütend dreinschaute, unterdrückte Lyon

seinen Lachreiz. »Sie bringt dich schrecklich durcheinander, was?«

»Warum sollte mich eine Frau durcheinanderbringen?«

»Weil du mitten in meiner Halle die Hose runtergelassen hast. Deshalb glaube ich, daß du einigermaßen verwirrt bist.«

»Ich brauche einen Brandy.« Caine begann seine Hose wieder hochzuziehen – zu spät, denn in diesem Moment schlenderte Christina an ihm vorbei, lächelte ihren Mann an und stieg die Treppe hinauf, ohne einen Kommentar zu der unzureichenden Bekleidung des Gastes abzugeben.

Lyon genoß die Verlegenheit seines Freundes in vollen Zügen. In einer solchen Verfassung hatte er Caine noch nie gesehen. »Geh in die Bibliothek, auf dem Sideboard findest du eine Karaffe Brandy. Bediene dich, ich lasse inzwischen ein Bad für dich vorbereiten. Großer Gott, du stinkst grauenhaft!«

Ohne zu zögern befolgte Caine den Vorschlag. Der Brandy erwärmte ihn, und das Feuer, das er im Kamin entzündete, vertrieb die Kälte vollends aus seinen Gliedern.

Christina ließ Jade allein, nachdem die Wanne mit dampfendem Wasser gefüllt worden war. Zuvor hatte sie dem Mädchen geholfen, das Haar in einem Eimer voll Wasser mit Rosenduft zu waschen.

Rasch zog Jade ihre nassen Kleider aus, die Finger immer noch gefühllos vor Kälte. Doch sie nahm sich genug Zeit, um den Dolch aus der schmalen Tasche zu ziehen und auf einen Stuhl neben der Wanne zu legen – eine Vorsichtsmaßnahme, falls sich jemand von hinten an sie heranschleichen sollte. Dann stieg sie ins warme Wasser und seufzte vor Vergnügen.

Zweimal seifte sie sich ein, bis sie glaubte, wirklich sauber zu sein. Als sie aus der Wanne aufstand, kam

Christina zurück und entdeckte eine lange, gezackte Narbe an Jades Rücken. Erschrocken schrie sie auf.

Jade ergriff das Badetuch, das über der Stuhllehne hing, wickelte sich hinein und stieg aus der Wanne. »Stimmt was nicht?« fragte sie herausfordernd. Würde die blonde Frau es wagen, die Narbe zu erwähnen?

Aber Christina erwiderte: »Alles in Ordnung.« Sie hatte auch den Dolch bemerkt. Nun trat sie näher, um ihn genauer zu betrachten, und Jade wurde rot vor Verlegenheit. Wie sollte sie ihrer Gastgeberin erklären, warum eine vornehme Lady eine solche Waffe bei sich trug? Sie war einfach zu müde, um eine plausible Lüge zu erfinden.

»Meiner ist viel schärfer.«

Jade blinzelte verwirrt. »Wie bitte?«

»Mein Dolch ist viel schärfer. Ich benutze einen Spezialstein. Soll ich Ihre Klinge auch schleifen.«

»Das – das wäre nett.«

»Verwahren Sie ihren Dolch unterm Kissen, wenn Sie schlafen, oder neben sich?« fragte Christina in beiläufigem Ton.

»Unterm Kissen.«

»Ich auch. Da kommt man leichter dran, nicht wahr?«

»Ja – aber warum ...«

»Ich bringe Ihren Dolch nach oben und verstecke ihn unter Ihrem Kissen. Und morgen schleife ich ihn«, versprach Christina.

»Sie sind sehr freundlich. Ich wußte gar nicht, daß auch andere Damen Dolche besitzen.«

Anmutig zuckte Christina die Achseln. »Die meisten haben wohl keinen.« Sie reichte Jade ein blütenweißes Nachthemd und einen passenden Morgenmantel und half ihr, beides anzuziehen. »Jetzt lege ich den Dolch nicht mehr unter mein Kissen, Lyon beschützt mich. Sicher werden Sie bald auch auf Ihre Waffe verzichten.«

Vergeblich versuchte Jade, den Sinn dieser Worte zu erkennen. »Wieso glauben Sie das?«

»Es ist Ihr Schicksal. Natürlich müssen Sie erst einmal lernen, Caine zu vertrauen.«

»Unmöglich!« platzte Jade heraus. »Ich traue niemandem.« Sie las in Christinas bestürztem Blick, daß sie wohl etwas zu heftig reagiert hatte, und fügte rasch hinzu: »Ich weiß nicht recht, wovon Sie sprechen, Lady Christina, denn ich kenne Caine kaum. Warum sollte ich ihm vertrauen?«

»Bitte, nennen Sie mich nicht Lady. Setzen Sie sich ans Feuer, dann werde ich Ihr Haar entwirren.« Sie rückte einen Stuhl vor den Kamin und drückte Jade darauf. »Ich habe nicht viele Freunde in England.«

»Tatsächlich nicht?«

»Es ist meine Schuld. Ich bin so ungeduldig. Die Damen hier kommen mir so anmaßend vor. Aber Sie sind anders.«

»Wie können Sie das wissen?«

»Weil Sie einen Dolch bei sich tragen. Möchten Sie meine Freundin sein?

Jade zögerte. »So lange, wie Sie es wünschen.«

Nachdenklich musterte Christina die schöne junge Frau. »Sie meinen – wenn ich Sie näher kenne, werde ich keinen Wert mehr auf Ihre Freundschaft legen?«

Jade schlang die zitternden Hände ineinander. »Ich habe keine Zeit für Freundinnen.«

»Ich habe die Narbe auf Ihrem Rücken gesehen. Natürlich werde ich Caine nichts davon erzählen. Aber er wird's bemerken, wenn er mit ihnen ins Bett geht. Sie tragen ein Merkmal der Ehre ...« Jade wäre aufgesprungen, hätte Christina sie nicht an den Schultern festgehalten. »Oh, ich wollte Sie keinesfalls beleidigen, und Sie brauchen sich nicht zu schämen, wenn ...«

»Caine wird nicht mit mir ins Bett gehen. Ich mag ihn doch gar nicht.«

Christina lächelte. »Wir sind Freundinnen, nicht wahr?«

»Ja.«

»Dann dürfen Sie mich nicht belügen. Sie mögen Caine. Das las ich in Ihren Augen, als Sie ihn anschauten, und Ihr zorniges Stirnrunzeln war nur gespielt. Geben Sie doch wenigstens zu, daß er hübsch ist. Die Damen finden ihn sehr anziehen.«

»Ja. er ist attraktiv«, gab Jade seufzend zu. »Und ein Schürzenjäger, nicht wahr?«

»Lyon und ich haben ihn noch nie zweimal mit derselben Frau gesehen. Aber die meisten Männer sind Schürzenjäger, ehe sie heiraten.«

»Das weiß ich nicht. Ich habe bisher kaum eine Gelegenheit gefunden, mich mit Männern anzufreunden. Dafür fehlte mir die Zeit.«

Christina ergriff eine Bürste und begann damit über Jades üppige Locken zu streichen. »Sie haben wunderbares Haar – wie rotes Feuer.«

»Ihr Haar ist viel schöner, Christina. Und die Männer bevorzugen Blondinen.«

Christina wechselte das Thema. »Ich glaube, heute nacht sind Sie Ihrem Schicksal begegnet.«

Weil Jade nicht das Herz hatte, ihr zu widersprechen, sagte sie nur: »Wenn Sie meinen ...«

Als Christina die Beule entdeckte, bekam sie dieselbe Lüge zu hören, die Caine aufgetischt worden war. Jade bedauerte es, die nette Frau täuschen zu müssen, tröstete sich aber mit ihren lauteren Beweggründen. Außerdem hätte die Wahrheit ihre neue Freundin nur aufgeregt.

»Sie müssen das Leben einer Kriegerin führen, nicht wahr, Jade?«

»Einer – was?«

»Einer Kriegerin«, wiederholte Christina. «Sie waren lange allein, und deshalb trauen Sie niemandem.«

Jade zuckte die Schultern. »Vielleicht.«

»Jetzt sollten wir zu unseren Männern gehen.«

»Lyon ist Ihr Mann – aber Caine nicht meiner«, protestierte Jade. »Und ich möchte lieber ins Bett, wenn Sie nichts dagegen haben.«

»Inzwischen wird Caine gebadet haben und sich erfrischt fühlen. Sicher will er Ihnen Fragen stellen, zusammen mit Lyon, und Sie erst danach schlafen lassen. Männer können sehr eigensinnig sein, und es ist besser, sich hin und wieder ihren Wünschen zu fügen. Dann sind sie umgänglicher. Glauben Sie mir, ich weiß, wovon ich rede.«

Jade verknotete die Schärpe ihres Morgenmantels, folgte Christina und versuchte, sich gegen das bevorstehende Wortgefecht zu wappnen. Als sie die Bibliothek betrat, sah sie Caine an der Schreibtischkante lehnen. Die Stirn gerunzelt, schaute er ihr entgegen, und sie erwiderte den Blick genauso mürrisch. Wenn er bloß nicht so hübsch wäre ... Die braune Kniehose, die Lyon ihm geliehen hatte, saß unanständig eng. Ein weißes Baumwollhemd bedeckte die breiten Schultern.

Sie setzte sich auf ein goldgelbes Sofa, und Christina reichte ihr ein Glas Brandy. »Trinken Sie das, es wird Sie wärmen.«

Vorsichtig nahm Jade einen Schluck und leerte das Glas erst, nachdem sie sich an den scharfen Geschmack des Alkohols gewöhnt hatte.

Zufrieden nickte Christina, und Jade fühlte sich plötzlich viel besser – und auch sehr schläfrig. Sie legte den Kopf an die Sofalehne und schloß die Augen.

»Schlafen Sie nicht ein!« befahl Caine. »Ich muß Sie befragen.«

Ohne die Lider zu heben, entgegnete sie: »Ich schlafe nicht ein, aber wenn ich die Augen geschlossen halte, muß ich Ihr böses Gesicht nicht anschauen, das meinen inneren Frieden stören würde. Warum haben Sie sich als Pagan ausgegeben?«

Zunächst herrschte tiefes Schweigen, dann rief Lyon: »Er hat – was?«

»Er hat sich als Pagan ausgegeben«, wiederholte Jade. »Ich weiß nicht, wie viele andere berühmte Leute er schon dargestellt hat. Offenbar leidet Ihr Freund an geistiger Verwirrung.«

Caine sah aus, als wollte er sie erwürgen, und Christina unterdrückte ein Lächeln. »Lyon, so aufgeregt habe ich unseren Freund noch nie erlebt.«

»Ich auch nicht«, entgegnet ihr Mann.

Caine hinderte ihn mit einem vernichtenden Blick an weiteren Äußerungen und murmelte: »Das ist unter diesen Umständen nicht verwunderlich.«

»Allerdings bezweifle ich, daß er jemals als Napoleon aufgetreten ist«, bemerkte Jade und hob die Lider. »Dafür ist er zu groß, und jeder weiß, wie Napoleon aussieht.«

»Genug!« brüllte Caine, holte tief Luft und fuhr in etwas sanfterem Ton fort: »Ich werde erklären, warum ich Pagan gemimt habe, wenn sie alle Ereignisse schildern, die zu dieser unglückseligen Nacht geführt haben.«

»Sie tun so, als wäre alles nur meine Schuld!« klagte sie.

Sekundenlang schloß er die Augen. »Ich mache Ihnen ja gar keine Vorwürfe.«

»Doch! Sie benehmen sich einfach umöglich. Ich habe soviel durchgemacht, und Sie zeigen überhaupt kein Mitleid.«

Caine zählte bis zehn, dann gelang es ihm, einen Wutschrei zurückzuhalten.

»Erzählen Sie doch Ihre Geschichte, von Anfang an«, schlug Lyon vor.

Jade beachtete ihn nicht. Ihre Aufmerksamkeit konzentrierte sich auf Caine, der für ihren Geschmack immer noch ein bißchen zu beherrrscht wirkte. »Wenn Sie nicht endlich etwas Mitgefühl und Verständnis für mich zeigen, schreie ich.«

»Sie schreien ohnehin schon«, konterte er grinsend.

Sie atmete tief durch und entschloß sich zu einer anderen Taktik. »Diese schrecklichen Männer haben alles zerstört. Gerade war das schöne Heim meines Bruders renoviert worden – und da mußten sie es ruinieren. Ich kann Ihnen gar nicht sagen, wie enttäuscht Nathan sein wird, wenn er das erfährt. Oh, hören Sie auf, mich so anzustarren, Caine! Es ist mir egal, ob Sie mir glauben oder nicht.«

»Aber Jade ...«

»Reden Sie nicht mit mir!«

»Offenbar hast du die Kontrolle über diese Diskussion verloren, Caine«, meinte Lyon.

»Die hatte ich nie. Jade, wir müssen miteinander sprechen. Ja«, fügte er hastig hinzu, als sie ihn unterbrechen wollte, »ich weiß. Sie haben viel durchgemacht. Das will ich berücksichtigen.«

Er glaubte, seine sanfte Stimme würde sie beruhigen. Aber dann sah er ihre gerunzelte Stirn und wußte, daß seine Bemühungen fehlgeschlagen waren. »Warum müssen Sie immer so herablassend tun?« zischte sie.

Caine wandte sich zu Lyon. »Findest du mich herablassend?«

Lyon zuckte die Achseln, und Christina nickte. »Wenn Jade diesen Eindruck gewonnen hat, muß wohl was dran sein.«

»Sie behandeln mich wie eine Schwachsinnige, Caine!« jammerte Jade. »Nicht wahr, Christina?«

»Da Sie meine Freundin sind, stimme ich Ihnen natürlich zu«, antwortete die Hausherrin.

»Danke. Ich bin kein Kind mehr, Caine.«

»Das ist mir bereits aufgefallen.«

Sein träges Grinsen brachte sie in Wut, und sie fürchtete, ihm gegenüber an Boden zu verlieren, während sie vergeblich versuchte, ihn aus dem Gleichgewicht zu bringen. »Wissen Sie, was am schlimmsten war? Diese Männer zündeten die schöne Kutsche meines Bruders an.«

»Und das war am schlimmsten?«

»Zufällig saß ich drin, Sir!«

Er schüttelte den Kopf. »Soll ich Ihnen tatsächlich glauben, daß Sie im Wagen waren, als er Feuer fing?«

Jade sprang auf, stemmte die Hände in die Hüften und kreischte: »Er fing Feuer, er wurde in Brand gesteckt ...« Zerknirscht drehte sie sich zu den Gastgebern um. »Bitte, verzeihen Sie meine mangelnde Selbstbeherrschung. Normalerweise schreie ich nicht so.« Sie setzte sich wieder und schloß die Augen. »Es kümmert mich nicht, was er glaubt. Heute nacht kann ich nicht darüber reden. Ich bin zu verzweifelt, Caine. Sie müssen bis morgen warten, ehe Sie mir weitere Fragen stellen.«

Er gab es auf. Diese Frau hatte wirklich eine dramatische Begabung. Jetzt legte sie eine Hand an die Stirn und seufzte abgrundtief. Im Augenblick war es unmöglich, vernünftig mit ihr zu reden. Er setzte sich neben sie auf das Sofa und legte einen Arm um ihre Schultern.

»Ich entsinne mich, Ihnen erklärt zu haben, daß ich nicht angefaßt werden möchte«, stöhnte sie, während er sie an sich drückte.

Christine lächelte ihren Mann an und wisperte: »Das Schicksal nimmt seinen Lauf. Wir wollen die beiden allein lassen. Jade, Ihr Schlafzimmer ist das erste links vom Treppenabsatz. und deins liegt nebenan, Caine.« sie zog ihren widerstrebenden Ehemann auf die Beine.

»Ich will wissen, was mit Jade passiert ist«, protestierte er. »Ein bißchen bleibe ich noch.«

»Morgen kannst du deine Neugier noch genügend befriedigen. In ein paar Stunden wird Dakota uns wecken. Du brauchst deinen Schlaf.«

»Wer ist Dakota?« fragte Jade und lächelte, als sie sah, wie liebevoll sich die beiden anschauten. Neid stieg in ihr auf, den sie rasch verdrängte. Es war sinnlos, Wünsche zu verspüren, die sich nie erfüllen würden.

»Unser Sohn«, erklärte Lyon, »fast sechs Monate alt. Morgen früh werden Sie unseren kleinen Krieger kennenlernen.«

Nach dem Versprechen fiel die Tür hinter dem Ehepaar ins Schloß, und Jade war mit Caine allein. Sofort versuchte sie von ihm wegzurücken, aber er hielt sie fest. »Ich wollte mich nicht über Sie lustig machen, ich versuche nur, Ihre Situation logisch zu beurteilen. Wie Sie zugeben müssen, war diese Nacht etwas schwierig. Ich bin es nicht gewöhnt, daß feine Damen mich so nett bitten, ich möge sie umbringen.«

Lächelnd wandte sie sich zu ihm. »Sie fanden mich nett?«

Er nickte langsam. Ihr Mund war so nahe, so reizvoll. Ehe er sich zurückhalten konnte, neigte er sich zu ihr und hauchte einen Kuß auf Ihre Lippen.

»Warum haben Sie das getan?« flüsterte sie atemlos.

Caine grinste. »Weil ich Lust dazu hatte.« Er drückte ihren Kopf an seine Schulter, um nicht zu einem weiteren Kuß verleitet zu werden. »Anscheinend sind Sie durch die Hölle gegangen. Wir werden unser Gespräch morgen fortsetzen. Wenn Sie ausgeruht sind, lösen wir das Problem gemeinsam.«

»Das ist sehr rücksichtsvoll von Ihnen.« Ihre Stimme klang maßlos erleichtert. »Aber würden Sie mir bitte noch verraten, warum Sie sich als Pagan ausgegeben haben? Sie sagten, Sie wollten ihn aus seinem Versteck locken, und ich verstehe nicht ...«

»Ich wollte seinen Stolz verletzen und ihn so wütend machen, daß er zu mir kommen würde. Wenn jemand so täte, als wäre er ich ... Ach, zum Teufel, es ist so albern.« Geistesabwesend verschlang er die Finger in Jades seidigen Locken. »Alles andere habe ich schon versucht. Nicht einmal mit Geld konnte ich was ausrichten. Keiner läßt sich bestechen.«

»Warum wollen Sie Pagan sehen?

»Ich möchte ihn töten.«

Ihr Atem stockte. »Und wenn er jemand anders an seiner Stelle zu Ihnen schickt – würden Sie den auch umbringen?

»Ja.«

»Ist das Ihr Beruf? Verdienen Sie Ihren Lebensunterhalt damit, Menschen ins Jenseits zu befördern?«

Sie starrte ins Feuer, aber er sah die Tränen in ihren Augen.

»Nein, Jade.«

»Aber Sie haben schon einmal getötet?«

»Nur wenn es nötig war.«

»Ich habe noch niemanden umgebracht.«

Er lächelte. »Das dachte ich mir.«

»Halten Sie es für nötig, diesen Piraten zu töten?«

»Ja.« Er gab seiner Stimme einen harten Klang, in der Hoffnung, Jade von weiteren Fragen abzuhalten. »Und seine verdammten Anhänger werde ich auch töten, wenn das die einzige Möglichkeit ist, an ihn heranzukommen.«

»O Caine, ich wünschte, Sie würden niemanden umbringen!« Wieder war sie den Tränen nahe.

Er lehnte sich in die Kissen zurück und schloß die Augen. »Sie sind eine feine Lady, Jade. So was können Sie nicht verstehen.«

»Dann erklären Sie's mir«, flehte sie. »Pagan hat so viele wundervolle Dinge getan. Es wäre Sünde, wenn Sie ...«

»Was hat er getan?« fiel er ihr ins Wort.

»Sicher haben Sie schon gehört, daß der Pirat den Großteil seiner Beute den Armen schenkt. Und dank seiner großzügigen Spende konnte in unserem Dorf ein neuer Kirchturm gebaut werden.«

»Eine Spende?« Caine schüttelte den Kopf. Welch eine lächerliche Formulierung ... »Der Mann ist nichts weiter als ein ganz gewöhnlicher Dieb. Er bestiehlt die Reichen ...«

»Natürlich bestiehlt er die Reichen.«

»Was soll das heißen?«

»Er nimmt Ihnen nur was weg, weil sie so viel besitzen – und weil sie das bißchen, das er ihnen entwendet, nicht vermissen. Und den Armen kann er ja nichts stehlen.«

»Sie scheinen eine ganze Menge über den Piraten zu wissen, Jade.«

»Alle Leute reden über Pagans Abenteuer. Er ist ja so romantisch ...«

»Offenbar glauben Sie, er müßte zum Ritter geschlagen werden.«

»Das wäre eine gute Idee.« Sie rieb ihre Wange an Caines Schulter. »Man behauptet, Pagan habe noch niemendem was zuleide getan. Deshalb finde ich es nicht richtig, daß Sie Jagd auf ihn machen.«

»Wenn Sie denken, er hätte noch niemanden ermor det – warum sind Sie dann zu ihm gekommen, um sich töten zu lassen? Oder erinnern Sie sich nicht mehr daran?«

»Doch. Wenn ich Ihnen meinen wirklichen Plan verrate – versprechen Sie dann, mich nicht auszulachen?«

»Ich gebe Ihnen mein Wort«, sagte Caine, erstaunt über ihre plötzliche Scheu.

»Ich habe gehofft, daß, wenn er mich nicht töten würde – er vielleicht bereit wäre, mich auf sein wunderbares Schiff mitzunehmen und bis zur Rückkehr meines Bruders zu beschützen.«

»Wäre dieser Wunsch in Erfüllung gegangen, hätten sie Tag und Nacht um Gottes Gnade beten müssen. Offenbar haben Sie zu viele phantasievolle Geschichten gehört. Übrigens irren sie sich. Der Bastard hat zumindest ein Menschenleben auf dem Gewissen.«

»Wen hat er getötet?«

Er schwieg und starrte ins Kaminfeuer. Als er endlich antwortete, klang seine Stimme eisig. »Pagan hat meinen Bruder Colin ermordet.«

4

»O Caine, es tut mir so leid«, flüsterte Jade. »Sicher vermissen Sie Colin ganz schrecklich. War er älter oder jünger als Sie?«

»Jünger.«

»Und wann starb er?«

»Vor ein paar Monaten.«

»Das muß für Ihre Familie furchtbar gewesen sein. Leben Ihre Eltern noch?«

Caine nickte. »Meinem Vater fällt es besonders schwer, Colins Tod hinzunehmen. Er hat alles aufgegeben.«

»Ich verstehe nicht ...«

»Früher war er politisch sehr aktiv. Vor allem setzte

er sich für die Armen ein und erwirkte viele Maßnahmen, die ihnen das Leben erleichterten.«

»Zum Beispiel?« Sie hatte seine Hand ergriffen und drückte sie an sich, aber er bezweifelte, daß ihr dies zu Bewußtsein kam. Wahrscheinlich war es nur ein instinktiver Versuch, ihm Trost zu spenden. Wie auch immer – er fand die Berührung sehr angenehm. »Sie wollten mir erklären, wie Ihr Papa den Armen geholfen hat«, erinnerte sie ihn.

»Unter anderem verhinderte er eine Steuererhöhung.«

»Und jetzt vernachlässigt er seine Pflichten?«

»Er hat alles aufgegeben – die Politik, die Familie, seine Freunde, die Clubs. Und er liest nicht einmal mehr Zeitungen. Tag für Tag schließt er sich in seinem Arbeitszimmer ein und grübelt. Ich glaube, wenn Pagan seine Strafe gefunden hat, wird mein Vater vielleicht ... Ach, zum Teufel, ich weiß es nicht. Im Augenblick ist er völlig niedergeschlagen.«

»Sind Sie so wie Ihr Vater? Kämpfen Sie auch für die Armen? Ich glaube, Sie haben ein besonderes Talent dazu, andere Menschen zu beschützen.«

»Warum sagen Sie das?«

Natürlich durfte sie nicht verraten, daß Sie seine Akte gelesen hatte. »Weil Sie mich unter Ihre Fittiche genommen haben. Und ich denke, Sie würden allen Armen und Hilflosen Ihren Beistand anbieten. Allerdings war ich noch nicht arm, als ich Sie kennenlernte.«

»Fangen Sie schon wieder an, diesen Silbermünzen nachzuweinen?«

Weil er lächelte, wußte sie, daß er sich nicht über sie ärgerte. »Nein, ich wollte Sie nur daran erinnern. Sie sind also wie Ihr Vater?

»In gewisser Hinsicht gleiche ich ihm.«

»Aber er hat sich von der Welt zurückgezogen, während Sie auf Rache sinnen. Das sind doch völlig unterschiedliche Reaktionen.«

»Ja.«

»Ich verstehe, warum Ihr Vater mit dem Leben abgeschlossen hat.«

»Tatsächlich?«

»Weil Väter ihre Söhne nicht verlieren dürften.«

»Nein, im Normalfall sterben sie vor den Söhnen.«

»Natürlich nach einem langen, glücklichen Erdendasein«, ergänzte Jade.

Diese Worte klangen so aufrichtig, daß er ihr nicht widersprechen wollte. »So ist es.«

»Sie glauben also, Pagan hat Ihren Bruder getötet? Sind Sie da ganz sicher?«

»O ja. Ich habe es von höchster Stelle erfahren.«

»Und wie hat Pagan ihn getötet?«

»Um Himmels willen, Jade, ich will nicht darüber reden. Ich habe Ihnen schon viel zuviel erzählt.«

»Tut mir leid, wenn ich Sie aufgeregt habe.« Sie rückte von ihm weg und schaute in seine Augen.

Die Sorge in ihrem Blick weckte Schuldgefühle in Caines Herzen, und er bereute seinen schroffen Tonfall. »Colin wurde auf hoher See ermordet.«

»Und irgend jemand war so freundlich, ihn zur Beerdigung nach Hause zu bringen?«

»Nein.«

»Wie können Sie dann wissen, daß er tot ist? Womöglich wurde er an den Strand einer einsamen Insel gespült oder ...«

»Man schickte mir einen Beweis.«

»Welchen Beweis? Und wer hat ihn geschickt?«

Er begriff Jades Interesse nicht und beschloß, das Gespräch zu beenden. »Der Beweis kam vom Kriegsministerium. Und jetzt hören Sie auf, mich mit Fragen zu bestürmen.«

»Ja, selbstverständlich«, flüsterte Jade. »Bitte, verzeichen Sie, daß ich in Ihre Privatsphäre eingedrungen bin.« Sie gähnte herzhaft. »Caine, lange dürfen wir nicht hierbleiben, sonst bringen wir Ihre Freunde in Gefahr.«

»Da stimme ich Ihnen zu. Wir bleiben nur diese Nacht.«

Er schaute wieder in die Flammen und schmiedete Pläne, während Jade einschlief, eng an ihn gekuschelt. Dankbar für die wohltuende Stille, zögerte er, ins Bett zu gehen, weil es ihm viel zu sehr gefiel, diese unmögliche Frau an sich zu drücken. Unwillkürlich küßte er ihre Schläfe.

Erst als das Feuer zu glühender Asche herabgebrannt war und Kälte ins Zimmer kroch, erhob er sich. Jade schreckte aus dem Schlaf hoch und sprang auf. Er wollte sie nach oben tragen, doch als er sie auf die Arme zu nehmen versuchte, stieß sie seine Hände weg. Seufzend umfaßte er ihre Schultern und führte sie die Treppe hinauf. Dabei versuchte er zu ignorieren, wie schön sie aussah. Ihr Haar war fast getrocknet und ringelte sich schmeichelnd um ihr Gesicht. Und er bemühte sich auch, nicht daran zu denken, daß sie nur ein dünnes Nachthemd und einen Morgenmantel anhatte. Er öffnete ihre Schlafzimmertür, dann wandte er sich zu seiner.

»Caine?« wisperte sie schläfrig. »Sie lassen mich doch nicht im Stich?«

Diese Frage war beleidigend. Er drehte sich erbost um, aber als er die Angst in ihren Augen las, sprach er nicht aus, was ihm auf der Zunge lag. »Nein, ich verlasse Sie nicht.«

Sie nickte und wollte anscheinend noch etwas sagen, doch dann warf sie ihm abrupt die Tür vor der Nase zu.

Christina hatte das angrenzende Zimmer für Caine hergerichtet. Die Bettdecke war einladend zurückgeschlagen, im Kamin knisterte ein Feuer. So weich und bequem das Bett auch war, er fand keinen Schlaf. Rastlos wälzte er sich umher und verfluchte seine mangelnde Disziplin, weil es ihm einfach nicht gelang, die grünäugige Verführerin aus seinen Gedanken zu verbannen.« Er verstand nicht, warum er sie so heiß begehrte. Das ergab keinen Sinn. Wo er doch launische, unlogische, verheulte junge Damen nicht ausstehen konnte ...

Doch er war einfach zu erschöpft, um klar zu denken. Und es widersprach seinen Gewohnheiten, Zurückhaltung üben zu müssen. Caine nahm sich einfach, was er wollte. Allerdings war er in den letzten Jahren etwas bequemer geworden. Er mußte nicht mehr auf die Jagd gehen, die Frauen kamen zu ihm, um sich willig hinzugeben. Ohne Bedenken zu hegen oder Reue zu empfinden, genoß er, was ihm offeriert wurde. Und er machte seinen Bettgefährtinnen auch gar nichts vor. Niemals verbrachte er ganze Nächte mit seinen Liebhaberinnen, weil er wußte, daß sie sonst am Morgen Forderungen an ihn stellen und sich in albernen Hoffnungen wiegen würden.

Trotzdem begehrte er Jade. O Gott, das war völlig verrückt. Als er sie niesen hörte, sprang er sofort aus dem Bett und schlüpfte in seine Hose, ersparte sich aber die Mühe, sie zuzuknöpfen. Nun hatte er einen Grund, in Jades Zimmer zu gehen. Vielleicht brauchte sie noch eine Decke. Die Nachtluft war kalt. Es könnte auch ein Feuer ausgebrochen sein. Wie der Lichtstreifen unter Jades Tür verriet, mußte sie eingeschlafen sein, ohne die Kerzen gelöscht zu haben.

Besorgt öffnete er die Tür. Auf den Anblick, der sich ihm bot, war er ganz und gar nicht vorbereitet. Jade lag auf dem Bauch, das glänzende Haar über den Rücken gebreitet. Die Augen fest geschlossen, war ihm das schöne Gesicht zugewandt. Gleichmäßige Atemzüge verrieten, daß sie tief und fest schlummerte – splitterfasernackt. Das Nachthemd hing über dem Stuhl neben dem Bett, die Decke hatte sie zu Boden geworfen.

Die kleine Lady mußte sehr sinnlich sein, wenn sie es bevorzugte, nackt zu schlafen. Sie erschien ihm wie eine goldene Göttin – mit wohlgeformten langen Beinen. Plötzlich stellte er sich vor, diese Beine wären um seine Hüften geschlungen, und er stöhnte beinahe. Von heftigem Verlangen erfaßt, näherte er sich dem Bett. Da entdeckte er die lange, dünne Narbe auf Jades Rücken, die er sofort erkannte. Er selbst hatte eine ähnliche an einem hinteren Oberschenkel. Es gab nur eine einzige Waffe, die solche gezackten Wunden verursachen konnte – eine Peitsche.

Irgend jemand hatte Jade ausgepeitscht. Caine war verblüfft und zornig zugleich. Das Alter der Narbe schätzte er anhand der verblaßten Ränder auf fünf Jahre. Das machte die ungeheuerliche Tat noch schlimmer. Als Jade so schrecklich mißhandelt worden war, mußte sie noch ein Kind gewesen sein.

Sollte er sie wecken und nach dem Namen des Bastards fragen? Sie begann im Schlaf zu stöhnen und bewegte sich unruhig. Offenbar wurde sie von einem bösen Traum heimgesucht. Nun nieste sie wieder, dann wimmerte sie leise.

Seufzend ergriff er das Nachthemd und wandte sich wieder zu dem Engel, den er dummerweise in seine Obhut genommen hatte. Er versuchte, sich mit der Komik der Situation zu trösten. Zum erstenmal in seinem Leben würde er einer Frau das Nachthemd an –und nicht ausziehen.

Als er sich über sie beugte, sah er aus einem Augenwinkel Stahl blitzen. Instinktiv wehrte er den Angriff mit einem kraftvollen Schlag seines linken Arms ab, der Jades

Handgelenk traf. Der Dolch flog quer durch den Raum und landete klirrend vor dem Kamin.

Jade kniete im Bett und kreischte: »Schleichen Sie sich nie wieder an mich ran! Großer Gott, ich hätte Sie erstechen können!«

»Gehen Sie nie wieder mit einer Waffe auf mich los!« brüllte Caine, nicht weniger wütend. »Sonst bringe ich Sie um!«

Diese Drohung schien sie kein bißchen einzuschüchtern. Offenbar verstand sie nicht, in welcher Gefahr sie geschwebt hatte, sonst hätte sie zumindest versucht, Zerknirschung zu zeigen.

Jade hatte ihre Nacktheit vergessen – er aber nicht. Ihre langen kupferroten Locken verdeckten die runden, vollen Brüste mit den harten, rosigen Knospen nur teilweise. Vor Ärger keuchte sie, die heftigen Atemzüge hoben und senkten den schmalen Brustkorb in einem fast hypnotisierenden Rhythmus.

Caine kam sich wie ein Schurke vor, weil er das bemerkte, aber dann stachelte Jade seinen Zorn von neuem an. »Sie werden mich nicht töten. Darüber haben wir bereits gesprochen.«

»Verblüfft starrte er sie an. »Sie fürchten sich gar nicht vor mir?«

Anmutig flogen die Locken um ihre Schultern, als sie den Kopf schüttelte. »Warum sollte ich? Sie sind doch mein Beschützer, Sir.«

Diese Provokation war zuviel. Er packte ihre Hände und warf sie unsanft auf die Matratze. Dann warf er sich über sie und schob ein Knie zwischen ihre Schenkel, so daß sie nicht nach ihm treten konnte. Er traute ihr durchaus die Gemeinheit zu, ihn in einen Eunuchen zu verwandeln, falls sie eine Gelegenheit dazu fände. »Ich glaube, es wird höchste Zeit für mich, Ihnen ein paar Grundregeln beizubringen«, stieß er zwischen zusammengebissenen Zähnen hervor.

Sie hielt die Luft an, als sie seine nackte Brust auf ihrer spürte. Anscheinend merkte sie nun, daß sie kein Nachthemd trug. Verdammt, wie weich und wunderbar sie sich anfühlte. Am liebsten hätte er das Gesicht an ihrem Hals vergraben und sie geliebt, voll zärtlicher Leidenschaft. Und sie würde ihm gehören, das gelobte er sich. Aber sie sollte ihn begehren und um Erfüllung anflehen, statt undamenhafte Obszönitäten in sein Ohr zu murmeln, wie sie es im Moment tat. »Um Himmels willen, wo haben Sie solche Wörter gelernt?« fragte er, als sie ihm die erstaunlichsten Racheakte androhte.

»Von Ihnen!« log sie. »Würden Sie jetzt von mir runtersteigen, Sie – Sie verdammtes Warzenschwein?« Obwohl sie sich so mutig gab, schwang Angst in ihrer zitternden Stimme mit. Darauf nahm Caine sofort Rücksicht. Langsam und widerstrebend glitt er zur Seite. Dabei streiften die Spitzen ihrer Brüste seine nackte Haut, und er stöhnte. Jades Busen war bereit für ihn, selbst wenn sie ihn verabscheute – bereit, geküßt zu werden ...

»Caine?«

Er lag jetzt neben ihr, auf einen Ellbogen gestützt, um ihr Gesicht betrachten zu können. Ihre gerunzelte Stirn brachte ihn in neue Wut.

Die widersprüchlichsten Gefühle kämpften in ihr. Sie müßte ihm grollen, das wußte sie. Aber das dunkle Kraushaar auf seiner Brust hatte sie so angenehm und aufregend gekitzelt. Und der Anblick der harten Muskeln in seinen Oberarmen nahm ihr den Atem. Natürlich darf ich ihn nicht merken lassen, was in mir vorgeht, sagte sie sich. Ich muß Zorn zeigen. Und Angst.

»Auf diese Weise wollen Sie mich also beschützen?« fragte sie.

»Nein.«

»Caine ...«

»Sie sehen so aus, als wollten Sie mich küssen.«

»Das möchte ich tatsächlich«, gab er zu.

Sie schüttelte den Kopf, aber er beendete diese Bewegung, indem er ihr Kinn umfaßte. »Aber Sie mögen mich doch gar nicht«, flüsterte sie. »Das haben Sie mir versichert. Sind Sie jetzt anderen Sinnes geworden?«

Caine mußte lächeln, als er die Verwirrung in ihren Augen las.

»Nein.«

»Warum wollen Sie mich dann küssen?«

»Das kann ich nicht erklären. Vielleicht, weil Sie nackt sind, und weil ich Ihre weiche Haut spüre. Oder ...«

»Nur einmal.«

Er verstand nicht, was sie meinte, bemerkte aber die Verlegenheit, die ihr das Blut in die Wangen trieb. »Einmal? Was, Jade?«

»Sie dürfen mich küssen, aber nur einmal. Dann müssen Sie mein Zimmer verlassen.«

»Ich soll Sie küssen?« Seine Stimme klang so zärtlich, daß es ihm wie eine Liebkosung erschien.

Atemlos starrte sie auf seinen Mund. Wie mochte es sein, von ihm geküßte zu werden – richtig geküßt? Neugier besiegte Jades Bedenken. »Ja«, wisperte sie.

Es war ein sehr besitzergreifender Kuß. Caines Zunge spielte mit ihrer. Jade hatte nicht gewußt, daß ein Mann eine Frau auf diese Art küssen konnte, aber es gefiel ihr. Und sie fand es wahnsinnig aufregend. Erst als ihre Zunge die Zärtlichkeiten scheu erwiderte, wurde sein Kuß etwas sanfter. An ihrem Schenkel fühlte sie das harte Zeichen seines Verlangens, das sich immer wieder an sie drängte, im selben Rhythmus, in dem seine Zunge in ihrem Mund umherglitt. Heiße Wellen begannen sich in ihrem Bauch auszubreiten.

Sie konnte ihn einfach nicht abwehren. Sein Mund drohte ihr den Verstand zu rauben, und sie sehnte sich nach noch intensiveren Zärtlichkeiten. Um ihren Kopf festzuhalten, hatte er die Finger in ihr Haar geschlungen, doch das war gar nicht nötig. Sie klammerte sich an ihn.

Caine wußte, daß er aufhören mußte, sonst würde er den letzten Rest seiner Beherrschung verlieren. Er richtete sich auf, und Jade grub die Fingernägel in seine Schultern, um ihn wieder zu sich hinabzuziehen. Doch er widerstand der unausgesprochenen Einladung. Er schaute in die leuchtenden grünen Augen, und was er da sah, erfüllte ihn mit männlicher Befriedigung.

»Du schmeckst wie Zucker und Honig.«

»Wirklich?«

»O ja.« Seine Lippen streiften ihre. »Und nach Brandy.« Rastlos wand sie sich umher, und er befahl: »Beweg deine Hüften nicht so heftig!« Er biß die Zähne zusammen, um sich gegen diese unschuldige Provokation zu wappnen.

»Caine?«

»Ja?«

»Nur zweimal – einverstanden?«

Jetzt mußte er nicht mehr fragen, was sie meinte. Sie erlaubte ihm, sie noch einmal zu küssen. Und er konnte es nicht ablehnen. Nach einem langen, leidenschaftlichen Kuß starrte er wieder in ihre Augen und triumphierte. Ihr Blick war verschleiert, sie begehrte ihn ebenso wie er sie.

»Caine?«

»Nicht mehr.«

»Hat es dir mißfallen?« flüsterte sie bestürzt.

»Ganz im Gegenteil.«

»Warum willst du dann nicht ...«

Er streichelte ihre Schultern, und die Anstrengung, die

ihn seine Selbstkontrolle kostete, wurde fast schmerzhaft. »Wenn ich dich noch mal küsse, kann ich nicht versprechen, es dabei bewenden zu lassen. Möchtest du das riskieren, Jade?«

Ehe sie antworten konnte, rückte er von ihr weg. »Es war nicht anständig von mir, das zu fragen, solange du dich in diesem Zustand befindest.«

»In welchem Zustand?«

Caine seufzte tief auf. »Ich denke, daß ich dir schließlich die Unschuld rauben werde; also solltest du deine Entscheidung treffen, bevor dein Gehirn von Verlangen umnebelt ist.« Er zog die Brauen zusammen, als sie sich erneut umherwand. »Wenn du nicht damit aufhörst, wird es jetzt gleich passieren, das schwöre ich dir. Ich bin nicht aus Eisen.«

Sofort erstarrte sie. Er stand vom Bett auf, obwohl es ihm sehr schwerfiel, und half ihr sogar, das Nachthemd anzuziehen. Den Dolch gab er ihr nicht zurück, so inständig sie auch beteuerte, sie würde ihn nie wieder gegen ihn erheben. »Ich habe tief geschlafen, und du bist herangeschlichen wie ein Dieb«, verteidigte sie ihren Angriff. »Da mußte ich mich doch schützen.«

Er zerrte sie vom Bett hoch und führte sie zur Tür.

»Du hattest einen Alptraum, nicht wahr?«

»Vielleicht. Ich erinnere mich nicht. Wohin gehen wir?«

»Du wirst bei mir schlafen. Dann mußt du nicht mehr befürchten, es könnte sich jemand an dich heranpirschen.«

»Ich glaube, in meinem eigenen Zimmer bin ich weniger gefährdet.«

»Glaubst du etwa, du wärst unfähig, deine Finger von mir zu lassen?«

»Natürlich werde ich mich mit aller Macht beherrschen müssen«, seufzte sie, »sonst würde ich am Galgen enden.

Mord wird in diesem Teil der Welt immer noch mit Tod bestraft.«

Caine lachte. »Wenn ich dich anfasse, wirst du nicht mehr an Mord denken.«

»Einen Beschützer dürfte es nicht nach seinem Schützling gelüsten.«

»Und wie ist es mit dir? Begehrst du deinen Beschützer?«

»Das weiß ich nicht. Du übst eine starke Anziehungskraft auf mich aus, aber ich war noch nie mit einem Mann im Bett, und ich habe keine Ahnung, ob ich wirklich so sehr nach dir verlange. Wie auch immer, meine Gefühle beunruhigen mich. Morgen muß ich mir einen anderen Beschützer suchen – einen, der mich nicht so verwirrt.«

Sie wollte sich von seinem Griff befreien und zu ihrem Bett zurückkehren, aber er schwang sie über seine Schultern und trug sie durch die Verbindungstür in sein Zimmer.

»Wie kannst du es wagen, mich so zu behandeln? schimpfte sie entrüstet. »Ich bin kein Mehlsack! Laß mich sofort runter, du Bastard!«

»Bastard? Solche Ausdrücke sollten nicht zum Wortschatz einer Dame zählen.« Caine warf sie auf sein Bett. Da er erwartet hatte, sie würde sofort aufspringen und einen Fluchtveruch unternehmen, war er angenehm überrascht, als sie unter die Decke kroch. Sie rückte das Kissen unter ihrem Kopf zurecht und drapierte sich das Haar um die Schultern. Der Kontrast zwischen den roten Locken und dem jungfräulich weißen Nachthemd wirkte bezaubernd. Soeben hatte ihn diese Frau »Bastard« genannt, und nun sah sie wieder wie ein Engel aus. Seufzend löschte er die Kerzen.

»Ich bin eine Dame«, beteuerte Jade, als er sich neben sie legte. »Aber du machst mich oft so wütend. Nur deshalb ...«

Als sie verstummte, fragte er: »Deshalb drückst du dich manchmal so unfein aus?«

»Ja.« Unsicher fügte sie hinzu: »Muß ich mich entschuldigen?«

Caine unterdrückte seinen Lachreiz. »Ich fürchte, das könnte ich nicht ernst nehmen.« Er drehte sich auf die Seite und versuchte sie zu umarmen. Aber sie stieß ihn weg, und da legte er sich wieder auf den Rücken, verschränkte die Hände hinter dem Kopf und starrte ins Dunkel – unfähig, seine Gedanken von dem warmen, weichen Körper neben sich loszureißen. Jade war die ungewöhnlichste Frau, die er kannte. Immer wieder belustigte sie ihn – und im nächsten Augenblick brachte sie ihn so in Wut, daß er sie anbrüllen wollte. Was er für sie empfand, verstand er selber nicht. Eins stand jedenfalls fest – sie begehrte ihn, das hatte er bei jenen heißen Küssen bemerkt. »Jade?«

Seine rauhe Stimme jagte ihr einen Schauer über ihre Glieder. »Ja?«

»Es ist seltsam, nicht wahr?«

»Was?« Ein Lächeln klang in ihrer Frage mit.

»Wir teilen dieses Bett, ohne uns zu berühren. Du fühlst dich doch wohl bei mir?«

»Ja, Caine. Tut die Liebe weh?«

»Nein. Nur wenn man jemanden ganz und gar lieben möchte und es nicht tun kann.«

»Oh ... Dann scheine ich dich nicht sonderlich zu begehren, Caine, denn ich habe überhaupt keine Schmerzen.« Jade traf diese Feststellung in entnervend heiterem Ton.

»Schlaf jetzt.«

Sie spürte, wie er sich wieder zu ihr wandte, und wartete atemlos auf einen Kuß. Doch sie wurde bitter enttäuscht.

Auf einen Ellbogen gestützt, starrte Caine ihr ins Gesicht, und sie zwang sich zu einer fröhlichen Miene – für den Fall, daß er die Augen einer Katze besaß und in pechschwarzer Finsternis sehen konnte. »Jade, wo hast du die Peitschennarbe auf deinem Rücken her?«

»Von einer Peitsche.« Entschlossen widerstand sie der Versuchung, sich an seinen warmen Körper zu schmiegen.

»Antworte!«

»Wieso weißt du, daß es eine Peitschennarbe ist?«

»Weil ich so eine ähnliche am Schenkel habe.«

»Und wie bist du dazu gekommen?«

»Quittierst du jede Frage mit einer Gegenfrage? Woher hast du deine Narbe?

»Das ist meine Privatsache. Caine, bald wird es hell, und ich habe einen ziemlich anstrengenden Tag hinter mir.«

»Also gut, du kannst mir morgen von dieser Privatsache erzählen.« Ehe sie ihn abwehren konnte, schlang er einen Arm um ihre Taille und hielt sie fest. Sein Kinn berührte ihren Scheitel, seine harten Schenkel ihre Hüfte.» Ist dir warm genug?

»Ja. Und dir?«

»Mir auch.«

»Du wirst dich doch anständig benehmen?« neckte sie ihn.

»Wahrscheinlich. Jedenfalls würde ich nichts tun, was du nicht willst.«

»Und wenn du denkst, ich will es – und wenn das gar nicht stimmt ...«

»Ich werde dir nicht zu nahe treten, bevor du mir nicht deine ausdrückliche Erlaubnis erteilt hast. Das verspreche ich.«

Nie zuvor hatte sie ein netteres Versprechen gehört. Es klang so aufrichtig, und sie wußte, daß er es ernst meinte. »Caine, weißt du, was ich soeben erkannt habe? Du bist ein echter Gentleman.«

Doch er war bereits eingeschlummert, und sie beschloß, seinem Beispiel zu folgen. Mit einem wohligen Seufzer legte sie einen Arm um seine Brust.

Eine knappe Stunde später erwachte Caine, als Jade im Schlaf aufschrie. Sie murmelte etwas vor sich hin, das er nicht verstand. Dann schrie sie wieder, und er rüttelte sie wach. Als er ihr das Haar aus dem Gesicht strich, spürte er Tränen auf ihren Wangen. »Meine Süße, du hattest einen Alptraum. Jetzt ist alles gut. Bei mir bist du sicher. Er streichelte ihren Rücken, bis sich ihre verkrampften Muskeln lockerten. Was hast du geträumt?«

»Von Haien«, wisperte sie unglücklich.

»Von Haien?« Caine traute seinen Ohren nicht.

Sie schob den Kopf unter sein Kinn. »Ich bin so müde. Jetzt erinnere ich mich nicht mehr an meinen bösen Traum. Halt mich fest. Ich will schlafen.«

Ihre Stimme bebte immer noch, und er wußte, daß sie log. Sie erinnerte sich ganz genau an den Alptraum. Aber er wollte sie nicht weiter bedrängen, und so küßte er ihre Stirn und drückte sie an sich.

Jade merkte, als er wieder einschlief. Langsam und vorsichtig befreite sie sich aus seinen Armen und rückte zum Bettrand. Ihr Herz schlug wie rasend. Caine glaubte, sie hätte nur geträumt. War es ein Alptraum, wenn man etwas ein zweites Mal erlebte? Würde sie das Grauen je vergessen – und ihre Angst vor dem Wasser verlieren? Tränen brannten in ihren Augen, und sie bekämpfte mühsam die Versuchung, sich wieder an Caine zu schmiegen. Es war so einfach, ihm zu vertrauen, sich bedingungslos auf ihn zu verlassen?

Warum mißtraute ihm dann sein Bruder?

5

Caine erwachte, von heißem Verlangen nach Jade erfüllt. Das Nachthemd war zu ihren Schenkeln hochgerutscht. Ihr rechtes Bein lag über seinen Hüften, ihr Knie berührte die pulsierende Härte seiner Erregung. Aus Rücksicht auf Jades Gefühle hatte er im Bett die Hose anbehalten, doch die erwies sich als unzureichende Barriere gegen den weichen, weiblichen Körper.

Ihre Wange ruhte auf seiner nackten Brust. Jade atmete tief und gleichmäßig mit leicht geöffneten Lippen. Er betrachtete die langen schwarzen Wimpern, die Sommersprossen auf der zarten Nase, bis sein Verlangen schmerzhaft wurde. Der Entschluß, sich von ihr zu entfernen, fiel ihm sehr schwer. Als er sie auf den Rücken zu drehen versuchte, merkte er, daß sie seine Hand festhielt und offenbar auch gar nicht loslassen wollte.

Gewaltsam mußte er sich von ihren Fingern befreien. In dieser Nacht hatte sie ihn Bastard genannt. Und nun klammerte sie sich an ihn. Wenn sie erwachte, würde sie ihm sicher wieder mit Vorsicht begegnen. Doch im Schlaf konnte sie ihre Verletzlichkeit nicht verbergen, und das freute ihn.

Während er seinen Engel anschaute, gelobte er sich, sie vor allem Unheil zu bewahren. Mit seinem Leben wollte er sie verteidigen. Solange er ihr Beschützer war. Oder wünschte er, daß sie bei ihm blieb? Noch viel länger? In zwei Wochen würde Nathan heimkehren und wieder für seine Schwester sorgen. Würde Caine es über sich bringen, sie gehen zu lassen? Auf diese Frage wußte er keine Antwort, wußte nur, daß ihm der Gedanke an eine Trennung das Herz zusammenkrampfte. Mehr mochte er sich nicht eingestehen.

Wenn man mit einer halbnackten Schönheit im Bett lag, konnte man auch gar nicht klar denken. Er küßte ihre Stirn und beschloß, seine Überlegungen auf später zu verschieben, dann befreite er sich behutsam von ihr und stand auf. Er wusch sich, zog die von Lyon entliehenen Sachen an und weckte Jade. Als er sie rüttelte, schlug sie nach ihm. »Alles ist in Ordnung«, flüsterte er besänftigend. »Jetzt mußt du raus aus den Federn.«

Sie setzte sich auf, wurde feuerrot und zog sich die Decke bis zum Kinn. Diese schamhafte Geste war überflüssig angesichts der Tatsache, daß er sie in der vergangenen Nacht völlig hüllenlos gesehen hatte. Aber er entschied, das vorerst nicht zu erwähnen.

»Bitte, verzeih mein Benehmen«, wisperte sie schlaftrunken. »Ich bin es nicht gewöhnt, von einem Mann geweckt zu werden.«

»Das will ich auch nicht hoffen.«

»Warum nicht?« Verwirrt hob sie die Brauen.

»Tu nicht so naiv!«

Jade schaute ihn immer noch verständnislos an. Er beugte sich hinab und drückte seine Lippen auf ihre. Der Kuß war vorbei, ehe sie ihn erwidern konnte. »Warum hast du das getan, Caine?«

»Weil ich es wollte.«

Er wandte sich zur Tür, und Jade rief ihm nach: »Wohin gehst du?«

»Nach unten. Wir treffen uns im Speisezimmer. Sicher hat Christina im Nebenraum ein paar Kleider für dich bereitgelegt.«

»O Gott – sie muß glauben, daß wir ...« Die Tür fiel ins Schloß und unterbrach Jades entsetztes Flüstern. Sie hörte Caine pfeifen, während er die Treppe hinabstieg, und sank in die Kissen zurück. Der flüchtige Kuß hatte sie tief erschüttert – ebenso wie die Befürchtung, seine Freunde könnten sie als Hure betrachten. Und warum machte sie sich deshalb Sorgen? Wenn das Manöver vorbei war, würde sie diese Leute nie wiedersehen. Trotzdem – Christina wollte ihre Freundin sein. Und deshalb kam es Jade so vor, als hätte sie die nette Frau hintergangen.

»Ich werde einfach erklären, es sei nichts passiert«, wisperte sie. Eine wahre Freundin mußte ihr glauben. Da sie noch nie Freundinnen gehabt hatte, wußte sie nicht, welche Regeln in solchen Beziehungen galten.

Sie sprang aus dem Bett und eilte in ihr eigenes Zimmer. Caine hatte recht, denn über einem Stuhl hing ein hübsches dunkelblaues Reitkostüm. Daneben standen blankpolierte braune Stiefel. Jade hoffte, sie würden ihr passen.

Während sie sich wusch und anzog, konnte sie nicht aufhören, an Caine zu denken. Er bedrohte ihren Seelenfrieden. Sein gutes Aussehen war gefährlich. Allein schon dieses Grübchen in der einen Wange ... Und Lyon hatte ihm eine viel zu enge Hose geliehen, die jeden einzelnen Muskel in seinen Schenkeln betonte – nebst anderen Dingen. Black Harry würde sie erwürgen, wenn er wüßte, daß sie sich die Zeit genommen hatte, den Körper eines Mannes zu betrachten. Doch Caines maskuline Merkmale ließen sich einfach nicht übersehen. Sie mochte zwar unschuldig sein, war aber nicht blind.

Fünfzehn Minuten später hatte sie ihre Toilette beendet. Die weiße Seidenbluse war ein bißchen zu eng für ihren Busen, aber das wurde von der Jacke verborgen. Die Stiefel drückten nur ein kleines bißchen an den Zehen. Den Versuch, ihr Haar zu flechten, gab sie bald auf. Sie hatte nie gelernt, sich zu frisieren, und brachte auch keine

Geduld dafür auf. Früher hatte sie das nicht gestört, jetzt bereitet es ihr Sorge. Bis diese Maskerade überstanden war, galt sie als vornehme Dame, und so hätte sie auch aussehen müssen.

Die Speisezimmertür stand offen, Caine saß am Ende eines langen Mahagonitisches. Ein Diener goß aus einer schönen Silberkanne schwarzen Tee in eine Porzellantasse. In die Zeitung vertieft, beachtete Caine den Mann nicht.

Jade überlegte, ob sie knicksen sollte, entschied aber dann, daß es keine Rolle spielte, weil er auch ihr keine Aufmerksamkeit schenkte. Doch da irrte sie sich, denn sobald sie den Stuhl an seiner Seite erreichte, erhob er sich, um ihn ihr zurechtzurücken. Das hatte noch niemand für sie getan, nicht einmal Nathan, und sie wußte nicht recht, ob ihr dieses Aufheben gefiel.

Während sie frühstückte, setzte Caine seine Zeitungslektüre fort, die offenbar zu einem täglichen Ritual gehörte. Schließlich lehnte er sich zurück, faltete das Blatt zusammen, legte es beiseite und wandte sich zu Jade.

»Nun?« fragte sie.

»Was – nun?« Er lächelte über ihren Eifer.

»Wird in der Zeitung die Ermordung eines vornehmen Gentlemans erwähnt?«

»Nein.«

»Oh!« rief sie bestürzt. »Ich wette, sie haben ihn in die Themse geworfen. Weißt du – jetzt, wo ich darüber nachdenke ... Im Fluß spürte ich, wie etwas meine Beine streifte. Das muß dieser arme Mann gewesen sein ...«

»Jade, deine Phantasie geht wieder mal mit dir durch«, unterbrach er sie. »Die Zeitung berichtet weder vom Mord an einem vornehmen Gentleman noch von sonstigen Untaten.«

»Dann wurde er eben noch nicht gefunden.«

»Wenn er zur feinen Gesellschaft gehört, hätte man sein Verschwinden inzwischen bemerken müssen. Wann hast du diesen angeblichen Mord gesehen?

»Vor zwei Tagen.«

»Und was genau hast du beobachtet?«

Jade schaute sich um. »Wo sind eigentlich Christina und Lyon?«

»Weichst du meiner Frage aus?«

Sie schüttelte den Kopf. »Ich möchte es bloß nicht zweimal erzählen«, log sie, während sie fieberhaft eine glaubwürdige Geschichte erfand.

»Lyon ist ausgegangen, und Christina kümmert sich um Dakota. Antworte, bitte.« Als Jade die Augen aufriß, fragte er: »Was ist denn jetzt schon wieder los?«

»Du hast bitte gesagt«, wisperte sie ehrfürchtig. »Wenn du nicht aufpaßt, wirst du bald anfangen, dich bei mir zu entschuldigen, so wie es angemessen wäre.«

Caine zog es vor, nicht zu fragen, wofür er sich entschuldigen sollte. Denn er fürchtete, daß sie die Liste seiner Verfehlungen auswendig kannte.

»Sie haben ihn vom Dach geworfen«, erklärte sie.

»Du warst auf einem Dach?« Er blinzelte verwirrt.

»Natürlich nicht. Warum sollte ich?«

»Aber du hast gesehen, wie dieser Mann heruntergeworfen worden ist?

»Ein elegant gekleideter Gentleman.«

»Wie viele Leute waren es?«

»Drei.«

»Bist du sicher?«

Sie nickte. »Ich hatte schreckliche Angst, konnte aber trotzdem immer noch zählen.«

»Und wo warst du, als es geschah?«

»Am Boden.«

»Das dachte ich mir bereits – da du nicht auf dem Dach warst.«

Ich hätte ja auch in einem anderen Haus sein oder auf Nathans schönem Pferd reiten können oder ...«

»Hör auf, Unsinn zu schwatzen, erzähl mir einfach nur, wo du warst und was du gesehen hast.«

»Was ich gehört habe, ist genauso wichtig, Caine.«

»Bemühst du dich absichtlich, mich zu ärgern?«

Jade verdrehte die Augen. »Ich wollte gerade in die Kirche gehen, als ich das Geschrei hörte. Sie zerrten diesen armen Mann über das Dach des Pfarrhauses, und ich beobachtete, wie er sich lozureißen versuchte. Dabei rief er um Hilfe. Das alles habe ich mir gewiß nicht eingebildet, Caine.«

»Und?«

»Sie warfen ihn also vom Dach runter, und hätte ich ein bißchen weiter links gestanden, müßtest du mich jetzt nicht beschützen. Dann wäre ich genauso tot wie dieser arme Gentleman.«

»Wo ist die Kirche?«

»In Nathans Dorf.«

»Und wo liegt das?«

»Drei Stunden nördlich von hier.«

»Störe ich?« Christina stand auf der Schwelle, und Jade drehte sich lächelnd zu ihr um.

»Natürlich nicht. Danke für das Frühstück – und daß Sie mir das hübsche Reitkostüm geliehen haben. Ich werde gut darauf aufpassen.«

Lyon tauchte hinter seiner Frau auf, umarmte sie und legte seine Wange an ihre. »Hast du mich vermißt?«

»Allerdings.« Sie lächelte ihn über die Schulter an, dann wandte sie sich an Jade. »Ich war in Ihrem Zimmer ...«

»Nichts ist passiert«, platzte Jade heraus. »Alles war seine Schuld. Aber es ist wirklich nichts passiert, Christina. Ich versuchte, ihn mit meinem Dolch abzuwehren. Das gefiel ihm nicht«, fügte sie hinzu und zeigte auf Caine. »Er war so wütend, daß er mich in sein Zimmer sperrte.« Vorwurfsvoll sah sie den Mann an ihrer Seite an. »Würdest du vielleicht auch etwas sagen? Meine neue Freundin muß doch glauben ...« Angesichts seiner verblüfften Miene verstummte sie. Nein, er würde ihr nicht helfen. Sie spürte, wie ihr vor Verlegenheit das Blut in die Wangen stieg.

»Ich war nur in Ihrem Zimmer, um den Dolch zu holen«, erklärte Christina. »Haben Sie tatsächlich versucht, ihn mit dieser stumpfen Klinge zu erstechen?

Am liebsten hätte sich Jade in einem Mauseloch verkrochen.

»Nein«, seufzte sie.

»Aber Sie sagten doch eben ...«

»Zuerst wollte ich ihn angreifen. Er weckte mich und versuchte mir das Nachthemd anzuziehen ...«

»Wirklich und wahrhaftig?« Lyon grinste seinen Freund unverschämt an.

»Du hältst dich da raus, Lyon!« befahl Caine.

»Nun, sobald ich ihn erkannte, stach ich natürlich nicht mehr auf ihn ein«, fuhr Jade fort. »Er hatte mich so erschreckt. Ich dachte, er wäre ein Dieb.«

Lyon sah aus, als ertrüge er es nicht, stumm zu bleiben, aber Caine warnte ihn mit einem drohenden Blick und fragte: »Hast du was herausgefunden?«

Lyon nickte und kam ins Zimmer. »Bitte, Christina, geh mit Jade in den Salon.«

»Da muß sie allein hingehen. Ich habe versprochen, ihren Dolch zu schleifen. Jade, ich habe ihn nicht unter dem Kissen gefunden. Sie sagten doch, dort würden Sie ihn verwahren.«

»Er hat ihn weggenommen.« Jade zeigte wieder auf

Caine. »Ich glaube, er hat ihn aufs Kaminsims gelegt, aber ich bin mir nicht sicher. Würden Sie mir helfen, danach zu suchen?«

»Ich werde ihn schon allein finden. Leisten Sie inzwischen Dakota Gesellschaft. Er spielt im Salon auf einer Decke. In ein paar Minuten komme ich zu Ihnen.«

Hastig folgte Jade der Gastgeberin aus dem Zimmer. An der Salontür blieb sie stehen, als sie Lyons schallendes Gelächter hörte. Vermutlich hatte Caine seinem Freund soeben erzählt, wie albern sie war. Aber sie konnte hochzufrieden mit ihrer Leistung sein. Ihre Geschichte hatte doch wirklich glaubhaft geklungen.

Sie betrat den Salon und schloß die Tür hinter sich. Vor dem Sofa lag eine Steppdecke, aber Jade konnte Christinas Sohn nirgends entdecken. Sie wollte schon erschrocken aufschreien, doch da sah sie einen winzigen Fuß unter dem Sofa hervorlugen. Erleichtert rannte sie hin und kniete sich nieder, um das Baby hervorzuziehen. Doch dann entschied sie, es sei wohl besser, vorher den Rest von Dakota zu finden. Das Hinterteil in die Luft gereckt, preßte sie eine Wange an den Teppich.

Ein strahlend blaues Augenpaar war nur wenige Zentimeter von ihr entfernt. Offenbar erschrak Dakota über ihr plötzliches Auftauchen, denn er hob die Brauen. Aber er weinte nicht. Er starrte sie einige Sekunden lang an, dann schenkte er ihr ein breites, zahnloses Grinsen. Ein erstaunliches Kind, dachte sie. Nach einer Weile hörte er zu grinsen auf und widmete sich wieder seiner ursprünglichen Beschäftigung – nämlich, an einem geschnitzten Sofabein zu lutschen.

»Das kann doch gar nicht schmecken, Kleiner«, meinte Jade.

Er ignorierte sie und setzte seine Tätigkeit fort.

»Hör sofort auf, Dakota!« befahl sie. »Deine Mama

wird sich gar nicht freuen, wenn sie merkt, daß du die Möbel verspeist. Komm doch da hervor.«

Offensichtlich mangelte es ihr an Erfahrung im Umgang mit Kindern. Und es war ebenso leicht zu erkennen, daß sie nichts von ihrem Publikum ahnte. Caine und Lyon lehnten im Türrahmen und beobachteten die Szene. Beide bemühten sich, nicht zu lachen.

»Du willst also nicht brav sein, Dakota?« fragte Jade.

Das Baby gurgelte fröhlich. Als sie sich seufzend auf den Boden setzte, kroch der Kleine endlich zu ihr. Sie wußte nicht, wie sie ihn hochheben sollte. Soviel sie gehört hatte, waren Babyhälse im ersten Lebensjahr nicht stark genug, um die Köpfe tragen zu können. Aber Dakota erschien ihr kräftig genug. Gutgelaunt gluckste er. Welch ein lieber Junge ... Sie konnte nicht widerstehen und faßte ihn behutsam an. Zärtlich streichelte sie seinen weichen Haarflaum, dann schob sie die Hände unter seine Achselhöhlen und zog ihn vorsichtig auf ihren Schoß.

Sie versuchte, ihn an die Brust zu drücken, aber er wollte etwas anderes. Er packte sie an den roten Locken und riß daran, während er nach seiner Mahlzeit suchte. Es dauerte eine Weile, bis sie seine Absicht erkannte.

»Nein, nein, Dakota. Deine Mama muß dich stillen. Wollen wir sie suchen, Liebling?

Langsam erhob sie sich, das Baby an sich gepreßt. Es zerrte immer noch an ihrem Haar, was ziemlich weh tat, doch das störte sie nicht. Der Kleine roch so gut. Und er war bildhübsch. Von der Mutter hatte er die blauen Augen geerbt, vom Vater die dunklen Locken. Zärtlich streichelte Jade seinen Rücken und gurrte.

Als sie sich umdrehte, entdeckte sie die beiden Männer und errötete. »Sie – Sie haben einen wunderbaren Sohn, Lyon«, stammelte sie.

Caine blieb an der Tür stehen, während Lyon zu Jade

ging und die Babyfinger aus ihrem Haar zu lösen versuchte. Sie schaute Caine an und staunte über seine seltsame Miene, in der sie Zärtlichkeit las, aber auch noch etwas anderes. Leider konnte sie seine Gedanken nicht lesen. »Ich habe nie zuvor ein Baby im Arm gehalten«, erklärte sie Lyon, nachdem er ihr seinen Sohn abgenommen hatte.«

»Ich finde, Sie sind ein Naturtalent. Meinst du nicht auch, Dakota?« Er schwenkte den Kleinen, der sofort zu grinsen begann, hoch in die Luft.

Christina eilte in den Salon und reichte ihrer Freundin den geschliffenen Dolch. Die Klinge steckte in einer weichen Lederscheide. »Jetzt ist er scharf genug. Das Etui habe ich genäht, damit Sie sich nicht stechen.«

»Vielen Dank«, erwiderte Jade.«

»Du wirst keinen Dolch brauchen«, verkündete Caine und schlenderte zu den beiden Frauen. »Gib ihn mir, ich werde ihn für dich verwahren, meine Süße. Sonst könntest du dich verletzen.«

»Nein, ich behalte den Dolch. Er ist ein Geschenk von meinem Onkel, und ich habe ihm versprochen, diese Waffe stets bei mit zu tragen.«

Als sie vor ihm zurückwich, fügte er sich ihren Wünschen. »Wir müssen jetzt gehen. Lyon, du wirst ...«

»Ja«, bestätigte Lyon, »sobald ich ...«

»Sofort«, unterbrach Caine seinen Freund.

»Die beiden scheinen in einer anderen Sprache zu sprechen«, sagte Christina zu Jade.«

»Sie wollen nicht, daß ich mir Sorgen mache.«

»Dann verstehen Sie also, was sie meinen?

»Natürlich. Lyon soll mit seinen Nachforschungen beginnen. Offensichtlich hat Caine ihm ein paar Hinweise gegeben. Und wenn Ihr Mann etwas Wichtiges herausgefunden hat, wird er sich mit Caine in Verbindung setzen.«

Lyon und Caine starrten sie erstaunt an. »All diese Schlüsse hast du aus unseren knappen Worten gezogen?«

»Ja, Caine. Sie sollen doch feststellen, ob neuerdings jemand vermißt wird, nicht wahr, Lyon?«

»So ist es«, gab Lyon zu.

»Dafür werden Sie eine Beschreibung brauchen. Die Nase des armen Mannes war durch den Sturz etwas verunstaltet. Trotzdem sah ich, daß er schon ziemlich alt war – etwa vierzig. Er hatte graues Haar, buschige Brauen und kalte braune Augen. Nicht einmal im Tod wirkte er friedlich. Und er war sehr dick. Auch das ist ein Grund, warum ich ihn für ein Mitglied der feinen Gesellschaft halte.«

»Wieso?«

»Weil er mehr zu essen hatte, als er brauchte. Und seine Hände wiesen keine Schwielen auf. Er war gewiß kein Arbeiter.«

»Setzen Sie sich«, schlug Lyon vor, »und beschreiben Sie auch die anderen Männer.«

»Da kann ich Ihnen leider nicht helfen. Ich sah sie kaum und weiß nicht, ob sie groß oder klein, dünn oder dick sind. Jedenfalls waren sie zu dritt.« Jade seufzte, und Caine vermutete, daß sie immer noch unter diesem schrecklichen Erlebnis litt. Immerhin hatte sie beobachtet, wie ein Mann in den Tod gestürzt war. Und da sie einem guten Haus entstammte, konnte sie nicht an ein solches Grauen gewöhnt sein.«

Jade war tatsächlich bekümmert, und als er einen Arm um ihre Schultern legte, verspürte sie Gewissensbisse. Zum erstenmal in ihrem Leben fand sie es unangenehm, lügen zu müssen. Es half ihr nicht, sich immer wieder einzureden, sie würde es aus edlen Motiven tun. Nun führte sie bereits drei nette Menschen hinters Licht. »Wir müssen gehen«, platzte sie heraus. »Je länger wir hierbleiben, desto größer ist die Gefahr, in die wir diese Familie bringen.« Sie gab den anderen keine Zeit, Einwände zu erheben, und rannte zur Tür. »Caine, du hast doch einen Landsitz?« fragte sie, obwohl sie es genau wußte.

»Ja.«

»Dorthin sollten wir uns zurückziehen. Da wäre ich in Sicherheit, weit weg von London.«

»Wir fahren nicht nach Harwythe.«

»Harwythe?«

»So heißt mein Landgut. Ich quartiere dich im Haus meiner Eltern ein. Ihr Grundbesitz grenzt an meinen. Dir mag dein Ruf egal sein, mir aber nicht. Ich werde täglich nach dir sehen und Wachen postieren ... Warum schüttelst du den Kopf?«

»Du wirst mich also nur besuchen, Caine, du brichst schon jetzt dein Wort. Du hast versprochen, stets auf mich aufzupassen. Außerdem dürfen wir deine Eltern da nicht hineinziehen.«

»Das klingt sehr entschlossen, Caine«, bemerkte Lyon.

»Ich bin derselben Meinung wie Jade«, sagte Christina.

»Warum?« fragten ihr Mann und Lyon wie aus einem Mund.

Sie zuckte die Achseln. »Weil sie meine Freundin ist. Also muß ich ihr zustimmen.«

Gegen diese Erklärung konnte keiner der beiden Männer ein stichhaltiges Argument anführen, und Jade freute sich. »Danke, Christina. Ich werde Ihnen auch immer beipflichten.«

»Jade, ich denke an deine Sicherheit, und deshalb will ich dich zu meinen Eltern bringen.«

»Nein.«

»Glaubst du wirklich, bei mir würde dir keine Gefahr drohen?«

Sein ungläubiger Tonfall ärgerte sie. »Selbstverständlich glaube ich das.«

»Meine Süße, ich kann nicht zwei Wochen lang die Finger von dir lassen. Verdammt, ich versuche, anständig zu handeln!

Sie blinzelte, und ihre Wangen färbten sich feuerrot.

»Caine, warum sprichst du so vor unseren Gästen?«

»Sie sind nicht unsere Gäste!« schrie er frustriert. »Wir sind ihre!«

»So benimmt er sich dauernd«, beklagte sie sich bei Christina. »Und hinterher entschuldigt er sich nicht einmal.«

»Jade!« brüllte Caine. »Hör endlich auf, ständig das Thema zu wechseln!«

»Du solltest sie nicht so anfahren, Caine«, meine Christina.

»Er kann nicht anders«, widersprach Jade, »weil er ein furchtbar griesgrämiger Mensch ist.«

»Ich bin nicht griesgrämig«, widersprach Caine etwas leiser, »nur ehrlich. Und ich wollte dich nicht in Verlegenheit stürzen, Jade.«

»Du hast es aber getan.«

Wie gebannt verfolgten Lyon und Christina die Diskussion, und Caine wandte sich zu seinem Freund. »Habt ihr nichts anderes zu tun?«

»Nein.«

»Verschwindet trotzdem«, befahl Caine.

Lyon hob die Brauen, dann gab er nach. »Komm, teure Gemahlin, wir warten im Speisezimmer. Caine, sie muß dir noch ein paar Fakten erklären, bevor ihr geht. Falls du willst, daß ich ...«

»Später.«

Ehe Christina hinter ihrem Mann und ihrem Sohn den Salon verließ, berührte sie Jades Arm und wisperte: »Es ist besser, nicht dagegen anzukämpfen, denn Ihr Schicksal ist bereits besiegelt.«

Jade achtete nicht auf diese Bemerkung und nickte nur,

um Christina zufriedenzustellen. Dann schloß sie die Tür und drehte sich zu Caine um, die Hände in die Hüften gestemmt. »Deine Bedenken sind einfach lächerlich. Du würdest die Situation niemals ausnutzen, wenn ich es nicht wünsche. Ich vertraue dir – voll und ganz«, fügte sie dramatisch hinzu.

»Tu es lieber nicht.«

»Zu spät, du hast mein Vertrauen bereits gewonnen.

»Du wirst mich beschützen, und ich werde dir nicht erlauben, mich anzurühren. Wir haben ein Abkommen getroffen, und jetzt solltest du nicht versuchen, ein Haar in der Suppe zu finden.«

Ein plötzlicher Lärm in der Halle erregte Caines Aufmerksamkeit. Er erkannte die Stimme. Einer seiner Bedienten verkündete stotternd, er müsse seinen Arbeitgeber sprechen.

»Das ist Perry, mein Reitknecht«, sagte Caine zu Jade.

»Bleib hier, ich werde mal fragen, was er will.«

Natürlich gehorchte sie nicht und folgte ihm aus dem Salon. Beim Anblick von Lyons finsterer Miene wußte sie sofort, daß etwas Schlimmes vorgefallen war. Der junge Reitknecht hatte große haselnußbraune Augen und dunkles Kraushaar, das ihm zu Berge stand. Offenbar bekam er kaum Luft. Aufgeregt schwenkte er seinen Hut umher. »Alles verloren, Mylord! Merlin bat mich, Ihnen auszurichten, es sei ein Wunder, daß nicht der ganze Häuserblock Feuer gefangen habe. Das Stadthaus des Grafen von Haselet wurde nur ein bißchen angesengt. Der Rauch wird zwar einigen Schaden angerichtet haben, aber die Außenmauern sind unversehrt.«

»Perry, was ...«

»Dein Stadthaus stand in Flammen, Caine«, unterbrach Lyon seinen Freund. »Das versuchen Sie uns doch mitzuteilen, nicht wahr, Perry?«

Der Diener nickte eifrig. »Es geschah keineswegs aus Achtlosigkeit«, verteidigte er sich. »Wir wissen nicht, wie es dazu kam, Mylord, weil nirgends Kerzen brannten – und auch kein Kaminfeuer, das außer Kontrolle geriet. Gott ist mein Zeuge – wir haben unsere Pflichten nicht vernachlässigt.«

»Niemand macht Ihnen Vorwürfe.« Mühsam zügelte Caine seinen Zorn. Was würde denn noch alles schieflaufen? »Mit solchen Unfällen muß man immer rechnen.«

»Es war kein Unfall.«

Alle wandten sich zu Jade, die auf den Boden starrte, die Hände ineinander verschlungen. Sie wirkte so unglücklich, daß Caines Wut ein wenig nachließ. »Ist ja schon gut«, besänftigte er sie. »Was ich verloren habe, kann leicht ersetzt werden. Ist jemand verletzt?« fragte er Perry.

Lyon beobachtete Jade, während der Dienstbote stammelnd berichtete, alle Leute seien rechtzeitig aus dem Haus gerannt. Erleichtert atmete Caine auf und wollte ihm Anweisungen geben, aber Lyon fiel ihm ins Wort.

»Ich rede mit der Polizei und kümmere mich um dein Personal. Du mußt Jade aus London wegbringen.«

Caine nickte. Er wollte Jade nicht erschrecken, und deshalb behielt er seine Vermutung, der Brand könnte mit ihren Verfolgern zusammenhängen, für sich.

»Perry, gehen Sie in die Küche und trinken Sie etwas«, schlug Lyon vor. »Auf der Anrichte finden sie Ale und Brandy.«

Während der Reitknecht davoneilte, schauten Caine und Lyon abwartend auf Jade. Sie blickte immer noch zu Boden und rang die Hände.

Da sie ihr Schweigen nicht brach, fragte Caine: »Wieso glaubst du, daß es kein Unfall war, Jade?«

Sie seufzte tief auf. »Weil sie schon zum drittenmal

ein Feuer gelegt haben. Das scheint ihnen besonderen Spaß zu machen.« Als sie den Kopf hob, sah Caine Tränen in ihren Augen.

»Immer wieder werden sie es versuchen – bis sie dich erwischen – und mich«, ergänzte sie hastig. »In einem Haus ...«

»Soll das heißen, diese Männer wollen Sie bei lebendigem Leib verbrennen lassen?« rief Lyon.

»Nicht nur mich«, wisperte sie und zeigte auf Caine. »Ihn auch.«

6

Jade wischte sich die Tränen von den Wangen. »Irgendwie müssen sie herausgefunden haben, wer du wirklich bist, Caine. Als ich in die Taverne ging, hielt ich dich für Pagan ... Aber sie haben es anscheinend schon die ganze Zeit gewußt. Warum sollten sie sonst dein Haus anzünden?«

Er legte einen Arm um ihre Schultern und führte sie in den Salon zurück. »Monk hat ihnen sicher nichts verraten. Ich habe keine Ahnung, wie sie es in Erfahrung brachten ... Aber lassen wir das jetzt. Jade, du mußt mir endlich alles erzählen. Keine Halbwahrheiten mehr!«

Lyon folgte ihnen ins Zimmer und schloß die Tür hinter sich. Dann nahm er gegenüber dem Sofa Platz, auf das sich Jade und Caine gesetzt hatten.«

Sie wandte sich zu Lyon. »Ich dachte, wir hätten sie letzte Nacht abgeschüttelt, als wir in die Themse gesprungen sind. Wenn Sie Perry sagen, er solle seine Suche nach Caine zum Schein fortsetzen, werden etwaige Beobachter nicht herausfinden, wo wir sind.«

Lyon fand diese Idee ausgezeichnet und eilte zu dem Reitknecht in die Küche. Beschwörend schaute Jade in Caines Augen. »Ich kann nicht bei dir bleiben. Das ist mir jetzt klargeworden. Diese Schurken würden dich töten, um an mich heranzukommen. Ich habe versucht, dich nicht zu mögen – leider erfolglos. Ich würde es nicht ertragen, wenn dir etwas zustieße.«

Nach dieser Erklärung wollte sie aufstehen, aber Caine hielt sie fest und drückte sie an sich. »Ich habe mich auch bemüht, dich nicht zu mögen«, flüsterte er und küßte ihre Stirn. »Und es ist mir ebenso wenig gelungen. Nun sind wir offenbar aneinandergekettet, meine Süße.«

»Ist das nicht sonderbar?«

»Was meinst du?«

»Gerade hast du dein Stadthaus verloren, wir beide schweben ins schrecklicher Gefahr, und ich kann nur dran denken, daß ich von dir geküßt werden möchte. Das ist doch eigenartig.«

Caine schüttelte den Kopf und umfaßte ihr Kinn. »Keineswegs. Ich will dich auch küssen.«

»Wirklich?«

Ihre Lippen fanden sich, und Jade schlang die Arme um Caines Nacken. Willig öffnete sie den Mund, um seine Zunge darin aufzunehmen. Er hatte nur einen kurzen Kuß geplant, aber seine Gefühle gerieten rasch außer Kontrolle. Seine Leidenschaft wuchs, und er konnte nicht genug von Jade bekommen.

»Caine, um Himmels willen! Dafür fehlt uns jetzt wirklich die Zeit ...« Lyon war zurückgekehrt und sank wieder in seinen Sessel. Er beobachtete, wie sehr es seinem Freund widerstrebte, den Kuß zu beenden.

Um so schneller rückte Jade von Caine weg. Als sie Lyon ansah, waren ihre Wangen puterrot. Sein Grinsen veranlaßte sie, in ihren Schoß zu starren. Sie merkte, daß sie Caines Hand an ihre Brust preßte, und schob sie hastig beiseite. »Du vergißt dich!« rief sie.

Er beschloß, sie nicht darauf hinzuweisen, daß sie es gewesen war, die das Thema eines Kusses angeschnitten hatte.«

»Jade, Sie müssen endlich alles sagen«, entschied Lyon. »Am besten fangen Sie mit dem Brand an.«

»Ich will's versuchen«, erwiderte sie, den Blick immer noch gesenkt. »Aber ich erschauere immer noch, wenn ich daran denke. Bitte, halten Sie mich nicht für eine schwache Frau. Das bin ich nicht.«

»Gewiß nicht. Ehe wir über die Feuersbrünste sprechen – können Sie uns die Hintergründe erklären? Ich meine – Ihre Vergangenheit ...«

»Mein Vater war der Graf von Wakerfield. Diesen Titel trägt jetzt mein Bruder Nathan, zusammen mit ein paar anderen. Vater starb, als ich acht war. Wie ich mich entsinne, reiste er nach London, um jemanden zu treffen. Er kam zu mir in den Garten, um sich zu verabschieden.«

»Wenn du damals noch so klein warst – wieso kannst du dich daran erinnern?« fragte Caine.

»Papa war sehr aufgeregt. Das machte mir Angst, und vielleicht ist mir jener Tag deshalb so deutlich im Gedächtnis geblieben. Er wanderte auf dem Kiesweg hin und her, die Hände am Rücken verschränkt, und schärfte mir ein, wenn ihm irgendwas passieren würde, sollten Nathan und ich zu seinem Freund Harry gehen. Um seinen Worten Nachdruck zu verleihen, packte er meine Schultern und schüttelte mich. Ich interessierte mich viel mehr für die Spielsachen, die er mir aus London mitbringen sollte.« Wehmütig fügte Jade hinzu: »Nun, ich war ja noch sehr jung.«

»Das bist du immer noch«, warf Caine ein.

»Aber ich fühle mich nicht jung.« Jade holte tief Atem

und fuhr fort: »Meine Mutter verlor ich, als ich noch fast ein Baby war. An sie habe ich keine Erinnerung.«

»Und was geschah mit Ihrem Vater?« fragte Lyon.

»Er starb in seiner Kutsche – bei einem Unfall.«

»Also hatte er eine Vorahnung?«

»Nein – einen Feind.«

»Und Sie glauben, der Feind Ihres Vater ist jetzt hinter Ihnen her?«

»Nein, nein! Ich beobachtete, wie jemand getötet wurde. Und die Mörder sahen mich. Von meinem Vater habe ich nur erzählt, weil Sie mich aufgefordert haben, über meine Vergangenheit zu sprechen.«

»Tut mir leid, ich wollte keine falschen Schlüsse ziehen.«

»Und was ereignete sich nach dem Tod deines Vaters?« fragte Caine und fühlte sich seinem Freund weit überlegen. Lyon schaute ziemlich verwirrt drein, und Caine fand es erfreulich, nicht der einzige zu sein, den Jade durcheinanderbrachte.

»Nach dem Begräbnis nahm Harry uns zu sich. Und als der Sommer vorbei war, schickte er Nathan auf die Schule zurück. Wie es Vaters Wunsch gewesen wäre, sollte mein Bruder seine Ausbildung abschließen. Ich blieb bei meinem Onkel. Er ist nicht mein richtiger Onkel – und jetzt eher ein zweiter Vater. Auf dieser Insel war es immer so schön und friedlich. Und Onkel Harry behandelte mich sehr gut. Er war nie verheiratet, und er liebt mich wie eine Tochter. Von Anfang an kamen wir großartig miteinander aus. Trotzdem vermißte ich Nathan. In all den Jahren besuchte er uns nur ein einziges Mal.«

»Und dann?« drängte Caine, als Jade eine Pause machte.

»Ich kehrte nach England zurück, um Nathan und das Haus meines Vater wiederzusehen. Dort hatte mein Bruder einige Veränderungen vorgenommen. Wir trafen uns in

London und fuhren direkt zu seinem Landsitz. Dort verbrachten wir eine wundervolle Woche und holten nach, was wir während der langen Trennung versäumt hatten. Danach wurde er weggerufen, wegen einer dringenden persönlichen Angelegenheit.«

»Weißt du, was das für eine Angelegenheit war?«

Jade schüttelte den Kopf. »Ein Bote brachte einen Brief für Nathan. Als mein Bruder dieses Schreiben las, regte er sich sehr auf. Er erklärte mir, er müsse nach London und würde in zwei Wochen wiederkommen. Sein Freund sei in Schwierigkeiten. Mehr verriet er mir nicht, Caine. Nathan ist ein Ehrenmann. Niemals würde er einem Freund, der sich in einer Notlage befindet, den Rücken kehren. Und ich würde das auch nicht von ihm verlangen.«

»Und du bliebst allein im Haus?«

»Großer Gott, nein! Das Personal war da. Lady Briars, eine gute Freundin meines Vater, hatte die Dienstboten engagiert und Nathan bei seinen Renovierungsplänen geholfen. Ursprünglich hatte sie uns großziehen wollen und sogar die Vormundschaft beantragt. Aber dann brachte Harry uns auf seine Insel, und sie konnte uns nicht finden. Ich muß sie besuchen, wenn das alles überstanden ist. Vorher wage ich natürlich nicht, ihr Haus zu betreten. Die Schurken könnten es niederbrennen ...«

»Jade, du schweifst ab.«

»Tut mir leid. Wo war ich stehengeblieben?«

»Nathan fuhr nach London«, wurde sie von Lyon erinnert.

»Ach ja ... Jetzt weiß ich, daß ich eine Dummheit machte. Auf der Insel konnte ich kommen und gehen, wie ich wollte. Da brauchte ich keine Begleitung. Ich hatte vergessen, daß es in England anders ist. Hier muß jeder seine Tür verschließen. Aber ich hatte es so eilig, das Haus zu verlassen. Ich schaute nicht nach unten, und meine Stiefelspitze verfing sich an der Teppichkante am Treppenabsatz.

Deshalb stürzte ich hinab, und mein Kopf schlug gegen einen Pfosten.«

Jade hielt inne, um den beiden Männern die Gelegenheit zu geben, ihr Bedauern auszudrücken. Doch sie schauten sie nur erwartungsvoll an, und sie warf ihnen zur Strafe für ihre Herzlosigkeit einen vernichtenden Blick zu. »Eine Stunde später hatte mein Schädel zu dröhnen aufgehört, und ich ging spazieren. Bald vergaß ich meine Schmerzen, denn das Wetter war prachtvoll. Ich vergaß auch die Zeit. Und als ich die hübsche Kirche bewundern wollte, hörte ich den Lärm auf dem Dach des Pfarrhauses. Wenig später fiel der arme Gentleman herab. Schreiend rannte ich davon. Aber ich verirrte mich und gelangte auf den Abhang oberhalb der Gräber meiner Eltern. Dort sah ich die Männer wieder.«

»Dieselben?«

»Ja. Offenbar hatten sie entschieden, es würde sich nicht lohnen, mir zu folgen. Und – sie waren sehr beschäftigt.«

»Was taten sie?« wollte Caine wissen.

Sie antwortete nicht sofort, und eine böse Ahnung beschlich ihn. Jade umklammerte seine Hände, aber er nahm nicht an, daß ihr dies bewußt war. Schließlich flüsterte sie: »Die Männer hoben die Gräber aus.«

»Tatsächlich?« rief Lyon ungläubig, während Caines Miene nichts von seinen Gedanken verriet. Doch sie vermutete, daß auch er an ihren Worten zweifelte. Seltsam – ihre Lügen wurden von beiden Männern akzeptiert, und mit der reinen Wahrheit verhielt es sich ganz anders.

»Es stimmt wirklich«, beteuerte sie. »Ich weiß, es klingt bizarr. Aber genau das habe ich gesehen.«

Caine nickte. »Also gut. Und was geschah dann?«

»Ich fing wieder zu schreien an. Das war natürlich ein Fehler, denn damit zog ich die Aufmerksamkeit der Männer wieder auf mich. Aber vor lauter Wut konnte ich nicht klar denken. Alle drei starrten zu mir herauf, und einer, der besonders elegant gekleidet war, hob eine Pistole. Merkwürdigerweise konnte ich mich nicht rühren, bevor der Schuß krachte. Dann rannte ich blitzschnell davon. Hudson, Nathans Butler, arbeitete in der Bibliothek. Ich erzählte ihm, was vorgefallen war. Aber als er mich beruhigt und alles begriffen hatte, war es zu dunkel, um nach den Schurken zu fahnden. Wir mußten bis zum nächsten Morgen warten.«

»Wurden die Behörden verständigt?«

Jade schüttelte den Kopf. »Jetzt wird die Geschichte etwas verwirrend«, gab sie zu. »Am Morgen brach Hudson mit mehreren kräftigen Dienern auf, um nach dem Mann zu sehen, der vom Dach gefallen war. Mich wollte er nicht mitnehmen. Ich war immer noch sehr aufgeregt.«

»Natürlich«, stimmte Caine zu.

»Als Hudson und die anderen zurückkamen, versuchten sie, mich genauso freundlich zu behandeln wie jetzt du, Caine. Aber sie mußten mir die Wahrheit sagen.«

»Welche Wahrheit?«

»Sie hatten keine Leiche gefunden, und die Gräber waren nicht angerührt worden.«

»Die Leute glaubten also, Sie hätten ...«

»Ich hätte mir nur was eingebildet, Lyon? Ja, das dachten sie wohl. Aber weil sie Nathans Angestellte sind, wagten sie nicht, mir zu sagen, ich würde an geistiger Verwirrung leiden. Dafür sprachen ihre Mienen eine um so deutlichere Sprache. Ich ging sofort zu den Gräbern. In der Nacht zuvor hatte es geregnet und gestürmt, dadurch mochten sich etwaige Spuren verwischt haben. Aber es sah nicht so aus, als wäre das Erdreich von einer Schaufel aufgewühlt worden.«

»Vielleicht hatten die Schurken erst zu graben begonnen, als du dazwischenkamst«, gab Caine zu bedenken.

»Ja, sie hatten eben erst angefangen. O Gott, ihre Gesichter werde ich nie vergessen!«

»Erzähl uns den Rest der Geschichte.«

»Ich versuchte die Motive der Schurken zu ergründen. Dann bat ich Hudson, Nathan nicht mit diesem Problem zu belästigen. Ich belog den Butler und behauptete, sicher habe die sinkende Sonne meiner Phantasie einen Streich gespielt. Da atmete er erleichtert auf. Aber selbstverständlich machte er sich immer noch Sorgen, weil ich mir bei meinem Sturz von der Treppe den Kopf angeschlagen hatte.«

»Jade, könnte es nicht doch...«, begann Lyon, und Caine unterbrach ihn.

»Du meinst, es könnte Einbildung gewesen sein? Sicher nicht. Letzte Nacht wurden wir von mindestens fünf Männern verfolgt.«

Mißtrauisch musterte Jade den Hausherrn. »Sie glauben mir nicht?«

»Doch, jetzt schon. Wenn man hinter Ihnen her ist, müssen Sie was gesehen haben. Wie ging es weiter?«

»Ich weigerte mich aufzugeben.« Sie versuchte die Finger im Schoß ineinanderzuschlingen und merkte, daß sie Caines Hände festhielt. Hastig ließ sie ihn los. »Manchmal kann ich sehr hartnäckig sein. Also machte ich mich am nächsten Morgen wieder auf den Weg, um Beweise zu suchen.«

Lyon grinste Caine an. »Das hätte ich auch getan.«

»Was für ein Morgen war das, Jade?« fragte Caine.

»Der gestrige. Ich ritt los, aber ich kam nicht bis zu den Gräbern meiner Eltern. Das Pferd wurde unter mir weggeschossen.«

»Wie, bitte?« Caine schrie beinahe, was Jade zufrieden registrierte.

»Diese Schurken schossen Nathans schönstes Pferd nieder. Sicher wird sich mein Bruder maßlos aufregen, wenn er vom Tod seines Lieblingshengstes erfährt. Es wird ihm das Herz brechen.«

Caine griff nach seinem Leinentaschentuch, als befürchtete er, sie würde wieder zu weinen anfangen. »Und dann?«

»Natürlich fiel ich zu Boden, aber ich brach mir glücklicherweise nicht den Hals und erlitt nur geringfügige Verletzungen. Sicher hast du die blauen Flecken an meinen Armen und Schultern bemerkt, als du letzte Nacht in mein Zimmer geschlichen bist, Caine.«

»Nein, ich habe nichts bemerkt. Und ich bin nicht in dein Zimmer 'geschlichen'.«

»Wie konntest du diese verfärbten Stellen übersehen?«

»Ich habe nicht auf deine Arme und Schultern geschaut.«

Jade wurde wieder rot. »Das – das hättest du aber tun sollen. Ein echter Gentleman hätte so was sofort bemerkt.«

Da verlor Caine die Geduld. »Jade, nicht mal ein Eunuch hätte in jenem Moment ...«

»Willst du die restliche Geschichte hören oder nicht?«

»Ja.«

»Nachdem die Schurken mein Pferd getötet hatten, rannte ich zum Haus zurück. Ob sie mir folgten, weiß ich nicht. Ich war ganz durcheinander. Nie zuvor war mir so etwas zugestoßen. Ich hatte ein sehr behütetes Leben geführt.«

Weil sie auf eine Zustimmung zu warten schien, nickte Caine.

»Davon bin ich überzeugt.«

»Ich schilderte Hudson, was geschehen war, und sah ihm an, wie schwer es ihm fiel, mir zu glauben. Der Mann wollte mir dauernd eine Tasse Tee aufzwingen, aber nun hatte ich endlich einen Beweis.«

»Einen Beweis?«

Jade verdrehte die Augen. »Natürlich das tote Pferd! So denk doch ein bißchen mit!«

»Ach ja, das tote Pferd. Entschuldigte sich Hudson bei dir, als du ihm das Pferd zeigtest?«

Sie kaute an ihrer Unterlippe und schwieg eine Weile. Schließlich erwiderte sie: »Nicht direkt.«

»Nicht direkt? Was soll das heißen?«

Diese Frage hatte Lyon gestellt, und Jade wandte sich zu ihm. »Ich weiß, Sie werden wieder einmal Zweifel an meinen Worten hegen – aber als wir zu dem Hang kamen, wo das Pferd erschossen worden war, lag es nicht mehr da.«

»Oh, das bezweifle ich keine Sekunde lang«, entgegnete Lyon gedehnt und lehnte sich in seinem Sessel zurück.

»Du etwa, Caine?«

Sein Freund grinste. »Es ergibt genausoviel Sinn wie alles andere, was sie uns erzählt hat.«

»Hudson bestand darauf, zum Stall zurückzukehren«, fuhr Jade fort. »Er war überzeugt, dort würden wir den Hengst finden.«

»Und behielt er recht?«

»Nein. Den ganzen Vormittag suchten die Dienstboten die Umgebung ab, aber das Pferd blieb verschwunden. Dafür fanden sie frische Wagenspuren auf der Südstraße. Weißt du, was ich vermute, Caine? Die Bastarde haben den Hengst in einer Kutsche weggebracht. Was hältst du von dieser Möglichkeit?«

Ihre Stimme klang so eifrig, daß er es bedauerte, sie enttäuschen zu müssen. »Offensichtlich hast du keine Ahnung, wieviel ein ausgewachsener Hengst wiegt. Glaub mir, es braucht mehr als drei Männer, um so ein Tier in eine Kutsche zu verfrachten.«

»Es wäre schwierig«, warf Lyon ein, »aber nicht undenkbar.«

»Vielleicht wurde das Pferd nur verwundet, und es ist irgendwohin gelaufen«, überlegte Caine.

»Mit einer Wunde zwischen den Augen?« Jade seufzte.

»Wohl kaum. O Gott, Nathan wird sich so aufregen, wenn er das von seinem Haus hört – und von seiner Kutsche ...«

»Was zum Teufel ist denn mit seinem Haus passiert?« rief Caine. »Jade, ich wünschte wirklich, du würdest alles der Reihe nach erzählen.«

»Ich glaube, nun kommt sie endlich zu der Feuersbrunst«, bemerkte Lyon, und Jade nickte.

»Nathans Haus brannte bis auf die Grundmauern nieder.«

Caine seufzte müde. »Wann? Bevor das Pferd erschossen wurde? Oder nachher?«

»Kurz danach. Hudson hatte Nathans Kutsche für mich anspannen lassen. Ich wollte zu meinem Bruder nach London fahren, denn ich war es leid, wie die Dienstboten mich behandelten. Sie machten einen großen Bogen um mich und warfen mir seltsame Blicke zu. Außerdem wußte ich, daß Nathan mir helfen würde, das Rätsel zu lösen.«

Unwillkürlich hatte sie die Stimme erhoben, und Caine tätschelte beschwichtigend ihre Hand. »Beruhige dich, Süße, und erzähl weiter.«

»Jetzt schaust du mich auch schon so an wie Hudson ... Ich brach also nach London auf, und plötzlich schrie der Kutscher, Nathans Haus stehe in Flammen. Über den Gipfeln der Hügel sah ich Rauch. Wir kehrten sofort um, und als wir das Haus erreichten ... Nun, da war es schon zu spät. Ich befahl dem Personal, in Nathans Stadthaus zu ziehen.«

»Und du bist nach London gefahren?« Caine streichelte geistesabwesend Jades Nacken, und das fühlte sich so angenehm an, daß sie ihn nicht bat, damit aufzuhören.

»Ja, Hinter einer Kurve lauerten uns die Schurken auf. Der Fahrer geriet in Panik und lief davon.«

»Dieser Bastard!« schimpfte Lyon, und Caine nickte zustimmend.

»Ich nehme es ihm nicht übel«, verteidigte Jade den

Mann. »Wenn sich die Menschen fürchten, tun sie die merkwürdigsten Dinge.«

»Einige Menschen«, gab Caine zu.

»Und was geschah dann, Jade?« fragte Lyon.

»Sie verbarrikadierten die Türen mit Ästen und steckten den Wagen in Brand. Nathan hatte gutes Geld für das Vehikel bezahlt, aber es war nicht besonders stabil. Deshalb konnte ich ein Fenster aus dem Rahmen brechen und hinauskriechen. Das werde ich Nathan besser nicht sagen, sonst regt er sich noch mehr auf. Es sei denn, er möchte noch eine Kutsche bei derselben Firma kaufen ...«

»Du schweifst schon wieder vom Thema ab«, mahnte Caine.

Lyon lächelte. »Sie erinnert mich an Christina. Jade, würden Sie bitte nach meiner Frau sehen? Sie packt gerade eine Reisetasche für Sie.«

Dankbar für die Atempause verließ sie den Salon. Es kam ihr so vor, als würde sie die schrecklichen Ereignisse noch einmal erleben.

»Nun, was hältst du davon?« erkundigte sich Lyon, als er mit seinem Freund allein war.

»Letzte Nacht wurden wir verfolgt.«

»Du glaubst ihr also?«

»Irgendwas hat sie gesehen.«

»Danach habe ich nicht gefragt.«

Langsam schüttelte Caine den Kopf. »Kein Wort glaube ich ihr. Und du?«

»Nie zuvor habe ich eine so unlogische Geschichte gehört. Aber wenn sie die Wahrheit sagt – verdammt, dann müssen wir ihr helfen.«

»Und wenn nicht?« Caine erriet die Antwort bereits.

»Dann solltest du aufpassen.«

»Du denkst doch nicht ...«, begann Caine.

Lyon ließ ihn nicht ausreden. »Erstens – du bist nicht

objektiv. Das werfe ich dir nicht vor. Manchmal bringt Christina mich genauso durcheinander wie Jade dich. Zweitens – sie schwebt in Gefahr und hat auch dich in eine üble Lage gebracht. Das sind die einzigen Fakten, von denen wir ausgehen können.«

Caine mußte ihm recht geben. Er lehnte sich in die Sofakissen zurück. »Was für ein Gefühl hast du bei der ganzen Sache?«

»Vielleicht hängt das alles irgendwie mit Jades Vater zusammen. Ich will mich mal über die Lebensgeschichte des Grafen von Wakerfield informieren. Richards wird mich sicher dabei unterstützen.«

Caine wollte widersprechen, dann besann er sich anders. »Das kann nicht schaden. Aber ich überlege, ob nicht Jades Bruder hinter alldem steckt. Er fuhr nach London, um einem Freund aus irgendwelchen Schwierigkeiten herauszuhelfen. So fing es an.«

»Falls wir Jades Geschichte für bare Münze nehmen können.«

»Ja.«

Lyon seufzte laut auf. »Eine Frage muß ich dir noch stellen. Traust du ihr?«

Nachdenklich starrte Caine ihn an. »Wenn wir die bizarre Situation nach logischen Maßstäben beurteilen ...«

»Ich baue eher auf deine Instinkte.«

Nun grinste Caine, weil er zum erstenmal im Leben seinen Verstand völlig außer acht ließ. »Ich vertraue ihr rückhaltlos, obwohl ich dir keinen einzigen vernünftigen Grund dafür nennen kann.«

»Ich vertraue ihr auch«, erwiderte Lyon lächelnd. »Und zwar, weil du ihr vertraust. Deine Instinkte irren sich nie. Ich wurde schon mehrmals gerettet, weil ich auf dich gehört habe. Christina habe ich von Anfang an vertraut, wenn sie mir auch einige Rätsel aufgegeben hat. Und nun stehe ich auch auf ihrer Seite. Manchmal vertritt sie einen etwas ungewöhnlichen Standpunkt, aber diesmal hat sie den Nagel auf den Kopf getroffen.«

»Was meinst du?«

»Mein guter Freund, ich glaube ebenso wie meine Frau, daß du deinem Schicksal begegnet bist. Gott helfe dir – du mußt deine Rätsel erst noch lösen.«

7

Die Damen warteten in der Halle auf Caine und Lyon. Zwischen ihnen auf dem Boden stand eine große, weiß und grau gesprenkelte Reisetasche.

Caine versuchte sie hochzuheben, dann schüttelte er den Kopf. »Um Himmels willen. Nicht einmal ein Pferd könnte dieses Gepäck tragen.« Er kniete nieder, öffnete die Tasche und schaute hinein, dann stieß er einen leisen Pfiff aus. »Ein ganzes Arsenal! Wer hat das eingepackt?«

»Ich«, antwortete Christina. »Nur ein paar Waffen, die Jade vielleicht brauchen wird, um euch beide zu schützen.«

»Jade? Uns beide?« Ungläubig schaute er auf. »Lyon, versucht deine Frau mich zu beleidigen?«

Lyon nickte lächelnd. »Gewiß, Caine. Also entschuldige dich, damit wir's hinter uns bringen.«

»Wieso um alles in der Welt soll ich mich entschuldigen?«

»Weil es uns Zeit erspart.« Lyon bezwang seinen Lachreiz, und Caine blinzelte verwirrt.

»Hat dir die Ehe den Verstand geraubt?«

»Nur zum Teil.«

Caine begann, die überflüssigen Gegenstände aus der

Tasche zu nehmen. Während die beiden Frauen bestürzt nach Luft schnappten, warf er mehrere lange Dolche, zwei Pistolen und eine gefährlich aussehende Eisenkette auf den Boden. »Das Zeug brauchst du nicht, Jade. Außerdem bist du viel zu feige, um es zu benutzen. Deshalb bleibt es hier, meine kleine Kriegerin.«

»Wie du meinst. Aber heb dir diese seltsamen Kosenamen für die anderen Frauen in deinem Leben auf. Ich bin weder deine Süße noch deine kleine Kriegerin. Ach, schau nicht so unschuldig drein, Caine! Christina hat mir alles über deine Liebhaberinnen erzählt.«

Er befaßte sich immer noch mit dem ersten Teil ihrer Äußerung. »Kleine Kriegerin' ist also deiner wirren Auffassung nach ein Kosename?«

»Allerdings, du ungehobelter Kerl! Ich werde keine Entschuldigung von dir verlangen, nachdem du meine Gedankenwelt als wirr bezeichnet hast. Das ist dir wahrscheinlich nur herausgerutscht, weil du dich immer noch über dein abgebranntes Haus ärgerst.«

Caine verzichtete darauf, die Stirn zu runzeln, und schloß die Reisetasche. »Vielen Dank für deine Mühe, Christina, aber vielleicht wirst du die Waffen benötigen, um Lyon zu beschützen. Komm jetzt, Jade.« Er nahm die Tasche in die eine Hand und Jades Arm in die andere.

Der harte Griff tat weh, doch das störte sie nicht. Sie freute sich viel zu sehr über ihre brillante Geschichte, die Caine überzeugt und gleichzeitig auch durcheinandergebracht hatte. Wie seine verkrampften Kinnmuskeln andeuteten, war er derzeit nicht in der richtigen Stimmung für eine vernünftige Diskussion, und so ließ sie sich zum Hinterausgang führen. Lyons Stallknecht hatte zwei Pferde gesattelt.«

Christina umarmte Jade und flüsterte: »Gute Reise.«

Nachdem Caine die Reisetasche am Zaumzeug seines

Hengstes befestigt hatte, half er Jade auf das andere Pferd. Sie folgte Caine zum hinteren Hoftor, wo sie zu ihren Gastgebern zurückblickte. Dabei versuchte sie, sich Christinas Lächeln und Lyons Stirnrunzeln einzuprägen, denn sie war überzeugt, daß sie die beiden nie wiedersehen würde.

Mehrmals hatte Christina die Macht des Schicksals erwähnt. Sie glaubte, Jade und Caine würden ihr Leben von nun an zusammen verbringen. Aber Christina verstand die Situation nicht. Und wenn sie die Wahrheit erfahren würde, würde sie ihrer Freundin gewiß den Rükken kehren.

Diese Gedanken waren zu schmerzlich. Jade zwang sich, nur noch an ihre Aufgabe zu denken – nämlich, Caine zu beschützen, bis Nathan zurückkam. Schon vor Jahren war ihr Schicksal entschieden worden.

»Du mußt dichter hinter mir reiten!« befahl Caine über die Schulter, und sie lenkte ihr Pferd sofort zu ihm.

Um etwaige Verfolger abzuschütteln, führte er Jade auf Umwegen aus London heraus. Erst eine Stunde, nachdem sie die Stadt verlassen hatten, wandte er sich nach Norden. Normalerweise hätte der Ritt drei Stunden gedauert. Doch wegen der Vorsichtsmaßnahmen, die Caine ergriffen hatte, zog sich die Reise erheblich in die Länge.

Als sie die Hauptstraße erreichten, erkannte Jade die Umgebung wieder. »Ein Stück weiter vorn müßten wir die Reste von Nathans Kutsche finden, falls sie nicht entfernt wurde!«

Nach einer halben Stunde waren sie noch immer nicht auf das zerstörte Vehikel gestoßen. Doch dann entdeckten sie den Wagen hinter einer scharfen Biegung am Rand einer schmalen Schlucht. Caine schwieg und ritt mit grimmiger Miene an dem Wrack vorbei.

»Nun?« fragte Jade.

»Die Kutsche ist tatsächlich ausgebrannt.«

Seine Stimme klang zornig, und Jade fürchtete, er würde ihr die Schuld an dem vernichtenden Feuer geben.

»Ist das alles, was du zu sagen hast?« Sie lenkte ihr Pferd näher an seines heran, um ihm ins Gesicht zu schauen. »Du hast mir nicht geglaubt. Und deshalb bist du nun böse.«

»Jetzt glaube ich dir.«

»Und?« fragte sie, weil sie ihn zu einer Entschuldigung veranlassen wollte.

»Und was?«

»Hast du nichts hinzuzufügen?«

»Ich könnte hinzufügen, daß ich diese Verbrecher umbringen werde, sobald ich sie gefunden habe«, entgegnete er in gefährlich leisem Ton. »Und wenn sie tot sind, werde ich die Leichen vermutlich anzünden. Das könnte ich hinzufügen. Aber es würde dich aufregen, nicht wahr, Jade?«

Offensichtlich meinte er es ernst, und sie erschauerte.

»Das würde mich allerdings aufregen. Du kannst nicht herumlaufen und Leute töten, ganz egal, wie wütend du auf sie bist.«

Abrupt zügelte er sein Pferd neben ihrem und umfaßte ihren Nacken. Vor lauter Verblüffung wehrte sie sich nicht. »Ich beschütze immer, was mir gehört«, erklärte er.

Sie wagte nicht zu widersprechen, aus Angst, er könne sie sonst erwürgen. Und so starrte sie ihn nur an.

»Verstehst du?« stieß er hervor.

»Ja. Du willst beschützen, was dir gehört. Das verstehe ich.«

Caine schüttelte den Kopf. Das kleine Unschuldslamm versuchte tatsächlich, ihn zu besänftigen. Plötzlich beugte er sich zu ihr und küßte sie – fordernd und besitzergreifend. Ihre Verwirrung wuchs. Er richtete sich auf und schaute ihr tief in die Augen. »Allmählich solltest du zur Kenntnis nehmen, daß du mir gehören wirst.«

»Ich gehöre niemandem.«

Er sah so aus, als wolle er sie erbost zurechtweisen. Doch dann wurden seine Gesichtszüge etwas weicher, und er wechselte das Thema. »Wir müssen die Hauptstraße verlassen.«

»Caine, begreif doch bitte ...«

»Streite nicht mit mir.«

Ehe sie weiterritten, zog er Jade in seinen Sattel herüber.

»Warum tust du das?« fragte sie erstaunt.

»Weil du müde bist.«

»Das hast du gemerkt?«

Zum erstenmal seit langer Zeit lächelte er. »O ja.«

»Ich bin wirklich müde«, gestand sie. »Wird Lyons Stute uns folgen? Er wäre sicher sehr ungehalten, wenn wir sie verlieren würden.«

»Sie wird uns folgen.«

»Gut.« Lächelnd kuschelte sie sich an ihn, schlang einen Arm um seine Taille und legte ihre Wange an seine Brust. »Du riechst so angenehm.«

»Du auch.«

Jade spürte seine innere Unruhe. Er wählte einen mühsamen Weg durch den Wald, und nach einer Weile fragte sie: »Warum mußt du unsere Reise dermaßen komplizieren?«

Bevor er antwortete, schob er einen tiefhängenden Zweig beseite. »Wir werden verfolgt.«

Diese beiläufige Erklärung raubte ihr nur für wenige Sekunden die Sprache. »Unsinn!« rief sie ärgerlich. »Das wäre mir aufgefallen.«

Sie versuchte sich hochzurecken, um über seine Schulter zu blicken, aber er hielt sie fest. »Keine Bange, sie sind noch weit weg.«

»Wie willst du das wissen? Folgen sie uns schon seit London? Nein, natürlich nicht. Das hätte ich gemerkt. Bist du auch ganz sicher? Und wie viele sind es?«

»Ich bin völlig sicher, Sie folgen uns seit drei oder vier Meilen. Genauer gesagt, seit wir die Grenze meiner Ländereien überquert haben. Wahrscheinlich sind es sechs oder sieben Mann.«

»Aber ...«

»Ich sah sie, als ich das letzte Mal zurückritt.«

»Da war ich auch dabei. Und ich habe nichts gesehen.«

Caine verstand nicht, warum sie so wütend war, stellte aber keine Fragen. »Ist es noch weit bis zu deinem Haus?« wollte sie wissen.

»In fünfzehn Minuten sind wir da.«

Wenig später kamen sie an eine kleine Lichtung, und Jade glaubte, ein Märchenreich zu erblicken. »Wie schön es hier ist!« wisperte sie.

An zwei Seiten wurde die Lichtung von schmalen Bächen gesäumt. Auf einem sanft ansteigenden Hang stand eine kleine Hütte. Sonnenlicht sickerte zwischen den Zweigen der Bäume hindurch, die das Paradies umgaben.

»Vielleicht ist der Wildhüter daheim«, meinte sie. »Er könnte uns helfen, den Schurken eine Falle zu stellen.«

»Die Hütte ist unbewohnt.«

»Dann müssen wir sie allein schnappen. Hast du überhaupt keine Pistole mitgenommen?« Wortlos ritt er weiter.

»Caine! Wollen wir ihnen nicht hier auflauern?«

»Nein. Wir nehmen eine Abkürzung.«

»Willst du sie an einem anderen Ort erwarten?«

»Zuerst bringe ich dich nach Hause. Solange du bei mir bist, riskiere ich nichts. Zieh jetzt den Kopf ein und halt den Mund. Die Situation ist ohnehin schon schwierig genug.«

Da seine Stimme wieder sehr mürrisch klang, gehorchte sie, drückte das Gesicht an seine Brust und spürte sein Kinn am Scheitel. »Eines Tages möchte ich wieder hierherkommen«, flüsterte sie.

Diese hoffnungsvolle Bemerkung ignorierte er. Er hatte nicht übertrieben, als er die Situation »schwierig« genannt hatte.

Sobald sie offene Felder erreichten, versetzte er den Hengst in wilden Galopp, und sie glaubte, dahinzufliegen. Während sie sich dem Landsitz näherten, wuchs Jades Angst vor einem Hinterhalt. Inständig betete sie, daß ihre Männer zur Stelle sein und den Kampf aufnehmen würden.

Kurz bevor sie einen Grat und den Schutz einer Baumgruppe erreichten, knallten Pistolenschüsse. Jade wußte nicht, wie sie jetzt Caines Rücken schützen sollte. Sie versuchte, sich umzudrehen und festzustellen, aus welcher Richtung die Gefahr drohte. Instinktiv spreizte sie ihre Hände auf Caines Schultern, um so viel wie möglich von seinem Körper abzuschirmen.

Die Schüsse kamen von Südosten. Jade rutschte auf Caines linken Schenkel, als das Echo eines weiteren Knalls im Wind verhallte.

»Rühr dich nicht!« befahl er, und gleichzeitig spürte sie einen leichten Stich an der rechten Seite. Überrascht schrie sie auf und schaute zu ihrer Taille hinab. Es fühlte sich so an, als hätte eine Löwenpranke nach ihr geschlagen. Aber der Schmerz begann sehr schnell nachzulassen und ging in ein leichtes Brennen über. Sie entschied, daß sich einer der Zweige, durch die sie geprescht waren, zwischen ihre Rippen gebohrt haben mußte. Sicher nur ein kleiner Kratzer ...

»Bald sind wir da«, verkündete Caine.

In ihrer Sorge vergaß sie, Angst zu heucheln. »Paß auf deinen Rücken auf, wenn wir zum Haus reiten!«

Er antwortete nicht und bog in den Weg ein, der zu

den Ställen führte. Offenbar hatten seine Männer den Lärm gehört, denn mindestens zehn rannten zum Wald, mit erhobenen Waffen.

Caine befahl dem Stallmeister, das Tor zu öffnen, und ritt hinein, gefolgt von Jades Stute.

Ein Reitknecht packte sie am Zügel und verfrachtete sie in eine Box, noch ehe Caine abgestiegen war und Jade aus dem Sattel gehoben hatte. Der eiserne Griff um ihre Taille verstärkte den Schmerz wieder, und sie biß sich auf die Lippen, um nicht zu schreien.

»Kelley!« rief Caine.

Ein stämmiger blonder Mann mit Vollbart eilte herbei.

»Ja, Mylord?«

»Bleiben Sie hier bei Jade und halten Sie das Tor geschlossen, bis ich zurückkomme.« Caine versuchte, sich wieder auf seinen Hengst zu schwingen, aber Jade hielt ihn am Jackett fest.

»Bist du wahnsinnig? Du darfst nicht hinausreiten.«

»Laß mich los, Süße. Ich bin bald wieder da.«

Er schob ihre Hände weg, und sie klammerte sich an seine Jackenaufschläge.

»Caine, sie wollen dich umbringen!« jammerte sie.

»Ich weiß, Liebes.« Mühsam löste er ihre Finger von seinen Revers.

»Warum willst du dann ...«

»Weil ich sie vorher töten werde.« Sofort erkannte er, welch ein Fehler es gewesen war, ihr das zu verraten. Denn nun schlang sie erstaunlich kräftige Arme um seine Taille. Während er sich befreite, hörte er zwei weitere Schüsse. Caine nahm an, daß seine Leute den Kampf begonnen hatten. Und Jade hoffte, ihre Leute würden eingreifen und die Schurken verscheuchen.

»Schließen Sie die Tür hinter mir, Kelley!« schrie Caine, während er in den Sattel stieg und den Hengst herumschwenkte. Kurz nachdem er aus dem Stall geritten war, krachte noch ein Schuß. Jade stürmte am Stallmeister vorbei und spähte durch ein kleines Fenster. Nirgends lag Caines Körper in einer Blutlache, und sie konnte wieder atmen.

»Gehen Sie lieber vom Fenster weg«, mahnte Kelley hinter ihr. Sie ignorierte diese Anweisung, bis er an ihrem Arm zu zerren begann. »Mylady, bitte, warten Sie woanders auf den Marquis. Setzen Sie sich da drüben hin. Er wird bald zurückkomen.«

Aber sie konnte sich nicht setzen. Rastlos ging sie auf und ab und wünschte verzweifelt, Matthew und Jimbo würden die Eindringlinge überwältigt haben. Die beiden zählten zu ihren treusten Männern und waren ungemein tüchtig, denn Black Harry hatte persönlich für ihre Ausbildung gesorgt.

Alles ist Caines Schuld, entschied sie. Gewiß würden ihre Nerven jetzt nicht so flattern, wäre er der Mann, dessen Qualitäten in dem Dossier gepriesen wurden. Aber er schien zwei verschiedene Charaktere zu besitzen. Natürlich enthielt die Akte die reine Wahrheit. Seine Vorgesetzten beschrieben ihn als kühlen, methodischen Mann.

Doch der Caine, den sie kennengelernt hatte, erschien ihr keineswegs als kühl. Sicher würde er ihr noch große Schwierigkeiten bereiten, vor allem, weil er so unberechenbar und dadurch gefährlich war.

Plötzlich flog das Tor auf, und Caine stand da, vor seinem keuchenden, schweißüberströmten Hengst. Jade fühlte sich so erleichtert, daß ihre Knie weich wurden. Ehe sie sprechen konnte, sank sie auf den Stuhl, den Kelley für sie geholt hatte. »Alles in Ordnung?« würgte sie hervor.

Caine fürchtete einen Tränenausbruch und lächelte ihr

beruhigend zu, ehe er das Pferd hereinführte. Er übergab dem Stallmeister die Zügel, scheuchte die Männer, die ihm gefolgt waren, wieder nach draußen und lehnte sich gegenüber von Jade lässig an die Wand. »Der Kampf war schon vorbei, als ich den Wald erreichte.«

»Ich verstehe nicht ...«

»Die Schufte müssen sich anders besonnen haben.«

»Du brauchst mich nicht anzulügen!« fauchte sie »Und hör auf, so zu tun, als unterhielten wir uns über das Wetter! Erzähl endlich, was geschehen ist!«

Er seufzte. »Der Kampf war so gut wie vorüber, als ich hinkam.

»Keine Lügen mehr, Caine!«

»Ich lüge nicht.«

»Dann versuch, Worte zu finden, die einen logischen Sinn ergeben.«

Noch nie hatte eine Frau in diesem Ton mit ihm geredet. Sie führte sich auf wie ein Feldherr. Caine mußte grinsen. »Es war ziemlich eigenartig. Zwei erwischte ich, dann ritt ich zu der Stelle, wo sich die anderen meiner Meinung nach versteckt hatten. Aber sie waren verschwunden.«

»Sie sind geflohen?«

Caine schüttelte den Kopf. »Allem Anschein nach hat ein Kampf stattgefunden.«

»Deine Männer ...«

»Die waren bei mir.«

Jade faltete die Hände im Schoß und senkte den Kopf, um ihre Freude zu verbergen. Matthew und Jimbo hatten offenbar gute Arbeit geleistet. »Das ist in der Tat merkwürdig.«

»Wir haben Kampfspuren gefunden.« Aufmerksam beobachtete er sie.

»Welche?«

»Fußabdrücke – Blut an mehreren Blättern, auch andere Anzeichen, aber keine Leichen.«

»Glaubst du, sie könnten einander bekämpft haben?«

»Völlig lautlos?« fragte er ungläubig.

»Du hast also nichts gehört?«

»Gar nichts.« Caine lehnte immer noch an der Wand, starrte Jade an, und sie starrte zurück. Er schien die Ereignisse der letzten Stunden zu überdenken, aber seine sonderbare Miene beunruhigte sie. Plötzlich erinnerte sie sich an die Geschichten, die Black Harry so gern erzählt hatte – von den wunderbaren, unberechenbaren Grizzly-Bären, die in der amerikanischen Wildnis umherstreiften und ihre menschlichen Jäger immer wieder überlisteten. Oft lockte so ein Bär seinen Verfolger in eine Falle, um ihn dann anzugreifen. Und der arme Jäger starb, ehe er merkte, daß er zum Gejagten geworden war.

War Caine genauso schlau wie die Grizzlys? Eine beklemmende Möglichkeit ... »Wenn du mich so anschaust, bekomme ich Angst«, gestand Jade im Flüsterton. »Und ich hasse dein Stirnrunzeln ... Sicher bedauerst du, daß du in diese Sache hineingezogen wurdest, und das kann ich dir nicht verübeln.« Jade verlieh ihrer Stimme ein melodramatisches Beben. »Wenn du bei mir bleibst, wirst du nicht mehr lange leben. Ich bringe den Menschen nur Unglück. Laß mich einfach hier im Stall und geh ins Haus. Wenn die Nacht hereinbricht, werde ich nach London zurückkehren – zu Fuß.«

»Soeben hast du mich schwer beleidigt. Habe ich nicht erwähnt, daß ich stets beschütze, was mir gehört?«

»Zufällig gehöre ich dir nicht!« zischte Jade – irritiert, weil ihn ihre theatralischen Worte so wenig beeindruckten. Der Mann wollte wohl versuchen, sie zu trösten, oder? »Du kannst nicht einfach bestimmen, daß ich ... Oh, du bist schrecklich besitzergreifend!«

Er nickte. »Ja, von Natur aus. Du wirst mir gehören, Jade.«

Diesmal ignorierte sie diese Feststellung. »Tut mir leid, daß ich dich gekränkt habe.«

Caine zog sie auf die Beine, legte einen Arm um ihre Schultern und führte sie zur Tür.

»Du darfst mich nicht mehr beschützen, Caine«, wisperte sie.

»Und warum nicht, Liebes?«

»Kein Vater sollte zwei Söhne verlieren.«

Ihr Vertrauen in seine Fähigkeiten schien sich in Grenzen zu halten. Aber weil ihre Stimme so unglücklich klang, machte er ihr keine Vorwürfe. »Gewiß nicht. Und dein Bruder soll auch nicht seine einzige Schwester verlieren. Hör jetzt zu. Ich bedaure es nicht, daß ich da hineingezogen wurde, und ich lasse dich nicht im Stich. Ich bin doch dein Beschützer, nicht wahr?«

»Mehr als das – mein Schutzengel.« Ehe er antworten konnte, stellte sie sich auf die Zehenspitzen und küßte ihn. »Das hätte ich besser nicht getan. Normalerweise bin ich ziemlich reserviert. Aber bei dir ... Nun ja, ich mag es, wenn du mich im Arm hältst. Seltsam, wie ich mich verändert habe ... Findest du mich wollüstig?«

Caine lachte nicht. Sie wirkte so aufrichtig und naiv, und er wollte ihre Gefühle nicht verletzen. »Es freut mich, daß es dir gefällt, wenn ich dich berühre.« Mitten im Hof blieb er stehen. »Ich fasse dich auch gern an.« Er beugte sich hinab, ein langer, sehnsüchtiger Kuß verschloß ihr den Mund. Dann hob er den Kopf und musterte sie forschend. »Als wir durch den Wald ritten und die Schüsse krachten, versuchtest du, mich mit deinem Körper abzuschirmen, nicht wahr?«

»Was?« Jade war so verwundert, daß ihr keine plausible Erklärung für ihr Verhalten einfiel.

»Du versuchtest mich abzuschirmen. Sobald du merktest, woher die Schüsse kamen ...«

»Nein, ich tat nichts dergleichen.«

»Und letzte Nacht, kurz nachdem das Wagenrad gebrochen war, warfst du dich gegen mich und schobst mich zur Seite. Damit hast du mir das Leben gerettet.«

»Das lag nicht in meiner Absicht. Ich hatte nur Angst.« Seine Miene verriet, was er dachte, und Jade fügte hastig hinzu: »Das nächste Mal werde ich dir nicht im Weg sein ... Bitte, verzeih meine Unvernunft, Caine, aber ich wurde noch nie verfolgt oder beschossen oder ... Oh, ich fühle mich gar nicht gut. Mir wird richtig übel ...«

Es dauerte eine Weile, bis er auf das plötzlich gewechselte Thema eingehen konnte. »Liegt es an deiner Beule? Du hättest Christina um eine Salbe bitten sollen.«

Sie nickte. »Mein Kopf schmerzt – und mein Magen. Und in der Seite sticht es so merkwürdig.« Während sie auf das Haus zugingen, atmete Jade erleichtert auf. Mit ihrer Klage über diverse Wehwehchen hatte sie Caine auf andere Gedanken gebracht. Sie schaute sich um, und erst jetzt bemerkte sie die schöne Landschaft. Als sie um die Hausecke bogen, blieb sie stehen. Die Zufahrt, von uralten Bäumen gesäumt, schien sich in der Unendlichkeit zu verlieren. Die Zweige überwölbten die Kiesstraße und bildeten einen hübschen Baldachin.

Majestätische weiße Säulen stützten das Vordach des zweistöckigen roten Ziegelhauses, weiße Vorhänge schmückten die hohen Fenster. Das ganze Gebäude wirkte gediegen und gepflegt.

»Du hast mir gar nicht gesagt, daß du so reich bist.« Jades Stimme klang leicht irritiert.

Caine zuckte die Achseln. »Nun ja, ich führe ein recht komfortables Leben.«

»Komfortabel? Dein Heim läßt sich mit dem Carlton

House vergleichen.« Plötzlich fühlte sie sich hier so fehl am Platz wie ein Fisch auf dem Trockenen. Sie schüttelte Caines Arm von ihren Schultern ab. »Ich mag reiche Männer nicht!«

»Schade«, erwiderte er lachend.

»Warum ist es schade?«

Er nahm ihren Arm und zog sie weiter, aber am Fuß der Eingangstreppe hielt sie erneut inne und starrte zur Ziegelfassade hinauf, als erwartete sie, dort etwas Bedrohliches zu entdecken. »Alles ist in Ordnung, Jade«, versicherte er. »Du brauchst dich nicht zu fürchten.«

Empört musterte sie ihn, so daß der Eindruck entstand, als hätte er soeben ihre Familie diffamiert. »Ich fürchte mich nicht!« protestierte sie hochnäsig. Der Widerspruch war instinktiv erfolgt, aber sie erkannte sofort ihren Fehler. Verdammt, sie mußte doch Angst heucheln. Caine beobachtete sie mit ausdruckslosem Blick, und sie unterdrückte einen Seufzer. Nie wäre mir dieser Ausrutscher passiert, wenn ich mich nicht in so jämmerlicher Verfassung befände, dachte Sie. O Gott, alles tut mir weh.

»Wenn du behauptest, ich würde mich fürchten, beleidigst du dich selbst«, erklärte sie.

»Was?«

»Würde ich mich immer noch fürchten, hieße das doch, daß ich dir nicht vertraue. Außerdem«, fuhr sie lächelnd fort, »habe ich bereits elf bewaffnete Männer gezählt. Da sie nicht auf uns schießen, nehme ich an, sie gehören zu deinen Angestellten. Und nachdem du so wunderbare Vorsichtsmaßnahmen getroffen hast, bin ich restlos beruhigt.« Ihr Lächeln vertiefte sich, als sie zu erraten glaubte, daß er sie nun wieder für dumm halten würde. Dann stolperte sie. Das war kein Ablenkungsmanöver. Hätte Caine sie nicht gestützt, wäre sie tatsächlich hingefallen. »Meine Knie sind ganz weich«, jammerte sie. »Ich bin nicht ans Reiten gewöhnt. Laß meine Taille los, Caine, da habe ich Schmerzen.«

»Wo denn genau, Liebes?« Die Frage klang belustigt, aber auch zärtlich.

»Ich bin eine Frau – erinnerst du dich? Und du sagst doch, alle Frauen seien schwach. Ist das der Grund, warum du mich jetzt so selbstgefällig angrinst? Weil ich deine unverschämte Meinung soeben bestätigt habe?«

»Wenn du mich ansiehst, vergesse ich, wie sehr du einem auf die Nerven gehen kannst. Deine Augen leuchten wie grünes Feuer.«

Sie wußte, daß er sie in Verlegenheit zu bringen suchte. Das merkte sie an seinen zuckenden Mundwinkeln. Als er ihre Stirn küßte, mußte sie sich sehr zusammennehmen, um nicht wohlig zu stöhnen. Jetzt achtete sie nicht mehr auf ihre Schmerzen.

Die Haustür öffnete sich, ein hochgewachsener älterer Mann stand auf der Schwelle. Er glich einem Wasserspeier, aber Jade hielt ihn für Caines Butler. Bis auf die weiße Krawatte war er ganz in Schwarz gekleidet, und seine strenge Haltung paßte zu diesem förmlichen Aufzug. Er sah aus, als hätte man ihn in Stärke getaucht und dann zum Trocknen aufrecht hingestellt.

»Sterns, mein Butler«, stellte Caine ihn vor. »Laßt dir keine Angst von ihm einjagen, Jade«, fügte er hinzu, nachdem sie einen Schritt näher an ihn heran getreten war. »Wenn ihn eine gewisse Stimmung überkommt, kann er so einschüchternd wirken wie eine königliche Hoheit.« Caines freundschaftliches Lächeln ließ erkennen, daß er sich kein bißchen eingeschüchtert fühlte.

»Falls er dich in sein Herz schließt, woran ich nicht zweifle, wird er dich unter Einsatz seines Lebens verteidigen. Er ist überaus loyal.«

Würdevoll stieg der Butler die Stufen herab und machte eine steife Verbeugung vor seinem Arbeitgeber. Jade entdeckte silberne Strähnen an seinen Schläfen und schätzte ihn auf Mitte Fünfzig. Das ergrauende Haar und das äußerst häßliche Gesicht erinnerten sie lebhaft an Onkel Harry, und sie begann, ihn zu mögen.

»Guten Tag, Mylord«, grüßte Sterns und musterte Jade. »Ist Ihre Jagd erfolgreich verlaufen?«

»Ich war nicht auf die Jagd«, entgegenete Caine.

»Also wurden die Pistolenschüsse, die ich vernahm, nur zum Vergnügen abgefeuert?« Bei dieser Frage nahm sich der Diener nicht die Mühe, seinen Herrn anzusehen. Statt dessen fuhr er fort, Jade zu betrachten.

Caine grinste. Das Benehmen seines Butlers amüsierte ihn immer wieder. So leicht ließ sich der Mann nicht aus der Fassung bringen, aber jetzt war es geschehen. Und wie der Marquis wußte, mußte Sterns mit sich kämpfen, um Haltung zu bewahren. »Ich war hinter Männern her, nicht hinter Jagdwild.«

»Und haben Sie Ihr Ziel erreicht?« fragte der Butler in einem Ton, der keinerlei Interesse bekundete.

»Nein.« Caine seufzte angesichts der mangelnden Aufmerksamkeit des Mannes, konnte ihm aber nicht verübeln, daß er völlig in Jades Bann geraten war. Ihm selbst war es so ähnlich ergangen. »Sie ist schön, nicht wahr, Sterns?«

Abrupt nickte der Butler und zwang sich, das Gesicht seinem Herrn zuzuwenden. »In der Tat, Mylord. Ihr Charakter muß allerdings erst beurteilt werden«, setzte er hinzu und verschränkte die Hände hinter dem kerzengeraden Rücken.

»Oh, Sie werden ihren Charakter genauso erfreulich finden wie ihre äußere Erscheinung.«

»Sie haben nie zuvor eine Dame hierhergebracht.«

»Nein.«

»Ist sie Ihr Gast?«

»O ja.«

»Messe ich diesem Umstand vielleicht eine größere Bedeutung bei, als ich sollte?«

»Keineswegs, Sterns.«

Der Butler hob eine Braue, dann nickte er ... »Soll ich ein Gästezimmer herrichten lassen, oder wird die Lady in Ihrer Suite wohnen, Mylord?«

Diese unverschämte Frage wurde ganz beiläufig gestellt, und Jade ärgerte sich zunächst einmal über die Art und Weise, in der die beiden von ihr redeten, – so als wäre sie nicht vorhanden. Deshalb dauerte es eine Weile, bis sie die Beleidigung erkannt hatte. Sie machte einen Schritt auf den Butler zu. »Diese Lady will ihr eigenes Zimmer haben, guter Mann. Mit einem massiven Türschloß. Habe ich mich klar genug ausgedrückt?«

Sterns richtete sich zu seiner vollen Größe auf. »Ich verstehe sehr gut, Mylady.« Seine Stimme klang sehr förmlich, aber seine braunen Augen funkelten – ein Blick, der bisher nur Caine zuteil geworden war. »Und ich werde das Türschloß persönlich überprüfen«, fügte er hinzu, wobei er seinen Herrn bedeutsam ansah.

»Vielen Dank, Sterns«, erwiderte Jade. »Einige Feinde sind hinter mir her. Und ich fände keine Ruhe, wenn ich mich auch noch wegen gewisser Gentlemen sorgen müßte, die nachts in mein Zimmer schleichen könnten, um mir das Nachthemd wieder anzuziehen. Das begreifen Sie doch?«

»Jade, fang nicht wieder an ...«, begann Caine.

»Er wollte mich zu seiner Mama und seinem Papa bringen, aber das konnte ich nicht zulassen, Sterns«, fuhr sie fort und ignorierte Caines unhöfliche Unterbrechung. »Seine lieben Eltern sollen keinesfalls in diese leidige Angelegenheit hineingezogen werden. Wenn man gejagt wird wie ein tollwütiger Hund, hat man einfach keine Zeit, um an seinen guten Ruf zu denken, nicht wahr?«

Sterns blinzelte ein paarmal, und weil sie ihn so bezaubernd und erwartungsvoll anschaute, nickte er.

Donner grollte in der Ferne, und Caine meinte: »Wenn wir noch lange hier draußen herumstehen, werden wir klitschnaß. Sterns, Parks soll den Arzt holen, ehe das Gewitter losbricht.«

»Ist das wirklich nötig, Caine?« fragte Jade.

»Allerdings.«

»Sind Sie krank, Mylord?« erkundigte sich der Butler sichtlich bestürzt.

»Nein, Winters muß nach Jade sehen. Sie hat ein Mißgeschick erlitten.

»Ein Mißgeschick?« Sterns wandte sich wieder zu Jade.

»Er hat mich in die Themse geworfen«, erklärte sie und nickte erfreut, als der Diener interessiert die Brauen hochzog.

»Dieses Mißgeschick meine ich nicht«, murmelte Caine. »Sie hat eine böse Beule am Kopf, und deshalb wird ihr manchmal schwindlig.«

»Ach, die tut längst nicht so weh wie dieser Stich in der Seite«, bemerkte Jade. »Ich will nicht, daß dein Arzt an mir herumfingert.«

»Das muß er, aber es wird in allen Ehren geschehen.«

»Leider kann ich Winters nicht rufen lassen«, wandte Sterns ein, »denn er ist verschwunden.«

»Verschwunden?«rief Caine erstaunt.

»Schon über einen Monat. Soll ich nach einem anderen Arzt schicken? Ihre Mutter wandte sich an Sir Harwick, als Winters unauffindbar blieb, und wie ich höre, ist sie sehr zufrieden mit seinen Diensten.«

»Und wen mußte Sir Harwick behandeln?«

»Ihren Vater, Mylord, der allerdings heftig protestierte. Sein Gewichtsverlust bereitet Ihrer Mutter und ihren Schwestern große Sorge.«

»Er trauert um Colin«, erwiderte Caine tonlos. »Hoffentlich überwindet er seinen Kummer bald. Also gut, Parks soll Harwick holen.«

»Nein«, widersprach Jade, und Caine verdrehte ungeduldig die Augen.

»Mach jetzt keinen Ärger!«

»Mylady, was ist Ihnen bei diesem Mißgeschick zugestoßen?« fragte Sterns. »Erhielten Sie vielleicht einen Schlag auf den Kopf?«

»Nein.« Schüchtern senkte sie den Blick. »Ich bin gestürzt. Bitte, regen Sie sich meinetwegen nicht auf, Sterns. Es ist nur eine ganz kleine Beule. Möchten Sie sie sehen?« Sie hob ihr Haar an der Schläfe hoch. Bei dieser Bewegung verstärkte sich der Schmerz in ihrer Seite, und sie zuckte unwillkürlich zusammen.

Mitfühlend betrachtete der Butler ihr Gesicht und verwandelte sich dann in eine Zofe. Er bekundete wortreich sein Mitleid, nahm Jades Arm und geleitete sie die Treppe hinauf. Caine schaute den beiden nach. »Wir müssen Sie sofort zu Bett bringen, Mylady«, entschied Sterns. »Wieso sind Sie denn gestürzt, wenn ich mir diese kühne Frage erlauben darf?«

»Ich verlor das Gleichgewicht und fiel eine Treppe hinunter. Das war sehr ungeschickt von mir.«

»Oh, Sie sind gewiß nicht ungeschickt«, beteuerte Sterns hastig.

»Wie freundlich, daß Sie das sagen! Wissen Sie, mein Kopf schmerzt bei weitem nicht so stark wie meine Seite. Natürlich will ich Sie nicht beunruhigen, Sterns, und Sie sollen auch nicht glauben, ich würde immer nur jammern. Das hat Caine nämlich behauptet ...«

Caine folgte ihnen und packte Jades Schulter. »Laß mich mal nachsehen. Zieh deine Jacke aus.«

»Nein«, wehrte Jade ab, während der Butler sie in die Halle führte.

»Du würdest nur an mir herumfingern.«

Eine Reihe von Dienstboten standen bereit, um den Hausherrn zu begrüßen. Jade eilte mit Sterns an ihnen vorbei.

»Hoffentlich liegt mein Zimmer an der Vorderfont, dann hätte ich eine wunderbare Aussicht auf die Zufahrt und den Wald.«

Ihre Stimme klang so fröhlich, daß Caine den Eindruck gewann, daß sie hinsichtlich ihrer Schmerzen übertrieben haben mußte.

»Sterns, führen Sie Jade nach oben. Ich kümmere mich inzwischen um einige Angelegenheiten.« Ohne eine Antwort abzuwarten, verließ er das Haus.

»Parks soll den Arzt holen!« rief Sterns vom Treppenabsatz herunter, dann wandte er sich zu Jade. »Streiten Sie nicht mit mir, Mylady, Sie sehen schrecklich blaß aus. Und Ihre Finger fühlen sich wie Eis an.«

Rasch entzog sie ihm ihre Hand. Erst jetzt merkte sie, daß sie sich beim Treppensteigen an ihn geklammert hatte. Aber ihm war es natürlich aufgefallen. Die Ärmste schien völlig erschöpft zu sein. Sie zitterte sogar.

»Bald geht die Sonne unter. Sie werden im Bett zu Abend essen, Mylady. Hat Mylord Sie wirklich in die Themse geworfen?« fragte er hastig, als er glaubte, sie würde gegen seine Beschlüsse protestieren.

»O ja«, bestätigte sie lächelnd. »Und dafür muß er sich erst noch entschuldigen. Meinen Ranzen hat er auch weggeworfen. Nun bin ich völlig verarmt. Lady Christina gab mir ein paar von ihren schönen Kleidern, und dafür danke ich Gott.«

»Ihre mißliche Lage scheint Sie nicht sonderlich zu betrüben«, meinte Stern und öffnete ihr eine Tür.

»Ich finde es sinnlos, Trübsal zu blasen. O, Sterns, welch ein hübsches Schlafzimmer! Goldgelb ist meine Lieblingsfarbe. Ist die Tagesdecke aus Seide?«

»Aus Satin«, entgegnete Sterns erfreut über Jades Begeisterung. »Darf ich Ihnen aus der Jacke helfen, Mylady?«

Sie nickte. »Würden Sie zuerst das Fenster aufmachen? Es ist ein bißchen stickig hier drin.« Er gehorchte, und sie schaute nach draußen, um die Entfernung zu den schützenden Bäumen abzuschätzen. Wenn die Dunkelheit hereinbrach, würden Matthew und Jimbo auf ihr Zeichen warten und die Fenster nach einer brennenden Kerze absuchen. Mit diesem zuvor vereinbarten Signal wollte sie ihnen bedeuten, alles sei in Ordnung.

Der Butler zog ihr die Jacke aus. »Ich werde sie reinigen lassen, Mylady.«

»Ja, bitte. Ich glaube, an der Seite ist ein kleiner Riß. Könnte man ihn flicken?« Als er nicht antwortete, wandte sie sich zu ihm. »Ist Ihnen übel? Sie sind plötzlich ganz grün im Gesicht, Sterns. Ich will Sie nicht beleidigen – aber Sie sollten sich setzen, sonst fallen Sie womöglich in Ohnmacht.«

Er schüttelte den Kopf. Erst als sie ihn zu einem Sessel am Fenster führte, fand er seine Stimme wieder und rief lauthals nach seinem Herrn.

Caine stieg gerade die Stufen herauf, als er das Gebrüll hörte. »Was hat sie jetzt schon wieder angestellt?« murmelte er, eilte den Flur entlang und zur Schlafzimmertür. Dort bot sich ihm ein erstaunlicher Anblick. Sterns versuchte sich aus dem Ohrensessel zu heben, während Jade mit einer

Hand seine Schulter festhielt und mit der anderen ein dünnes Buch schwenkte, um ihm Kühlung zuzufächeln. »Was um Himmels willen ... Sterns, sind Sie krank?«

»Er hat die Besinnung verloren, Caine. Hilf mir, ihn aufs Bett zu legen.«

»Mylord, ihre Seite ... Hören Sie doch auf, mit diesem Buch vor meinem Gesicht herumzufuchteln, Mylady! Mylord, schauen Sie sich ihre Seite an!«

Caine begriff schneller als Jade, worauf der Butler hinauswollte, und lief zu ihr. Als er den großen Blutfleck in der weißen Seidenbluse entdeckte, hätte er sich am liebsten hingesetzt. »O Gott«, flüsterte er. »Was ist mit dir geschehen, meine Süße?«

Sie schaute an sich herab, schnappte nach Luft und schwankte. Rasch hielt er sie fest. »Wußtest du nicht, daß du blutest?«

»Nein. Ich dachte, ein Zweig hätte mich gekratzt.«

Sterns tauchte an ihrer anderen Seite auf. »Sie hat ziemlich viel Blut verloren, Mylord.«

»Offensichtlich.« Caine bemühte sich, sein Entsetzen zu verbergen und Jade nicht noch mehr zu erschrecken. Aber seine Hände zitterten, als er den Seidenstoff behutsam von der Wunde wegzog, und das entging ihr nicht.

»Ist es sehr schlimm?« wisperte sie.

»Schau nicht hin. Tut's weh?«

»Seit ich das Blut gesehen habe, brennt es wie die Hölle.«

Sie entdeckte einen Riß in der Seide und klagte: »Diese Schurken haben auch noch die hübsche Bluse meiner Freundin ruiniert. Der Stoff wurde durchschossen. Schau dir das Loch an, Caine! So groß wie eine ...«

»Eine Pistolenkugel?« fragte Sterns.

Caine hatte ihr die Bluse ausgezogen und bearbeitete nun das Unterhemd mit seinem Messer.

»Ich glaube, sie fängt an zu phantasieren«, flüsterte der Butler. »Wir sollten sie aufs Bett legen, bevor sie umkippt.«

»Ich kippe nicht um, Sterns«, protestierte Jade. »Für diese Beleidigung sollten Sie sich entschuldigen. Caine, laß mich bitte los. Es ist unanständig, meine Kleider aufzuschneiden. Ich kann mich selber um diese Wunde kümmern.«

So schnell wie möglich wollte sie die beiden Männer loswerden. Seit sie die Verletzung bemerkt hatte, befand sich ihr Magen in wildem Aufruhr. Ihr schwindelte, die Knie drohten einzuknicken.

»Nun, Sterns? Entschuldigen Sie sich oder nicht?« Ehe er antworten konnte, hauchte Jade: »Verdammt, jetzt falle ich doch noch um.«

8

Jade fuhr im Schlaf hoch. Zu ihrer Überraschung lag sie im Bett. Sie hatte keine Ahnung, wie sie hineingelangt war. Und dann erkannte sie die Wahrheit. Sie mußte tatsächlich in Ohnmacht gesunken sein. Während sie sich mit dieser demütigenden Gewißheit abzufinden versuchte, spürte sie die Brise, die zum Fenster hereinwehte und die ihre nackte Haut kühlte.

Sie öffnete die Augen, und da sah sie Sterns neben dem Bett stehen. Auf der anderen Seite beugte sich Caine über sie. Die beiden gefurchten Stirnen genügten beinahe, um ihr erneut das Bewußtsein zu rauben.

»Der Schuß ist glatt durchgegangen«, erklärte Caine.

»Gott sei Dank«, wisperte Sterns.

»Welcher von euch zwei Schuften hat mich ausgezogen, als ich gerade nicht hinschaute?« fragte Jade eisig.

Der Butler zuckte zusammen, aber Caine grinste nur.

»Fühlen Sie sich jetzt besser, Mylady?« fragte der Butler, nachdem er sich wieder gefaßt hatte.

»Ja, danke. Warum halten Sie meine Hand, Sterns?«

»Damit Sie still liegenbleiben, Mylady.«

»Jetzt können Sie mich loslassen. Ich werde Caines Arbeit nicht behindern.« Nachdem er gehorcht hatte, versuchte sie sofort, die Hände des Marquis wegzuschieben.

»Du fingerst an mir herum.«

»Ich bin fast fertig, Jade.« Seine Stimme klang sehr entschieden, aber er ging unglaublich sanft mit ihr um. Dieser Widerspruch verblüffte sie.

»Bist du mir böse, Caine?«

»Nein.« Bei dieser knappen Antwort sah er nicht einmal auf.

»Du könntest in etwas überzeugenderem Ton sprechen. Sicher bist du böse. Ich verstehe nicht warum ...« Plötzlich stockte ihr der Atem.

»Sitzt der Verband zu fest?« fragte Caine bestürzt

»Du – du denkst, alles sei meine Schuld«, stammelte sie, »und ich hätte absichtlich ...«

»O nein, Mylady«, fiel Sterns ihr ins Wort, »der Marquis macht Ihnen keine Vorwürfe. Sicher wollten Sie sich nicht anschießen lassen. Aber Mylord ist oft ein bißchen ...«

»Griesgrämig?«

Der Butler nickte. »Vor allem, wenn er sich sorgt.«

»Tut mir leid, daß ich dir Unannehmlichkeiten bereitet habe, Caine. Sorgst du dich immer noch?«

»Nein.«

»Dann ist die Verletzung nicht so schlimm, wie sie aussieht?«

»Nur eine Fleischwunde.« Caine untersuchte noch einmal den Verband, bevor er ihr seine volle Aufmerksamkeit schenkte. »Bald bist du wieder auf den Beinen.«

Das schien er ernst zu meinen, und sie seufzte erleichtert auf.

»Sterns, decken Sie meine Beine zu, aber schauen Sie dabei nicht hin.« Jades Stimme klang wieder so gebieterisch wie zuvor, was ein Lächeln auf das häßliche Gesicht des Butlers zauberte.

Sie trug nur ein spitzenbesetztes Hemd, das aufgeschnitten worden war, um die Verletzung freizulegen. Diese Notwendigkeit verstand sie. Aber nachdem sie nun wußte, daß sie nicht im Sterben lag, mußte wieder auf Anstand und Sitte geachtet werden.

Sterns erfüllte ihren Wunsch und entfernte sich, um ein Tablett mit Abendessen zu holen.

»Wenn es auch nur eine Fleischwunde sein mag – das ist mir egal«, teilte sie Caine mit. »Ich habe beschlossen, erst nach langer Zeit zu genesen.«

Er setzte sich auf den Bettrand, ergriff ihre Hand und schenkte ihr ein herzzerreißendes Lächeln. »Warum habe ich das Gefühl, daß du mit dieser Ankündigung einen bestimmten Zweck verfolgst?«

»Wie klug du bist ... Während des Heilungsprozesses mußt du an meinem Krankenlager ausharren. Immerhin trägst du die Schuld an meinem Zustand.« Um nicht zu lachen, biß sie sich auf die Unterlippe.

Caine blinzelte. »Oh ... Und wie bist du zu diesem Schluß gelangt?«

Sie zuckte die Achseln. »Das weiß ich noch nicht genau, aber ich werde es herausfinden. Versprich mir, hierzubleiben. Sonst kann ich nicht einschlafen.«

»Gut, Liebes.« Er grinste teuflisch. »Weder bei Tag noch bei Nacht werde ich von deiner Seite weichen.«

Die tiefere Bedeutung dieser Worte entging ihr. »Die Nächte darfst du in deinem Bett verbringen.«

»So, darf ich das?« fragte er trocken.

Jade beschloß, ihn nicht noch mehr zu reizen. Wenn sie ihm weitere Befehle erteilte, würde er wieder griesgrämig werden. Außerdem hatte sie diese Runde ohnehin gewonnen. Das Ärgernis der Schußwunde geriet ihr nun zum Vorteil. Jetzt hatte sie einen guten Grund, ihn in ihrer Nähe zu behalten. Vielleicht würde sie ihre Genesung sogar bis zu Nathans Rückkehr hinauszögern.

Sie hatte nicht bemerkt, wie erschöpft sie war. Nach dem Essen schlief sie sofort ein, das Tablett immer noch auf dem Schoß, und nachts erwachte sie nur einmal. Zwei Kerzen brannten auf dem Nachttisch und erinnerten sie an das Zeichen, das sie Matthew und Jimbo geben mußte. Rasch schlug sie die Decke zurück. Da erblickte sie Caine an ihrer Seite, im Ohrensessel ausgestreckt, die nackten Füße auf der Bettkante, das weiße Hemd bis zur Taille geöffnet.

Jade wußte nicht, wie lange sie ihn betrachtete. Sie redete sich ein, das würde sie nur tun, um festzustellen, ob er tief und fest schlief. Wie gut er aussah ... Aber für sie war er viel mehr geworden als ein attraktiver Mann – nämlich ein sicherer Hafen. Das Bedürfnis, sich an ihn zu lehnen, ihn für sich sorgen zu lassen, überwältigte sie beinahe.

Der Schutzengel begann zu schnarchen und riß sie aus ihrer Trance. Lautlos stieg sie aus dem Bett, ergriff eine Kerze und ging zum Fenster. Es regnete, und sie verspürte Gewissensbisse, weil die Männer da draußen sicher triefnaß geworden waren. Hätte sie ihnen das Zeichen früher gegeben, säßen sie jetzt schon im Trocknen.

»Was machst du?«

Vor Schreck ließ sie beinahe die Kerze fallen, als Caines dröhnende Stimme erklang. Sie drehte sich um und sah ihn nur einen Schritt von ihr entfernt stehen. »Ich schaue nur aus dem Fenster, und ich wollte dich gewiß nicht stören.«

Er wirkte immer noch schläfrig. Zerzaustes Haar hing ihm in die Stirn, und er sah irgendwie verletzlich aus. Ohne zu wissen, was sie tat, strich sie ihm die Locke nach hinten.

»Du kannst morgen aus dem Fenster schauen«, erwiderte er, nahm ihr die Kerze aus der Hand und stellte sie auf den Nachttisch zurück, dann bedeutete er Jade mit einer arroganten Geste, sich wieder hinzulegen. »Tut die Wunde weh?« Seine Besorgnis schien sich in Grenzen zu halten, weil er bei dieser Frage gähnte.

Sie wollte erklären, sie habe keine Schmerzen, besann sich aber anders. »Ja, es sticht ein wenig. Warum hast du im Sessel geschlafen?

Caine zog sein Hemd aus. »Du hast einen Großteil des Betts okkupiert, und ich habe es nicht übers Herz gebracht, dich beiseite zu schieben.«

Inzwischen war sie unter die Decke gekrochen. »Mich beiseite zu schieben? Warum wäre das nötig gewesen?« Er löschte die Kerzen, hob die Decke und streckte sich neben Jade aus. »Ich bleibe bei dir, bis du wieder eingeschlummert bist.«

»Das schickt sich nicht ...«

»Schlaf jetzt, Liebes. Du brauchst viel Ruhe.«

Als er einen Arm um sie legte, versteifte sie sich. Seine Hand war zwischen ihren Brüsten gelandet. Jade versuchte, sie wegzustoßen, aber er hielt ihre Finger fest. »Das gehört sich wirklich nicht ...« Sie verstummte, denn sie erkannte, wie sinnlos ihr Protest war. Caine schnarchte schon wieder. Schließlich entschied sie, es würde nicht schaden, wenn sie ihn eine Weile neben sich liegen ließ. Ihretwegen hatte er einiges durchgemacht, und auch er benötigte seinen Schlaf. Sie wußte, wie griesgrämig er werden konnte, sobald er müde war. Seltsam – sie fand diese kleine Schwäche sogar liebenswert.

Sie kuschelte sich an ihn und schloß die Augen. Instinktiv wußte sie, daß er sich wie ein Gentleman benehmen würde. Und er hatte ihr ja auch versprochen, solche Situationen niemals auszunutzen.

Offenbar war sie genauso erschöpft wie er, denn sie schlief wenig später ein. Und ein höchst verwirrender Gedanke begleitete sie in ihre Träume – sie wünschte sich, daß er kein so vollendeter Gentleman sein würde.

Zwei volle Tage und Nächte wurde Sir Harwick nicht aufgespürt. Caine schickte Boten zum Landsitz und zum Londoner Haus des Arztes. Endlich fand man ihn in Lady McWilliams' Residenz, wo seine Hilfe bei einer Niederkunft gebraucht wurde. Er ließ dem Marquis ausrichten, er würde nach Harwythe reiten, sobald er seine Pflichten erfüllt habe.

Lauthals klagte Caine über dieses Ärgernis, bis Jade ihn daran erinnerte, daß sie nicht an einer lebensbedrohlichen Verletzung litt. Dies habe der Bote dem Arzt ja auch mitgeteilt. Außerdem gehe es ihr schon viel besser, und sie wolle ohnehin nicht an sich herumfingern lassen.

Bald wurde ihr die selbstgewählte langwierige Genesung zur Qual, und sie ertrug es kaum noch, ans Bett gefesselt zu sein. Das Wetter paßte zu ihrer Stimmung. Seit ihrer Ankunft in Caines Haus regnete es.

Caine war genauso schlecht gelaunt und kam ihr vor wie ein Tiger im Käfig. Wenn er sie besuchte, lief er rastlos im Zimmer auf und ab, die Hände am Rücken verschränkt, und stellte unentwegt Fragen nach ihrer Vergangenheit, ihrem Bruder, allen Ereignissen, die zu dem von ihr beobachteten Mord geführt hatten. Diese Verhöre beendete er stets mit der Erklärung, er habe zu wenig Informationen, um substantielle Schlüsse zu ziehen.

Er verbarg seine Frustration nicht, und Jade fand die

Wortgefechte mit ihm genauso zermürbend. Einerseits durfte sie nur wenige wahre Fakten erwähnen, andererseits aber nicht zu oft lügen. Und es war ziemlich anstrengend, den goldenen Mittelweg zu gehen.

Immer häufiger schrien sie sich an. Jade warf ihm vor, er bedauerte es, in ihre Probleme verwickelt worden zu sein. Damit beleidigte sie ihn natürlich, aber er stritt es nicht ab. Sie glaubte, ihm nicht mehr zu gefallen. Kein einziges mal küßte er sie. Er schlief nie wieder bei ihr, und am dritten Tag brachte er kaum noch ein höfliches Wort über die Lippen.

Am vierten Abend ihrer Bettlägerigkeit verlor sie die Beherrschung. Sie riß den Verband herunter, den Sterns erst vor wenigen Stunden gewechselt hatte, bestellte ein heißes Bad und verkündete, sie sei genesen.

Als ihr Haar gewaschen war, fühlte sie sich wesentlich besser. Sterns half ihr, die langen Locken abzutrocknen, dann setzte sie sich vor das Kaminfeuer. Er befahl zwei Hausmädchen, das Bett frisch zu beziehen und die Wanne aus dem Zimmer zu tragen, dann drängte er Jade, sich wieder hinzulegen.

Sobald die Dunkelheit hereinbrach, gab sie ihren Männern das verabredete Zeichen. Sie kehrte ins Bett zurück, schlug ein Buch auf, das Sterns ihr aus Caines Bibliothek gebracht hatte, und begann zu lesen. In der Ferne dröhnten Donnerschläge.

Wenig später begann ein heftiges Gewitter. Ein Blitzschlag fällte einen Baum, so hoch wie das zweistöckige Haus. Lange Zeit glühten die dem Erdreich entrissenen Wurzeln in unheimlichem Licht. Der ohrenbetäubende Donner erschütterte die Mauern bis auf die Grundfesten, das knisternde Geräusch brennenden Holzes erinnerte an das Zischen von Fleisch, das über einem offenen Feuer gebraten wird.

In den Ställen hatten die Knechte alle Hände voll zu tun, um die verängstigten Pferde zu beruhigen. Der Brandgeruch stieg ihnen in die Nüstern, zumindest wurde das von Kelley, dem Stallmeister behauptet. Caine wurde gerufen, als sich sein Hengst nicht beschwichtigen lassen wollte. Sobald er den Stall betrat, hörte das Tier auf, sich wie verrückt zu gebärden.

Nach Mitternacht kehrte Caine ins Haus zurück, völlig durchnäßt vom strömenden Regen. Stiefel, Socken, Jackett und Schuhe ließ er in der Halle zurück, dann stieg er die Treppe hinauf. Ein weiterer Donnerschlag ließ das Haus erbeben, als er sein Zimmer betreten wollte. Sicher fürchtete sich Jade, überlegte er und beschloß, nach ihr zu sehen. Wenn sie schlief, würde er sie nicht stören. Und wenn sie wach war – nun, dann konnten sie sich ein weiteres Wortgefecht über die Schlechtigkeit der Welt und die Unterlegenheit der Frauen liefern. Dieser Gedanke veranlaßte ihn zu einem erwartungsvollen Lächeln. Jade war alles andere als unterlegen, und sie hatte viele seiner Anschauungen über den Haufen geworfen. Aber ehe er das zugeben würde, würde er unter der Erde liegen, denn es amüsierte ihn viel zu sehr, ihre temperamentvoll vorgetragenen Argumente zu hören.

Erstaunt erkannte er, daß er sich tatsächlich mit ihr unterhalten wollte. Gewiß, er wünschte sich auch noch andere Dinge, doch er zwang sich, nicht daran zu denken.

Er klopfte an, gab ihr aber keine Zeit, ihn wegzuschicken oder – falls sie schlief – aufzuwachen, und öffnete die Tür.

Zu seiner Freude schlief sie nicht. Er lehnte am Türrahmen, betrachtete sie, und ein herzerwärmendes Gefühl tiefer Zufriedenheit erfüllte ihn. Ihre Anwesenheit in seinem Haus beglückte ihn immer mehr, und obwohl sie ihn finster anstarrte, kam er sich vor wie im Himmel. Er mußte verrückt sein, denn er begann sogar, ihre gerunzelte Stirn zu lieben. Und da er sie so leicht in Wut bringen konnte, mußte sie sich auch was aus ihm machen. Zumindest ein wenig.

So ungern er sich das auch eingestand – diese Frau verzauberte ihn. Sie war so schön, so verführerisch. Seine Widerstandskraft drohte zu erlahmen. Es war ihm zur Qual geworden, sie nicht zu berühren. Wann immer er sie sah, wollte er sie in die Arme reißen. Was in ihm vorging, wußte sie ganz sicher nicht. Wenn sie auch nur ahnte, welche Phantasiebilder ihn peinigten, würde sie nicht so gelassen im Bett sitzen. Sie wirkte sehr unschuldig und jungfräulich. Den Rücken von Kissen gestützt, hielt sie ein Buch in der Hand. Zwei Kerzen flackerten auf dem Nachttisch.

Während sie seinen Blick erwiderte, schüttelte sie langsam den Kopf.»Ich hätte die Tür verriegeln sollen. Caine, heute nacht kann ich wirklich kein Verhör mehr verkraften.«

»Das mußt du ja gar nicht.«

Seine Nachgiebigkeit schien sie zu überraschen. Mißtrauisch starrte sie ihn an. »Meinst du das ernst? Du willst mir nicht auf die Nerven fallen?«

»Ich mein's ernst«, bestätigte er grinsend.

»Trotzdem solltest du nicht hier sein«, entgegnete sie mit jener etwas heiseren, sinnlichen Stimme, die ihn so erregte.

»Nenne mir einen guten Grund dafür.«

»Ich habe auf meinen Ruf zu achten, und du bist halbnackt.«

»Das sind zwei Gründe«, antwortete er gedehnt.

»Was fällt dir ein?«fauchte sie, als er die Tür hinter sich schloß. »Die Dienstboten werden merken, wo du bist.«

»Ich dachte, dein Ruf sei dir egal, Jade. Hast du dich anders besonnen.?«

»Als ich dachte, du würdest mich töten, kümmerte ich

mich natürlich nicht mehr um meinen Ruf. Aber inzwischen wurden mir Hoffnungen auf ein etwas längeres Leben gemacht. Deshalb muß ich jetzt wieder auf Anstand und Sitte achten!«

»Sterns weiß, daß ich die erste Nacht hier verbracht habe.«

»Das war etwas anderes. Damals warst du sehr besorgt um mich, wegen meiner Verletzung. Jetzt bin ich genesen, und wenn du bei mir bleibst, werden's die Dienstboten deiner Mama erzählen.«

»Meiner Mama?« Er brach in Gelächter aus. »Um die Dienstboten brauchst du dir keine Gedanken zu machen, Jade. Die schlafen alle. Außerdem bin ich nicht aus unschicklichen Motiven zu dir gekommen.«

Sie bemühte sich, ihre Enttäuschung zu verbergen und verdrehte spöttisch die Augen. »Und was führt dich um diese späte Stunde zu mir?«

»Schau mich nicht so argwöhnisch an! Ich dachte, du würdest dich vor dem Gewitter fürchten. Das war alles. Die meisten Frauen haben eine Heidenangst vor Blitz und Donner. Du offenbar nicht.«

»Nein, ich nicht. Tut mir leid.«

»Warum tut es dir leid?«

»Weil dir das zu mißfallen scheint. Wolltest du mich trösten?«

»Das hatte ich vor,« gab er trocken zu. Die Falten auf seiner Stirn vertieften sich, als er merkte, wie Jade mit sich kämpfte, um nicht zu lachen. Er ging zum Bett, und nachdem sie hastig zur Seite gerückt war, setzte er sich auf die Kante.

Angestrengt versuchte sie, nicht auf seine nackte, behaarte Brust zu starren. Es drängte sie, die Finger durch diese dunklen Kräusel gleiten zu lassen, Caines Körperwärme zu spüren.

»Verdammt, Jade, die meisten Frauen würden sich fürchten.«

Seine ärgerliche Stimme riß sie aus ihren erotischen Träumen. »Ich bin nicht wie die meisten Frauen, Caine. Das müßtest du inzwischen gemerkt haben.«

Es fiel ihm schwer, überhaupt noch irgend etwas zu begreifen. Wie gebannt starrte er auf die Knöpfe am Halsausschnitt ihres weißen Nachthemds und dachte an die seidige Haut, die sich darunter versteckte. Er holte tief Atem. Da ich nun weiß, daß sie keine Angst vor dem Gewitter hat, müßte ich gehen, überlegte er. Meine Hose ist vom Regen völlig durchnäßt – das Laken wird feucht ... Aber er konnte sich nicht rühren.

»Ich bin anders als die Frauen, die du kennst«, erklärte sie, nur um das drückende Schweigen zu brechen.

Wassertropfen glänzten an seinen muskulösen Schultern und an den Oberarmen, die bronzebraune Haut schimmerte im Kerzenlicht. Ihr Blick wanderte zu seinen Schenkeln, und das war ein Fehler. Das schwellende Zeichen seiner Begierde ließ sich nicht übersehen – und wirkte sehr erregend.

Das Blut stieg ihr in die Wangen. »Du bis ja klatschnaß!« platzte sie heraus. »Warst du denn bei diesem Unwetter spazieren, du Dummkopf?«

»Ich mußte den Stallknechten helfen, die Pferde zu beruhigen.«

»Dein Haar kräuselt sich noch stärker, wenn es feucht ist. Darüber hast du dich als Kind sicher geärgert.«

»So sehr, daß ich mich bei Regen immer in meinem Zimmer verkrochen habe.« Er sah die harten Brustwarzen, die sich unter Jades dünnem Nachthemd abzeichneten, und mußte seine ganze Selbstbeherrschung aufbieten, um sie nicht zu berühren. Lange würde er seine Leidenschaft nicht mehr zügeln können. Sogar ein keuscher Gutennachtkuß würde seine guten Absichten zunichte machen.

Ein Blitz erhellte den Raum, von markerschütterndem Donner gefolgt. Caine stand auf und lief zum Fenster. Auch Jade sprang aus dem Bett und trat neben ihn.

»Dieser Blitz ist sicher irgendwo eingeschlagen«, meinte er. »So ein heftiges Unwetter habe ich seit Jahren nicht mehr erlebt.« Er spähte im Dunkel, um festzustellen, ob in der näheren Umgebung ein Feuer ausgebrochen war. Dann spürte er, wie Jade nach seiner Hand tastete, verbarg seine Sorge und wandte sich zu ihr.

»Bestimmt ist es bald vorbei«, versprach sie. Als er sie erstaunt anstarrte, drückte sie besänftigend seine Finger. »Du wirst es schon sehen.«

Versuchte sie tatsächlich, ihn zu trösten? Da sie seinen Blick so aufrichtig und offenherzig erwiderte, wagte er nicht zu lachen, sonst hätte er ihre zarten Gefühle verletzt.

»Mein Onkel erzählte mir, daß immer dann, wenn sich die Engel prügeln, ein Gewitter ausbricht.«

»Hast du ihm geglaubt?«

»Nein, aber ich tat so, um ihn nicht zu kränken.«

Caine lachte laut auf. »Deine Ehrlichkeit gefällt mir.«

Offenbar hörte sie das nicht gern. Sie entzog ihm ihre Hand und schüttelte den Kopf. »Für dich ist alles schwarz oder weiß, nicht wahr? Zwischentöne gibt es nicht. Ich versuchte, meinem Onkel zu glauben, doch ich wußte, daß er log, um mir meine Angst zu nehmen. Manche Lügen verfolgen einen guten Zweck. Verstehst du, was ich meine?«

Er musterte sie aufmerksam. »Nenn mir ein anderes Beispiel, Jade. Hast du mich schon einmal belogen?«

Zögernd nickte sie.

Einige Herzschläge später fragte Caine: »Und was war das für eine Lüge?« Als sie schwieg, packte er ungeduldig ihre Schultern, drehte sie zu sich herum, hob ihr Gesicht und zwang sie, ihn anzuschauen. »Erklär mir diese Lüge!« verlangte er.

Der Ausdruck seiner Augen ließ sie frösteln. Keine Spur von Wärme lag darin. Das Grau seiner Iris erschien ihr wie ein Wintermorgen. »Du kannst also keine Lügen ertragen – ganz egal, was dahintersteckt? fragte sie.

»Gesteh mir endlich, was das für eine Lüge war!«

»Ich sagte einmal, ich würde dich nicht mögen.«

»Was?« Caine blinzelte ungläubig.

»Ich sagte, ich würde dich nicht mögen«, wiederholte Jade.

»Und das war gelogen?«

»Ja.«

Sie fühlte, wie sich der Griff um ihre Schultern lockerte. »Und ich dachte, es wäre etwas Ernstes«, seufzte er.

»Zum Beispiel?«

»Zum Beispiel könntest du verheiratet sein!« Caine schrie beinahe. Etwas sanfter fügte er hinzu: »Daß du mich magst, wußte ich bereits.«

»Du bist unmöglich!« fauchte sie. »Wenn ich dich noch in anderer Hinsicht belogen hätte, würde ich es jetzt bestimmt nicht mehr zugeben. Du bist einfach zu ekelhaft.«

»Jade?«

»Ja?«

»Hast du mir sonst noch irgendwelche Lügen aufgetischt?«

»Ich wollte dir mal einreden, ich sei verheiratet. Aber ich kann nicht so gut Geschichten erfinden. Deshalb fürchtete ich, du würdest mir nicht glauben.«

»Warum wolltest du mir erzählen, du seist verheiratet?«

Geistesabwesend streichelte er ihre Schultern.

»Nun ja, damals in der Traverne – da hast du mich angesehen wie ein Tiger, der seine nächste Mahlzeit plant. Und ich glaubte, wenn du mich für eine Ehefrau oder Witwe hieltest, würdest du mich bemitleiden.«

»Du wolltest also mein Mitleid – nicht meine Begierde?«

Jade nickte. »Wie du zugeben mußt, fühlen wir uns zueinander hingezogen. Früher haßte ich allein schon den Gedanken, von einem Mann angefaßt zu werden. Bei dir ist es anders.«

»Das freut mich, Liebes.«

»Schau nicht so selbstgefällig drein! Irgendwann mußte es ja passieren.«

»Was?«

»Daß ich jemanden treffe, dem ich gern ein bißchen näherkommen würde.«

»Ich finde es wundervoll, dieser Mann zu sein«, gestand er und umarmte sie. »Jetzt würde ich dich gern berühren. Willst du es auch?«

Jade riß sich los und trat einen Schritt zurück. »Was ich will oder nicht, spielt keine Rolle. Du bist mein Beschützer, also darfst du nicht ...«

Sofort drückte er sie wieder an sich, und sie spürte seine harten Schenkel, seine wachsende Erregung. Das dünne Nachthemd schirmte sie nicht gegen die Hitze ab, die sein Körper ausstrahlte. »So wie du dir das vorstellst, geht es nicht, Jade.«

»Warum nicht?«

»Weil ich dich begehre.«

Seine rauhe Stimme lähmte ihre Widerstandskraft. Die Empfindungen, die er in ihr weckte, hätten sie erschrecken müssen, das wußte sie. Statt dessen glaubte sie in seinen Armen dahinzuschmelzen, und der Wunsch, liebkost zu werden, war eine süße Qual, die sie völlig verwirrte. Noch nie hatte sie jemandem erlaubt, sich ihr zu nähern. Die Liebe bereitete mehr Kummer als Freude – das hatte sie schon in jungen Jahren gelernt. Sogar Nathan hatte sie im Stich gelassen, und seit der Trennung fühlte sie sich so verletzlich ... Nur eine Närrin würde sich einem Mann wie Caine ausliefern ...

Die Donnerschläge verhallten in der Ferne. Weder Jade noch Caine achteten jetzt noch auf das Wetter; sie waren ganz im Bann der Dinge, die zwischen ihnen geschahen. Sie schauten sich in die Augen, eine halbe Ewigkeit lang.

Letzten Endes war es unausweichlich. Als er den Kopf herabneigte, hob sie ihm das Gesicht entgegen, und ihre Lippen fanden sich. Jade erwiderte den verzehrenden Kuß mit gleicher Glut, aufreizend spielte ihre Zunge mit seiner, und ihr Stöhnen antwortete drängend auf sein heißes Verlangen.

Caines Hunger ließ sich nicht so leicht stillen. Er gestattete Jade keinen Rückzug, und Sie wollte ihn auch gar nicht loslassen. Sie legte die Arme um seinen Hals, schlang die Finger in sein lockiges Haar, klammerte sich mit aller Kraft an ihn.

Schließlich beendete er den Kuß, und sie seufzte verwirrt. Würde sie ihr Herz unwiderruflich verlieren? Sie preßte eine Wange an seine Brust und lächelte, als das Kraushaar ihre Nase kitzelte. Wie wunderbar er roch, nach Erde und Regen ...

»Gibt es noch andere Lügen, die du mir gestehen willst?« flüsterte er.

»Nein.«

Er lachte leise über die Scheu, die in ihrer Stimme mitschwang. »Nein? Was heißt das? Gibt es sonst keine Lügen, oder möchtest du kein Geständnis ablegen?«

Sie rieb ihr Gesicht an seiner warmen Haut. »Da waren noch mehr Lügen ...« Als sie spürte, wie er sich versteifte, fügte sie rasch hinzu: Aber die sind so unwichtig, daß ich sie vergessen habe. Sobald ich mich daran erinnere, werde ich dir alles erzählen, das verspreche ich.«

Da entspannte er sich wieder, und sie dachte: Die Lüge muß für ihn die schlimmste aller Sünden sein.

»Jade?«

»Ja, Caine?«

»Begehrst du mich?« Ohne eine Antwort abzuwarten, stieß er hervor: »Verdammt, sei ehrlich zu mir! Keine Lügen mehr! Ich muß es wissen. Sofort!«

»Ja, Caine, ich begehre dich – sehr sogar.« Das hörte sich so an, als hätte sie sich zu einem schrecklichen Verbrechen bekannt.

»Jade, wenn sich eine Frau und ein Mann nacheinander sehnen, ist das ein Grund zur Freude – nicht zur Verzweiflung.«

»Sowohl das eine wie auch da andere ...« Was nun geschehen würde, ließ sie erschauern. Einerseits konnte sie es kaum erwarten, andererseits fühlte sie sich unsicher. Ich will mich nicht in ihn verlieben, beschloß sie – ein unmögliches Unterfangen, das ihr Tränen in die Augen trieb. Er hatte bereits den Weg zu ihrem Herzen gefunden.

Zärtlich drückte er sie an sich.»Ich werde ganz behutsam mit dir umgehen. Was denkst du, Liebes?«

»Daß ich's überleben werde.«

Er verstand nicht, was sie meinte, aber die Qual in ihrer Stimme erschütterte ihn. »Wir müssen nicht ...«

»Es ist mein Wunsch. Aber vorher solltest du mir etwas versprechen.«

»Was?«

»Du darfst dich nicht in mich verlieben.«

Sie scherzte nicht, das spürte er. Ärgerlich preßte er die Lippen zusammen. Warum stürzte sie ihn von einer Verwirrung in die andere? Er wollte eine Erklärung für dieses lächerliche Ansinnen verlangen. Aber da begann sie, seine Schultern zu streicheln, und als sie seine Brust mit heißen Küssen bedeckte, strömte ein wildes Feuer durch seinen Körper.

Ihr Mund zog eine süße Spur bis zu seinem Hals hinauf, drängte ihn stumm, die Zärtlichkeiten zu erwidern. Nun verlor er den letzten Rest seiner Beherrschung. Noch nie war ihm eine Frau so unschuldig, so ehrlich begegnet. Zum erstenmal in seinem Leben fühlte er sich wahrhaft gewürdigt – und geliebt.

Wieder nahm er sich vor, sie sanft zu behandeln. Jede einzelne Liebkosung wollte er auskosten, diese Nacht zu einem unvergeßlichen Erlebnis gestalten. Aber Jades sinnliches Stöhnen bedrohte seine Absicht, Geduld zu üben. Sie brachte ihn beinahe um den Verstand. Er packte ihre dichten Locken, bog ihr den Kopf nach hinten und verschloß ihr den Mund mit einem fordernden Kuß.

Seine Leidenschaft entfachte auch in ihr helle Flammen. O Gott, dieser Kuß ... Sie zitterte vor Begierde und grub die Fingernägel in die Muskeln seiner Oberarme. Feuerströme durchfluteten ihren Unterleib.

Caine umfaßte ihre Hüften, preßte sie an sich, so daß sie seine pulsierende Erregung spürte. Instinktiv rieb sie ihren Bauch daran, und die Qual verstärkte sich.

Seine Lippen wanderten an ihrem Hals hinab, und als seine Zunge ein Ohrläppchen liebkoste, konnte Jade sich kaum noch auf den Beinen halten. Er verhieß ihr flüsternd geheimnisvolle erotische Freuden, sprach von Dingen, die bald geschehen würden. Einige verstand sie, andere nicht, doch sie wollte alle kennenlernen.

»Jetzt gibt es kein Zurück mehr, Jade. Du wirst mir gehören.«

»Ja, das will ich, Caine – in dieser Nacht.«

»Nicht nur in dieser Nacht.« Er küßte sie wieder. »Für immer.«

»Ja«, seufzte sie und wußte kaum, was sie versprach.

»Was soll ich tun? Ich möchte dich glücklich machen.«

Er nahm ihre Hand und schob sie zwischen seine Beine. »Faß mich an, meine Süße.«

Jade erschrak, als sie spürte, wie kräftig er gebaut war.

Aber dann überwand sie ihre anfängliche Scheu, weil ihn die Berührung sichtlich entzückte. Sein lustvolles Stöhnen animierte sie zu immer kühneren Zärtlichkeiten, gab ihr das Gefühl, Macht über ihn auszuüben und gleichzeitig schwach zu sein. Um besseren Zugang zu finden, öffnete sie die Knöpfe seiner Hose, und er hielt den Atem an, während ihre Finger langsam über das Kraushaar strichen, das heiße Fleisch erreichten.

Schon nach wenigen Sekunden bereitete er der intimen Liebkosung ein Ende und zog Jades Hand weg. »Nicht, mein Engel – sonst ist es vorbei, ehe wir angefangen haben.«

»Caine, ich will ...«

»Ich weiß«, flüsterte er und zerrte ihr Nachthemd hoch. In plötzlicher Verlegenheit versuchet sie, den Saum wieder nach unten zu streifen. »Kann ich das Hemd nicht anbehalten?«

»Nein.«

»O, Caine – hör auf ...«, stammelte sie.

Aber da berührte er sie bereits an ihrer intimsten Stelle, und seine Finger vollbrachten ein ungewohntes Wunder. Er wußte genau, wie und wo er sie bewegen mußte, um Jades Lust zu steigern.

Das Nachthemd landete auf dem Boden, gefolgt von Caines Hose. Seine Hände umfaßten ihre vollen Brüste, die Daumen glitten über die harten Knospen, bis sie sich an ihn drängte.

Ein neuer Blitz tauchte das Zimmer in grelles Licht, und als Caine heiße Leidenschaft in Jades Augen las, nahm er sie auf die Arme und trug sie zum Bett. Sie sanken darauf, und er zwang ein Knie zwischen ihre Schenkel, spürte feuchte Hitze. »Du fühlst dich so gut an«, murmelte er, auf die Ellbogen gestützt, um sie nicht mit seinem Gewicht zu belasten. Dann vergrub er sein Gesicht zwischen ihren Brüsten, küßte das weiche Fleisch, ließ seine Zunge langsam um eine Knospe kreisen.

Sie glaubte, sie sei von einem Blitz getroffen worden. Rastlos wand sie sich hin und her. Als er die Knospe in den Mund nahm und daran saugte, stöhnte Jade laut auf und grub ihre Fingernägel in seine Schultern.

»Gefällt dir das, Liebling?« fragte er, ehe er sich der anderen Brustwarze zuwandte.

Sie wollte antworten, es sei himmlisch, aber die aufgewühlten Gefühle verschlugen ihr die Sprache. Seine Lippen preßten sich wieder auf ihre, dann schoben seine Hände ihre Schenkel noch weiter auseinander, und seine Finger prüften, ob sie bereit für ihn war.

»Schling die Beine um mich, Jade«, befahl er. »Jetzt kann ich nicht länger warten. Ich will endlich in dir sein.«

Er hob die Hüften ein wenig hoch, und während er sie küßte, begann er, in sie einzudringen. Der stechende Schmerz durchbrach den sinnlichen Nebel, der Jade einhüllte. Sie schrie auf, versuchte, zur Seite zu rücken, und Caine zögerte nur kurz, als er ihren Widerstand spürte. Er richtete sich auf, um ihr die Entschlossenheit in seinem Blick zu zeigen. Dann zerstörte er kraftvoll die Barriere ihrer Jungfräulichkeit und versenkte sich immer tiefer in ihr.

Jade schrie noch einmal auf und schloß die Augen. Jetzt hielt Caine in seinen Bewegungen inne. Er wollte ihr Zeit geben, sich an das fremdartige Gefühl zu gewöhnen. Und er selbst brauchte eine Atempause, um seine Selbstkontrolle zurückzugewinnen.

»Hör auf!« rief sie. »Ich will nicht mehr ...« Sie öffnete die Augen und sah ihn an. Tränen rollten über ihre Wangen. »Bitte ...«

Sein Gesicht verzerrte sich ein wenig, und sie glaubte, er hätte ebensolche Schmerzen wie sie. »Ich kann nicht aufhören. Bleib ganz still liegen. Wenn du so umherrutschst, zwingst du mich ...«

Er legte die Stirn auf ihre, fast übermannt von betörender Qual. »Tut es dir auch so weh?« schluchzte sie.

»Nein, Liebling.«

»Bin ich jetzt keine Jungfrau mehr? Ist es vorbei?« Widersprüchliche Empfindungen verwirrten sie. Der Schmerz dauerte an, und sie wünschte, Caine würde sie allein lassen – andererseits wollte sie in seinen Armen liegen.

»Du bist keine Jungfrau mehr, aber es ist noch nicht vorbei.«

Er rang nach Atem, als sei er eine weite Strecke gelaufen. Als er sie wieder ansah, erschrak sie über seine grimmige Miene. Offenbar mißfiel ihm das alles genauso wie ihr, und sie schämte sich ihres Fehlschlags.

»Ich wußte ja, daß ich's falsch machen würde«, jammerte sie. »Bitte geh weg! Du tust mir weh.«

Zitternd kämpfte er um seine Selbstkontrolle. »Baby, ich kann jetzt unmöglich aufhören.« Er versuchte, sie zu küssen, aber sie drehte den Kopf zur Seite und wehrte sich wieder.

»Wenn du nicht aufhörst, fange ich zu weinen an – und das wäre mir sehr unangenehm«, fügte sie schluchzend hinzu.

Caine erwähnte nicht, daß sie schon die ganze Zeit weinte. Verdammt, er fühlte sich so hilflos. Wie sollte er Jade trösten? Eingebettet in ihrem engen, warmen Schoß vermochte er kaum noch klar zu denken. »Liebling, der Schmerz wird bald nachlassen«, beteuerte er und hoffte inständig, er würde recht behalten.

Mit beiden Händen umfaßte er ihr Gesicht, ein Kuß beendete das unsinnige Gespräch. Seine Zunge kreiste um ihre, und bald spürte er, wie ihr Widerstand verebbte.

Jade vergaß den Schmerz nicht, aber irgendwie schien

er nun keine Rolle mehr zu spielen. Eine seltsame Unruhe ergriff ihren ganzen Körper. Caine zwang sie, reglos zu verharren, und erst als er fühlte, wie sie ihm langsam und zaudernd die Hüften entgegenschob, begann er, sich wieder zu bewegen. Ihr atemloses Stöhnen veranlaßte ihn, sofort wieder innezuhalten. »Tue ich dir immer noch weh, Süße?« Verzweifelt wünschte er, der Schmerz würde endlich verfliegen, denn sein Körper sehnte sich mit aller Macht nach Erfüllung. »Oder ist es besser?«

»Ein bißchen«, wisperte sie an seinem Hals. Es klang scheu und unsicher.

Caine wartete, bis sie in sein Ohrläppchen biß und sich aufbäumte. Diese Ermutigung genügte ihm vollkommen. Er nahm sich zwar vor, Jade zu schonen, aber sein Körper beachtete die Befehle seines Verstandes kaum noch, bewegte sich immer schneller und forderner, geriet endgültig außer Kontrolle.

Ihre Schenkel umklammerten seine Hüften, ihre Finger gruben sich in seinen Rücken. Er wußte, daß er sich vor seinem Höhepunkt zurückziehen mußte, denn sie hatten keine Maßnahme getroffen, um eine Schwangerschaft zu verhindern. Doch die Verlockung war zu groß. Und irgendwo im Hintergrund seines Bewußtseins entstand der Wunsch, ein Kind mit Jade zu zeugen.

Nun gaben sich beide vorbehaltlos dem wilden Rhythmus ihrer Leidenschaft hin. Donnergrollen mischte sich mit leisem, genußvollem Stöhnen, mit Caines geflüsterten Liebesworten. Mit seiner eigenen Befriedigung wollte er sich nicht begnügen. Jade sollte ihn zum Gipfel der Lust begleiten. Und er riß sie mit sich, jagte heiße Wellen des Entzückens durch ihren Körper, bis sie vor Verlangen bebte, die Erlösung vezweifelt herbeisehnte. Es kam ihr so vor, als versuchte er, ihre Seele zu stehlen. Dieser Gedanke erschreckte sie. »Caine, ich kann nicht mehr ...«

Mit einem langen Kuß beschwichtigte er ihre Angst vor dem Unbekannten. »Laß es einfach geschehen, Jade. Halt dich an mir fest. Bei mir bist du sicher.«

Ja, er würde sie beschützen. Ihr instinktives Vertrauen zu Caine besiegte die Furcht. Und sie überließ sich hemmungslos den Stürmen ihrer Gefühle, bis sie eins wurde mit ihrem machtvollen Rauschen und glaubte, hoch emporzufliegen, der Sonne entgegen. Sie rief seinen Namen, in freudiger Erleichterung und tiefer Liebe.

Im selben Augenblick erreichte auch er die Erfüllung, und sein Kopf sank auf Jades Schulter. Die Gewalt seiner Empfindungen jagte einen Schauer durch seine Glieder. Nie zuvor hatte er ein so unermeßliches Glück erlebt. Er fühlte sich völlig ausgelaugt – und trotzdem wie neugeboren.

Niemals würde er sich von Jade tennen. Dieser Entschluß hämmerte in seinem Bewußtsein mit derselben Kraft wie der wilde Herzschlag in seiner Brust.

Erschöpft seufzte Jade auf. Erst als ihre Arme zu schmerzen anfingen, merkte sie, daß sie sich immer noch krampfhaft an Caines Körper klammerte. Langsam ließ sie ihn los, schlaff fielen ihre Hände hinab. Was soeben geschehen war, verblüffte sie dermaßen, daß sie keine Worte fand. Niemand hatte ihr gesagt, daß es so sein würde. Großer Gott, sie hatte ihre Selbstkontrolle restlos verloren, sich hingegeben mit Leib und Seele, in der Überzeugung, Caine würde ihr Schutz und Geborgenheit bieten.

Keiner hatte jemals eine solche Macht über sie besessen. Sie schloß die Augen, um ihre Tränen zu verbergen. Caine ist noch viel schlauer als ich, dachte sie. Der Mann hatte es gewagt, ihr das Herz zu rauben. Und was noch schlimmer war – sie hatte es gestattet.

Er fühlte, wie sie sich unter ihm versteifte, aber ihm fehlte die Kraft und der Wille, von ihr hinabzugleiten.

»Du solltest jetzt gehen«, wisperte sie mit zitternder Stimme.

Seufzend drückte er das Gesicht an ihren Hals, umarmte sie und drehte sich zur Seite. Jade konnte der Versuchung nicht widerstehen, sich an seine Brust zu schmiegen, wenigstens noch für ein paar Minuten. Und obwohl sie nicht verstand, warum – sie wollte Lobesworte von ihm hören, ehe sie ihn wegschickte. Nur ein paar kleine Lügen, um eine schöne Erinnerung für die kalten, einsamen Nächte ihrer Zukunft zu bewahren ... Ja, es würden Lügen sein. Trotzdem sehnte sie sich danach.

Das ergab natürlich keinen Sinn, und sie begann sich über Caine zu ärgern. Alles war seine Schuld, er hatte eine dumme Gans aus ihr gemacht, die nicht wußte, ob sie weinen oder schreien sollte.

»Bereust du es schon, Süße?« Als sie nicht antwortete, zupfte er sie am Haar und zwang sie, ihn anzuschauen. Was er sah, gefiel ihm. Ihr Gesicht war noch erhitzt vor Leidenschaft, der Mund gerötet von seinen Küssen, der Blick verschleiert. Es kam ihm so vor, als hätte er ihr seinen Stempel aufgedrückt. Triumph erfüllte ihn, eine besitzergreifende Freude, und er beschloß, Jades gerunzelte Stirn zu ignorieren. Dieses Mißvergnügen heuchelte sie wahrscheinlich nur, um ihn nicht in Sicherheit zu wiegen. Er konnte nicht widerstehen, küßte sie wieder, und sie versuchte, sich abzuwenden. Aber er hielt ihren Kopf fest.

Mit diesem Kuß wollte Caine die Falten auf ihrer Stirn glätten. Und sobald seine Zunge ihre berührte, wurde Jade von neuen betörenden Gefühlen erfaßt. Das erotische Liebesspiel verlangte eine Antwort, und als Caine sich aufrichtete, um sie anzusehen, klammerte sie sich an ihn. »Du hast mich ebenso begehrt wie ich dich«, sagte er leise. »Und jetzt, wo du zu deiner Entscheidung gelangt bist, mußt du damit leben.«

Der Mann war einfach unmöglich. Ihre Augen füllten sich mit Tränen. Wie konnte er so herzlos sein und sie dabei auch noch anlächeln? Aber er durfte nicht merken, wie tief seine Worte sie kränkten. »Ja, Caine, ich habe beschlossen, dir meine Unschluld zu schenken, und ich werde mit den Konsequenzen leben. Und jetzt möchte ich schlafen, wenn es dir nichts ausmacht ...«

»Davon rede ich nicht, Jade«, unterbrach er sie ungeduldig. »Ich meine deinen Entschluß, mir zu gehören. Wir werden heiraten.«

»Was?«

»Du hast es doch verstanden. Warum bist du so blaß? So schlimm ist es doch gar nicht.«

»Caine – eine solch schwierige Entscheidung habe ich noch nie getroffen«, stammelte sie.

Er war nicht in der Stimmung, mit ihr zu diskutieren, wollte nur ihr Jawort, und bei Gott, er würde ihr Bett erst verlassen, wenn er es bekommen hatte. Unsanft drehte er sie auf den Rücken, schob ein Knie zwischen ihre Schenkel und hielt ihre Handgelenke fest. »Schau mich an!« befahl er. Als sie gehorchte, fuhr er fort: »Was soeben geschehen ist, kann nicht rückgängig gemacht werden. Du gehörst mir. Wenn du das hinnimmst, wird alles viel leichter für dich.«

»Warum sollte ich es hinnehmen? Caine, du weißt nicht, was du verlangst.«

»Ich bin ein sehr besitzergreifender Mann.« Seine Stimme klang hart und kalt.

»Das habe ich gemerkt. Und es ist eine Sünde.«

»Was mir gehört, teile ich mit niemandem. Ist das klar?«

»Nein.« Sein Blick jagte einen Schauer durch ihren Körper.

»Willst du mich heiraten, weil du mich entjungfert hast und dich deshalb schuldig fühlst?«

»Ich empfinde keinerlei Schuldgefühle. Trotzdem wirst

du mich heiraten. Sobald dein Bruder zurückkehrt, spreche ich mit ihm ...«

»Du bist der arroganteste, eigensinnigste Mann, der mir je begegnet ist!«

Ein Lächeln umspielte seine Lippen. »Aber du magst arrogante, eigensinnige Männer, Liebling. Sonst hättest du mir deine Unschuld nicht geopfert.«

Seltsam, diesem Argument wußte sie nichts entgegenzusetzen.

»Geh von mir runter, ich kann kaum noch atmen.«

Sofort glitt er zur Seite und stützte sich auf einen Ellbogen, um Jades Gesicht zu betrachten. Sie faltete die Hände über der Brust und starrte zur Zimmerdecke.

»Jade?«

»Ja?«

»Habe ich dir weh getan?« Sie sah ihn nicht an, und er zupfte wieder ungeduldig an ihrem Haar. »Antworte!«

»Du hast mir weh getan.« Sie spürte, wie ihr das Blut in die Wangen stieg.

»Das bedauere ich.«

Die Zärtlichkeit in seiner Stimme ließ sie erzittern, und sie erkannte, daß sie ihre Emotionen unter Kontrolle bringen mußte. Warum kamen ihr in letzter Zeit ständig die Tränen? Erbost zog sie sich die Decke bis ans Kinn.

»Du bedauerst es kein bißchen. Sonst hättest du aufgehört, als ich dich darum bat.«

»Das konnte ich nicht.« Jetzt war auch sein Blick sehr zärtlich, und das Funkeln in seinen Augen verriet seine Belustigung. Plötzlich wußte sie nicht mehr, was sie von ihm halten sollte.

»Du konntest es nicht?«

»Nein.«

»Nun, es beruhigt mich, daß du keine Gewissensbisse verspürst. Dazu hast du nämlich keinen Grund.«

»Und warum habe ich keinen Grund?« fragte er gedehnt.

»Weil du mich zu nichts gezwungen hast. Ich war einverstanden. Und ich habe es sogar darauf angelegt.«

»War ich überhaupt dabei? Wenn ich mich entsinne, muß ich sehr aktiv gewesen sein.«

Jade ignorierte sein Amüsement. »Natürlich warst du dabei. Aber ich habe dir erlaubt, aktiv zu werden.«

Hätte sie nicht so aufrichtig gewirkt und nicht so verlegen die Hände gerungen, wäre er in lautes Gelächter ausgebrochen. Aber um ihre Gefühle zu schonen, beherrscht er sich. »Also gut, du warst aktiver als ich. Bist du jetzt zufrieden?«

»Ja. Danke.«

»Keine Ursache. Und nun erklär mir, warum du mit mir geschlafen hast.«

Sie schaute wieder an die Zimmerdecke, und er beobachtete fasziniert, wie sich die Röte in ihren Wangen vertiefte. Offenbar fand sie die Situation sehr peinlich. Und dabei hatte sie vorhin seine Leidenschaft mit gleicher Glut erwidert. Auf seinen Schultern brannten immer noch die Spuren ihrer Fingernägel. Ihr Temperament paßtc zu seinem. Aber für sie war es das erste Mal gewesen, und deshalb empfand sie wohl eine gewisse Scheu.

»Weil ich es wollte«, antwortete sie. »Ich wußte schon immer, daß ich niemals heiraten würde, und ich wünschte mir trotzdem ... Ach, das kannst du nicht verstehen. Doch das spielt keine Rolle. Wenn ich gegangen bin, wirst du mich bald vergessen.«

Erwartungsvoll schaute sie ihn an und rechnete mit einem Wutausbruch. Aber er begann zu lachen.

»Wie unhöflich du bist!« beschwerte sie sich und starrte wieder nach oben. »Du solltest mich jetzt endlich allein lassen.«

Sein Finger strich über ihren Hals. »Es war unvermeidlich, Jade.«

Sie schüttelte den Kopf. »O nein.«

»Doch.« Langsam zog er die Bettdecke hinab, um ihre Brüste zu entblößen. »Ich habe mich von Anfang an danach gesehnt«, flüsterte er und ließ die Decke noch tiefer hinabgleiten. »Weißt du was?«

»Was?«

»Ich begehre dich schon wieder.« Ehe sie protestieren konnte, küßte er sie.

Jade wehrte sich erst, als seine Zunge ein forderndes, sinnliches Spiel anfing. Sie schob ihn von sich, starrte auf seine Brust und strich über das dunkle Kraushaar, während sie versuchte, Mut zu fassen und ihre Frage zu stellen.

»Caine?«

»Ja?«

»War es schön?«

Mit einem Daumen hob er ihr Kinn hoch. »Wunderbar.«

»Du warst nicht enttäuscht?«

Ihre Verletzlichkeit rührte ihn. »Kein bißchen.«

Seine Miene war so ernst geworden, daß sie beschloß, die Wahrheit zu gestehen. »Ich war auch nicht enttäuscht.«

Jetzt kehrte sein arrogantes Grinsen zurück. »Das weiß ich.«

»Wieso?«

»Das habe ich an der Art gemerkt, wie du Erfüllung gefunden und meinen Namen geschrien hast.«

»Oh ...«

Sein Lächeln verscheuchte den letzten Rest ihrer Bedenken. »Es war – umwerfend, nicht wahr?«

Sie nickte. »Ich hatte eine Ahnung, daß es so – wundervoll sein würde.«

Caine küßte ihre Stirn. »Du hast immer noch meinen Geruch an dir, und das gefällt mir.«

»Warum?«

»Es erregt mich.«

»Ich sollte mich waschen ...«

»Das tu ich für dich.«

Sie drehte sich zur Seite und stieg aus dem Bett, bevor er sie festhalten konnte. »Du wirst nichts dergleichen tun«, erwiderte sie, kehrte ihm den Rücken und schlüpfte in ihren Morgenmantel. Lächelnd wandte sie sich wieder zu Caine, dann stockte ihr der Atem, als sie Blutflecken auf dem Laken entdeckte. »Ich habe geblutet – das ist deine Schuld!« stammelte sie anklagend.

»Es war das erste Mal für dich, Liebling.«

»Das weiß ich doch.«

»Also ist es ganz natürlich, daß du geblutet hast.«

Verwirrt starrte sie ihn an. »Meinst du das ernst?« Er nickte, und sie fügte hinzu: »Nur beim ersten Mal? Nicht, daß es ein zweites Mal geben wird, aber ...«

»Nur beim ersten Mal.« Caine ging nicht auf die Ankündigung ein, daß sie nie wieder mit ihm schlafen würde.

»Hat dir das niemand erklärt?«

»Doch.« Sie kam sich wie eine Idiotin vor.

Offensichtlich glaubte er ihr nicht. »Wer hat es dir erklärt? Deine Eltern starben, ehe du alt genug warst, um solche Dinge zu verstehen. Hat dein Bruder mit dir darüber gesprochen?«

»Nathan verließ mich...« Das war ihr unwillkürlich herausgerutscht. »Ich meine – er war in der Schule, und ich sah ihn nur selten.«

Er merkte, wie aufgeregt sie plötzlich wurde. Ihre zitternden Finger machten mehrere Knoten in den Gürtel ihres Morgenmantels. »Wann hat er dich verlassen?«

»Er war auf der Schule«, wiederholte sie.

»Wie lange?«

»Warum fragst du danach? Während seiner Abwesenheit übernahm es mein Onkel Harry, mich zu erziehen, und leistete gute Arbeit.«

»Anscheinend ließ er dabei einiges aus.«

»Er ist ziemlich reserviert.«

»Gab es denn keine Frauen in deiner Umgebung?«

»Das schon – aber über so intime Angelegenheiten habe ich nicht mit ihnen geredet. Das wäre unschicklich gewesen.«

Ehe er weitere Fragen stellen konnte, trat sie hinter den Paravent, der den Waschtisch abschirmte, goß Wasser in die Schüssel und ergriff die Seife, die nach Rosen duftete. Bei der Reinigung spürte sie, wie wund sie war. Wütend auf Caine und sich selbst, kehrte sie zum Bett zurück.

Inzwischen hatte er es sich für die Nacht bequem gemacht und die Kissen unter seinem Kopf zurechtgerückt. Er sah sehr zufrieden aus. Energisch straffte sie die Schultern. »Ich muß dir etwas sagen.«

»Ja?«

Sie haßte es, wenn er so unschuldig lächelte. Es beschleunigte ihre Herzschläge, und sie konnte kaum einen klaren Gedanken fassen. Erst als sie zu Boden blickte, gehorchte ihr die Stimme wieder. »Es darf nie wieder geschehen. Und es hat keinen Sinn, mit mir zu streiten. Mein Entschluß steht fest. Und nun mußt du gehen.«

Statt zu gehorchen, lüftete er die Decke und kopfte einladend auf das Laken. »Leg dich hin. Du brauchst deinen Schlaf.«

Jade stöhnte laut auf. »Willst du mich mit aller Macht ärgern?«

»Wenn es dir gefällt, dich zu ärgern ...«

»Bitte, sei doch ernst!« mahnte sie, als er ihr zuzwinkerte.

»Ich bin ernst, aber auch realistisch.«

»Realistisch?« Sie kam näher und kaute an ihrer Unterlippe, während sie überlegte, wie sie ihn loswerden sollte. Ihr Fehler bestand darin, zu dicht an das Bett herangetreten zu sein, und das erkannte sie zu spät. Caine packte sie, und ehe sie wußte, wie ihr geschah, lag sie neben ihm auf dem Rücken. Sein warmer, schwerer Schenkel hielt ihre Beine fest, ein Arm umschlang ihre Taille. Immerhin hatte er bei diesem Gewaltakt darauf geachtet, ihre Wunde nicht zu berühren. Wie fürsorglich er war – und wie schrecklich arrogant ... Jetzt fühlte sie sich ihm hilflos ausgeliefert, und er besaß auch noch die Kühnheit zu lächeln.

»Ich bin realistisch, weil ich weiß, daß es erst begonnen hat. Du kannst unmöglich annehmen, ich würde nie wieder mit dir schlafen. Ein Ehepaar ...«

»Wage es bloß nicht, in meiner Gegenwart noch einmal das Wort 'Ehepaar' auszusprechen!«

»Also gut, wenn es dich so aufregt, werde ich dieses Thema vorerst nicht anschneiden. Aber es ist dir doch bewußt, daß du zwei Wochen in meinem Haus verbringen wirst?«

Er kehrte zur logischen Argumentation zurück, was Jade unter diesen Umständen sehr beruhigend fand. »Nicht mehr ganz. Ich bin schon seit einer halben Woche hier.«

»Das spielt kaum eine Rolle. Erwartest du von mir, in dieser ganzen Zeit wie ein Mönch zu leben?«

»Ja.«

»Das kann ich nicht. Ich stehe schon jetzt Höllenqualen aus.«

»Unsinn!«

»Verdammt, Jade, ich begehre dich!«

»Verdammt, Caine, benimm dich anständig!« Ihre Stimme klang atemlos, und das war seine Schuld. Er provozierte sie absichtlich. Tief schaute er ihr in die Augen, während er langsam den Gürtel ihres Morgenmantels öffnete. Seine Finger strichen über ihre Brustwarzen und dann nach unten, zu den weichen Löckchen zwischen ihren Beinen.

Er küßte die Vertiefung zwischen ihren Brüsten, während seine Hand das Feuer in ihren Adern schürte. Jade schloß die Augen, ihre Hüften hoben sich seiner Hand entgegen. Seine Zunge erhärtete ihre Brustwarzen, und als er einen Finger in ihren warmen Schoß schob, stöhnte sie halb lustvoll, halb schmerzlich.

Nun suchten seine Lippen ihren Mund, und sobald sie den Kuß erwiderte, richtete er sich auf. »Du bist bereit für mich, nicht wahr, Liebling?«

»Caine!« flüsterte sie und versuchte, seine Hand wegzuziehen. »Hör auf, mich zu quälen! Du mußt dein Verlangen zügeln. O Gott, tu das nicht ...«

»Ich will mich aber nicht beherrschen«, entgegnete er und knabberte an ihrem Ohrläppchen.

Er war einfach unverbesserlich. Seufzend überließ sie sich seinen aufwühlenden Küssen und protestierte kaum noch, als er ihr den Morgenmantel auszog und sich zwischen ihre Schenkel legte. Seine behaarten Schienbeine kitzelten ihre Zehen, und plötzlich schwelgte sie in der Erkenntnis, wie stark sich sein Körper von ihrem unterschied, wie hart und fest seine Muskeln waren. Ihre Füße strichen über seine Waden. »Caine, würdest du mir etwas versprechen?«

»Wenn ich's kann ...«, erwiderte er heiser.

»Wir können diese kurze Zeit zusammensein. Aber wenn Nathan zurückkommt, ist es vorbei. Wir ...«

»Ich gebe kein Versprechen, das ich nicht halten werde«, unterbrach er sie.

»Du wirst dich anders besinnen.«

»Wieso bist du dir so verdammt sicher? Was verheimlichst du mir?«

»Ich weiß, du wirst dich bald mit mir langweilen.« Jade schlang die Arme um seinen Nacken. »Küß mich.«

Ihre Lippen fanden sich, und die Begierde wuchs. Aber diesmal bemühte sich Caine, vor allem Jade Freude zu schenken. Langsam steigerte er ihre Lust, bis sie glaubte, den Verstand zu verlieren. Er bedeckte ihre Brüste mit Küssen, saugte ausgiebig an beiden Knospen, und schließlich flehte sie um Erlösung. Sein Mund wanderte über den flachen Bauch nach unten, zu den seidigen Locken ihres Venusbergs, und sie stöhnte entzückt.

Die wilde Leidenschaft, die er mit seiner Zunge und seinen Fingern weckte, raubte ihr fast die Besinnung. Nie hätte sie sich träumen lassen, daß ein Mann eine Frau auf diese Weise lieben konnte. Als die erste Erschütterung der Ekstase durch ihren Körper raste, richtete Caine sich auf. Seine Lippen kehrten zu ihren zurück, und er drang in sie ein, während ihr Höhepunkt noch andauerte. In glücklicher Hingabe klammerte sie sich an ihn.

Er versuchte, Zurückhaltung zu üben, konnte es aber nicht. Jade zwang ihn, seine eigene Erfüllung zu suchen. Atemlos unterwarf er sich seinem Verlangen.

Nie zuvor hatte er sich so restlos an eine Frau verschenkt, sondern stets eine gewisse Distanz gewahrt. Aber Jade vermochte er nichts von seinem Körper und seiner Seele zu versagen. Seltsamerweise empfand er das nicht als Kapitulation, sondern als Sieg, denn in seinem Herzen wußte er, daß auch sie ihm nichts vorenthielt.

Zufrieden streckte er sich an ihrer Seite aus und lächelte erfreut, weil sie sich sofort an ihn schmiegte. Er nahm sie in die Arme und flüsterte: Ich schmecke dich immer noch.«

»O Gott – ich ...«, stotterte sie verlegen, und er lachte leise. »Du bist so süß wie Honig, Liebling. Danach könnte ein Mann süchtig werden.«

»Wirklich?«

»Ja, aber ich bin der einzige, der dich jemals kosten wird, nicht wahr?«

Um eine Antwort zu erzwingen, kniff er sie in eine Hinterbacke.

»Ja, Caine.«

»Habe ich dir wieder weh getan?«

»Ein bißchen.«

»Das tut mir nicht leid.«

»Ich weiß.«

»Jade, ich hätte nicht aufhören können.«

Sie drückte das Gesicht an seinen Hals. Einige Minuten verstrichen, bis sie das Schweigen brach. »Ich werde dich nie vergessen, Caine.« Doch dann erkannte sie, daß er ihr nicht zuhörte. Wie seine tiefen, gleichmäßigen Atemzüge verrieten, war er eingeschlummert. Natürlich hätte sie ihn wecken und auffordern müssen, in sein Zimmer zu gehen. Sterns würde schockiert sein, wenn er seinen Herrn in ihrem Bett finden würde.

Als sie von ihm wegrücken wollte, wurde sie von eisernen Armen festgehalten. Sogar im Schlaf war der Mann besitzergreifend.

Jade brachte es nicht übers Herz, ihn wachzurütteln. Sie schloß die Augen, ließ ihre Gedanken ziellos schweifen. Bald wurde auch sie von Müdigkeit überwältigt.

Caine träumte von Engeln – und Jade von Haien.

9

Am nächsten Morgen kam der Arzt zu ihr, ein älterer Mann mit grauem Haar und blauen Augen, die wie das Meer an einem windstillen Tag schimmerten. Seine Kleidung war ebenso untadelig wie seine Manieren. Er erinnerte Jade an einen Waschbären, denn sein Bart zog sich von den Schläfen in Halbkreisen bis zur spitzen Nase.

Wie sie es vorausgesagt hatte, fingerte Sir Harwick an ihr herum. Caine stand am Fußende des Betts, die Hände hinter dem Rücken verschränkt wie ein Wachtposten, der einen kostbaren Schatz hütet.

Nach der Untersuchung erklärte der Doktor, Ruhe sei die beste Medizin. Da Jade keine Medizin zu brauchen glaubte, hörte sie sich seine Vorschläge nicht an, während Caine jedes einzelne Wort auswendig zu lernen schien. Offenbar war er entschlossen, einen invaliden Schwächling aus ihr zu machen.

Als Sir Harwick eine kalte Kompresse für die kaum noch vorhandene Beule empfahl, entfernte sich Caine sofort, um die Anweisungen zu befolgen.

Jade war froh, daß sie ein paar Minuten lang allein mit dem Arzt sprechen konnte. »Wie ich höre, behandeln Sie Caines Vater. Es tat mir so leid, als ich von seinem Leiden erfuhr. Geht es ihm inzwischen besser?«

Er schüttelte den Kopf. »Bedauerlicherweise kann ich nicht viel für ihn tun. Es ist ein Jammer. Seit er Colin verloren hat, bedeutet ihm das Leben nichts mehr. Colin war sein Lieblingssohn, und jetzt ist der arme Mann völlig gebrochen.«

»Wieso bevorzugt er seinen jüngeren Sohn?«

»Colin war der Erstgeborene seiner zweiten Frau. Als Caines Mutter starb, kann der Junge höchstens sechs gewesen sein.« Sir Harwick schien die Unterhaltung zu genießen. Er rückte einen Stuhl ans Bett, setzte sich und wisperte eifrig: »Man hatte Caines Vater zu seiner ersten Ehe gezwungen, und die wurde sehr unglücklich, obwohl er sich die größte Mühe gegeben hatte. Damals, zu Lebzeiten seines Vaters, war er noch nicht der Herzog von Williamshire, und so konnte er seiner Frau viel Zeit widmen. Aber die war eine Xanthippe, die ihrem Mann und ihrem Sohn die Hölle auf Erden bereitete. Sie versuchte sogar, Caine gegen seinen Papa aufzuhetzen. Als sie den Tod fand, wurde sie nicht allzulange betrauert.«

»Kannten Sie diese Frau?«

»Ja. sie war hübsch. Aber ihre Schönheit verbarg ein schwarzes Herz.«

»Und mit seiner zweiten Ehe hat es der Herzog besser getroffen?«

»O ja. Gweneth ist eine wunderbare Frau. Als sie zum erstenmal an der Seite ihres Mannes bei gesellschaftlichen Anlässen erschien, stand alles Kopf. Nun gibt sie auf ihre Weise genauso den Ton an wie Brummel. Und sie war stets eine gute Gattin und Mutter. Die Kinder stehen einander sehr nahe – ein Beweis für Gweneths erfolgreiche Bemühungen um den häuslichen Frieden.«

»Beziehen Sie Caine mit ein, wenn Sie von den Kindern des Herzogs sprechen, Sir Harwick?«

»Allerdings. Da er der Älteste ist, schauen die anderen zu ihm auf, aber er sieht seine Familie nur selten – es sei denn, eines seiner Geschwister gerät in Schwierigkeiten. Dann ist er sofort zur Stelle.« Sir Harwick beugte sich vor und flüsterte verschwörerisch : »Man behauptet, er würde grausame Rache an allen üben, die seinen Lieben etwas angetan haben.« Um seinen Worten Nachdruck zu verleihen, zog er die Brauen hoch.

»Tatsächlich?« Jades Stimme klang besorgt, aber das merkte der Arzt nicht. Sie wollte das Gespräch unbedingt fortsetzen, und um keinen Argwohn zu wecken, zeigte sie nur mildes Interesse und lächelte sogar. »Sie machen mich neugierig, Sir.«

»Nun, er hat überall bekanntgegeben, daß er nach Pagan fahndet und ein Preisgeld auf seinen Kopf ausgesetzt hat. Die Spieler schließen bereits Wetten ab, natürlich zu Caines Gunsten. Sicher wird er den Piraten schnappen. Und wenn es soweit ist – dann sei Gott der Seele Pagans gnädig.«

Um zum ursprünglichen Thema zurückzukehren, fragte Jade: »Leidet Caines Vater an einer sehr schweren Krankheit?«

»Ja, unglücklicherweise.«

»Und man kann nichts für ihn tun?«

Harwick schüttelte den Kopf. »Gweneth ist außer sich vor Sorge. Er schläft nicht und ißt nicht. So darf es nicht weitergehen. Ich fürchte, wenn er nicht bald über Colins Tod hinwegkommt, wird er sterben.«

»Vielleicht braucht er Hilfe.«

»Wer braucht Hilfe?« rief Caine von der Tür her.

»Dein Papa«, antwortete Jade und wandte sich wieder an den Arzt. »Wie ich höre, ist einer Ihrer Kollegen verschwunden?«

»Ja, der arme Sir Winters. Er war ein ausgezeichneter Arzt.«

Als er sie erwartungsvoll anschaute, meinte sie: »Das klingt so, als hielten Sie ihn für tot.«

»Das ist er ganz sicher.«

Caine stand auf der anderen Seite des Betts und versuchte erfolglos, die kalte Kompresse auf Jades Beule zu drücken. Ihre Unterhaltung mit Sir Harwick interessierte sie viel mehr als die geringfügige Verletzung. Immer wieder wischte sie den feuchten Lappen beiseite, und Caine schob ihn wieder zurück. Der Arzt beobachtete diesen stummen Kampf und unterdrückte ein Lächeln. Ein merkwürdiges Paar, dachte er.

Jades nächste Frage erinnerte ihn wieder an den Gegenstand des Gesprächs. »Warum halten Sie Winters für tot?«

»Es gibt keine andere Möglichkeit. Seine Köchin hat ihn als letzte lebend gesehen. Er wanderte durch seinen Garten, bog um eine Ecke, und dann verschwand er einfach.«

»Wie lange ist das her?« erkundigte sich Caine.

»Fast drei Monate«, erwiderte Sir Harwick. »Natürlich wissen wir alle, was mit ihm passiert ist.«

»Tatsächlich?« Sein entschiedener Tonfall verwirrte Jade. »Und was wäre das?«

»Ich sollte nicht darüber reden«, bemerkte Harwick, obwohl seine Miene verriet, daß er das genaue Gegenteil wünschte. Er strahlte wie ein kleiner Junge, der seine Geburtstagsgeschenke auspackt. Dramatisch neigte er sich vor und raunte: »Sklavenhändler.«

Jade glaubte, sich verhört zu haben. »Wie, bitte?«

»Sklavenhändler«, wiederholte er nachdrücklich und lehnte sich wieder zurück.

Sie wagte nicht, Caine anzuschauen. Wenn er nur das geringste Anzeichen von Belustigung aufweisen würde, würde sie ein Gelächter nicht unterdrücken können. »Davon hatte ich keine Ahnung.«

»Wie sollten Sie auch.« Harwick schien Jades Verblüffung in vollen Zügen zu genießen. »Sie sind eine vornehme Lady, und deshalb wissen Sie nichts von diesen unerfreulichen Dingen. Pagan steckt dahinter. Er hat Winters gefangengenommen und ihn an die Sklavenhändler verkauft.«

Jetzt amüsierte sie sich nicht mehr. Dunkle Röte schoß ihr in die Wangen. »Warum gibt man Pagan die Schuld an allen Sünden, die in England verübt werden?« rief sie, ehe sie sich zurückhalten konnte.

»Regen Sie sich doch nicht auf.« Harwick tätschelte ihre Hand. »Ich hätte diese Gerüchte nicht erwähnen dürfen.«

»Ich rege mich keineswegs auf«, log sie. »Es ärgert mich nur, daß Pagan ständig als Sündenbock herhalten muß. Um Ihren Kollegen mache ich mir übrigens keine sorgen, Sir Harwick. Bald wird Winters wieder auftauchen, gesund und munter.«

Voller Zuneigung drückte er ihre Finger. »Welch ein gutes Herz Sie haben!«

»Hat Caines Vater ein starkes Herz?«

Es war Caine, der diese Frage beantwortete. »Ja.«

Der Zorn, der in seiner Stimme mitschwang, überraschte Jade. »Das ist gut zu wissen. Warum runzelst du die Stirn? Weil ich mich nach deinem Vater erkundigt habe – oder weil er ein starkes Herz besitzt?«

»Weder noch.« Zu Harwick gewandt, fügte Caine hinzu: »Mein Vater wird sich besser fühlen, wenn Pagan seine Strafe erhalten hat. Die Rache wird wie Balsam auf Ihren Patienten wirken.«

»Nein«, widersprach Jade. »Die Gerechtigkeit wird ihn heilen.«

»Das ist in diesem Fall dasselbe.« Caines verkrampfte Kinnmuskeln verrieten sein Mißfallen, aber auch seine Entschlossenheit.

Sie wollte ihn anschreien, doch statt dessen dankte sie ihm. »Es war nett von dir, mir die Kompresse zu bringen.« Widerwillig drückte sie den kalten Lappen an ihre Schläfe. »Und Ihnen danke ich für Ihre Bemühungen, Sir Harwick. Jetzt geht es mir schon viel besser.«

»Es war mir ein Vergnügen.« Der Arzt stand auf und umklammerte wieder ihre Hand. »Sobald Sie einigermaßen auf dem Damm sind, müssen Sie zum Herzog und zur Herzogin ziehen. Caines Eltern werden Sie sehr gern beherbergen, bis Sie völlig genesen sind.« Sein Blick richtete sich auf Caine. »Selbstverständlich werde ich das derzeitige Arrangement vertraulich behandeln. Niemand soll diese bezaubernde Lady mit bösartigem Klatsch beleidigen.«

Jade hob die Brauen. »Was meinen Sie, Sir Harwick?«

»Er ist um deinen Ruf besorgt«, erklärte Caine.

Sie seufzte auf. »Ach so ...«

Der Doktor zog die Stirn in Falten. »Meine Liebe, es schickt sich nicht, daß Sie allein mit einem Junggesellen unter einem Dach wohnen.«

»Nein, das schickt sich wohl nicht«, stimmte sie zu.

»Da Sie krank waren, konnten Sie vermutlich nicht klar denken. Ich mache weder Ihnen noch Caine Vorwürfe. Sicher wollte er nur das Beste.«

»So?«

»Ganz gewiß. In diesem Haus gibt es zwar genug Personal, aber die Klatschbasen würden sich trotzdem die Mäuler zerreißen, wenn sie informiert wären. Ein solches Gerücht würde zu vielen Menschen schaden. Caines Mutter ...«

»Meine Stiefmutter«, warf Caine ein.

»Ja, natürlich, die Stiefmutter. Sie wäre ebenso erschüttert wie seine Verlobte.«

»Seine – was?« Jade hatte ihre Stimme nicht erheben wollen, aber Harwicks beiläufige Bemerkung traf sie wie ein Blitzschlag. Alle Farbe wich aus ihrem Gesicht. »Sagten Sie – seine Verlobte?« wisperte sie.

»Ich glaube, er meint Lady Aisely«, erklärte Caine.

»Oh, ich verstehe.« Sie zwang sich zu einem Lächeln. »Jetzt erinnere ich mich – Lady Aisely, das Mädchen, das du heiraten wirst«, fügte sie schrill hinzu und verabscheute diese Person, obwohl sie ihr unbekannt war. Und je länger sie darüber nachdachte, desto größer wurde ihre Wut auf ihn. O Gott, wie sie ihn haßte ...

»Lady Aisely wäre keineswegs glücklich, wenn sie von Ihrem Besuch in Caines Haus erführe, meine Liebe«, bemerkte Harwick.

»Sie ist nicht meine Verlobte«, verkündete Caine, »nur die Frau, mit der mich meine Stiefmutter verheiraten will.« Mühsam unterdrückte er ein Grinsen. Jades Reaktion auf die Erwähnung Lady Aiselys hätte gar nicht verräterischer sein können.

»Aber Ihre verehrte Stiefmutter ...«, begann der Arzt.

»Sie wird ihre Pläne nicht verwirklichen, Harwick«,

fiel Caine ihm ins Wort.

Jade spürte seinen Blick und tat ihr Bestes, um Desinteresse zu heucheln. Als sie merkte, daß sie den feuchten Lappen regelrecht auswrang, ließ sie ihn sofort los. »Wen du heiraten wirst, geht mich nichts an, Caine.«

»Es sollte dich aber was angehen.«

Sie schüttelte den Kopf. »Ich wünschte nur, du hättest deine Verlobung vor der letzten Nacht erwähnt.«

»Ich bin nicht verlobt!« fauchte er. »Und die letzte Nacht wäre ...«

»Caine!« schrie sie, dann senkte sie verlegen die Stimme. »Wir sind nicht allein.«

Harwick lachte vergnügt, als Caine ihn zur Tür begleitete. »Was euch beide betrifft – ich habe da so ein gewisses Gefühl. Oder irre ich mich?«

»Das hängt davon ab, was das für ein Gefühl ist«, entgegnete Caine.

»Sie ist Ihre Verlobte, nicht wahr?«

»Ja, aber sie hat es noch nicht akzeptiert.«

Die zwei Männer grinsten sich an, und Harwick meinte: »Mit dieser Lady werden Sie gewisse Schwierigkeiten haben, mein Junge.«

»Wie auch immer – sie wird meine Frau«, erklärte Caine mit dröhnender Stimme, dann fiel die Tür hinter den beiden zu.

Jade knirschte mit den Zähnen. Was kümmerte es sie, wen er heiraten wollte? Sobald Nathan zurückkam, würde sie Caine nie wiedersehen. Warum mußte alles so kompliziert sein? Es war schon mühsam genug, Caine zu beschützen. Und nun stand auch noch sein Vater auf ihrer Liste.

War Lady Aisely hübsch?

Jade verdrängte diesen düsteren Gedanken. Was den Herzog von Williamshire anging, mußte sie wirklich etwas unternehmen. Colin würde verzweifelt sein, wenn er bei der Heimkehr erfahren würde, daß sein Vater vor Gram gestorben sei.

Hatte Caine mit Lady Aisely geschlafen?

Ich will jetzt nicht an sie denken, entschied Jade. Es gab zu viele andere Probleme.

Wie sollte sie Colins Vater retten? Ein Brief würde nicht genügen. Sie mußte persönlich mit ihm reden, und zwar energisch.

Hatte die Herzogin bereits Vorbereitungen für Caines Hochzeit getroffen? O Gott, hoffentlich sagte er die Wahrheit und würde sich weigern, diese Frau zu heiraten ... »Das ist lächerlich«, flüsterte Jade. »Natürlich wird er heiraten. Aber nicht mich. Wenn er alles über mich weiß, wird er mich nicht mehr mögen.«

Stöhnend beendete sie ihren erfolglosen Versuch, Pläne zu schmieden. Ihre Gefühle glichen den Masten der *Emerald* bei starkem Wind, und sie konnte sich einfach nicht konzentrieren. Caines Papa mußte sich eben noch ein bißchen länger grämen.

Während des restlichen Tages ging sie Caine aus dem Weg, aß aber mit ihm im Speisezimmer zu Abend. Sterns überraschte sie, indem er sich ebenfalls an den Tisch setzte. Seine Aufmerksamkeit galt vor allem dem Hausherrn. Doch wenn er Jade anschaute, war sein Blick freundlich und voller Zuneigung.

Anscheinend wußte er nichts von ihrer Nacht mit Caine – jedenfalls hoffte sie, Sterns würde von seinem Herrn nicht wie ein Diener behandelt, sondern eher wie ein Familienmitglied. Und sie wollte nicht, daß jemand, den Caine mochte, eine Hure in ihr sah. Immer wieder musterte sie ihn unsicher, bis er schließlich beruhigend ihre Hand tätschelte.

Das Tischgespräch drehte sich um die Probleme des

großen Landguts, was Jade sehr interessierte. Caines ehrliche Sorge um die Mitglieder seiner Gemeinde überraschte sie. Offenbar fühlte er sich für ihr Wohlergehen verantwortlich.

»Hilfst du den Leuten, wenn sie in Not sind?« fragte sie.

»Natürlich.«

»Gibst du ihnen Geld?«

»Wenn ich keinen anderen Ausweg finde. Der Stolz eines Mannes ist genauso wichtig wie sein Hunger. Wenn der Bauch voll ist, muß der nächste Schritt getan werden, um die Situation zu verbessern.«

Über diese Erklärung dachte sie lange nach, dann nickte sie. »Ja, das Selbstwertgefühl eines Mannes ist bedeutsam, ebenso wie der Stolz einer Frau.«

»Wenn man jemandem dieses Selbstwertgefühl nimmt, ist es möglich, daß er sich völlig aufgibt.«

»Aber manchmal muß der Stolz an zweiter Stelle stehen.«

»Wann denn?«

»Zum Beispiel, wenn man in Lebensgefahr schwebt.«

»Das Leben eines Mannes ist nichtig, wenn er seinen Stolz verliert«, warf Sterns ein. »Meinen Sie nicht auch, Mylord?«

Caine antwortete nicht, sondern schaute Jade mit unergründlichen Augen an. Sie wünschte, sie könnte seine Gedanken lesen. Um ihr Unbehagen zu überspielen, lächelte sie, dann schützte sie Müdigkeit vor und kehrte in ihr Schlafzimmer zurück.

Sterns hatte ein Bad für sie vorbereiten lassen, im Kamin brannte ein helles Feuer. Eine Zeitlang blieb Jade in der Wanne sitzen, dann ging sie zu Bett. Fast eine Stunde lang wälzte sie sich umher, ehe sie in einen unruhigen Schlaf sank.

Nach Mitternacht trat Caine ins Zimmer. Er kleidete sich aus, löschte die Kerzen und kroch neben Jade ins Bett. Sie lag auf der Seite, und er schob ihr Nachthemd hoch, um die seidige Haut ihrer Hinterbacken spüren zu können. Leise seufzte sie und steigerte damit sein Verlangen. Wie warm und süß sie war ... Er streichelte ihre Hüften, dann die Brustwarzen, bis sie sich aufrichteten. Rastlos bewegte sie sich und stöhnte im Schlaf.

Wahrscheinlich hat sie jetzt einen erotischen Traum, dachte Caine und küßte ihr Ohrläppchen. Als sie ihren Po fordernd an ihn preßte, schob er eine Hand zwischen ihre Schenkel und spürte feuchte Hitze. Sie wollte sich zu ihm wenden, doch er hielt sie fest. Jetzt wußte er, daß sie erwacht war. »Laß mich ganz nah bei dir sein, Jade«, flüsterte er und drückte ein Knie zwischen ihre Beine.

»Sag mir, daß du mich begehrst.«

Sie fühlte die samtige, harte Spitze, die sich ihr entgegendrängte, und biß auf ihre Unterlippe, um nicht vor Ungeduld zu schreien. »Ja, ich begehre dich, Caine. Bitte – jetzt ...«

Das mußte sie ihm nicht zweimal sagen. Sanft drehte er sich auf den Bauch, umfaßte ihre Hüften und verschmolz mit ihr. Die enge Wärme ihres Schoßes erregte ihn so sehr, daß er seinen Höhepunkt nur mühsam hinauszögern konnte. Er holte tief Atem. »Bleib ganz ruhig, Liebling«, befahl er, als sie sich emporhob. Er schlang seine Finger in ihre, vergrub das Gesicht in ihrem Nacken.

»Caine, ich will ...«

»Ich weiß.« Diesmal war er entschlossen, die süße Qual zu verlängern. Aber Jades inständiges Flehen besiegte den letzten Rest seiner Beherrschung.

In wildem Rhythmus bewegte er sich, und kurz vor dem Gipfel seiner Lust legte er einen Arm um Jades Taille, schob eine Hand zwischen ihre Schenkel und schenkte auch ihr die höchste Erfüllung.

Später lagen sie nebeneinander, erschöpft vom Rausch der Ekstase.

»Du hast mich dazu gebracht, dich anzuflehen«, wisperte sie.

Er grinste. »Ja, das ist mir in der Tat gelungen.«

»Und du bist kein bißchen zerknirscht.« Ihre Fingerspitzen liebkosten seine nackte Brust. »Was für ein Wüstling ... Ich verstehe nicht, was mir an dir so gefällt.«

Die Leidenschaft verschleierte ihren Blick immer noch. Caine küßte ihre Stirn, die sommersprossige Nasenspitze und die weichen Lippen. »Wünschst du dir noch mehr Liebe?« Ohne eine Antwort abzuwarten, erklärte er: »Ich schon.«

Es dauerte lange, bis sie eng umschlungen einschliefen.

10

Die nächsten acht Tage erschienen Jade wie ein himmlischer Traum. Caine war ein zärtlicher Liebhaber, nahm stets Rücksicht auf ihre Gefühle und besaß die geradezu unheimliche Gabe, ihre jeweilige Stimmung zu erraten, ehe sie ihr selbst bewußt wurde. Die Abende gefielen ihr am besten. Sterns entzündete ein Feuer im Kamin der Bibliothek, dann saßen sie zu dritt beisammen und lasen in einträchtigem Schweigen.

Sterns war im Lauf der Jahre tatsächlich Caines Ersatzvater geworden. Wie Jade erfuhr, diente er der Familie seit Caines Geburt. Als der junge Marquis seinen eigenen Hausstand gegründet hatte, war der Butler ihm gefolgt.

Eines Morgens gab er Jade zu verstehen, er wisse Bescheid über die Nächte, die sie mit Caine verbringe.

Verlegen errötete sie, und er betonte, das verurteile er keineswegs, im Gegenteil. Er habe den Marquis schon lange nicht mehr so unbeschwert gesehen, und dies sei Jade zu verdanken.

Die Herzogin von Williamshire schickte einen Boten nach Harwythe, mit der dringenden Bitte, ihr Stiefsohn möge ihr helfen, seinem Vater neuen Lebensmut zu geben.

Caine ritt sofort auf das benachbarte Landgut. Zwei Stunden später kehrte er bedrückt zurück. Sein Gespräch mit dem Herzog war erfolglos verlaufen.

Nachdem er in dieser Nacht eingeschlafen war, traf sich Jade mit Matthew und Jimbo, um ihnen neue Befehle zu erteilen.

Matthew erwartete sie im Schutz der Bäume. Die Haut des großen, dünnen Seemanns war so dunkel wie das Fell eines Panthers, und diesem Tier glich er auch in seinem Wesen – aber nur, wenn er in Wut geriet. Wann immer er fröhlich gestimmt war, trug er ein strahlendes Lächeln zur Schau.

Jetzt lächelte er nicht. Die Arme vor der Brust verschränkt, starrte er Jade so finster an, als hätte er soeben einen Dieb beim Durchwühlen seiner Schubladen ertappt.

»Warum runzelst du die Stirn, Matthew?« wisperte sie.

»Neulich sah ich ihn mit dir am Fenster stehen, Lady. Hat dieser Dandy dich angerührt?«

Einerseits wollte sie nicht lügen, andererseits konne sie nicht einmal diesem vertrauenswürdigen Freund die Wahrheit gestehen. »Ich war verletzt ... Schau doch nicht so erschrocken drein, Matthew. Eine Pistolenkugel traf mich an der Seite, verursachte aber nur eine Fleischwunde. Caine war sehr besorgt, und so blieb er in jener Nacht in meinem Zimmer, um mich zu betreuen.«

»Wenn Black Harry das hört, wird er meinen Arsch

den Haien füttern ...«

»Du wirst ihm nichts erzählen«, unterbrach sie ihn.

Ihre ärgerliche Stimme schüchterte den Seeman kein bißchen ein. »Ich sah, wie dieser feine Pinkel seinen Arm um dich legte, als du bei der Ankunft zur Haustür gingst. Und das werde ich Harry ganz sicher sagen. Jimbo wollte ihm ein Messer in den Rücken stoßen. Er tat's nur deshalb nicht, weil er wußte, daß du ihm sonst böse sein würdest.«

»Ja, da wäre ich sogar sehr böse gewesen. Niemand darf Caine ein Haar krümmen, oder er muß sich vor mir verantworten. Jetzt hör auf, die Brauen zusammenzuziehen, Matthew. Wir haben etwas Wichtiges zu besprechen.«

So schnell war er nicht bereit, das Thema zu wechseln. »Macht er dir keinen Ärger?«

»Nicht den geringsten. Außerdem kann ich sehr gut selber auf mich aufpassen. Hab doch ein bißchen mehr Vertrauen zu mir.«

Zerknirscht senkte Matthew den Kopf. Er wollte keinesfalls den Unwillen seiner Herrin erregen. »Natürlich kannst du selber auf dich aufpassen, das weiß ich. Aber du kennst deine Wirkung auf die Männer nicht. Es wäre viel besser, wenn du nicht so hübsch aussehen würdest. Ich glaube, Jimbo und Harry hatten recht. Wir hätten dir das Gesicht zerschneiden sollen, als du noch klein warst.«

Das Funkeln in seinen braunen Augen verriet, daß er nur scherzte. »Keiner von euch hätte es jemals fertiggebracht, mir so etwas anzutun, Matthew«, erwiderte sie. »Wir sind alle eine Familie, und du liebst mich genauso wie ich dich.«

»Klar lieben wir dich, obwohl du so ein freches Balg bist«, drang eine tiefe Stimme zwischen den Bäumen hervor, und Jade sah ihren riesenhaften Freund Jimbo auf sich zukommen. Wie Matthew trug er braune Bauernkleidung, denn hellere Farben wären im Wald aufgefallen. Bleiches Mondlicht beleuchtete sein wutverzerrtes Gesicht.

»Matthew erzählte mir, der Dandy habe dich angefaßt. Allein schon dafür könnte ich ihn umbringen. Niemand darf ...«

»Hör auf mit dem Unsinn!« fiel Jade ihm ins Wort.

»Ihr unterschätzt Caine ganz gewaltig, wenn ihr glaubt, er ließe sich von euch erstechen.«

»Ich wette, er ist genauso ein Schwächling wie Colin«, spottete Jimbo, und Jade schüttelte ärgerlich den Kopf.

»Du hast Colin schon länger nicht gesehen, und damals war er wegen seiner Schmerzen halb von Sinnen. Jetzt ist er sicher wieder bei Kräften. Und wenn du ihn für einen Schwächling hältst, irrst du dich. Vergiß nicht, Jimbo – ich habe die Akte gelesen. Also weiß ich, wovon ich rede. Aber nun wollen wir keine Zeit mehr mit diesem sinnlosen Geschwätz vergeuden.« Zu Matthew gewandt, fuhr sie fort: »Ich muß mit Caines Vater sprechen. Während meiner Abwesenheit werdet ihr Caine ablenken.«

»Ich verstehe nicht, warum du zu seinem Vater gehen willst«, protestierte Matthew. »Colin und Nathan werden bald da sein ...«

»So wie die trödeln? Nein, ich wage es nicht, noch länger zu warten. Vielleicht liegt der Herzog bereits auf dem Totenbett. Er ißt nicht, er schläft nicht. Ich kann ihn unmöglich sterben lassen.«

»Offensichtlich bist du fest entschlossen«, murmelte Matthew. »Und wie sollen wir Caine ablenken?«

»Das überlasse ich eurer Phantasie.«

»Und wann muß es passieren?« fragte Jimbo.

»Morgen früh.«

Zufrieden kehrte Jade in ihr Schlafzimmer zurück. Sicher würden ihre Freunde sie nicht enttäuschen.

Das Ablenkungsmanöver begann kurz vor dem Morgengrauen, und Jade erkannte, welch ein Fehler es gewesen war, den beiden Männern keine genauen Anweisungen zu geben. Wenn alles vorbei war, würde sie ihnen die Haut abziehen. Sie hatten die Ställe in Brand gesteckt, aber glücklicherweise genug Vernunft bewiesen, um vorher die Pferde herauszuführen.

Caine war beschäftigt, dafür hatten Jimbo und Matthew tatsächlich gesorgt. Die Tiere gebärdeten sich wie verrückt. Drei Stuten würden demnächst fohlen, und alle Stallknechte mußten mit anpacken, um die Flammen zu löschen und die verängstigten Pferde einzufangen.

Jade stellte sich schlafend, bis Caine das Zimmer verlassen hatte. Dann zog sie sich hastig an und eilte durch die Hintertür aus dem Haus. Der Marquis hatte ringsum Wachen postiert, aber im allgemeinen Chaos gelang es ihr, unbemerkt durch den Kordon zu schlüpfen.

Am Waldrand wartete Matthew mit einem Pferd und half ihr in den Sattel. »Jimbo ist gerade zur Shallow's Wharf geritten«, erklärte er. »Morgen bei Sonnenaufgang wird er zurückkommen, mit einer Nachricht für uns. Wenn ein starker Wind weht, müßte Nathan bald da sein. Soll ich dich wirklich nicht begleiten?«

»Nein, du paßt auf Caine auf. Er ist es, der in Gefahr schwebt. In einer Stunde bin ich wieder hier. Und zünde inzwischen nichts mehr an, Matthew.«

Fröhlich grinste er. »Der Trick hat seinen Zweck erfüllt, was?«

»Aye, Matthew«, bestätigte sie, weil sie seinen Stolz nicht verletzen wollte, »es hat geklappt.«

Lächelnd schaute er ihr nach, als sie davongaloppierte. Eine halbe Stunde später erreichte sie ihr Ziel. Sie band das Pferd am Waldrand fest und lief auf das große Haus zu, das einer Festung glich. Aber das Türschloß hätte nicht einmal einem Anfänger Mühe bereitet. Jade öffnete es innerhalb weniger Minuten und stieg im ersten Tageslicht die geschwungene Treppe hinauf. Geräusche drangen aus dem Hintergrund der Halle und verrieten, daß das Küchenpersonal bereits zu arbeiten begonnen hatte.

Lautlos wie eine Katze schlich Jade durch den Flur und spähte in die Schlafgemächer, ohne den Herzog zu finden. Sie hatte erwartet, er würde den größten Raum bewohnen, doch der wurde nicht benutzt. Im angrenzenden Zimmer schnarchte eine blonde, etwas ältere, attraktive Frau, vermutlich die Herzogin.

Am Ende des langen Korridors im Südflügel lag die Bibliothek. Und dort traf Jade den Hausherrn endlich an. Er war im Sessel hinter dem Mahagonischreibtisch eingeschlafen. Leise schloß sie die Tür hinter sich und musterte den imposanten Mann. Er sah sehr distinguiert aus mit dem silbergrauen Haar und den hohen aristokratischen Wangenknochen. Nun wußte sie, von wem Caine sein markantes Gesicht geerbt hatte. Dunkle Schatten lagen unter den geschlossenen Augen, die Haut war aschgrau, und sogar im Schlaf wirkte er verzweifelt.

Ihr Herz flog ihm entgegen, nicht zuletzt, weil er Caine so ähnlich sah. Allerdings war er bei weitem nicht so kräftig gebaut. Als sie seine Schulter berührte, zuckte er zusammen und sprang so rasch auf, daß sie erstaunt den Atem anhielt. »Bitte, erschrecken Sie nicht, Sir«, flüsterte sie. »Ich führe nichts Böses im Schilde.«

Langsam gewann der Herzog seine Fassung wieder, strich sich durch das Haar und schüttelte den Kopf, als müßte er Nebelschleier aus seinem Gehirn verscheuchen.

»Wer sind Sie?«

»Das spielt keine Rolle, Sir. Bitte, setzen Sie sich. Ich habe Ihnen etwas Wichtiges mitzuteilen.« Geduldig wartete sie, bis er der Aufforderung gefolgt war, dann lehnte sie sich neben ihn an die Tischkante. »Sie müssen zu trauern aufhören, Sir. Damit machen Sie sich krank.«

»Was?« Verwirrt starrte er sie an, und sie sah, daß er die gleichen grauen Augen hatte wie Caine. Auch die Stirn runzelte er genauso wie sein Sohn.

»Sie müssen zu trauern aufhören«, wiederholte sie.

»Sir Harwick fürchtet, Sie könnten sterben. Wenn Sie diesen Unsinn nicht bleiben lassen ...«

»Augenblick mal, junge Lady ...«

»Nicht so laut!«

»Wer um Himmels willen sind Sie? Und wie sind Sie ins Haus gekommen?« Er schien ihr eher verwundert als ärgerlich, und das hielt sie für ein gutes Zeichen.«

»Sir, ich habe keine Zeit für längere Diskussionen. Zunächst müssen Sie mir versprechen, niemandem von meinem Besuch zu erzählen. Geben Sie mir Ihr Wort?«

»Ja«, antwortete er zögernd.

»Danke. Zunächst muß ich mich entschuldigen, obwohl ich das nicht besonders gut kann. Ich hasse es, um Vergebung zu bitten. Also – es tut mir leid, daß ich Sie nicht früher informiert habe. Ihr Leid war überflüssig, und ich hätte es Ihnen ersparen sollen. Verzeihen Sie mir?«

»Ich habe keine Ahnung, wovon Sie reden, aber wenn es Sie glücklich macht, verzeihe ich Ihnen. Und nun verraten Sie mir endlich, was Sie wollen!«

»Sie schreien genauso wie Ihr Sohn, Sir, und das irritiert mich.«

»Welchen Sohn meinen Sie?« Der Anflug eines Lächelns milderte seinen Blick.

»Caine.«

»Es geht also um Caine? Hat er Sie beleidigt? Er ist jetzt sein eigener Herr, und ich mische mich nicht in seine Angelegenheiten ein – es sei denn, es tauchen ernsthafte Probleme auf.«

»Nein, es geht nicht um Caine – wenn es mich auch sehr freut, daß Sie Ihrem älteren Sohn die Fähigkeit zutrauen, selbständige Entscheidungen zu treffen. Indem Sie sich nicht einmischen, zeigen Sie, wie stolz Sie auf ihn sind.«

»Und über wen möchten Sie mit mir sprechen?«

»Ich bin eine Freundin von Colin.«

»Sie kannten ihn?«

Jade nickte, »Ich kenne ihn. Er ist ...«

»Tot«, unterbrach er sie mit rauher Stimme. »Pagan hat ihn ermordet.«

Sie legte eine Hand auf seine Schulter. »Schauen Sie mich an«, bat sie leise, als er sich zum Fenster wandte. Er erfüllte ihren Wunsch, und sie fügte hinzu: »Ich muß Ihnen jetzt etwas sagen, und es wird Ihnen schwerfallen, mir zu glauben. Aber ich habe Beweise.«

»Beweise?«

Wieder nickte sie. »Pagan hat Colin nicht getötet.«

»Doch.«

»Ich hab's satt, ständig dieses Gerede von Pagans Untaten ... Colin ...«

»Hat er Sie zu mir geschickt?«

»Bitte, senken Sie Ihre Stimme. Pagan hat Colin nicht getötet«, wiederholte sie, »sondern gerettet. Ihr Sohn ist quicklebendig, Sir.«

Ein langes Schweigen entstand. Rote Flecken bildeten sich auf den Wangen des Herzogs, ein eisiger Glanz trat in seine Augen. Ehe er Jade erneut anschreien konnte, sprach sie hastig weiter. »Wie ich bereits erwähnt habe – es gibt Beweise. Wollen Sie mir zuhören, oder sind Sie so starrsinnig ...«

»Ich höre. Aber wenn das ein schlechter Scherz ist,

werde ich persönlich Jagd auf Pagan machen und ihn eigenhändig umbringen.«

»Das wäre die gerechte Strafe für einen so grausamen Scherz. Aber ich sage die Wahrheit. Erinnern Sie sich an jenen Tag, an dem Colin auf einen hohen Baum stieg und nicht mehr herunterklettern konnte? Damals war er vier oder fünf Jahre alt. Er weinte, kam sich wie ein jämmerlicher Feigling vor, und Sie mußten ihm versprechen, niemandem auch nur ein Sterbenswörtchen zu verraten. Da erklärten Sie ihm, Angst sei keine Sünde ...«

»Ich entsinne mich«, flüsterte der Herzog. »Und ich hielt mein Wort. Wieso wissen Sie ...«

»Colin hat mir diese Geschichte erzählt. Und viele andere.«

»Er könnte vor seiner Ermordung davon gesprochen haben.«

»Ja, aber er tat es erst nach seinem vermeintlichen Tod. Pagan fischte ihn aus dem Meer. Kennen Sie einen Arzt namens Sir Winters?«

»Er ist mein Hausarzt.«

»Finden Sie sein Verschwinden nicht merkwürdig?«

Langsam glättete sich die Stirn des Herzogs. »Allerdings.«

»Wir holten ihn, weil er Colin betreuen mußte. Denn ich hielt es für das beste, wenn Ihr Sohn von seinem Hausarzt behandelt würde. Colin hatte schreckliche Schmerzen, und ich hoffte, der Anblick eines vertrauten Gesichts würde ihn trösten.« Jade kaute an ihrer Unterlippe und überlegte, mit welchen Mitteln sie den Herzog überzeugen konnte, der sie immer noch ungläubig anschaute. Plötzlich platzte sie heraus: »Colin hat ein Muttermal am Rücken. Das weiß ich, weil ich ihn pflegte, bevor Matthew und Jimbo den Arzt gefangennahmen. Genügt Ihnen dieser Beweis?«

Der Herzog lehnte sich in seinem Sessel zurück. »Das Kriegsministerium schickte mir einen Beweis für Colins Tod.«

»Genau.«

»Was meinen Sie damit?«

»Das erkläre ich Ihnen, wenn Colin wieder daheim ist. Würden Sie mir eine Frage beantworten, ehe ich meinen Versuch fortsetze, Sie zu überzeugen?«

»Was wollen Sie wissen?« Seine Stimme klang sehr müde.

»Können Sie sich denken, warum Colin mir das Versprechen abnahm, Caine nichts von seiner Rettung zu erzählen? Ich vertraue Ihrem älteren Sohn, und ich begreife nicht, was Colin mit dieser Heimlichtuerei bezweckt. Allerdings, damals war er nicht ganz klar im Kopf, und sein Gefasel über die Bradley-Brüder ...«

Der Herzog sprang wieder auf. »Colin lebt!«

»Bitte, seien Sie doch leise! Niemand darf es erfahren.«

»Warum sagen Sie das? Ich möchte in alle Welt hinausposaunen, daß mein Junge am Leben ist.«

Jade lächelte erfreut. »Endlich habe ich Sie überzeugt. Setzen Sie sich, Sir. Sie sehen ziemlich geschwächt aus.« Sie wartete, bis er wieder Platz genommen hatte, dann fragte sie: »Warum glauben Sie mir jetzt?«

»Sie sagten, Colin wolle Caine nicht wissen lassen ... O Gott, die Bradley-Brüder! Diesen Zwischenfall hatte ich völlig vergessen.«

Sie blinzelte verwirrt. »Traut Colin seinem eigenen Bruder nicht?«

»Nein, das haben Sie mißverstanden. Colin vergöttert Caine. Allmächtiger, ich kann es noch gar nicht fassen ...«

»Aber wenn er Caine vergöttert, warum mußte ich ihm dann dieses seltsame Versprechen geben? Und wer, bitte, sind die Bradley-Brüder?«

Der Herzog lachte leise. »Als Colin acht oder neun war, rannte er eines Tages mit blutender Nase und aufgeplatzten Lippen nach Hause. Caine war zufällig da und erkundigte sich, wer für diese Blessuren verantwortlich sei. Sobald er den Namen Bradley hörte, stürmte er davon. Colin versuchte ihn aufzuhalten, denn er hatte die Anzahl der Bradley-Brüder nicht erwähnt. Eine halbe Stunde später kehrte Caine zurück, genauso übel zugerichtet wie Colin.«

»Und wie viele Brüder waren es?«

»Acht.«

»Um Himmels willen! Soll das heißen, acht Bradleys sind über Colin hergefallen?«

»Nein, nur einer, ein gewisser Samuel, wenn ich mich recht entsinne. Der muß mit Caines Racheakt gerechnet haben, denn er lief heim und holte Verstärkung.«

»Caine hätte umgebracht werden können«, wisperte Jade.

»Meine Liebe, Ihr Mitleid sollte eher den Bradleys gelten. Ursprünglich wollte er nur den Jungen verhauen, der Colin attackiert hatte. Aber als sie in geschlossener Formation anrückten, nahm er sich jeden einzeln vor. O ja, mein Junge hat's ihnen tüchtig gegeben.«

Sie fand diese Geschichte überhaupt nicht lustig, aber der Herzog grinste voller Vaterstolz. »Sie sehen also, Mylady – Colin nahm Ihnen jenes Versprechen ab, weil er Caine kennt – und nicht, weil er ihm mißtraut. Der jüngere Bruder muß den älteren schützen, ehe er eine Gelegenheit findet, die Situation zu erklären. Colin will verhindern, daß Caine mit einer neuen Bradley-Phalanx zusammenprallt, und er war immer der vorsichtigere von den beiden. Auch er hat für die Regierung gearbeitet. Das weiß Caine nicht. Ich wußte es übrigens auch nicht. Niemals hätte ich es zugelassen, schon gar nicht, als ich erfuhr, daß Sir Richards nicht sein Vorgesetzter war.«

»Richards war der Mann, von dem Caine seine Anweisungen erhielt, nicht war?«

Erstaunt hob der Herzog die Brauen »Oh, Sie wissen eine ganze Menge. Wie sind Sie zu diesen Informationen gelangt? Wer hat Ihnen so streng gehütete Geheimnisse verraten?«

Die Frage kränkte Jade ein wenig. »Niemand. Das alles habe ich selbst herausgefunden. Und ich bin sehr tüchtig, Sir. Mein Bruder Nathan half Colin, ein kompliziertes Problem zu lösen. Aber irgend jemand wollte einen Erfolg der beiden verhindern. Sie sind nur deshalb noch am Leben, weil Pagan mißtrauisch wurde. Zum Glück konnte der Pirat rechtzeitig eingreifen.«

»Kennt Colin seinen Gegner?«

Sie schüttelte den Kopf. »Wir wissen nur, daß es ein hoher Beamter im Kriegsministerium sein muß. Colin und Nathan sind in Sicherheit, solange man sie für tot hält. Mehr kann ich Ihnen nicht erzählen. Wenn Ihr Sohn zurückkehrt ...«

»Würden Sie mich jetzt gleich zu ihm führen?«

»In ein paar Tagen kommt er heim. Natürlich darf er nicht hierbleiben, es sei denn, Sie schicken alle Dienstboten aus dem Haus. Die Einzelheiten müssen noch geregelt werden.« Lächelnd fügte Jade hinzu: »Ich bin neugierig, ob Sie Colin wiedererkennen werden. Das Haar ist ihm bis zu den Schultern gewachsen. Jetzt sieht er wie ein echter Pirat aus – Nathan übrigens auch.«

»Pagan freut sich bestimmt darüber.«

»O ja, sehr.«

»Waren Nathan und Colin schwer verletzt?«

»Sie wurden gefesselt und geknebelt, angeschossen und ins Wasser geworfen. Ihre Feinde wußten, daß die beiden nicht tot waren.«

»Offenbar wollte man sie ertrinken lassen.«

»Nein, die Haie sollten sie fressen. An jener Stelle wimmelt das Meer von diesen Raubfischen, und das frische Blut lockte sie sofort an.«

»Mein Gott ...«

»Aber die Haie mußten auf ihre Mahlzeit verzichten. Allerdings gab es ein paar kritische Minuten. Bei der Rettungsaktion verlor Pagan einen seiner besten Männer.«

»Pagan ist mit diesem anderen Piraten ins Wasser gesprungen?«

»Ja. Er ist ein großartiger Schwimmer. Außerdem würde er von anderen niemals etwas verlangen, was er selbst nicht zustande brächte.«

Jade ging zur Tür, doch eine Frage des Herzogs hielt sie zurück. »Lieben Sie meinen Colin ?«

»Du lieber Himmel, nein!« Die Hand auf der Klinke, drehte sie sich noch einmal um. »Wenn wir uns das nächste Mal sehen, müssen Sie so tun, als würden Sie mich nicht kennen. Vorerst werde ich Caine beschäftigen. Wie Sie wissen, ist er fest entschlossen, Pagan aufzuspüren. Durch diese Jagd setzt er sich gewissen Gefahren aus, aber Pagan beschützt ihn. Der Pirat wird beschuldigt, Nathan und Colin ermordet zu haben. Die Regierung hat einen Preis auf seinen Kopf ausgesetzt – eine Summe, die von Caine verdoppelt wurde. Überlegen Sie mal, was geschehen würde, wenn er Pagan fände und mit ihm spräche, bevor er ...«

»Pagan könnte ihm glaubhaft erklären, er habe Colin nicht getötet.«

»Genau, Verstehen Sie es jetzt? Wer immer hinter alldem steckt, will sichergehen, daß Pagan unauffindbar bleibt.«

»Oder er tötet Caine, ehe die Wahrheit ans Licht kommt.«

»Ja.«

»Großer Gott, Caine schwebt in Gefahr! Ich muß ...«

»Bitte, unternehmen Sie nichts, Sir. Wie ich bereits erwähnt habe – Pagan paßt auf Caine auf.«

»Er ist also nicht unser Feind«, flüsterte der Herzog. »Und den Dank, den ich ihm schulde, kann ich niemals zurückzahlen. Liebe Lady, darf ich denn gar nichts für Sie tun.«

»Jetzt muß ich mich um Caine kümmern. Er ist sehr eigensinnig, aber der geborene Beschützer. Im Augenblick hat er eine Beschäftigung, weil er glaubt, meine Probleme lösen zu müssen. Wenn Colin und Nathan zurückkehren, können sie zu dritt entscheiden, was geschehen soll.«

»Pagan hat Sie also zu Caine geschickt?«

»Ja«, bestätigte Jade lächelnd.

»So leicht wird Caine nicht aufgeben. Hoffentlich kommt Colin bald wieder.«

»Machen Sie sich keine Sorgen. Wenn Sie Caine bitten, seine Jagd zu beenden, wird er sie um so eifriger betreiben. Er strebt viel zu verbissen nach seinem Erfolg, um jetzt aufzuhören.«

»Dann müssen Sie sich ihm anvertrauen.«

»Unmöglich, Sir. Ich habe Colin mein Wort gegeben. Außerdem wird es nur noch wenige Tage dauern, bis wir die Wahrheit bekanntgeben.«

»Und wenn Ihr Bruder und Colin aufgehalten werden?«

»In so einem Fall müssen wir einen neuen Plan schmieden.«

»Was für einen?«

»Wir werden einen Weg finden, um dem Jäger die Beute wegzunehmen. Caine wird vor Wut toben, aber am Leben bleiben. Darüber will ich gründlich nachdenken«, fügte Jade hinzu und öffnete die Tür.

»Wann sehe ich Sie wieder? Sie betonten, ich müsse vorgeben, Sie nicht zu kennen, aber ...«

»Oh, wir sehen uns bestimmt wieder. Und wenn Sie etwas für mich tun möchten ...«

»Was immer in meiner Macht steht.«

»Caine ist Ihr ältester Sohn, und wenn Sie schon unbedingt ein Lieblingskind haben müssen, sollte er es sein.«

Erstaunt hob der Herzog die Brauen. »Ich liebe alle meine Kinder, und ich wußte nicht, daß ich eines bevorzuge.«

»Sir Harwick glaubt, Colin sei Ihr Favorit. Und er erwähnte auch, Caine würde sich von der Familie fernhalten. Versuchen Sie, diese Situation zu ändern. Caine braucht Ihre Liebe.«

Die Tür fiel hinter Jade ins Schloß. Der Herzog blieb noch lange am Schreibtisch sitzen, ehe er seinen Beinen die Kraft zutraute, ihn zu tragen. Feudenträнen strömten über seine Wangen, und er betet stumm, um dem Allmächtigen für das Wunder zu danken, das ihm widerfahren war.

Sein Colin lebte.

Plötzlich verspürte Henry einen Bärenhunger, und er sprang auf, um zu frühstücken. Die nächsten Tage würden ihn auf eine harte Probe stellen. Er war ein schlechter Schauspieler, aber er wollte sich bemühen, sein Lächeln zu unterdrücken. Das Personal durfte nicht erraten, warum er die Trauerzeit beendet hatte.

Er fühlte sich wie neugeboren – so als hätte ihn jemand aus dem dunklen Abgrund seiner Verzweiflung geholt und zu den Sternen emporgehoben.

Was für ungewöhnliche grüne Augen die junge Dame besaß, die er nun als seine Retterin betrachtete ... Nach dieser schönen Frau mußte Pagan sein Schiff benannt haben – die *Emerald*. Das bedeutete »Smaragd«. Henry glaubte, die wahre Identität des Piraten zu kennen. Aber dieses Geheimnis wollte er für sich behalten und notfalls ins Grab mitnehmen.

Was würde Caine wohl sagen, wenn er herausfände, daß die Frau, um deren Probleme er sich kümmerte, Pagans Schwester war? Dann würde ein Donnerwetter losbrechen, und Henry konnte nur hoffen, rechtzeitig zur Stelle zu sein und seine Retterin beschützen zu können, wenn das Temperament seines älteren Sohnes explodierte.

Der Herzog von Williamshire war fest überzeugt, die Wahrheit erraten zu haben.

Er füllte seinen Teller gerade zum zweitenmal mit Rührei und gebratenen Nieren, als seine Frau Gweneth ins Speisezimmer eilte. Das blonde Haar hing ihr zerzaust in die Stirn, und es schien ihr nicht zu gelingen, den Gürtel ihres Morgenmantels verknoten zu können. Verblüfft starrte sie ihren Mann an. »Henry! Warum frühstückst du?«

»Das ist morgens so üblich, und ich hatte Hunger.«

Tränen glänzten in ihren Augen. »Du hattest Hunger?« wisperte sie.

Er stellte den Teller auf das Sideboard, ging zu ihr und nahm sie in die Arme. Liebevoll küßte er ihren Scheitel.

»In letzter Zeit habe ich dir großen Kummer bereitet, nicht wahr?«

»Fühlst du dich jetzt besser?«

»Ich bekam die Anweisung, nicht länger zu trauern.«

»Von wem?«

»Von meinem Gewissen«, log er. »Wenn es an der Zeit ist, werde ich dir meinen plötzlichen Sinneswandel erklären, Gweneth. Vorerst kann ich nur sagen, wie tief ich es bedaure, dir und den Kindern soviel Leid zugefügt zu haben. Nun habe ich mich wirklich lange genug in meiner Verzweiflung vergraben.«

»Ein Wunder ist geschehen ...«

Ja, dachte er, ein Wunder mit bezaubernden grünen Augen hat mich beglückt. »Iß mit mir, Liebling. Du siehst ein bißchen blaß aus.«

»Ich? Blaß?« Mit bebenden Lippen lächelte sie. »Und du siehst wie der Tod aus, Liebster.«

Er hauchte einen Kuß auf Ihre Lippen, dann führte er sie zum Tisch. »Später reite ich zu Caine.«

»Sicher wird er über die Veränderung staunen, die mit dir vorgegangen ist. O Henry, es ist schön, dich wiederzuhaben.«

»Möchtest du mich nach Harwythe begleiten?«

»Sehr gern.« Ihre Augen begannen zu funkeln. »Im Trauerjahr schickt es sich zwar nicht, Gäste zu empfangen. Aber ich will Lady Aisely und ihre liebe Mutter für ein Wochenende einladen. Wir sagen Caine gleich heute, daß wir ihn auch erwarten ... Warum schüttelst du den Kopf?«

»Spar dir die Mühe, Gweneth. Er wird Lady Aisely nicht heiraten.«

»Die beiden würden so gut zusammenpassen. Nenn mir wenigstens zwei vernünftige Gründe, warum ich diese Heirat nicht fördern sollte.«

»Einverstanden. Erstens – Lady Aisely hat kein rotes Haar.«

»Natürlich nicht. Sie ist eine bildhübsche Blondine.«

»Zweitens ...« Der Herzog ignorierte die Verblüffung seiner Gemahlin. »Sie hat keine grünen Augen.«

»Henry, fühlst du dich auch wirklich wohl?«

Sein Gelächter hallte von den Wänden wider. »Caine braucht eine Zauberin. Damit mußt du dich nun mal abfinden, Liebes.«

»Ich verstehe nicht ...«

Sein Lächeln stürzte sie in noch tiefere Verwirrung.

»Gweneth, dein Frühstück muß noch etwas warten. Geh sofort ins Bett zurück.«

»Warum denn?«

Der Herzog beugte sich vor, flüsterte seiner Frau etwas ins Ohr, und als er seine Erklärungen beendet hatte, errötete sie.

»O Henry«, wisperte sie, »Du scheinst dich tatsächlich besser zu fühlen.«

11

Wenig später kehrte Jade in Caines Haus zurück. Nachdem sie Matthew das Pferd übergeben hatte, rannte sie über die Hintertreppe zu ihrem Schlafzimmer hinauf. Sie bog um die Ecke des Korridors, und da sah sie Sterns wie einen Zenturio vor ihrer Tür stehen. Bei ihrem Anblick verschränkte er die Arme vor der Brust. »Eigentlich sollten Sie in Ihrem Zimmer sein, Mylady.«

Jade beschloß, in die Offensive zu gehen. »Und was machen Sie hier?«

»Ich bewache die Tür.«

»Warum?«

»Damit Sie nicht weggehen.«

»Aber ich war bereits weggegangen«, entgegnete sie und lächelte sanft. »Sie sollten etwas Besseres mit Ihrer Zeit anfangen, als einen leeren Raum zu bewachen.«

»Ich wußte nicht, daß er leer war, Mylady«, protestierte er.

Beschwichtigend tätschelte sie seinen Arm. »Erklären Sie mir das später. Und jetzt geben Sie mir bitte den Weg frei. Ich möchte mich umkleiden und Caine helfen.« Sie eilte an dem konsternierten Diener vorbei, und als er ihr

Vorhaltungen machte, schlug sie ihm einfach die Tür vor der Nase zu. Ein paar Minuten später hatte sie sich umgezogen. In einem dunkelgrünen Kleid lief sie die Haupttreppe hinab.

Nun bewachte Sterns den Vordereingang, und wie seine Miene verriet, war er fest entschlossen, diesmal die Oberhand zu behalten. »Sie können nicht aus dem Haus gehen«, verkündete er mit einer Stimme, die einem Eisbären Kälteschauer über den Rücken gejagt hätte.

So leicht ließ sich Jade jedoch nicht einschüchtern. Lächelnd erwiderte sie: »Doch, das kann ich, und ich werde es auch tun.« Statt einer Antwort lehnte er sich an die Tür, schüttelte langsam den Kopf, und sie versuchte ihn abzulenken. »Sterns, wie viele Dienstboten wohnen eigentlich hier?«

Er blinzelte verblüfft. »Im Augenblick nur das halbe Personal. Wir sind zu fünft.«

»Wo stecken die anderen?«

»In London. Sie machen das Stadthaus sauber.«

»Ich dachte, das wäre abgebrannt.«

»So schlimm war es nicht. Nur eine Mauer wurde zerstört. Die hat man vorerst durch eine Bretterwand ersetzt. Jetzt werden gerade die Schäden beseitigt, die der Rauch angerichtet hat.«

»Ich frage mich, ob man den Dienstboten hier trauen kann.«

Der Butler straffte die Schultern. »Mylady, alle Diener sind vertrauenswürdig und ihrem Herrn treu ergeben.«

»Glauben Sie das wirklich?«

Er machte einen Schritt von der Tür weg. »Warum interessieren Sie sich so für ...«

»Innerhalb der nächsten Tage werden zwei Gäste eintreffen, Sterns. Niemand darf davon erfahren. Das Personal muß Stillschweigen bewahren.«

»Der Marquis hat nichts von irgendwelchen Gästen erwähnt«, bemerkte der Butler leicht gekränkt.

Jade stürmte an ihm vorbei und riß die Tür auf. »Caine weiß noch nichts. Deshalb hat er Ihnen nichts gesagt. Es soll eine Überraschung sein, verstehen Sie?« Seine gerunzelte Stirn bekundete, daß er überhaupt nichts verstand, und Jade fügte hinzu: »Ich wollte Sie nur darauf hinweisen, damit Sie die Gästezimmer rechtzeitig herrichten lassen können.« Sie raffte ihre Röcke und stieg die Eingangstreppe hinunter. »Schauen Sie nicht so finster drein, Sterns. Ich werde Caine versichern, Sie hätten Ihr Bestes getan, um mich im Haus festzuhalten.«

»Und ich werde Mylord mitteilen, daß Sie nicht in Ihrem Zimmer waren!« rief er ihr nach.

Sie traf Caine an der Stelle, wo einmal sein Stall gestanden hatte. Nur schwelende Asche war übriggeblieben. Die Pferde befanden sich in einem großen rechteckigen Korral, den die Männer hastig gebaut hatten.

Ruß befleckte Caines weißes Hemd.

»Hast du alle Pferde wieder eingefangen?« fragte Jade. Langsam wandte er sich zu ihr. Sein Blick war so wütend, daß er einen neuen Brand hätte entflachen können, aber seine Stimme klang täuschend mild. »Alle – bis auf die Stute, die du dir ausgeliehen hast.«

»Ausgeliehen?« wiederholte sie mit unschuldigem Augenaufschlag.

»Warte im Salon auf mich«, befahl er.

»Aber ich will dir helfen, Caine.«

»Helfen?« Er verlor fast die Beherrschung. »Du und deine Männer, ihr habt mir schon genug geholfen.« Nach ein paar tiefen Atemzügen sagte er: »Geh ins Haus. Sofort.«

Sein Gebrüll erreichte die gewünschte Wirkung. Jade machte auf dem Absatz kehrt und eilte zur Eingangstreppe. Dabei spürte sie, wie Caine auf ihren Rücken starrte, und sie wäre nicht erstaunt gewesen, wenn ihr Kleid Feuer gefangen hätte. Vorerst erschien es ihr sinnlos, vernünftig mit ihm zu reden. Sie mußte warten, bis sein Zorn verraucht war. Auf der untersten Stufe drehte sie sich um. »Caine, wenn ich im Haus bleiben muß – versuch, keine Zielscheibe abzugeben.«

Sterns lief die Treppe herab und packte Jades Ellenbogen. »Gehorchen Sie ihm, Mylady. Sie wollen ihn doch nicht noch mehr in Wut bringen.« Hastig führte er sie in die Halle. »Ich glaube, ich habe Mylord noch nie so erbost gesehen.«

»Ja, offenbar ist er ziemlich ungehalten«, bestätigte sie und ärgerte sich über das Zittern in ihrer Stimme. »Sterns, könnte ich eine Tasse Tee haben? Das dürfte ein Unglückstag werden, und er ist noch nicht einmal zur Hälfte vorbei.«

»Natürlich, ich werde Ihnen Tee servieren. Sicher wollte der Marquis Sie nicht so anschreien. Wenn er sich beruhigt hat, wird er Sie um Verzeihung bitten.«

»Vermutlich wird der sich nie beruhigen«, murmelte Jade.

»Der Stall war noch nicht einmal einen Monat alt«, seufzte Sterns.

Sie versuchte ihm zuzuhören, aber Caines Worte dröhnten in ihrem Kopf. »Du und deine Männer ...« Also wußte er Bescheid über Matthew und Jimbo. Aber wieso? Und viel wichtiger – was wußte er sonst noch?

Während Sterns den Tee bereitete, wanderte Jade im großen Salon auf und ab. Sie öffnete die Verandatür, um die frische Frühlingsluft hereinzulassen. Außerdem war es eine Vorsichtsmaßnahme, denn wenn Caine sie ermorden wollte, mußte sie fliehen.

»Unsinn«, flüsterte sie . Niemals würde Caine die Hand gegen sie erheben, und mochte er noch so zornig sein.

Und die ganze Wahrheit konnte er unmöglich herausgefunden haben.

Plötzlich flog die Haustür auf und schlug zweimal gegen die Wand, ehe sie zugeworfen wurde. Caine war in die Halle gekommen.

Jade setzte sich auf ein goldgelbes Brokatsofa und faltete die Hände im Schoß. Dann zwang sie sich zu einem Lächeln. Er durfte nicht merken, daß sie zitterte. Ehe daß sie ihm ihre Sorge zeigte, würde sie lieber ins Grab sinken.

Nun schwang die Salontür auf, und Caine stand auf der Schwelle. Jade konnte ihr Lächeln nur beibehalten, bis sie seine Miene erblickte. Er sah tatsächlich mörderisch aus. »Wo warst du heute morgen?« donnerte er.

»Sprich nicht in diesem Ton mit mir, sonst platzt mein Trommelfell.«

»Antworte!«

Empört starrte sie ihn an, weil er ihren Befehl ignorierte und immer noch brüllte. »Ich habe deinen lieben Papa besucht.«

Diese Mitteilung schien seine Wut etwas abzukühlen, aber dann schüttelte er den Kopf. »Ich glaube dir nicht.«

»Ich sage die Wahrheit.«

Caine kam ins Zimmer und blieb vor Jade stehen. Seine Stiefelspitzen berührten den Saum ihres Kleides. Er erschien ihr wie ein Racheengel, und sie fühlte sich in die Enge getrieben. Genau das bezweckte er natürlich. Er wollte sie einschüchtern. »Tut mir leid, daß du mir nicht glaubst, Caine. Ich war wirklich bei deinem Vater, weil ich mir Sorgen um ihn gemacht habe. Sir Harwick hatte erklärt, es gehe dem Herzog nicht gut. Und ich dachte, eine nette kleine Unterhaltung würde deinen armen Papa aufheitern.« Bei diesem Geständnis schaute sie auf ihre Hände hinab.

»Wann hast du das Feuer gelegt, Jade?«

Nun sah sie auf. »Ich habe kein Feuer gelegt.«

» O doch!« schrie er, wandte sich ab und ging zum Kamin. Da ihn helle Wut erfüllte, wagte er nicht, in Jades Nähe zu bleiben – aus Angst, er könnte sich an ihr vergreifen.

Seufzend sah sie auf. »Ich habe den Stall nicht angezündet.«

»Dann hast du es einem deiner Männer befohlen. Ich will wissen, warum.«

»Welche Männer meinst du?«

»Die beiden Bastarde, die seit unserer Ankunft hier herumlungern.« Er nahm an, sie würde es abstreiten. Seit der ersten Begegnung hatte sie ihm nur Lügen aufgetischt. Das erkannte er nun klar und deutlich. Abwartend drehte er sich zu ihr um, und sie zuckte anmutig die Schultern.

»Oh, diese beiden. Also hast du Matthew und Jimbo kennengelernt?«

Sein Zorn wurde fast unerträglich. »Ja. Zwei weitere Lügen, nicht wahr?«

Sie konnte ihn nicht anschauen. Nun war er der Mann, der in dem Dossier beschrieben wurde. Kalt. Methodisch. Tödlich. Diese Worte stellten keine Übertreibung dar.

»Matthew und Jimbo sind brave Männer«, flüsterte sie.

»Du leugnest also nicht ...«

»Ich werde nichts leugnen. Aber du bringst mich in eine unmögliche Lage. Ich habe mein Wort gegeben, und das darf ich nicht brechen. Eine kleine Weile mußt du mir noch vertrauen.«

»Dir vertrauen?« herrschte er sie an. »Hältst du mich für einen kompletten Narren?«

Jade holte tief Luft. »Mein Problem ist sehr heikel.«

»Dein Problem ist mir verdammt gleichgültig. Um Himmels willen, was für ein Spiel treibst du? Warum bist du hier?«

»Deinetwegen. Mehr kann ich dir nicht sagen.«

»Antworte!«

»Nun ja – ich bin hier, um dich zu beschützen.«

Ebensogut hätte sie behaupten können, sie stamme von einem anderen Planeten. »Ich will den wahren Grund wissen, zum Teufel!«

»Das ist der wahre Grund. Ich beschütze dich.«

Sterns erschien in der offenen Tür, ein Silbertablett in den Händen. Ein Blick ins Gesicht seines Arbeitgebers genügte ihm, um sich sofort wieder abzuwenden.

»Schließen Sie die Tür hinter sich, Sterns«, befahl Caine.

»Brüll den armen Mann nicht so an.« Jetzt schrie auch Jade. »Er hat nichts mit alldem zu tun, und du solltest deine Wut nicht an ihm auslassen.«

»Setz dich, Jade.« Caines Stimme klang nicht mehr so bedrohlich. Trotzdem mußte sie ihren ganzen Mut aufbieten, um ihm den Gehorsam zu verweigern.

»Wenn du schlecht gelaunt bist, trittst du wahrscheinlich nach jungen Hündchen, was?«

»Setz dich.«

Sie schaute zur Tür, um die Entfernung abzuschätzen, aber seine nächsten Worte belehrten sie eines Besseren. »Du würdest es nicht schaffen.«

»Du willst also nicht vernünftig sein?«

»Nein, das will ich nicht.«

»Ich hatte gehofft, wir könnten in Ruhe miteinander reden, wenn deine Wut verflogen ist.«

»Wir sprechen doch, oder?« Er wollte sie packen, um alle Antworten aus ihr herauszubeuteln, aber er fürchtete, dabei würde er sie womöglich umbringen. Sein Herz fühlte sich an, als wäre es entzweigerissen worden. »Pagan hat dich hergeschickt, nicht wahr?«

»Nein.«

»Doch. Mein Gott, der Bastard hat eine Frau beauftragt, ihm die Arbeit abzunehmen. Wer ist er, Jade? Dein Bruder?«

Sie schüttelte den Kopf und wich vor Caine zurück. »Bitte, hör mir zu ...«

Er folgte ihr, dann zwang er sich stehenzubleiben. »Du hast immer nur gelogen und nie in Gefahr geschwebt.«

»Nicht alles war Lüge. Aber die Gefahr mußte ich nicht von mir, sondern von dir abwenden.«

Caine schüttelte den Kopf, und sie wußte, er würde ihr kein Wort glauben, was immer sie auch sagen mochte. Sie las tiefen Schmerz in seinem Blick. »Pagan hat dich hergeschickt«, wiederholte er. »Dein Bruder ist ein Feigling. Er wird sterben. Eine gerechte Strafe, nicht wahr? Auge um Auge oder in diesem Fall – Bruder um Bruder.«

»Caine, du mußt mir zuhören!« rief Jade, den Tränen nahe, weil sie ihm solche Qualen bereitete. »Dann würdest du es verstehen. Anfangs wußte ich nicht, was für ein Mann du bist ... O Gott, es tut mir so leid.«

»Es tut dir leid?« fragte er tonlos.

»Ja. Und wenn du zuhören würdest ...«

»Meinst du, ich werde dir auch nur ein einziges Wort glauben?«

Sie schwieg, und er schien durch sie hindurchzuschauen. Um dem Zorn und dem Haß in seiner Miene zu entrinnen, schloß sie sekundenlang die Augen.

»Hast du auf Pagans Befehl mit mir geschlafen?« erkundigte er sich.

Jade zuckte zusammen, als hätte er sie geschlagen. »Dann wäre ich eine Hure, Caine, und ich erniedrige mich für niemanden zu einer billigen Hure, nicht einmal für meinen Bruder.« Tränen drohten ihre Stimme zu ersticken. »Ich bin keine Hure.«

Das Gebrüll, das plötzlich durch die Verandatür drang, glich einem Kriegsruf. Jade erkannte diese Stimme. Nathan war angekommen. Nun konnte sie das Täuschungsmanöver beenden.

»Haben Sie meine Schwester als Hure bezeichnet?«

Die Frage ließ die Wände erbeben. Noch nie hatte Jade ihren Bruder so wütend gesehen. Sie wollte auf ihn zugehen, aber Caine hielt sie fest. »Steh mir nicht im Weg«, befahl er gefährlich leise.

»Ich werde dir nicht erlauben, meinen Bruder anzufassen.«

»Lassen Sie Jade los!« schrie Nathan. »Oder ich bringe Sie um!«

»Caine begreift das alles nicht, Nathan!« Vergeblich versuchte sie, sich von der kraftvollen Hand zu befreien, die ihren Arm umklammerte.

Sie wußte nicht, wer von den beiden zorniger aussah. Nathan runzelte genauso unheilvoll die Stirn wie Caine. Zweifellos waren sie einander würdig. Vom Scheitel bis zur Sohle glich Nathan einem Piraten. Langes braunes Haar fiel ihm auf die breiten Schultern. Er trug enge schwarze Kniehosen, das Hemd stand fast bis zur Taille offen. Caine überragte ihn zwar ein wenig, aber Nathan besaß genauso starke Muskeln wie sein Widersacher.

Sie werden sich umbringen, dachte Jade unglücklich, und während die beiden Männer einander musterten, überlegte sie krampfhaft, wie sie das Schlimmste verhindern konnte.

»Ich habe Ihnen eine Frage gestellt, Sie Bastard!« brüllte Nathan. Drohend trat er einen Schritt vor. »Haben Sie meine Schwester Hure genannt?«

»Nein, das hat er nicht!« kreischte Jade, als Nathan nach dem Messer in seinem Hosenbund griff. »Er weiß nichts von Colin. Ich habe meinem Befehl gehorcht und geschwiegen.« Ihr Bruder zögerte, und sie fuhr hastig fort: »Caine glaubt, du hättest Colin getötet.«

Die Hand entfernte sich vom Messergriff, und Jade atmete erleichtert auf. »So, glaubt er das?« fragte Nathan gedehnt.

Caine starrte den Eindringling an. Nun stand es eindeutig fest – Pagan war Jades Bruder. Die beiden hatten die gleichen grünen Augen.

»Ich glaube es nicht nur – ich weiß es!« stieß Caine hervor. »Sie sind Pagan, der Mörder meines Bruders!«

Endlich gelang es Jade, sich loszureißen. Sie wollte zu Nathan laufen, aber Caine schob sie unsanft hinter seinen Rücken. »Geh nicht zu ihm!«

»Versuchst du mich vor meinem eigenen Bruder zu schützen?«

»Hat er dich angerührt?« fauchte Nathan.

»Würdest du dieses Thema endlich fallenlassen? Dies ist nicht der richtige Zeitpunkt für so intime Diskussionen.«

»Sei still, Jade!« befahl Caine und näherte sich dem Neuankömmling. Sie versuchte, ihn am Hemd festzuhalten, doch davon ließ er sich nicht beirren. Mit einem vehementen Fußtritt beförderte er den geschnitzten Teewagen beiseite und setzte zielstrebig seinen Weg fort. »Ja, verdammt noch mal, ich habe sie angerührt! Gehörte das nicht zu Ihrem Plan, Sie Bastard?«

Nathan sprang schreiend vor. Wie Stiere stürmten die beiden Männer aufeinander los.

»Nein!« jammerte Jade. »Bitte, Nathan, tu Caine nicht weh. Caine, du darfst ihn auch nicht verletzen ...« Sie verstummte, als sie merkte, daß man ihr keine Beachtung schenkte.

Caine kam als erster zum Zug und warf Nathan buchstäblich an die Wand. Ein hübsches Gemälde, das die Themse in früheren, sauberen Zeiten zeigte, landete krachend am Boden. Nathan vollendete die Zerstörung des Kunstwerks, indem er daraufstieg und versuchte, ein Knie zwischen Caines Beine zu rammen – fest entschlossen, seinen Gegner in einen Eunuchen zu verwandeln. Aber Caine wehrte die Attacke ab und schleuderte Nathan wieder an die Wand. Doch dann konnte Jades Bruder seinen ersten Faustschlag anbringen. Caine packte ihn am Nakken und wollte ihm gerade den Schädel zertrümmern, als seine Aufmerksamkeit auf den Mann gelenkt wurde, der in der Tür stand. Sein Griff um den feindlichen Hals lockerte sich, was Nathan sofort nutzte. Mit voller Wucht prallten seine Fingerknöchel auf Caines Kinn.

Caine schüttelte nur kurz den Kopf, als sei der Treffer völlig belanglos, und schob Nathan zur Wand. »Colin?« Es war ein halb ersticktes Flüstern, ungläubig hervorgewürgt. Sein Gehirn erfaßte nicht, was er sah. Colin lehnte am Türrahmen, mit jenem schiefen Grinsen, das so vertraut war, so jungenhaft. Schrecklich dünn – aber höchst lebendig ...

In seiner Verblüffung merkte Caine nicht, daß er Nathan beinahe erdrosselte, bis er ein qualvolles Keuchen hörte. Seine Finger erschlafften, worauf Nathan sich losriß und wieder zuschlug. Zunächst ignorierte Caine den Fausthieb. Dann stieß er, als hätte er sich doch noch anders besonnen, einen Ellbogen zwischen Nathans Rippen, ehe er auf Colin zuging.

»Das schwöre ich bei Gott, Colin!« brüllte Nathan. »Ich bringe deinen Bruder um. Weißt du, was er meiner Schwester angetan hat? Er ...«

»Nathan, das darfst du Colin nicht sagen!« kreischte Jade. »Versuch doch ausnahmsweise, dich wie ein Gentleman zu verhalten.«

Auf einen Stock gestützt, kam Colin seinem Bruder entgegen. Tief bewegt schloß Caine ihn in die Arme.

»Mein Gott, du bist es wirklich. Ich kann es kaum glauben.«

»Caine, ich freue mich so, dich wiederzusehen. Natürlich bist du jetzt sehr verblüfft, aber ich werde dir alles erklären. Sei mir nicht allzu böse. Ich wollte nicht, daß du es von jemand anderem erfährst. Das sind böse Männer. Du wärst einfach losgestürmt und ...« Anscheinend fehlte Colin die Kraft, um weiterzusprechen. Er sank gegen Caine, der ihn festhielt und wartete, bis der Bruder sich faßte.

»Laß dir nur Zeit.« Als Colin wieder auf eigenen Beinen stehen konnte, trat Caine einen Schritt zurück, um ihn zu mustern. Ein Grübchen bildete sich in seiner Wange. »Auch du siehst wie ein Pirat aus. Du hast so langes Haar wie Pagan.« Während er einen Blick in Nathans Richtung warf, zog sich seine Stirn in Falten.

Nathan schaute genauso finster drein. »Ich habe ihm nichts erzählt, Colin. Aber dein schlauer Bruder hat alles herausgefunden. Er weiß, daß ich Pagan bin und meine kleine Schwester zu ihm geschickt habe, damit sie mit ihm herumhurt.«

Jade wünschte, die Erde würde sich auftun und sie verschlingen. Ihr Gesicht brannte wie Feuer. »Nathan, wenn Caine dich nicht tötet, werde ich's tun ...«

Colin starrte sie an, und als er zu lachen anfing, wußte sie genau, was er dachte. »Sagte ich dir nicht ...«, begann er.

»Setz dich, Colin«, befahl sie. »Du darfst dein Bein nicht so lange belasten.«

»Ich wußte ja, daß du und Caine ...« Er seufzte tief auf. »Und ich habe dich gewarnt, oder?«

»Ich will jetzt kein Wort mehr über dieses Thema hören!« schrie sie. »Es ist beendet – verstanden? Wo ist Winters?« fügte sie rasch hinzu, in der Hoffnung, Colin auf andere Gedanken zu bringen. »Der Arzt sollte stets an deiner Seite sein.«

»Winters war bei dir, Colin?« fragte Caine verwundert.

»Pagan veranlaßte ihn, mich an Bord der *Emerald* zu betreuen.« Colin humpelte zum Sofa und setzte sich.

»Zunächst versuchte Winters sich zu sträuben, aber Pagan kann sehr überzeugend wirken. Und schließlich fand der gute Doktor das alles sehr amüsant.«

»Wo ist er jetzt?« fragte Jade.

»Wir schickten ihn heim«, erwiderte Colin. »Mach dir keine Sorgen, mein Bein braucht nur noch ein bißchen Zeit, um zu heilen.«

Jade schob ihm ein Kissen hinter den Rücken und legte sein Bein auf einen runden Schemel. »Ich werde eine Erfrischung für dich bestellen. Du siehst viel zu blaß aus. Der Weg von der Zufahrt hierher hat dich ermüdet, nicht wahr?« Sie wartete keine Antwort ab, raffte ihre Röcke und eilte zur Salontür, aber Caine hielt sie am Arm fest.

»Du gehst nirgendwohin. Setz dich, Jade.«

»Jade?« wiederholte Colin verblüfft.

»Ich habe Caine erlaubt, mich mit dem Vornamen anzusprechen.«

»Erlaubt?« fragte Nathan.

Caine wandte sich zu seinem Bruder. »Wie nennst du sie denn?«

»Sie hat mehrere Spitznamen. Meistens sage ich Rotschopf zu ihr – nicht wahr, Jade?« Als sie nickte, fuhr Colin fort: »Nathan nennt sie 'Balg'. Diesen Spitznamen mag er am liebsten.« Seine Augenzwinkern vertiefte die Röte in Jades Wangen. »Übrigens, mich nennt Harry 'Delphin'. Auch das ist als Beleidigung gedacht.«

Nathan schüttelte den Kopf. »Keineswegs. Delphine sind liebe, sanftmütige Tiere.«

Müde seufzte Caine auf. »Wer ist Black Harry?« Plötzlich spürte er die volle Wirkung des Schocks, den ihm das Wunder versetzt hatte. Mit letzter Kraft zerrte er Jade zu dem Ohrensessel gegenüber dem Sofa, sank hinein und zwang sie, auf der Armstütze Platz zu nehmen. Entgeistert starrte er seinen Bruder an. »Ich kann es kaum fassen, daß du am Leben bist.«

»Dafür mußt du Pagan danken. Und ich kann deine Gelassenheit nicht fassen. Ich dachte, du würdest einen Wutanfall bekommen, wenn du erfährst, daß ich Jade das Versprechen abgenommen habe, dir nichts zu erzählen. Ich muß so vieles erklären. Aber ich glaube, zuerst will Nathans Schwester dir was mitteilen.« Heftig schüttelte Jade den Kopf. »Ich habe ihm nichts zu sagen, Colin. Und wenn du das Bedürfnis hast, ihn in allen Einzelheiten zu informieren, warte bitte, bis ich gegangen bin.«

Caine beachtete sie nicht, ließ ihren Arm los und beugte sich vor, die Ellbogen auf seine Knie gestützt. »Verrat mir nur, wer dir das angetan hat, Colin. Alles weitere erledige ich.«

Sofort nutzte Jade die vermeintliche Gelegenheit und versuchte aufzustehen, aber Caine packte ihre Hand, ohne seinen Bruder aus den Augen zu lassen. »Ich habe bereits erwähnt, daß du nirgendwohin gehst.«

Nathan hob ungläubig die Brauen. »Warum hast du ihn noch nicht erstochen, Jade?«

Sie zuckte mit den Schultern. »Das hätte seinem Bruder sicher mißfallen.«

»Warum braucht Black Harry so lange?« Nathan setzte sich zu Colin und legte die Füße auf den Schemel, neben das kranke Bein.

»Es wird noch eine Weile dauern, weil er seine Brille verloren hat«, entgegnete Colin.

Beide Männer lachten schallend, und Jade blinzelte entsetzt. »Black Harry ist hier? In England?« Ihre Stimme bebte, und nur Nathan schien den Grund ihrer Angst zu verstehen.

»Ja«, bestätigte er grimmig. »Und wenn ich ihm sage ...«

»Nein, du darfst ihm nichts sagen!« rief sie und versuchte sich von Caine loszureißen, aber er umklammerte ihre Hand noch fester.

»Wer ist Black Harry?« fragte er und ignorierte Jades Bemühungen.

»Jades Onkel«, erklärte Colin. »Er sorgte für sie, nach dem Tod ihres Vaters.«

Caine versuchte, all die Neuigkeiten zu überdenken. »Warum fürchtete sich Jade vor Harry? Wie lange war sie bei ihm?«

»Viele Jahre«, antwortete Colin.

»Und wo zum Teufel waren Sie, während sie aufwuchs?« wandte sich Caine an Nathan. »Haben Sie in dieser ganzen Zeit den Leuten das Weiße aus den Augen gestohlen?«

»Verdammt, Colin, ein Mann kann nur ein gewisses Maß an Beleidigungen hinnehmen«, murmelte Nathan.

»Wenn er so weitermacht, bringe ich ihn um, selbst wenn ich dadurch deine Freundschaft verliere.«

Colin war zu erschöpft von seinem Fußmarsch, um sich auf eine Auseinandersetzung einzulassen. Bevor er weitere Erklärungen abgeben konnte, mußte er sich ein wenig ausruhen. Gähnend verkündete er: »Niemand wird irgendwen umbringen, ehe alles geklärt ist.« Er lehnte sich in die Sofakissen zurück und schloß die Augen.

In diesem Moment erregte ein unerwarteter Lärm die allgemeine Aufmerksamkeit. Caine hob gerade noch rechtzeitig den Kopf, um einen großen Blumentopf an den Fenstern vorbeifliegen zu sehen, quer über die Terrasse. Der Topf prallte gegen die Steinmauer, ein wütender Fluch folgte dem ohrenbetäubenden Krach.

»Harry ist da«, bemerkte Colin gedehnt.

Wie gebannt starrte Caine zur Terrassentür, auf alles vorbereitet und fest überzeugt, daß ihn nichts mehr überraschen könne. Doch er irrte sich.

Der Mann, der die Schwelle überquerte, sah ungeheuerlich aus. Beinahe hätte Caine laut aufgelacht.

Die großen Pranken in die Hüften gestützt, blieb Harry stehen und betrachtete sein Publikum. Er war ganz in Weiß gekleidet, mit einer roten Schärpe um den runden Bauch. Seine tief gebräunte Haut bildete einen scharfen Kontrast zum silberweißen Haar. Caine schätzte ihn auf Mitte Fünfzig.

Das häßliche Gesicht, von einer gewaltigen Knollennase beherrscht, hätte empfindsamen Kindern monatelang Alpträume bescheren können. Weil er pausenlos zwinkerte, sah man von seinen Augen nur schmale Schlitze.

Der Mann hat Flair, das muß man ihm lassen, dachte Caine. Während Harry in den Salon stolzierte, rannten zwei Männer vor ihm her, um diverse Gegenstände aus dem Weg zu räumen. Zwei weitere, die Caine bereits kannte, folgten ihm. Blaurote Flecken zogen sich über Matthews und Jimbos Gesichter – eine Erinnerung an das Gespräch, das der Marquis mit ihnen geführt hatte.

»Hier drin wird's verdammt voll«, meinte Caine.

Jade entriß ihm die Hand, rannte zu Black Harry und warf sich in seine Arme. Als er sie angrinste, funkelte ein Goldzahn. »O, Onkel Harry, ich habe dich so vermißt«, wisperte sie.

»Klar hast du mich vermißt. Aber ich werde dir den Hintern versohlen«, fügte er hinzu, nachdem er sie noch einmal liebevoll an sich gedrückt hatte. »Bist du denn völlig verrückt geworden? Jetzt werde ich mir diese Geschichte erst mal in allen Einzelheiten anhören, und danach prügle ich dich windelweich.«

»Ich wollte dich bestimmt nicht ärgern«, versuchte sie ihn zu besänftigen.

Harry schnaufte verächtlich. »Nein, du wolltest mir's verheimlichen.« Schmatzend küßte er sie auf die Stirn.

»Ist das Caine?« fragte er und blinzelte den Hausherrn an.

»Ja«, bestätigte Jade.

»Er ist nicht tot.«

»Nein.«

»Also hast du gute Arbeit geleistet«, lobte Harry.

»Wenn's nach mir ginge, wäre er bald tot«, murrte Nathan.

»Willst du etwa meutern?«

»Harry ...« Jade lenkte die Aufmerksamkeit ihres Onkels wieder auf sich.

»Ja?«

Sie stellte sich auf die Zehenspitzen, flüsterte ihm etwas ins Ohr, und er runzelte die Stirn. Dann nickte er. »Und du vertraust diesem Mann?«

Jade konnte nicht lügen. »Ja.«

»Was bedeutet er dir, Mädchen?«

»Nichts!« stieß sie hervor.

»Schau mir in die Augen! Du redest mit dem Fußboden, und das verrät mir, daß da irgendwas faul ist.«

»Nichts ist faul. Ich bin nur froh, daß ich dieses Täuschungsmanöver überstanden habe.«

Harry wirkte nicht sonderlich überzeugt. »Warum wolltest du ihn beschützen, wenn er dir nichts bedeutet?«

»Er ist Colins Bruder«, erinnerte sie ihren Onkel. »Das war der einzige Grund für meine Bemühungen.«

Seufzend beschloß Harry zu warten, bis er mit ihr allein sein würde. Dann wollte er ihr die Wahrheit herauslocken.

»Ich verstehe noch immer nichts!« schrie er und blinzelte in Caines Richtung. »Ich finde, Sie müßten Pagans Füße küssen. Ihr elender Bruder lebt doch, oder?«

»Jetzt, wo Sie hier sind, können wir alles klären, Harry«, rief Colin.

Harry grunzte und wandte sich wieder zu Jade. »Trotz allem werde ich dich grün und blau schlagen, Mädchen. Zweifelst du daran?«

»Keineswegs.« Sie unterdrückte ein Lächeln. In all den Jahren hatte er ihr noch nie ein Haar gekrümmt. Er war ein gütiger, sanfter Mann mit lupenreiner Seele. Sicher blickte der Allmächtige voller Stolz auf ihn herab. Harry liebte es, den Leuten in seiner Umgebung alle möglichen Strafen anzudrohen, wenn er genug Zuhörer hatte. Immerhin war er ein Pirat, wie er oft betonte, und deshalb mußte er den Schein wahren.

Bei der ersten Drohung war Caine aufgesprungen, aber Colin hatte ihm bedeutet, wieder Platz zu nehmen, und gewispert: »Alles nur Angeberei.«

»Holt mir einen Stuhl, Jungs!« brüllte Harry, blinzelte Caine an und stapfte zum Kamin. Colin und Nathan brachten ihre Füße und den Schemel gerade noch rechtzeitig in Sicherheit. Während Jade dem Verletzten half, sich wieder bequem hinzusetzen, postierte sich Harry vor dem Kamin, die Hände hinter dem Rücken verschränkt, und bemerkte: »Mein Junge, eigentlich sehen Sie gar nicht wie ein Delphin aus ...« Lächelnd entblößte er seinen glänzenden Zahn. »Genauso häßlich wie Ihr mickriger Bruder.«

Caine überlegte, daß der Mann schlechte Augen haben mußte, doch das behielt er für sich. Er schaute Colin an, um festzustellen, wie der auf diese Beleidigung reagierte. Aber Colin grinste nur, die müden Lider geschlossen.

Einer der Seemänner schleppte einen großen Sessel

zum Kamin, und als Harry hineingesunken war, stellte sich Jade hinter ihn und legte eine Hand auf seine Schulter.

»Tragen Sie eine Brille, mein Junge?« fragte er Caine, der den Kopf schüttelte. »Oder vielleicht einer Ihrer Dienstboten?«

»Nein.«

»Onkel, weißt du, wann du deine letzte Brille verloren hast?« erkundigte sich Jade.

»Nein, Liebes, an so was erinnere ich mich nicht. Sonst hätte ich doch nicht so viele Brillen verloren.« Harry wandte sich wieder an Caine. »Gibt's hier ein Dorf in der Nähe?«

Colin begann zu lachen, sogar Nathan grinste, und Caine hatte nicht die leiseste Ahnung, was die beiden amüsierte.

»Ja, hier gibt's ein Dorf«, erklärte Colin.

»Niemand hat Sie gefragt, Kleiner. Schlafen Sie wieder, Delphin, das können Sie am besten«, fügte Harry augenzwinkernd hinzu, dann brüllte er sein Gefolge an: »Jungs, ihr wißt, was zu tun ist!«

Die beiden wenig vertrauenerweckenden Gestalten, die bei der Terrassentür herumgelungert hatten, nickten und wandten sich zum Gehen. Als Jade ihrem Onkel auf die Schulter klopfte, schrie er ihnen nach: »Keine Dieberei! Wir sind zu nahe bei unserem Heim.«

»Aye, Black Harry!« rief einer der Männer.

»Parieren die Leute nicht großartig?« raunte Harry.

»O ja, Onkel«, stimmte Jade zu. »Und so flink.«

Harry nickte, legte die Hände auf die Knie und beugte sich vor. »Als ich hier reinkam, vernahm ich was, das wie Meuterei klang. Man sollte meinen, dies sei ein Augenblick, in dem man lauthals jubeln müßte. Hast du Jubelgeschrei gehört, Mädchen?«

»Nein, Onkel.«

»Ist unser Delphin eine solche Landplage, daß Sie ihn gar nicht wiederhaben wollen?« fragte er Caine. »Dafür hätte ich Verständnis. Der Kerl kann nicht einmal anständig Schach spielen.«

»Als wir zuletzt spielten, hatte ich meine fünf Sinne nicht beisammen«, erinnerte ihn Colin.

Harry schnaufte. »Sie haben so oder so ein Spatzenhirn, Kleiner.«

»Caine, weißt du, warum dieser miese Halunke Black Harry heißt?« Colin grinste seinen Bruder an.

»Das will ich ihm sagen«, verkündete Harry. »Weil ich ein schwarzes Herz habe.« Prahlerisch hob er die Brauen und wartete eine Weile, damit Caine diese Mitteilung auch richtig würdigen konnte. »Den Spitznamen habe ich mir selber gegeben. Paßt gut zu mir, was, Mädchen?«

»Natürlich, Onkel. Dein Herz ist schwarz wie die Nacht.«

»Es ist sehr lieb von dir, mich mit einem so netten Kompliment zu erfreuen.« Zärtlich tätschelte er Jades Hand. »Sobald meine Leute die Besorgungen erledigt haben, breche ich zur Wharf auf. Vorher brauche ich eine Stärkung.«

»Ich kümmere mich darum.« Jade eilte zur Tür und machte einen weiten Bogen um Caines Sessel. Ehe sie den Salon verließ, drehte sie sich noch einmal zu ihrem Onkel um. »Harry, bitte paß auf, daß Nathan und Caine sich inzwischen nicht an die Gurgel gehen.«

»Das wäre mir völlig egal!« rief Harry.

»Aber mir nicht. Bitte, Onkel ...«

»Also gut, ich werd's nicht erlauben.« Nachdem sich die Tür hinter Jade geschlossen hatte, wisperte er: »Schon vor Jahren hätte ich ihr das Gesicht zerschneiden sollen.

Sie ist viel zu hübsch, und das kann ihr gefährlich werden. Deshalb mußte ich sie so oft zurücklassen. Ich kann meinen Jungs nicht trauen, sobald ich ihnen den Rücken kehre.«

»Ja«, fauchte Nathan, »sie ist so schön, daß manche ehrlose Männer sich an ihr vergreifen würden.«

»Hör auf damit, Nathan«, mischte Colin sich ein, öffnete die Augen und sah Caine an. »Mein Bruder ist ein Ehrenmann.«

»Daß ich nicht lache!« knurrte Nathan.

Caine achtete nicht auf diesen Wortwechsel. Er dachte an Harrys Bemerkung, er habe Jade oft zurücklassen müssen. Wo? Und wer hatte sie während seiner Abwesenheit betreut? Eine Frau konnte nicht in der Nähe gewesen sein, sonst wüßte Jade etwas mehr von den Dingen des Lebens.

»Was soll das Gerede?« fragte Harry und erregte wieder Caines Aufmerksamkeit.

»Ich möchte Sie bitten, Geduld zu üben, Harry«, entgegnete Colin, »obwohl es Ihrem Charakter widerspricht. Es gab nur ein kleines Mißverständnis.«

»Dann solltet ihr es aus der Welt schaffen«, meinte Harry.

»Verdammt, Colin, ich weiß alles, was ich wissen muß!« stieß Nathan hervor. »Dein Bruder ist ein Bastard ...«

»Wurden Sie unehelich geboren, mein Junge?« unterbrach ihn Harry. Diese Möglichkeit schien ihn zu faszinieren.

Caine seufzte. »Nein.«

Daß Harry keinen Hehl aus seiner Enttäuschung machte, ergab für Caine überhaupt keinen Sinn. »Dann dürfen Sie diesen Spitznamen nicht tragen, mein Junge. Nur ein unehelich geborener Mann verdient es, Bastard genannt zu werden.«

»Oder eine Frau«, warf Colin ein und bezähmte seinen Lachreiz, als Caine ihn ungläubig anstarrte. »Erzählen Sie ihm doch die Geschichte von Bastard Bull, Harry.«

»Colin, um Himmels willen ...«, begann sein Bruder.

»Bald, Caine. Ich brauche noch etwas Zeit, um meine Gedanken zu ordnen.«

»Also gut.« Caine nickte und wandte sich zu Harry. »Erzählen Sie mir von Bastard Bull.«

»Der war gar kein Bastard.« Harry zog die Stirn in tiefe Falten. »Das behauptete er nur, damit er bei uns anheuern konnte. Er wußte, welch großen Wert ich auf die Berechtigung von Spitznamen legte. Nachdem wir ihn als Lügner entlarvt hatten, schmissen wir ihn mitsamt unserem Müll über Bord.«

»Zufällig waren sie damals gerade mitten auf dem Meer«, ergänzte Colin. »Aber Pagan ließ ihn nicht ertrinken.«

»Wie rücksichtsvoll von Ihnen«, murmelte Caine in Nathans Richtung.

»Und dann dieser andere Bursche, ein tüchtiger, starker Mann ...«

Seufzend lehnte sich Caine zurück und schloß die Augen. Er mußte wohl oder übel warten, bis dieses lächerliche Gerede über Spitznamen beendet wurde. Colin schien die Konversation zu genießen, und er hatte um Zeit gebeten. Jetzt sah er aus, als würde er schlafen. Wie blaß er war ...

Etwa zehn Minuten lang erzählte Harry weitere Geschichten, dann erklärte Nathan: »Jade hat auch einen besonderen Spitznamen.«

»Das wollte ich gerade erzählen!« rief Harry. »Ich war es doch, der ihn erfunden hat.«

Nathan nickte. »Gut, Harry, sag du's.«

Alle beobachteten Caine. Hätte er sich die Mühe gemacht, die Augen zu öffnen, hätte er sie lächeln sehen. Er vermochte seine Ungeduld kaum noch zu zügeln. Schließlich fragte er müde: »Und wie lautet dieser besondere Spitzname, Harry?«

»Nun, wissen Sie, mein Junge«, begann Harry gedehnt, »wir nennen sie gern Pagan.«

12

Entschlossen weigerte er sich zu glauben, Jade könne Pagan sein. Nur ein Mann war imstande, so tollkühne Taten zu vollbringen. Nur ein Mann.

Colin, Harry und Nathan musterten ihn aufmerksam, und als er den Kopf schüttelte, nickten sie alle.

»Wie ich sehe, fällt es dir schwer, das zu akzeptieren«, sagte Colin mitfühlend. »Aber es stimmt, Caine. Harry gab ihr den Namen vor vielen Jahren, weil ...«

»Das erzähle ich selber«, fiel Harry ihm ins Wort.

»Pagan heißt 'Heide', und das Mädchen hatte schon immer dieses Haar, feuerrot wie die Hölle, und war als Kind so wild wie ein kleiner Teufel. Ein richtiges Heidenbaby.«

Langsam nahm Caines ungläubige Miene den Ausdruck unbändiger Wut an. Colin und Harry wurde unbehaglich zumute. Nur Nathan schien seine helle Freude an der Situation zu finden. »Würde ein Mann Rosen am Tatort hinterlegen, Caine?« fragte er, um noch Salz in die Wunde zu reiben. »Das ist doch typisch für eine Frau. Erstaunlich, daß noch niemand auf diese Idee gekommen ist – nicht wahr?«

»Ja, erstaunlich«, bestätigte Colin und schaute seinen Bruder an.

Danach entstand ein langes Schweigen. Harry und Nathan warteten, daß Caine die Neuigkeit verdauen würde. Und Colin, der ihn besser kannte als seine Freunde, wartete geduldig auf das Donnerwetter.

Jade half Sterns, im Speisezimmer den Tisch zu decken. Er brauchte nur einen kurzen Blick auf ihr Gesicht zu werfen, um zu erkennen, daß irgendwas nicht stimmte. Ihre Wangen waren so weiß wie das leinerne Tischtuch.

Sie gab keine Erklärung ab und sagte nur, ihr Onkel sei eingetroffen und wolle mit seinen vier Männern zu Abend essen, ehe sie sich verabschieden würden. Und sie bestand auch darauf, die schönsten Kristallgläser zu verwenden. Der Butler ging in die Küche, um die Mahlzeit zu bestellen, veranlaßte die Köchin und ihre Gehilfin Bernice zu hektischer Aktivität und kehrte in den Speiseraum zurück.

Jade inspizierte gerade eine große ovale Silberplatte.

»Die würde meinem Onkel gefallen. Das Muster ist großartig.«

Er nickte. »Ein Geschenk des Königs. Colin war so stolz, als der Marquis zum Ritter geschlagen wurde. Der König überreichte ihm diese Platte. Wenn Sie sie umdrehen, sehen Sie die Inschrift, Mylady.«

»Nein, nein ...« Jade drückte ihm die Kostbarkeit in die Hände. »Verstecken Sie sie.«

»Wie bitte?«

»Verstecken Sie sie, Sterns.« Sie schaute sich im Zimmer um. »Gibt es sonst noch besondere Gegenstände, die Caine behalten möchte?«

»Das silberne Teeservice auf dem Sideboard. Ich glaube, es hat eine spezielle Bedeutung für Mylord.«

»Bekam er es auch vom König?«

»Nein, es stammt von seiner Großmutter.«

»Verstecken Sie's ebenfalls, Sterns. Am besten schieben sie all diese Sachen unter Caines Bett, da sind sie in Sicherheit.«

»Fühlen Sie sich krank, Mylady?«

»Nein.«

»Sie sehen aber krank aus, und Sie wandern umher wie in Trance. Irgendwas stimmt nicht ...«

Jade eilte zur Tür, wo sie sich zu Sterns umdrehte.

»Sie waren sehr freundlich zu mir, und das werde ich nie vergessen.«

Er blinzelte verwirrt, und sie wollte gerade die Tür schließen, als Caines gebieterische Stimme ertönte. »Jade!«

Das Gebrüll ließ die Kristallkelche klirren. Jade zeigte keine Reaktion, aber Sterns zuckte zusammen. »Offenbar hat Ihr Herr soeben etwas Unangenehmes erfahren. Ich hatte gehofft, mein Onkel würde ... Doch das spielt keine Rolle.«

Sterns folgte ihr in die Halle. Als sie sich zur Treppe wandte, rief er: »Ich glaube, Mylord würde gern mit Ihnen sprechen, Lady Jade.« Wortlos stieg sie die Treppe hinauf, und er erbot sich: »Ich stehe Ihnen gern zur Seite. Sein Temperament kann einem manchmal wirklich angst machen ...«

Seufzend wartete er, bis sie aus seinem Blickfeld verschwunden war, dann eilte er in den Salon. Als er Colin entdeckte, fiel es ihm schwer, Haltung zu bewahren.

»Mein Gott – sind Sie's tatsächlich, Sir?« stotterte er.

»Hallo, Sterns«, grüßte Colin. »Freut mich, Sie wiederzusehen. Kommandieren Sie Ihren Herrn immer noch so herum?«

Es dauerte eine Weile, bis der Butler sich von seiner Verblüffung erholt hatte. »Ich – tue mein Bestes«, hauchte er.

»Er ist ein Diktator, kein Dienstbote«, verkündete Colin grinsend.

Sterns musterte den älteren Mann, der offensichtlich schlechte Augen hatte, und versuchte, nicht nach Luft zu schnappen.

»Ist mein Essen fertig?« bellte Harry.

Der Butler entschied, daß dies Jades Onkel sein mußte. Der Fremde an Colins Seite war zu jung dafür. »Fast fertig ... Mylord, ich muß Sie in der Halle sprechen. Es ist sehr wichtig.«

»Nicht jetzt, Sterns«, erwiderte Caine müde. »Später.«

»Dieses Problem muß sofort gelöst werden. Es betrifft Lady Jade.«

Das überraschte Caine nicht. »Was brennt sie denn diesmal nieder? Die Küche?«

»Mylord, dies ist nicht der rechte Augenblick für schlechte Scherze«, schimpfte Sterns.

»Sehe ich so aus, als würde ich scherzen?«

Der Diener verschränkte die Arme vor der Brust. »Lady Jade brennt überhaupt nichts nieder. Sie reist ab.«

Mit dieser Neuigkeit erzielte er die angestrebte Wirkung. Er sprang beiseite, um seinem Herrn auszuweichen, der zur Tür stürmte. Und er nickte zufrieden, als Caine brüllte: »Den Teufel wird sie!«

Der Butler wartete, bis sein Arbeitgeber den Raum verlassen hatte, und wandte sich dann zu Jades Onkel.

»Bald wird das Dinner serviert«, meldete er in seinem üblichen hochmütigen Ton.

Caine nahm immer zwei Stufen auf einmal. Der Gedanke, Jade könnte ihn verlassen, war unerträglich. Zum erstenmal im Lauf seines Lebens geriet er in Panik, und dieses Gefühl gefiel ihm überhaupt nicht.

Er riß die Schlafzimmertür auf, warf sie zu und lehnte sich dagegen. Um sich zu beruhigen, holte er tief Atem.

Jade ignorierte seine Anwesenheit. Sie stand neben dem Bett und faltete ein goldgelbes Kleid zusammen. Die Reisetasche war beinahe voll.

»Hör zu packen auf«, befahl Caine und staunte selber, weil seine Stimme so entschieden klang. »Du bleibst hier.«

Jade drehte sich zu ihm um, entschlossen, ihm gründlich die Meinung zu sagen. Aber sein Anblick krampfte ihr das Herz zusammen, und sie vergaß all die Worte, die ihr eben noch auf der Zunge gelegen hatten. Er war sichtlich wütend, und sie starrte fasziniert auf den Muskel, der in seinem Kinn zuckte, während sie Mut zu fassen suchte.

»Ich lasse dich nicht gehen, Jade«, erklärte er. »Niemals – hörst du?«

Ihre Ohren dröhnten, und sie vermutete, daß jeder im Dorf ihn hören würde. Und sie mußte ihre ganze innere Kraft aufbieten, um sich gegen ihn zu behaupten. Langsam schüttelte sie den Kopf. »Du hast mich Hure genannt.«

Ihre Stimme klang so unglücklich, daß sein Zorn etwas nachließ. »Nein, das habe ich nicht getan.«

»Aber du dachtest es. Und du wolltest es in alle Welt hinausposaunen.«

»Nein. Jade, im Augenblick haben wir wichtigere Dinge zu besprechen.«

Empört schnappte sie nach Luft. »Wichtigere Dinge als deine Unverschämtheit, mich Hure zu schimpfen?« Als er auf sie zuging, wich sie rasch zurück. »Komm mir nicht zu nahe! Du darfst mich nie wieder anrühren! Ich will es nicht!«

»Dann steht dir eine schreckliche Zukunft bevor. Ich werde dich nämlich ständig anrühren, bis ans Ende meiner Tage.«

»In Wirklichkeit magst du mich gar nicht!« schrie sie. »Du interessierst dich für die verletzliche, schwache Frau, die ich dir vorgespielt habe. Mein wahres Ich kennst du nicht, Caine. Ich bin sehr stark und entschlossen. Du Dummkopf, ich tat nur so, als würde ich dich brauchen – damit du dich verpflichtet fühltest, an meiner Seite zu bleiben. O ja, ich wandte all die Tricks an, die schwache Frauen so gern benutzen. Bei jeder Gelegenheit jammerte ich und vergoß sogar Tränen, um meinen Willen durchzusetzen ...« Als er sie packte und an sich riß, kreischte sie: »Ich reise ab! Geht das denn nicht in deinen Dickschädel?«

»Du bleibst hier.«

»Oh, ich hasse dich«, wisperte sie, ehe sie in Tränen ausbrach.

Caine legte sein Kinn auf ihren Scheitel. »Nein, du haßt mich nicht.«

»Ich hasse alles an dir«, klagte sie und weinte herzzerreißend. »Vor allem hasse ich die Art, wie du mir andauernd widersprichst.«

»Jade?«

»Was?«

»Sind deine Tränen jetzt gespielt?«

Sie konnte ihr Schluchzen nicht lange genug unterbrechen, um eine überzeugende Antwort zu geben. »Natürlich – klar«, stammelte sie. »Ich weine nie. Nur schwache Frauen weinen.«

»Und du bist nicht schwach, Liebling?« Seine Stimme war so sanft wie sein Lächeln, aber seine Arme, die Jade eisern umfingen, lockerten sich nicht einmal, als sie ihren Widerstand aufgab. Für den Rest seines Lebens wollte er sie festhalten. »Jade ...«

»Ja?«

»Ich liebe dich.« Sie sagte nichts, begann zu zittern, und er spürte, daß er ihr Angst einjagte. »Noch keine

Frau hat mich so verwirrt«, gestand er seufzend. »Trotzdem liebe ich dich. Gott helfe mir ...«

»Aber – ich liebe dich nicht!« stotterte sie. »Ich mag dich nicht einmal. Und ich traue dir nicht ...« Ein heftiger Schluckauf beendete diese negative Aufzählung, die Caine kein bißchen beeindruckte.

»Ich liebe dich, jetzt und für alle Zeiten.« Zufrieden drückte er sie an sich, während sie beharrlich weiterweinte. Wie viele Tränen mochte sie auf Lager haben?

Es dauerte beinahe zehn Minuten, bis sie sich faßte. Sie wischte sich die Wangen an den Aufschlägen seines Jacketts ab, dann befreite sie sich aus der Umarmung. »Geh lieber wieder nach unten.«

»Nicht ohne dich.«

»Ich komme nicht mit, Nathan und Harry würden sofort merken, daß ich geweint habe.«

»Na und? Was spielt das schon für eine Rolle?«

»Wenn ich weine, entspreche ich nicht dem Bild, das sie sich von mir machen.«

»Was soll das heißen?«

Ungeduldig verdrehte sie die Augen. »Man muß den Schein wahren, Caine.« Sie ging zum Bett und setzte sich. »Ich möchte nicht darüber reden.« Nach einem abgrundtiefen Seufzer fügte sie hinzu: »Also gut, ich komme dir später nach.«

»Ich warte auf dich.«

»Mißtraust du mir?«

»Ja.«

Er rechnete mit einem Wutanfall, aber sie verblüffte ihn, indem sie nur die Achseln zuckte. »Ob du mir traust oder nicht – ich werde dich so oder so bei der erstbesten Gelegenheit verlassen. Glaubst du vielleicht, ich bleibe bei dir, bis du davonläufst?«

Endlich verstand er, was sie quälte. Jetzt konnte sie

ihre Verwundbarkeit nicht länger verbergen. »Du bist also überzeugt, ich würde mich von dir trennen, Jade?«

»Allerdings.«

»Obwohl ich dir soeben meine Liebe gestanden habe?«

»Nathan und Harry lieben mich auch.«

Caine gab es auf, vernünftige Argumente vorzubringen. Das wäre im Augenblick sinnlos gewesen. Er mußte abwarten und einen anderen Weg finden, um Jades seelische Barrieren zu durchbrechen. Am liebsten wäre er hinuntergerannt, um Nathan und Harry zu ermorden. Statt dessen holte er tief Luft. Jades Vergangenheit konnte er nicht ungeschehen machen. Aber er wollte ihr eine sichere Zukunft bieten »Niemals würde ich ...« Er unterbrach sich, dann fügte er hinzu: »Also gut, verlaß mich, wann immer du willst.« Bestürzt starrte sie ihn an, schien wieder mit den Tränen zu kämpfen, und er kam sich wie ein Monstrum vor. »Ich meine – wann immer *du* es willst«, betonte er.

Sie senkte den Blick. »Danke.«

»Keine Ursache.« Er ging zu ihr, ergriff ihre Hände und zog sie vom Bett hoch. »Eins solltest du jedoch wissen.«

»Was?«

Caine legte einen Zeigefinger unter ihr Kinn und zwang sie, ihn anzuschauen. »Wenn du gehst, folge ich dir. Du kannst dich nirgends vor mir verstecken. Ich werde dich überall finden und in dieses Haus zurückbringen, weil du hierhergehörst.«

Jade versuchte, seinen Finger von ihrem Kinn wegzuschieben. »Du wirst mich nicht aufspüren.«

Er hörte die Panik, die in ihrer Stimme mitschwang, und beugte sich hinab, um sie zu küssen. Zunächst verfehlte er ihren Mund, denn sie drehte sich blitzschnell zur Seite. Da nahm er ihr Gesicht in beide Hände.

Ein leidenschaftlicher Kuß verschloß ihre Lippen, Caines Zunge bahnte sich einen Weg zu ihrer, und er stöhnte leise. Zunächst wehrte sich Jade, aber bald erwiderte sie die intimen Zärtlichkeiten und schmiegte sich an seine Brust. Als er nach langen Minuten den Kopf hob, flüsterte er: »Ich liebe dich.« Prompt begann sie wieder zu schluchzen, und seine Augen verengten sich. »Wirst du jedesmal heulen, wenn ich dir meine Liebe beteuere?« Er war mehr belustigt als verärgert.

»Du verstehst das nicht ...«

»Was denn?«

»Was ich bin!« jammerte sie.

Caine packte ihre Hand und zerrte sie aus dem Zimmer. Auf der Treppe erklärte er: »Ich verstehe alles. Du gehörst mir.«

»Übrigens, ich hasse auch deine besitzergreifende Art«, teilte sie seinem Rücken mit.

An der Salontür blieb er stehen. »Wenn du zu fliehen versuchst, während wir da drin sind, stürze ich dich in tödliche Verlegenheit, das schwöre ich dir. Verstanden?«

Sie nickte, und als er die Tür öffnete, beobachtete er überrascht die plötzliche Verwandlung, die mit ihr vorging. Die verletzliche Frau, die er soeben in den Armen gehalten hatte, verschwand wie durch ein Wunder. Ein heiteres Lächeln umspielte Jades Lippen. »Ich bin bereit, Caine. Aber wenn du Harry verrätst, daß wir miteinander geschlafen haben ...«

»Das werde ich nicht tun«, unterbrach er sie, ehe sie sich in neue Aufregung hineinsteigern konnte. »Es sei denn, du läufst davon.«

Jade warf ihm einen vernichtenden Blick zu, behielt ihr Lächeln mühsam bei und schlenderte in den Salon, wo das Gespräch sofort verstummte. Sie setzte sich auf die Armlehne eines Sessels in der Nähe des Kamins und bedeutete Caine, neben ihr Platz zu nehmen.

»Ist mein Essen bald fertig?« fragte Harry.

»In ein paar Minuten, Onkel«, erwiderte sie. »Ich habe erklärt, man dürfe dir nur das Allerbeste servieren. Deshalb dauert es ein bißchen länger.«

Er strahlte sie an. »Welch ein Glück, daß du dich um mich kümmerst, Pagan.«

»Sagen Sie nicht Pagan zu ihr!« fauchte Caine, und Nathan grinste, während Harry verwirrt blinzelte.

»Warum nicht? So heißt sie doch.«

»Nein, sie heißt Jade.«

»Mein Name lautet Pagan.« Ihre Stimme klang eisig.

»Tut mir leid, wenn dir das mißfällt, aber so ist es nun mal ...« Abrupt verstummte sie, als er ihre Hand schmerzhaft drückte.

»Er glaubt es noch immer nicht«, bemerkte Harry.

Jade zuckte die Achseln. Sie vertrat dieselbe Ansicht. Wenn Caine die Tatsachen begriffen hatte, würde er ihre Hand gewiß nicht mehr halten. »Er denkt, alle Frauen wären schwach, Onkel.«

Er schnaufte und wollte gerade anfangen, seine Lieblingsgeschichten über Pagans besondere Fähigkeiten zu erzählen. Doch da kehrten seine Männer aus dem Dorf zurück. »Nun, was habt ihr für mich, Jungs?«

»Elf Stück«, verkündete der kleinere der beiden Seeleute.

Mit wachsendem Staunen beobachtete Caine, wie Brillen in verschiedenen Größen und Formen auf Harrys Schenkel geworfen wurden. Der alte Mann probierte eine, zwinkerte den Hausherrn an und warf sie über die Schulter. »Die taugt nichts.« Das Ritual wiederholte sich, und erst beim achten Modell seufzte er glücklich. »Die ist genau richtig.«

»Setz auch die anderen auf, Onkel«, schlug Jade vor. »Vielleicht ist noch eine dabei, die du ebensogut gebrauchen kannst.«

Harry befolgte diesen Rat und steckte eine weitere Brille in seine Tasche. »Das habt ihr gut gemacht, Jungs. Ich bin stolz auf euch.«

Widerstrebend grinste Caine, als er erkannte, auf welche Weise Harrys Männer die Brillen beschafft hatten.

»Halb England wird wie verrückt zwinkern, ehe Harry das Zeitliche segnet«, prophezeite Colin kichernd.

»Soll das eine Beleidigung sein, mein Junge?« fragte Harry.

»Nein, nur eine Feststellung von Fakten.«

Sterns öffnete die Tür und meldete, das Dinner könne angerichtet werden. Sofort sprang Harry auf. Nathan und Colin rückten auf dem Sofa geistesgegenwärtig beiseite, als er den Schemel mit einem Fußtritt aus dem Weg beförderte. »Kommst du mit, Mädchen?«

Caine umfaßte Jades Finger noch fester, und sie schüttelte den Kopf. »Nein, Onkel, ich bleibe hier, weil ich einige Erklärungen abgeben muß. Ich wünsche dir und den Jungs guten Appetit.«

Sobald er den Salon verlassen hatte, bedeutete sie den Männern, ihm zu folgen. Jimbo sah so aus, als wolle er protestieren, und warf einen feindseligen Blick auf Caine. Aber sie starrte ihn nur an, bis er die stumme Botschaft verstand und hinter den anderen hinauseilte. »Macht die Tür hinter euch zu!« befahl sie.

»Dann hören wir dich nicht, wenn du uns rufst«, wandte Jimbo ein.

»Ihr werdet mich schon hören«, versprach sie.

»Und mich auch«, ergänzte Nathan gedehnt. »Ich kann sicher auf meine Schwester aufpassen, Jimbo.«

»Das wird sich zeigen«, flüsterte Jimbo laut genug, so daß es alle hörten, bedachte Caine mit einem letzten vernichtenden Blick und schloß die Tür hinter sich.

Jade wandte sich zu Colin. »Bist du jetzt hinlänglich

ausgeruht, um alles zu erzählen? Ich möchte diese Sache endlich hinter mich bringen und gehen«, fügte sie hinzu, worauf Caine ihr beinahe die Hand zerquetschte.

»Ja, ich bin halbwegs ausgeruht.« Colin schaute Nathan an, der ihm zunickte, und richtete dann seine Aufmerksamkeit auf Caine. »Während meines letzten Studienjahrs in Oxford trat ein Mann namens Willburn an mich heran. Er gehörte dem Kriegsministerium an und rekrutierte Leute für den englischen Geheimdienst. Damals hatte der Krieg zwischen unserem Land und Frankreich noch nicht offiziell begonnen, aber wir alle wußten, was auf uns zukam. Willburn war über deine Tätigkeit für Richards informiert, ich nach wie vor zum Stillschweigen verpflichtet, doch ich hätte mich fragen müssen, warum ich nicht mit dir über meine Arbeit sprechen durfte, Caine. Doch ich hielt das für selbstverständlich, nicht zuletzt, weil auch du kein Wort über deine Aufträge verlorst. Ich dachte, es müßte eben so sein. Um die Wahrheit zu gestehen – ich begeisterte mich für die Spionage.« Verlegen fuhr er fort: »Eine Zeitlang betrachtete ich mich sogar als Retter von England.«

»Wann hast du Nathan kennengelernt?« erkundigte sich Caine.

»Ein knappes Jahr, nachdem ich angefangen hatte, für Willburn zu arbeiten. Man wies uns an, ein Team zu bilden. Nathan war auf ähnliche Weise angeheuert worden wie ich. Später wurden wir gute Feunde.« Colin hielt kurz inne, um den Mann anzulächeln, der neben ihm saß. »Es ist sehr schwer, ihn nicht zu mögen.«

»Das habe ich bereits bemerkt«, murmelte Caine.

»Sprich weiter, Colin«, befahl Nathan.

»Es dauerte lange, bis ich sein Vertrauen gewonnen hatte – fast ein volles Jahr. In dieser Zeit war er ziemlich reserviert. Und dann, bei einer Rückreise aus Frankreich, erzählte er mir von den Briefen, die Pagan gefunden hatte.«

Colin rutschte auf dem Sofa umher, und sein Gesicht verzerrte sich vor Schmerz. Nathan sah es vor den anderen und rückte sofort den Schemel für seinen Freund zurecht. Dann legte er das verletzte Bein darauf – trotz seiner Größe und Muskelkraft erstaunlich behutsam – und schob ein Kissen unter die Ferse. »Ist es so besser?«

»Ja, danke«, antwortete Colin. »Wo war ich stehengeblieben?«

Caine beobachtete Nathan und las tiefe Sorgen in den grünen Augen. Plötzlich wurde ihm bewußt, daß er den Mann nicht länger hassen konnte. Diese Erkenntnis war eine bittere Enttäuschung, denn er wollte ihn verabscheuen. Dieser Bastard hatte seine Schwester ihrem Schicksal überlassen. Durch seine Schuld hatte Jade so hohe schützende Barrieren rings um ihr Herz errichtet und so viel erlitten.

Aber Colin lebte.

»Caine?« Sein Bruder riß ihn aus diesen widersprüchlichen Gedanken. »Hältst du es für möglich, daß eine Regierung innerhalb einer Regierung tätig wird?«

»Alles ist möglich.«

»Hast du jemals vom Tribunal gehört?« Colins Stimme sank zu einem Flüstern herab. Er wechselte einen Blick mit Nathan und erwartete ebenso wie sein Freund, Caines Verneinung zu hören. Und danach wollten sie ihn mit den Tatsachen, die sie herausgefunden hatten, den Atem rauben.

»Ja, davon habe ich gehört.«

»Was?« rief Colin entgeistert.

»Wann?« fragte Nathan. »Und wie?«

»Unmittelbar nach dem Tod Ihres Vaters fand eine Untersuchung statt. Der Graf wurde mit allen erdenklichen subversiven Aktivitäten in Verbindung gebracht.

Man konfiszierte seine Ländereien, stürzte seine Kinder in bittere Armut ...«

»Wieso wissen Sie das alles?« stieß Nathan hervor.

Caine schaute Jade an, ehe er antwortete: »Als Jade mir den Namen ihres Vaters nannte, bat ich Lyon, Nachforschungen anzustellen.«

»Wer ist dieser Lyon!«

»Unser Freund«, erklärte Colin, und Nathan runzelte die Stirn.

»Kann man ihm trauen?«

»Ja«, versicherte Colin, bevor sein Bruder zu Wort kommen konnte. »Das war ein guter Schachzug, Caine, Natürlich wandte sich Lyon nicht an die falschen Leute – so wie ich.«

Jades Rücken begann zu schmerzen, weil sie auf der Armstütze ziemlich unbequem saß. Sie entzog Caine ihre Hand und staunte, weil er es erlaubte. Trotzdem wagte sie keinen Fluchtversuch. Er war ein Mann, der stets Wort hielt. Und er würde seine Drohung, sie in Verlegenheit zu bringen, sicher wahr machen. Sie ging zu dem Sessel, aus dem Harry sich vorhin erhoben hatte, und sank hinein.

»Lyon hat niemanden befragt, sondern Aktenmaterial studiert«, erklärte Caine.

»Das kann er nicht«, wandte Jade ein. »Die Akte meines Vaters ist verschwunden.«

Diese verräterische Bemerkung veranlaßte Caine, die Brauen zu heben. »Und woher weißt du das?«

Anmutig zuckte sie die Schultern. »Weil ich sie genommen habe«, gestand sie.

»Du hast – was?«

»Caine, darauf kommt es jetzt nicht an«, versuchte sie ihn hastig zu beschwichtigen.

»Und wie hat Lyon ...«, begann Nathan.

Caine starrte Jade immer noch finster an, als er ihrem

Bruder antwortete: »Sein und mein Vorgesetzter, Richards, besitzt seine eigenen Akten. Und die las Lyon.«

»Wurde mein Vater nach der Untersuchung rehabilitiert?« erkundigte sich Nathan.

»Nein, aber auch nicht für schuldig befunden«, entgegnete Caine. »Es gab zu wenig Beweise.«

»Die gibt es jetzt«, flüsterte Jade.

»Beweise, die ihn entlasten?« Interessiert beugte sich Caine vor.

»Nein, im Gegenteil. Ich las Papas Korrespondenz.« Ihre Stimme klang so traurig, daß es ihm in der Seele weh tat. Er wollte Jade zwar immer noch erwürgen, weil sie ihn hintergangen hatte, aber er sehnte sich nach ihren Küssen.

»Caine, wie kannst du in einem solchen Augenblick lächeln!« tadelte Colin.

»Oh, verzeiht mir«, bat Caine, der nicht wußte, daß er gelächelt hatte. »Ich war mit meinen Gedanken woanders.« Bei diesen Worten musterte er Jade, die angelegentlich ihre Hände begutachtete. »Sprich doch weiter, Colin«, forderte er seinen Bruder auf.

»Kurz nach dem Begräbnis des Grafen nahm Black Harry die kleine Pagan – ich meine Jade – zu sich. Ihr Vater hatte ihm rückhaltlos vertraut.«

»Es fällt mir schwer, das zu glauben«, warf Caine ein.

»Harry ist ein guter Mann«, verteidigte Jade ihren Onkel. »Er hat ein Herz aus purem Gold.«

»Hm ... Aber du hast eine andere Freundin deines Vaters erwähnt – Lady Briars, die sich um dich und Nathan kümmern wollte. Ich verstehe nicht, warum euer Vater nicht Sie gewählt hat, sondern diesen Dieb ...«

»Mein Vater hatte England zu hassen begonnen«, erklärte Nathan. »Er dachte, dort wären wir nicht sicher gewesen. Deshalb entschied er sich für Harry.«

»Warum glaubte der Graf, ihr wäret bei Harry in Sicherheit?«

»Wegen der Briefe«, erwiderte Colin. »Der Graf verwahrte alle Briefe, die er von den beiden anderen bekommen hatte. Sein Deckname lautete Fox, und er war einer der drei Mitglieder des Tribunals. Die beiden anderen hießen Ice und Price.«

»Mein Vater war sehr idealistisch«, sagte Nathan leise. »Ich glaube, anfangs hob er die Briefe für künftige Generationen auf. Er dachte, er würde Heldentaten vollbringen – zum Wohle Englands. Aber nach einiger Zeit suchte das Tribunal nur noch seine eigenen Vorteile. Die drei schreckten vor nichts zurück, um ihre Macht zu vergrößern.«

»Es war eine langsame Metamorphose«, fuhr Colin fort. »Die ersten Briefe endeten mit dem Motto 'Zum Wohle Englands'. Das änderte sich beim zehnten oder elften Brief. Von da an hieß es nur noch 'Zum Wohle des Tribunals'. Ice war der erste, der diese Worte unter seine Korrespondenz setzte. Und die anderen folgten seinem Beispiel. Da hatten sie bereits den Gipfel ihrer Korruption erreicht.«

»Schon lange davor hatten sie begonnen, unabhängig zu agieren«, bemerkte Nathan.

»Der Zweck heiligte alle Mittel«, erklärte Colin seinem Bruder. »Und solange sie sich einredeten, sie würden ihrem Land dienen, konnten sie ihre Machenschaften rechtfertigen.«

»Diese Haltung gleicht deinen Prinzipien, Jade«, meinte Caine.

Verwundert hob sie die Brauen. »Keineswegs. Ich bin nicht so wie mein Vater, und ich mißbillige seine Handlungsweise. Es ist zwar eine Sünde, so etwas zu sagen, aber ich empfinde nichts mehr für ihn. Er hat seinen Weg gewählt und ist ihn gegangen.«

»Sein Vermögen und seine Ländereien wurden konfisziert«, betonte Caine.

»Ja«, bestätigte sie und fragte sich, worauf er hinaus wollte.

»Und das ist der Grund, weshalb du die Reichen bestiehlst. Also trittst du gewissermaßen in seine Fußstapfen.«

»Nein!« rief sie empört.

»Die Macht korrumpiert. Und absolute Macht korrumpiert absolut.«

»Du brauchst nicht Machiavelli zu zitieren, Caine. Ich gebe ja zu, daß das Tribunal die absolute Macht anstrebte.«

»Und das hast auch du getan.«

»O nein!« schrie sie.

»Sie hat es getan?« fragte Colin.

Caine nickte. »Ja, sie hat es getan«, antwortete er in hartem Ton.

»Also willst du ...«

»Nicht jetzt, Colin.«

»Wovon redet ihr?« stieß Jade hervor. »Ich war nie auf Macht versessen.«

Caine ignorierte ihren Protest und forderte Nathan auf: »Erzählen Sie den Rest der Geschichte.«

»Unser Vater verspürte Gewissensbisse, als Hammond, der Chef des Tribunals, ausgeschaltet werden sollte.«

»Ausgeschaltet?« Colin seufzte verächtlich. »Was für ein harmloses Wort, für ein solches Verbrechen.«

»Er war auch Ices und Prices Vorgesetzter«, fügte Nathan hinzu. Anfangs taten sie, was man ihnen befahl. Aber sie fingen bald an, nach eigenem Gutdünken vorzugehen. Hammond schöpfte Verdacht, und Ice kam auf die Idee, ihn zu eliminieren.«

»Mein Vater wollte ihn nicht töten«, beteuerte Jade.

»Als er nach London fuhr, um seinen Vorgesetzten zu warnen, wurde er getötet. Zumindest das haben wir herausgefunden.«

»Wer wurde getötet?« fragte Caine. »Euer Vater oder Hammond?«

»Unser Vater«, entgegnete Nathan. »Er hatte Hammond brieflich gebeten, ihn so bald wie möglich zu treffen, da es um ein dringendes, lebenswichtiges Problem gehe.«

»Und wie habt ihr das in Erfahrung gebracht?«

»Beim Begräbnis meines Vaters zeigte Hammond mir den Brief«, berichtete Nathan. »Er erkundigte sich, ob ich etwas über dieses Problem wisse. Natürlich hatte ich keine Ahnung. Ich war auf der Schule gewesen – und Jade zu jung, um das alles zu verstehen.« »Unser Vater hatte sich Harry anvertraut und ihm die Briefe gegeben, die er verwahrt hatte«, ergänzte Jade.

»Und als du älter warst, hat Harry dir alles erzählt?« fragte Caine

Sie nickte und wich seinem Blick aus. »Er wollte, daß Nathan uns begleitet. Papa hatte ein Schiff besessen, und Harry war fest entschlossen, Pirat zu werden. Aber Nathan zog es vor, die Schule zu beenden. Er glaubte, Harry würde mich auf eine Insel im Süden bringen, und dort wähnte er mich in Sicherheit, bis er mich zu sich holen konnte.«

»Als ich von den Eskapaden eines Piraten namens Pagan hörte, brachte ich Harry niemals damit in Verbindung«, gestand Nathan.

»Und warum haben Sie sich nicht um Jade gekümmert?« hielt Caine ihm vor.

»Das konnte er nicht«, erwiderte Jade, ehe ihr Bruder zu Wort kam. »Harry blieb nie für längere Zeit am selben Ort. Außerdem hatte Nathan seine eigenen Probleme.

Vaters Feinde wußten, daß die Briefe immer noch existierten, und sie suchten verzweifelt danach. Einmal wurde Nathans Zimmer durchwühlt. Damals ließen sie ihn noch ungeschoren – wenigstens vorerst, bis wir neue Ermittlungen anstellten.«

»Hattest du die Briefe bei dir?« fragte Caine. »Oder liegen sie in einem Versteck?«

»An Bord der *Emerald*. «

»Ich will sie haben«, verkündete Caine. »Ankert das Schiff hier in der Nähe, so daß ich jemanden hinschicken kann?«

Jade schüttelte den Kopf. »Das ist nicht nötig. Ich kenne den Inhalt der Briefe auswendig.«

»Wort für Wort«, setzte Colin hinzu. »Wenn Pagan irgendwas nur ein einziges Mal liest, merkt sie sich's fürs ganze Leben.«

Falls Caine dieses Talent merkwürdig fand, so erwähnte er es nicht. Und Jade war dankbar für sein Schweigen.

»Pagan, gib doch den Inhalt der Briefe wieder«, schlug Nathan vor.

»Wenn Sie Jade noch mal Pagan nennen, verprügle ich Sie«, drohte Caine.

Erbost starrte Nathan ihn an, dann gab er nach. »Also gut. Ich werde sie mit Jade anreden, aber nur weil ich nicht will, daß irgendwer ihren Spitznamen hört.«

»Warum Sie's tun ist mir verdammt egal«, fauchte Caine. »Tun Sie's einfach!«

»Zum Teufel, Colin, ich versuche, mit diesem Kerl auszukommen, aber ich schwöre zu Gott – wenn das alles überstanden ist, zerschmettere ich seine arrogante Nase!«

Weil Jade den baldigen Ausbruch eines heftigen Kampfes fürchtete, begann sie rasch die Briefe zu rezitieren. Das dauerte über dreißig Minuten. Sie ließ kein Wort aus. Als sie zum Ende gekommen war, herrschte längeres

Schweigen, während die drei Männer das soeben Gehörte überdachten. Schließlich sagte Colin eifrig: »Der erste Brief war an Thorton adressiert – das ist Jades und Nathans Vater – und von einem gewissen William unterzeichnet.«

»Damals benutzten sie ihre Decknamen noch nicht«, erklärte Jade.

»Genau«, stimmte Colin zu. »Später nannte sich unser Vater Fox, aus William wurde Price. Und was Ice betrifft – wir haben noch keine Hinweise auf seine ...«

»Mit seiner Identität können wir uns später befassen«, fiel Nathan ihm ins Wort.

Colin nickte. »Ich ging zu William und erzählte ihm alles über die Briefe. Nathan und ich beschlossen, ihm zu vertrauen. Immerhin war er unser Vorgesetzter, und er hatte stets gut für uns gesorgt. Bis zum heutigen Tag glaube ich nicht, daß er in die Aktivitäten des Tribunals verwickelt war.«

»Du bist ein Unschuldslamm«, murmelte Nathan. »Natürlich steckte er mit den Bastarden unter einer Decke.«

»Das mußt du erst mal beweisen.«

Seufzend schüttelte Nathan den Kopf und wandte sich wieder zu Caine. »Wir wurden nach Süden geschickt. Inzwischen wissen wir, daß das ein Trick war. Man hatte uns beauftragt, zwei Informanten im Hafen zu treffen. Wenig später fielen wir gefesselt und geknebelt ins Wasser.«

»Du brauchst nicht alles zu erzählen. Das ist überflüssig.« Weder Colin noch Nathan bemerkten, wie angstvoll Jades Stimme klang, im Gegensatz zu Caine, der ihr Gesicht prüfend beobachtete.

»Erzähl weiter, Colin«, sagte Nathan.

Caine blickte auf Jades fest ineinandergeschlungene Hände. Sie mußte etwas gesehen haben, das sie mit Entsetzen erfüllt hatte. Nun wurde seine Aufmerksamkeit wieder auf Colin gelenkt, der die weiteren Ereignisse schilderte. »Ich versank als erster im Meer. Nachdem sie mit ihren Messern mehrmals in meine Beine geschnitten hatten, warfen sie mich von einer Landebrücke. Nathan wußte sofort, was los war. Ich verstand es damals noch nicht, und dafür danke ich Gott, denn ich glaubte, ich hätte noch eine Chance.«

Er war noch bleicher geworden, und Nathans Gesicht nahm einen ebenso grimmigen Ausdruck an. »Weil die Shallow's Wharf in der Nähe lag, hatten wir vor jenem Treffen mehrere Tage bei Jade und Black Harry verbracht. Damals wußte Colin natürlich noch nicht, daß sie Pagan ist, und entwickelte heftige Gefühle für meine kleine Schwester.«

»Das stimmt.« Colin zwinkerte ihr zu. »Und falls du mich haben willst – ich bin immer für dich da.«

Errötend schüttelte sie den Kopf. »Du warst einfach unmöglich.«

»Wie ein junges Hündchen folgte er ihr auf Schritt und Tritt«, fuhr Nathan fort. »Und als er ihr Desinteresse bemerkte, war er so enttäuscht, daß ich eine Sauftour mit ihm unternehmen mußte.«

»In dieser Nacht verliebte ich mich in zwei andere Damen«, berichtete Colin.

»Das waren keine Damen«, widersprach Jade.

»Nein«, bestätigte Nathan. »Wieso erinnerst du dich überhaupt daran, Colin? Du warst sternhagelvoll.«

Lachend prahlte Colin: »Ich erinnere mich an alles – ganz genau.«

Caine zwang sich zur Geduld. Wie er aus den düsteren Mienen der beiden schließen konnte, mußten sie zwischendurch scherzen, während sie sich jene schrecklichen Geschehnisse ins Gedächtnis zurückriefen. Sonst hätten sie es nicht verkraftet.

So geduldig war Jade nicht. »Tommy, einer von meinen Männern, und ich folgten Nathan und Colin, als sie zu ihrer Verabredung gingen. Sie taten so geheimnisvoll, daß ich neugierig war. Außerdem hatte ich ein seltsames Gefühl – irgendwas konnte da nicht stimmen.«

»Wer ist Tommy?« fragte Caine.

Abrupt sprang Jade auf und lief zur Tür. »Nathan, erzähl die Geschichte zu Ende, während ich Erfrischungen bestelle. Ich bin es leid, über das alles zu reden.«

Nathan wollte Sie zurückrufen, aber Colin legte eine Hand auf den Arm seines Freundes. »Es ist immer noch sehr schwierig für sie«, flüsterte er, und Nathan nickte.

»Natürlich war es schwierig für sie«, stieß Caine hervor, »wenn sie mitansehen mußte, wie ihr beide ...«

»Das tat sie nicht«, unterbrach ihn Nathan. »Wie Colin bereits erwähnte, erriet ich die Pläne dieser Männer, sobald sie seine Beine zerschnitten. Als sie dann mit ihren Messern auch über mich herfielen, wehrte ich mich und wurde angeschossen. Mit blutender Schulter ging ich im Wasser unter.«

»Die Wunden hatte man uns zugefügt, um die Haie anzulocken«, führ Colin fort. In diesem Hafen wimmelt es von Raubfischen wegen des Abfalls, der ständig hineingeworfen wird. Und die Biester stürzten sich tatsächlich auf uns.« Er merkte, wie sein Bruder allmählich die Geduld verlor und sich mit gerunzelter Stirn vorbeugte. »Sei doch nachsichtig mit uns, Caine. Das sind keine angenehmen Erinnerungen.«

»Da hast du recht«, pflichtete Nathan ihm bei. »Die Sonne war gerade versunken ...«

»Trotzdem sah ich die Haifischflossen«, warf Colin ein.

Mittlerweile war Caine bis zur Sesselkante vorgerutscht. Jetzt verstand er, warum Jade in ihren Alpträumen

Haie sah. Das Grauen, das sie erlitten hatte, krampfte ihm das Herz zusammen.

»Pagan befahl Tommy, ein Boot zu holen«, setzte Colin seinen Bericht fort. »Sie nahm sein Messer, und die beiden fuhren aufs Wasser hinaus. Die Schurken hielten uns für tot und waren bereits verschwunden. Pagan – ich meine, Jade – bekam mich als ersten zu fassen und zerrte mich mit Tommys Hilfe zum Boot. Ein Hai hatte schon angefangen, an meinem Bein zu nagen. Als sie mich an Bord zogen, verlor Tommy das Gleichgewicht und fiel ins Meer. Er tauchte nie wieder auf ...« Colin verstummte, schaute seinen Freund bittend an, und Nathan sprach weiter.

»Ich begreife es noch immer nicht, aber die Haie verschonten mich. Statt dessen machten sie sich über Tommy her. Inzwischen lag Colin bereits im Boot.«

»Ich bemühte mich, Jade zu helfen«, flüsterte Colin heiser, »aber da schwanden mir die Sinne. Als ich die Augen wieder öffnete, befand ich mich auf der *Emerald*. Der sonderbarste Mann, den ich je gesehen hatte, versuchte mich zu einer Schachpartie zu animieren. Ich wußte nicht, ob ich im Himmel oder in der Hölle war. Und dann sah ich Nathan in der Koje neben mir schlafen, erblickte auch seine Schwester, und plötzlich erinnerte ich mich an alles. Es kam mir so vor, als wäre es eben erst geschehen. Aber dann erfuhr ich von meiner langen Krankheit.«

Caine lehnte sich im Sessel zurück, um die Anspannung in seinen Schultern zu lockern. Er holte mehrmals tief Luft und beobachtete, wie Nathan und Colin seinem Beispiel folgten.

»Als Jade mit dem Boot hinausfuhr – wußte sie da von den Haien?«

»O ja«, wisperte Nathan.

»Großer Gott, welch ein Mut ...«

»Sie will nicht darüber reden«, erlärte Nathan.

»Aber sie träumt davon«, sagte Caine tonlos.

»Was?« rief Nathan.

»Sie hat Alpträume«, teilte Caine ihm mit, und Jades Bruder nickte langsam.

»Natürlich wollten Matthew und Jimbo den Bastarden folgen, die uns zu töten versucht hatten«, fuhr Colin fort.

»Aber Jade verbot es ihnen, mit gutem Grund. Sie wollte, daß die Männer ihren Auftraggebern berichteten, wir seien tot. Denn sie fand, dies sei die einzige Möglichkeit, uns zu schützen. Ich glaube, diese Entscheidung war richtig. Nathan und ich bleiben gern noch ein Weilchen im Totenreich, bis wir herausfinden, wer hinter alldem steckt.«

»Zum Teufel, Caine, unsere eigene Regierung wollte uns meucheln«, murmelte Nathan.

»Nein, die wußte gar nichts von eurer Tätigkeit. Habt ihr euch jemals vor Richards verantwortet? Wurdet ihr als Spione in Englands Diensten anerkannt ...«

»Schon gut«, unterbrach Colin seinen Bruder, »sprich es nur aus.«

»Ihr habt für das Tribunal gearbeitet.«

Colin seufzte. »Ich wußte, daß du das sagen würdest.«

»Da kannst du nicht sicher sein«, protestierte Nathan.

»Richards hatte keine Ahnung, bis er bei eurem vermeintlichen Tod hörte, ihr wärt Mitglieder des englischen Geheimdienstes gewesen«, entgegnete Caine. »Zur Zeit führt er Ermittlungen durch.«

»Dann wird man ihn umbringen«, meinte Nathan.

»Er geht mit äußerster Diskretion vor.«

»Verdammt, ich weiß, wir haben Fehler gemacht«, gab Nathan zu. »Beinahe wäre ich schuld an deinem Tod, Colin. Ich hätte dich da nicht hineinziehen sollen.«

»Unsinn, wir sind Partner.« Colin wandte sich zu seinem Bruder. »Hältst du Richards wirklich für vertrauenswürdig?«

»Ich würde ihm mein Leben überantworten. Jade muß ihm so bald wie möglich die Briefe geben oder ihm ihren Inhalt mitteilen.«

»Wir können Kopien anfertigen«, schlug Colin vor. »Dann bleiben die Originale in sicherem Gewahrsam. Auf der *Emerald* wird man sie niemals finden.«

»Das Schiff wurde nach Jade benannt, nicht wahr?« fragte Caine lächelnd. »Das hätte ich mir denken können. Ihre Augen funkeln wie Smaragde, besonders, wenn sie wütend ist.«

»Ja, Harry taufte das Schiff nach ihr«, stimmte Colin zu. »Begreifst du nun, warum du eine Zielscheibe geworden bist?«

Caine nickte. »Ich habe nach Pagan gesucht, und das Tribunal wollte verhindern, daß ich den Piraten aufspüre, denn dann wäre die Wahrheit ans Licht gekommen.«

»Du schwebst immer noch in Gefahr«, erinnerte ihn Colin.

»Nicht mehr lange. Ich habe einen Plan.«

Colin grinste Nathan an und rief erleichtert: »Ich wußte es ja! Er hat einen Plan.«

Jade kehrte ins Zimmer zurück – viel ruhiger als zuvor, fast heiter. Auf dem Weg zu ihrem Sessel am Kamin gönnte sie Caine keinen einzigen Blick. Sie setzte sich und erklärte Colin: »Sterns läßt zwei Zimmer für dich und Nathan herrichten. Sobald deins fertig ist, mußt du dich hinlegen.«

»Meinst du wirklich, wir sollten hierbleiben?« Nathan stieß seinen Freund mit dem Ellbogen an. »Mein Landsitz liegt ziemlich abgeschieden. Kurz vor unserem letzten Auftrag wurde die Renovierung des Hauses abgeschlossen. Dort hätten wir es sehr gemütlich.«

Colin grinste. »Über diesen Palast habe ich so viel gehört, daß ich jeden einzelnen Raum deutlich vor meinem geistigen Auge sehe. Du hast von nichts anderem geredet.«

»Nun, dann sag doch ja, Caine, mein Haus ist jetzt das schönste in ganz England ... Jade, warum schüttelst du den Kopf? Gefällt es dir nicht?«

Jade lächelte gequält. »Doch, Nathan, es war großartig.«

Er blinzelte verwirrt. »War?«

»Leider habe ich betrübliche Neuigkeiten für dich.«

Gespannt beugte er sich vor. »Wie betrüblich?«

»Weißt du – da brach dieses Feuer aus ...«

»Ein Feuer?« Nathans Stimme hörte sich an, als würde er an irgend etwas ersticken, und Colin widerstand der Versuchung, seinem Freund auf den Rücken zu schlagen.

»Es war ein ziemlich großes Feuer, Nathan«, berichtete Jade mitfühlend.

Ihr Bruder stöhnte. »Wie groß?«

»Dein wunderbares Haus brannte bis auf die Grundmauern ab.« Während Nathan mehrere Flüche vor sich hinmurmelte, wandte sie sich zu Caine. »Ich sagte ja, er würde enttäuscht sein.«

Nathan sah nicht nur enttäuscht aus, sondern geradezu mordlüstern. Und Caine verstand ihn nur zu gut, da ihn nach der Zerstörung seiner Ställe ähnliche Gefühle bewegt hatten.

»Das letzte verdammte Zimmer war eben erst renoviert worden«, sagte Nathan seufzend zu Colin.

»Und ich dachte, alles wäre gelogen, Jade.« Caine schloß sekundenlang die Augen.

»Was war gelogen?« fragte Colin.

»Nicht alles«, versicherte Jade.

»Und was genau war die Wahrheit?« fragte Caine.

»Sprich nicht in diesem Ton mit mir! Ich log nur, als ich die Ermordung jenes vornehmen Gentlemans schilderte. Was Besseres fiel mir nicht ein. Das müßte die einzige Schwindelei gewesen sein. Wenn ich mich noch an was anderes erinnere, werde ich dich informieren, Caine. Und jetzt hör bitte auf, die Stirn zu runzeln. Das ist wirklich der falsche Zeitpunkt, um mein Verhalten zu kritisieren.«

»Würdet ihr euch diese Streiterei für später aufheben?« bat Nathan. »Wieso brach das Feuer aus, Jade? War jemand unachtsam?«

»Das Haus wurde angezündet. Und die Brandstifter leisteten gründliche Arbeit. Sogar der Weinkeller ist zerstört.«

»Um Himmels willen, nicht der Weinkeller!« jammerte Nathan.

»Ich glaube, man versuchte, die Briefe zu verbrennen. Da die Schurken nichts fanden, als sie das Haus durchsuchten ...«

»Mein Haus wurde durchsucht? Wann?«

»Am Tag, bevor es in Flammen aufging ... Oh, da fällt mir was ein.« Jade warf einen kurzen Blick auf Caine. »Daß ich die Treppe hinabstürzte, war auch gelogen.«

Nathan stieß einen tiefen Seufzer aus und zog ihre Aufmerksamkeit wieder auf sich. »Wenn wir alles hinter uns haben, baue ich ein neues Haus. Stehen die Stallungen noch?«

»Ja, die sind unversehrt. Um die brauchst du dir keine Sorgen zu machen.«

Caine beobachtete Jade. Ihr Unbehagen war offensichtlich, und er überlegte, ob ihr Bruder wohl ahnte, daß weitere »Enttäuschungen« auf ihn zukamen.

»Es ist wirklich schade um das schöne Haus«, meinte Colin.

»Allerdings«, stimmte Nathan zu. »Aber wenigstens wurden die Ställe verschont. Du solltest mal meine Pferde sehen. Für den Araberhengst habe ich ein Vermögen bezahlt, aber er ist sein Geld wert. Ich nenne ihn 'Blitz'.«

»Blitz?« Colin grinste über den absurden Namen. »Das klingt so, als hätte dir Harry bei der Wahl des Namens geholfen.«

»Hat er auch. Jedenfalls verdient es mein Hengst, so zu heißen. Er läuft schnell wie der Wind. Nur Jade und ich können ihn bändigen. Warte, bis du ihn kennenlernst ...« Nathan unterbrach seine Prahlereien, als er seine Schwester den Kopf schütteln sah.

»Findest du etwa nicht, daß er schnell wie der Wind ist, Jade?«

»Doch, er war schnell wie der Wind.«

Nathan schien den Tränen nahe zu sein. »War?«

»Leider muß ich dir noch eine Enttäuschung bereiten. Da war dieses Mißgeschick – und deinem herrlichen Pferd wurde zwischen die schönen braunen Augen geschossen.«

Verblüfft beugte sich Caine vor. »Das war also auch nicht gelogen, Jade?«

»Natürlich nicht.«

»Zum Teufel, wer hat Blitz erschossen?« schrie Nathan.

Sie starrte Caine an. »Ich sagte ja, er würde enttäuscht sein.«

»Das ist wohl kaum meine Schuld«, murmelte er, »also schau mich nicht so an.«

»Hat Caine ihn erschossen?« brüllte Nathan.

»Nein«, versicherte Jade hastig. »Er wollte bloß nicht glauben, daß du enttäuscht sein würdest. Damals kannte ich ihn noch gar nicht.«

Ihr Bruder sank in die Sofakissen zurück und legte

eine Hand über die Augen. »Ist denn auf dieser Welt nichts mehr heilig?«

»Blitz war's offenbar nicht«, bemerkte Caine trocken, und Nathan bedachte ihn mit einem strafenden Blick.

»Er war ein verdammt gutes Pferd.«

»Das bezweifle ich nicht.« Caine wandte sich erneut zu Jade. »Wenn du in dieser Hinsicht die Wahrheit sagst, kann das nur bedeuten ...«

»Ich wüßte es sehr zu schätzen, wenn du mich nicht ständig beleidigen würdest«, zischte sie.

»Sie sagt immer die Wahrheit«, verteidigte Nathan seine Schwester.

»Tatsächlich?« fragte Caine gedehnt. »Diese Seite ihres Wesens kenne ich noch nicht. Seit unserer ersten Begegnung hat sie mich immer nur belogen. Das stimmt doch, Süße? Aber das wird sich nun ändern, was?«

Sie würdigte ihn keiner Antwort.

»Erzähl deinem Bruder doch die restlichen schlechten Neuigkeiten«, schlug er vor, und Nathan ächzte.

»Mein Gott, das war noch nicht alles?«

»Nur noch eine Kleinigkeit ...«, begann Jade. »Du erinnerst dich doch an deine hübsche Kutsche?«

»Nicht die Kutsche, Jade!« protestierte Nathan tonlos.

Eifrig wandte sie sich zu Colin, während ihr Bruder noch einmal die Liste seiner Flüche durchging. »Du hättest sie sehen sollen. Sie war so groß und komfortabel. Und Nathan ließ die Sitze mit so wundervollem weichem Leder beziehen.«

Colin versuchte eine mitleidige Miene aufzusetzen. »Sie *war* groß und komfortabel?«

»Man hat sie in Brand gesteckt«, verkündete Jade.

»Warum sollte jemand ein so prächtiges Fahrzeug zerstören wollen?« rief Nathan.

Diese Frage wurde von Caine beantwortet. »Ihre

Schwester hat vergessen, eine wichtige Einzelheit zu erwähnen. Zufällig saß sie im Wagen, als er angezündet wurde.«

Erschrocken hielt Colin den Atem an. »Um Himmels willen, Jade! Erzähl, was geschehen ist!«

»Das hat Caine doch gerade gesagt.«

»Du mußt es ganz genau schildern«, beharrte Colin.

»Großer Gott, du hättest getötet werden können!«

»Das hatten die Schurken ja auch vor. Nachdem das Haus abgebrannt war, ließ ich den Wagen anspannen, um nach London zu fahren und dich aufzusuchen, Nathan ...«

»Wie viele Männer haben dich begleitet?« fiel Caine ihr ins Wort.

»Hudson gab mir zwei mit auf den Weg.«

Plötzlich erinnerte sich Caine an etwas. »Du sagtest, du wärst erst zwei Wochen vorher nach England zurückgekehrt.«

»Nun ja – es war ein bißchen länger her«, gab sie widerstrebend zu.

»Wie lange?«

»Zwei Monate. Diesbezüglich mußte ich lügen.«

»Du hättest die Wahrheit sagen können.«

Er geriet in Wut, aber sie war zu irritiert, um darauf zu achten. »So? Wärst du etwa bereit gewesen, mir zu glauben, wenn ich erklärt hätte, ich sei Pagan und aufgrund gewisser Umstände soeben veranlaßt worden, Winters gefangenzunehmen und meinem Bruder zu übergeben – und daß ich nun versuchen würde ... Ach, was, du hättest mir nicht einmal zugehört!«

»Moment mal, wer ist Hudson?« fragte Nathan. »Du sagtest, er hätte dir zwei Mann mitgegeben.«

»Er ist der Butler, den Lady Briars für dich engagiert hat.«

Nathan nickte. »Und was ist dann passiert?«

»Kurz vor London lauerten uns drei Leute auf. Sie hatten die Straße mit dicken Ästen blockiert. Als der Wagen hielt, beugte ich mich aus dem Fenster, um zu sehen, was los war. Da hörte ich gellendes Geschrei. Irgendwas traf mich seitlich am Kopf. Ich mußte wohl in Ohnmacht gefallen sein, wenn es mir auch sehr unangenehm ist, das zu gestehen.« Zu Caine gewandt, fügte sie hinzu: »Es sieht mir gar nicht ähnlich, die Besinnung zu verlieren.«

»Du schweifst vom Thema ab, Jade«, mahnte Caine.

Ärgerlich verdrehte sie die Augen, dann schaute sie wieder ihren Bruder an. »Die Polsterung der Kutsche war mit Messern aufgeschlitzt worden. Als ich den Qualm roch, stieg ich natürlich sofort aus.«

»Haben diese Bastarde nach den Briefen gesucht?« fragte Colin.

»Du hast einfach die Tür geöffnet und bist rausgeklettert?« wollte Nathan im selben Augenblick wissen.

»Ja und nein«, entgegnete Jade. »Ja, ich glaube, Sie dachten, die Briefe wären unter den Lederbezügen verborgen. Und nein, ich öffnete nicht einfach die Tür. Die Ausgänge waren an beiden Seiten mit Zweigen verbarrikadiert. Ich zwängte mich durch ein Fenster hinaus. Glücklicherweise war der Rahmen nicht so stabil, wie du dachtest, Nathan. Wenn ich jetzt darüber nachdenke – du hast viel zuviel für das Vehikel bezahlt. Auch die Türangeln waren nicht besonders haltbar und ...«

»Jade!«

»Schrei mich nicht an, Caine!«

»Jedenfalls bist du mit knapper Not davongekommen, Jade«, meinte Colin.

»Ich hatte große Angst, und ich schäme mich nicht, das zuzugeben. Das ist doch keine Schande, Caine?«

fragte sie in unsicherem Ton, als fürchtete sie seinen Widerspruch.

»Gewiß nicht.«

Erleichtert atmete sie auf. Legte sie so großen Wert auf seine Anerkennung? Über diese Möglichkeit dachte er lange nach, ehe er bemerkte: »Jetzt weiß ich, wie die Verletzungen an deiner Schulter entstanden sind. Die hast du dir zugezogen, als du durch das Fenster gekrochen bist, nicht wahr?«

»Wieso zum Teufel wissen Sie von diesen Verletzungen an Jades Schulter?« brüllte Nathan.

»Weil ich sie gesehen habe.«

Nathan wollte sich auf Caine werfen, aber Colin hielt ihn zurück. »Darüber könnt ihr später diskutieren. Es sieht so aus, als müßten wir die Gastfreundschaft dieses Hauses noch eine ganze Weile beanspruchen.«

Wäre Nathan in Aussicht gestellt worden, er müsse wieder zwischen den Haien schwimmen, hätte er nicht finsterer dreinschauen können.

»Wenn ihr weggeht, bringt ihr euch in Gefahr«, warnte Jade.

»Natürlich, wir müssen hierbleiben«, stimmte Colin zu, und Nathan nickte widerwillig.

»Mit deiner Jagd auf Pagan hast du auch einiges riskiert, Caine«, meinte Colin. »Die restlichen Mitglieder des Tribunals können nicht zulassen, daß du den Piraten findest.«

»Pagan hätte Ihnen vielleicht klargemacht, sie sei unschuldig am Tod Ihres Bruders«, fügte Nathan hinzu.

»Trotzdem war das Wagnis zu groß.«

»Und deshalb haben Sie Jade zu mir geschickt«, warf Caine ein.

Nathan schüttelte den Kopf. »Das war ihre Idee, und wir wurden erst nach ihrer Abreise informiert. Wir hatten gar nichts zu sagen.«

»Wie sollen wir die Schurken loswerden?« fragte Colin seinen Bruder. »So lange sie hinter dir her sind, kannst du uns nicht helfen, sie zu schnappen. Verdammt, wie sollen wir sie jemals finden. Wir haben keinerlei Anhaltspunkte.«

»Da irrst du dich, Colin. Wir wissen, daß Hammond, der Leiter des Tribunals, ein legitimes Regierungsmitglied war. Er rekrutierte Ice, Fox und Price. Davon sind nur ein oder zwei noch am Leben, nicht wahr? Und einem oder beiden untersteht Willburn. Der scheint übrigens ein Doppelleben zu führen. Er muß sowohl für die Regierung als auch für das Tribunal arbeiten.«

»Wieso glauben Sie das?« fragte Nathan.

»Als meine Familie von Ihrem und Colins Tod erfuhr, schickte man uns Akten mit Berichten über geringfügige, aber immerhin heroische Taten, die ihr beide angeblich zum Wohle England begangen habt. Willburn schützte seine eigene Haut, und das Dossier enthielt keine substantiellen Informationen, die sich überprüfen hätten lassen können. Da fällt mir ein – ihr habt Tapferkeitsmedaillen bekommen.«

»Warum hat man sich diese Mühe gemacht?« wollte Colin wissen.

»Um deine Angehörigen zu beschwichtigen. Immerhin ist unser Vater ein Herzog. Willburn konnte dich nicht einfach verschwinden lassen, sonst hätte man zu viele Fragen gestellt.

»Und Nathan? Warum wurde er nach seinem Ableben geehrt? Sein Vater war bereits tot, und sonst gab es keine adeligen Wakerfields von männlichem Geschlecht. Sollte Jade besänftigt werden?«

Caine schüttelte den Kopf. »Du vergißt Nathans zahlreiche Adelstitel. Unter anderem ist er der Marquis von St. James. Das Tribunal mußte alle möglichen Konsequenzen seiner barbarischen Handlungsweise berücksichtigen und damit rechnen, daß Nathans Freunde Nachforschungen anstellen würden.«

»Oh, an den Namen St. James habe ich gar nicht mehr gedacht.« Colin grinste Nathan an. »Diesen Familienzweig erwähnst du kaum.«

»Würdest du das vielleicht tun?« konterte Nathan trokken, und Colin lachte schallend.

»Für solche Späße haben wir jetzt keine Zeit«, murmelte Jade. »Außerdem glaube ich, daß die Geschichten über die St. James-Männer stark übertrieben sind. Im Grunde sind sie sehr nett, nicht wahr, Nathan?«

»In den Augen von Schweinen ganz sicher.«

Nathans offenherzige Antwort trug ihm einen vernichtenden Blick seiner Schwester ein, dann richtete sie ihre Aufmerksamkeit wieder auf Caine. »Warst du bei der Zeremonie, die zu Colins und Nathans Ehren veranstaltet wurde? Hat's dir gefallen? Gab es viele Blumen? Und wie viele Leute ...«

»Nein, ich war nicht dabei«, unterbrach er sie.

»Schäm dich! Du hast eine Feier versäumt, die für deinen eigenen Bruder ...«

Er fiel ihr erneut ins Wort. »Ich war zu wütend, und ich wollte mir keine Reden anhören und auch keine Medaille in Colins Namen entgegennehmen. Diese Pflicht überließ ich meinem Vater und ...«

»... und inzwischen sannst du auf Rache«, vollendete Colin den Satz. »So wie damals, als du dich mit den Bradley-Brüdern angelegt hast.« Er erzählte Nathan, was vor vielen Jahren geschehen war, und Jade wurde wieder ungeduldig.

»Wir wollen zu unserem Thema zurückkehren. Hast du irgendwelche Schlüsse gezogen, Caine?«

Er nickte. »Ich glaube, ich habe einen brauchbaren

Plan, um die Schakale von meiner Fährte abzulenken. Jedenfalls würde sich ein Versuch lohnen. Aber das ist nur *ein* Problem. Wir müssen auch an Jade denken.«

»Was meinst du?« fragte Colin.

»Es geht hier um zweierlei. Sicher, ich bin eine Zielscheibe. Die Schurken wissen, daß ich meine Suche nach Pagan, ihrem willkommenen Sündenbock, nicht aufgeben werde.«

»Was hat das mit Jade zu tun? Niemand ahnt, daß sie Pagan ist.«

Caine seufzte. »Fangen wir von vorn an. Die beiden anderen Mitglieder des Tribunals wissen offensichtlich, daß Fox die Briefe aufgehoben hat. Da sie sie bei ihm nicht fanden, taten sie das Nächstbeste – sie beauftragten Willburn, Sie zu rekrutieren, Nathan. Das war die einfachste Möglichkeit, Fox' Sohn im Auge zu behalten.« Er wartete keine Reaktion auf diese Feststellung ab, sondern fuhr fort: »Ich nehme an, Ihre Räume in Oxford wurden mehrmals durchsucht?« Als Nathan nickte, meinte Caine:

»Die Leute müssen ganz sicher gewesen sein, daß Sie die Briefe haben. Der einzige logische Kandidat waren Sie, denn Jade erschien ihnen vermutlich zu jung, und Harry hatte sie außerdem schon weggebracht. Daß Fox die Korrespondenz Harry anvertraut hatte, glaubte wohl niemand. Allein schon sein Äußeres widerspricht einer solchen Mutmaßung. Und sie konnten nicht wissen, wie lange Ihr Vater und Harry sich schon kannten.«

Erleichtert atmete Jade auf. Caines Ausführungen klangen so vernünftig, und es kam ihr vor, als würde ihnen allen eine schwere Last von der Seele genommen. Wie die Miene seines Bruders verriet, dachte er genauso.

»Und?« drängte Nathan, nachdem Caine eine Weile geschwiegen hatte.

»Sie warteten, in der Hoffnung, die Briefe würden irgendwann auftauchen. Und genau das geschah. Harry gab sie Jade, die sie Nathan zeigte, und der weihte dich ein, Colin.«

»Das wissen wir doch alles!« rief Nathan ungeduldig.

»Sei still!« flüsterte Jade vorwurfsvoll. »Caine geht jetzt ganz methodisch vor, und wir dürfen ihn nicht in seiner Konzentration stören.«

»Colin erzählte Willburn von den Briefen, und der ging natürlich zum Tribunal.«

»Daraufhin versuchte man, uns zu ermorden«, spann Colin den Faden weiter. »Ich habe dem falschen Mann vertraut.«

»Allerdings«, bestätigte Caine.

»Und jetzt sind sie immer noch hinter den Briefen her«, warf Nathan ein.

Caine nickte, »genau!«

Sein Bruder richtete sich ein wenig auf. »Nathan – jetzt, wo sie uns für tot halten, gibt es in ihren Augen nur noch eine einzige Person, die das belastende Beweismaterial besitzen könnte.« Angstvoll wandte er sich zu Jade. »Bestimmt wissen sie, daß du die Briefe hast.«

»Nicht mit Sicherheit«, widersprach sie. »Sonst hätten sie mich schon umgebracht. Das ist der Grund, warum sie immer noch auf der Suche sind, warum sie das schöne Haus und die Kutsche zerstört haben ...«

»Und nun wissen sie nicht mehr, wo sie noch nachschauen sollen.« Nathans Augen verengten sich. »Sie haben nur mehr eine einzige Möglichkeit.«

»Sie werden versuchen, Jade gefangenzunehmen«, meinte Colin.

»Genau«, pflichtete Nathan ihm bei.

»Ich lasse niemanden in ihre Nähe«, erklärte Caine.

»Aber ich bezweifle, ob sie tatsächlich überzeugt davon sind, daß Jade die Briefe hat. Bevor ihr überfallen wurdet, hättet ihr sie irgendwo verstecken können, Colin.

Die Schurken müssen allmählich verrückt werden, während sie auf das Auftauchen der Briefe warten. Wahrscheinlich wächst ihre Verzweiflung mit jedem Tag.«

»Was sollen wir tun?« fragte Colin.

»Eins nach dem anderen.« Caine beugte sich zu Jade vor.

»Weißt du noch, worum du mich gebeten hast, als du in jener Nacht in die Taverne gekommen bist?«

Langsam nickte sie. »Ich wollte getötet werden.«

»Was?« brüllte Nathan.

Ohne Jade aus den Augen zu lassen, bestätigte Caine. »Ja, das wollte sie.«

»Aber er weigerte sich«, erklärte Jade. »Damit rechnete ich natürlich. Und was hat das mit deinem Plan zu tun, Caine?«

Das Grübchen zeigte sich in seiner Wange. »Ganz einfach, Liebling. Ich habe mich anders besonnen und werde deinen Wunsch erfüllen.«

13

»Pagan muß sterben«, fuhr Caine leise und eindringlich fort. »Das ist die einzige Möglichkeit.« Fragend schaute er Jades Bruder an, der sofort nickte.

Entsetzt sprang Jade auf. »Aber ich will nicht sterben!«

»Hör mal, Mädchen ...«, begann Nathan.

»Er meint doch nur den Piraten«, erläuterte Colin, »und er wird dich nicht wirklich umbringen, Schätzchen.«

Erbost starrte Jade ihn an. »Ich weiß genau, was er meint. Aber ich will's trotzdem nicht. Wenn du auch nur ahnen würdest, wie viele Jahre ich gebraucht habe, um mir einen großen Ruf zu erwerben ...«

Die Männer ignorierten sie. Nathan und Colin lächelten sogar, und sie gab es auf. Sie setzte sich wieder und musterte Caine finster. »Hättest du nicht angefangen, Pagan zu jagen, dann wäre das alles überflüssig. Es ist deine Schuld!«

»Eine andere Möglichkeit gibt es nicht, Jade«, argumentierte Nathan. »Wenn Pagan stirbt – oder wenn die Welt den Piraten für tot hält –, wird Caine seine Jagd beenden. Und das Tribunal wird glauben, daß er Pagan für den Mörder seines Bruders hält.«

Widerstrebend nickte sie, »Dann würden sie Caine in Ruhe lassen? Er wäre nicht mehr in Gefahr!«

Grinsend wandte sich ihr Bruder an Caine. »Dieser Plan löst nicht nur ein Problem«, bemerkte er mit einem vielsagenden Blick auf Jade.

Caine stimmte ihm zu. »Du mußt deine Lebensweise ändern, Süße. Wenn Pagan tot ist, darfst du nicht mehr ...«

»Es ist mein Beruf!« rief sie. »Das, was ich am besten kann!«

Sekundenlang schloß er die Lider. »Was kannst du eigentlich so gut?«

Es war Nathan, der die Frage beantwortete. »Auf dem Meer fungierte Harry als Pirat. Jade hielt sich stets an Bord auf, aber er war der Anführer. Dafür organisierte sie die Raubzüge an Land. Sie besitzt ein besonderes Talent. Es gibt keinen Safe, den sie nicht knacken, kein Schloß, das sie nicht öffnen kann.«

»Mit anderen Worten, sie ist eine tüchtige Diebin«, meinte Caine gedehnt und starrte Jade mit schmalen Augen an.

Seine Worte kränkten sie ebenso wie seine Miene. »Mir ist es egal, wie du über mich denkst, Caine. Das Täuschungsmanöver ist vorbei, und du wirst mich nie wiedersehen, also spielt es keine Rolle ...«

Sie verstummte, als Harrys Gebrüll ertönte, gefolgt von einem schrillen weiblichen Schrei. Jade vermutete, daß eine Dienerin in Angst und Schrecken versetzt wurde.

»Würdet ihr mich für ein paar Minuten entschuldigen?«

Ohne eine Erlaubnis abzuwarten, stürmte sie aus dem Salon. Sobald die Tür hinter ihr zufiel, sagte Caine zu Nathan: »Bald müßte sie's begreifen. Bis dahin haben wir Pagans Tod hoffentlich schon inszeniert, und es wird zu spät sein. Dann kann sie nichts mehr unternehmen.«

Colin nickte. »Natürlich wissen die Schurken, daß Jade bei dir ist, und das dürfte ihr demnächst klarwerden – ebenso, welch geringen Unterschied Pagans Tod jetzt machen wird. Ihr beide seid immer noch in Gefahr. Seltsam, normalerweise geht ihr viel schneller ein Licht auf. Was meint ihr, wie lange wird es dauern, bis sie zwei und zwei zusammenzählt?«

»Das hat sie bereits getan, Colin«, entgegnete Nathan. »Hast du nicht die Erleichterung in ihren Augen gesehen? Eine Sekunde später verschwand dieser Ausdruck wieder, aber mir entging er trotzdem nicht. Im Grunde ihres Herzens will sie das alles hinter sich bringen.«

»Du nicht auch?« fragte Caine seinen Bruder. »Wie könntest du dir wünschen, aufs Meer zurückzukehren? Im Moment ist Jade unfähig, logisch zu denken. Sie glaubt, sie müßte ihre früheren Pflichten weiterhin erfüllen, vielleicht, um ihre Qualitäten zu beweisen. Aber ihre Motive spielen keine Rolle. Sie braucht jemanden, der von ihr verlangt, mit diesem Unsinn aufzuhören.«

Colin hob die Brauen. »Und das bist du, Caine?«

»Ja.«

Nun kam Jade in den Salon zurück, und Nathan sah zu ihr auf. »Vorerst solltest du nicht mit Matthew und Jimbo aufbrechen. Warte lieber, bis das Problem gelöst ist.«

»Bis ihr das Tribunal aufgestöbert habt?« rief sie entsetzt. »Ich kann unmöglich hierbleiben – nicht, nachdem ...« Unter Caines durchdringendem Blick verstummte sie, ging zu ihm und stellte sich neben seinen Sessel, die Hände ineinandergeschlungen.

Caine wandte sich an die beiden Männer. »Und Harry? Wird er uns Schwierigkeiten machen?«

»Warum sollte er?« Colin gähnte ausgiebig. »Er ist in den Ruhestand getreten. Wie du sicher bemerkt hast, wurde in letzter Zeit kein Schiff mehr überfallen.«

»Ja, das habe ich bemerkt. Aber es wird ihn sicher stören, wenn die *Emerald* verbrennt.«

»Nein!« Jade erschrak so heftig, daß ihre Beine sie nicht mehr trugen. Sie taumelte zu ihrem Sessel und sank hinein.

Nathan schaute sie mitfühlend an. »Dieses Schiff ist Jades Zuhause. Vielleicht finden wir ein anderes, das so ähnlich aussieht. Wir könnten es mit den gleichen Farben bemalen und in Brand stecken. Und Harry müßte die echte *Emerald* in ein sicheres Versteck bringen.«

»Einverstanden«, stimmte Caine zu. »Kümmern Sie sich drum. Das Schiff muß vor den Augen mehrerer Leute versinken, die danach bezeugen, sie hätten Pagan sterben sehen.«

»Natürlich muß Harry seine Brille tragen«, warf Colin grinsend ein.

»Ich rede mal mit ihm«, verkündete Caine.

»Und du mußt dich jetzt ausruhen, Colin.« Nathan stand auf, und ehe die anderen seine Absicht erkennen konnten, nahm er den verletzten Freund auf die Arme, schwankte ein wenig unter dem Gewicht und trug ihn aus dem Zimmer.

»Um Himmels willen, laß mich runter!« protestierte Colin. »Ich bin doch kein Baby.«

»So, wirklich nicht?«

Jade schaute den beiden nach. »Nathan hat sehr gut für deinen Bruder gesorgt, Caine.«

»Du auch.«

Sie starrte zu Boden und ignorierte das Kompliment. »Mein Bruder ist so sanftmütig. Meistens verbirgt er das hinter einer grimmigen Miene. Sein Rücken ist voller Narben von den Schlägen, die er bekommen hat. Er war nicht immer auf der Schule, sondern lange Zeit verschwunden. Darüber spricht er nicht. Ich weiß nur, daß seine schrecklichen Erlebnisse mit einer Frau zusammenhingen. Sicher liebte er sie sehr, und sie muß ihn hintergangen haben, weil er jetzt diese kalte, zynische Maske trägt. Aber Colin hat einen Weg zu seinem Herzen gefunden. Dein Bruder verschenkt seine Freundschaft rückhaltlos, und er hat Nathan mehrmals vor dem Tod bewahrt. Der traut kaum jemandem. Colin bildet da eine der wenigen Ausnahmen.«

»Traut dein Bruder dir?«

Diese Frage verwirrte Jade. »Natürlich!« Sie sah die Zärtlichkeit in Caines Augen und überlegte, was dieses Gefühl bewirkt haben mochte. Rasch wechselte sie das Thema. »Ohne Hilfe hätte Colin die Treppe nicht geschafft. Das weiß Nathan. Und so ließ er ihm gar keine Zeit, an seinen verletzten Stolz denken zu können.«

»Jetzt scheint er um so intensiver daran zu denken«, meinte Caine gedehnt. Colins lautstarker Protest war immer noch zu hören.

Jade lächelte zögernd und stand auf. »Da ich England noch nicht verlassen kann, werde ich Lady Briars schreiben und sie bitten, mich vorerst in ihrem Haus aufzunehmen.«

»Nein.«

»Warum nicht?«

»Ich bin es leid, mich ständig wiederholen zu müssen. Du bleibst hier.«

»Lady Briars würde mich herzlich willkommen heißen. Und für dich wäre es viel leichter, wenn ich wegginge.«

»Wieso?«

»Wenn du gründlich über alles nachdenkst, wirst du feststellen, daß du mir niemals verzeihen kannst. Deshalb.«

»Willst du, daß ich dir verzeihe?«

»Eigentlich nicht.«

»Du lügst schon wieder.«

»Kommt es darauf an?«

»Allerdings. Ich habe dir meine Liebe gestanden. Zählt das nicht?«

»Doch ...« Als er aufsprang und auf sie zuging, wich sie zur Tür zurück. Sein Blick ängstigte sie, und sie wollte ihr Heil in der Flucht suchen. »Warum siehst du mich so an?«

»Du hast mich getäuscht und manipuliert und ständig im Kreis laufen lassen. Aber das wird sich jetzt ändern, nicht wahr?«

Jade machte noch einen Schritt nach hinten. »Wenn du deinen Verstand gebrauchst, wirst du erkennen, daß ich das alles nur getan habe, um dich und deinen Bruder zu schützen. Aber vorher mußt du deine Wut überwinden – und deinen Stolz.«

»Tatsächlich?«

»Eines Tages wirst du mir sicher für mein Täuschungsmanöver dankbar sein, Caine. Außerdem – nun ist es ohnehin vorbei.«

Langsam schüttelte er den Kopf und lächelte. Jade wußte nicht, was sie davon halten sollte. Weil sie es nicht wagte, ihn aus den Augen zu lassen, hatte sie nicht über die Schulter geschaut und die Entfernung zur Tür falsch eingeschätzt. Plötzlich stieß ihr Rücken gegen die Wand. Sie stand in einer Zimmerecke – in der Falle.

Caines Lächeln vertiefte sich. Offenbar erkannte er ihre Zwangslage und genoß sie in vollen Zügen.

»Es – es ist vorbei«, stammelte sie.

»Nein, es hat gerade erst angefangen, Süße.« Er schlenderte zu ihr und stützte die Hände zu beiden Seiten ihres Kopfes gegen die Wände.

»Du meinst – die Fahndung nach dem Tribunal, nicht wahr?«

»Nein, ich meine dich und mich«, erwiderte er und neigte sich herab. »Hast du mit mir geschlafen um mich zu schützen?«

»Was für eine lächerliche Frage!«

»Antworte.«

»Natürlich nicht«, wisperte sie und starrte auf seine Brust.

»Tatest du es, um dein Gewissen zu beruhigen – weil du mich hintergangen hast?«

»Nein!« schrie sie, dann merkte sie, wie angstvoll ihre Stimme klang, und änderte sofort ihren Tonfall. »Ich fühle mich niemals schuldig, wenn ich lüge. Das kann ich sehr gut, und ich schäme mich meiner Begabung nicht. Ich bin stolz darauf.«

Caine schloß kurz die Augen und flehte den Allmächtigen in einem stummen Gebet an, er möge ihm helfen, Geduld zu üben. »Warum hast du dann mit mir geschlafen?«

»Das weißt du doch.«

»Sag es mir.«

»Weil ich es wollte«, flüsterte Jade.

»Wieso?« Sie versuchte, einen seiner Arme wegzuschieben, aber er rührte sich nicht von der Stelle. »Du wirst dieses Zimmer erst verlassen, wenn du mir die volle Wahrheit gestanden hast, Jade. Keine Lügen mehr!«

Sie schaute auf sein Kinn. »Du verlangst zuviel von mir.«

»Nur das, was auch ich zu geben bereit bin. Und wir werden den ganzen Tag hier stehen, bis ...«

»Also gut. Ich wollte mit dir schlafen, weil du sanft und freundlich bist und weil ich merkte, wie sehr ich dich – mag.«

Nun sah sie in seine Augen, denn sie mußte wissen, ob er lachen würde oder nicht. Sollte er nur die geringste Spur von Belustigung zeigen, würde sie ihn ohrfeigen.

Er lachte nicht. Diesem arroganten Mann schien ihr Geständnis zu gefallen, aber sie fand, daß er ein gewisses Recht darauf hatte. »Caine – du bist ganz anders als der Mann, dessen Akte ich las. Nicht einmal dein Vorgesetzter kennt deine wahre Persönlichkeit.«

»Du hast meine Akte gelesen?«

Das hätte sie lieber nicht erwähnen sollen. Doch diese Erkenntnis gewann sie erst, als er ihre Schultern packte und ihr neue blaue Flecken zufügte. »Ja. Dazu brauchte ich eine ganze Nacht. Deine Lebensgeschichte ist bemerkenswert.«

Mehr erstaunt als wütend schüttelte er den Kopf. »Jade, diese Akte müßte unter Verschluß liegen.«

»Oh, so war es auch. Man hatte grandiose Sicherheitsmaßnahmen ergriffen. Lauter stabile Schlösser an den Türen und am Aktenschrank ...«

»Anscheinend waren diese Maßnahmen unzulänglich«, murmelte er. »Du bist an die Akte herangekommen und hast sie gelesen. Mein Gott, nicht einmal ich hatte sie jemals in der Hand!«

»Warum solltest du dich dafür interessieren? Du weißt ja, was du erlebt hast. Und es geht in diesem Dossier nur um deine Regierungsaufträge – nicht um deine Privatsphäre ... Caine, warum regst du dich so auf?« Er hatte sie noch immer nicht losgelassen. Wollte er ihr die Schulterknochen brechen?

»Du weißt alles, was ich getan habe?«

Jade nickte. »Caine, du tust mir weh.«

Da stützte er die Hände wieder gegen die Wände, um ihr den Fluchtweg zu versperren. »Trotzdem bist du zu mir gekommen? Hast du dich nicht gefürchtet?«

»Ein bißchen schon«, gestand sie »Deine Laufbahn war sehr – abwechslungsreich. Ja, ich machte mir Sorgen. Aber nachdem ich dich kennengelernt hatte, begann ich, an der Art und Weise zu zweifeln, in der man dich eingeschätzt hat …«

»Daran solltest du nicht zweifeln. Nichts davon ist übertrieben.«

Seine kalte Stimme jagte ihr einen Schauer über den Rücken. »Du hast getan, was du tun mußtest«, wisperte sie.

Caine war sich noch nicht sicher, ob er ihr glauben sollte. »Wie lautet mein Deckname?«

»Hunger.«

»Verdammt!«

»Versuch doch meine Situation zu verstehen. Ich mußte alles über dich wissen.«

»Wieso?«

»Du warst in Gefahr.«

»Kamst du gar nicht auf die Idee, daß ich mich sehr gut selbst verteidigen kann?«

»Doch. Aber ich hatte deinem Bruder mein Wort gegeben, und deshalb war ich es meiner Ehre schuldig, dich zu schützen.«

»Und ein Versprechen ist dir sehr wichtig, Jade?«

»Natürlich.«

»Ich begreife noch immer nicht, warum du meine Akte lesen mußtest.«

»Um deine – Schwachstellen zu finden. Starr mich nicht so an! Jeder hat eine Achillesferse. Sogar du.«

»Und wo bin ich verwundbar?«

»So wie dein Vater stehst du im Ruf, dich unermüdlich für die Hilflosen und Unglücklichen einzusetzen. Das ist zwar kein Fehler, aber ich nutzte diesen Wesenszug zu meinem Vorteil.«

»Indem du vorgabst, in Gefahr zu schweben ? Jade, du warst tatsächlich gefährdet. Was da alles passiert ist ...«

»Damit hätte ich allein fertig werden können«, prahlte sie. »Als ich Nathans brennende Kutsche verlassen hatte, ging ich zu Shallow's Wharf. Dort traf ich Matthew und Jimbo. Zu dritt wären wir sicher imstande gewesen, das Problem zu lösen.«

»Vielleicht.«

Da er so geistesabwesend wirkte, versuchte sie unter einem seiner Arme hindurchzuschlüpfen. Aber Caine trat sofort näher, um sie aufzuhalten. »Du dachtest, ich sei schwach«, erklärte sie. »Und deshalb wurdest du mein Schutzengel.«

»Dabei war es umgekehrt.«

»Verletzt das deinen Stolz?«

»Nein. Daß ich manipuliert wurde, hat meinem Stolz schon genug geschadet.«

»Du besitzt genug Selbstbewußtsein, um so was zu verkraften«, meinte sie lächelnd. »Um mich zu schützen, hättest du dein Leben geopfert. Ich hörte, wie du das flüsternd gelobtest, als ich mich schlafend stellte.«

»Zum Teufel, Jade, gab es eine einzigen Augenblick, wo ich nicht von dir getäuscht wurde?« Da sie nicht antwortete, fuhr er fort: »Ich bot dir meinen Schutz. Und was bekam ich dafür?«

»Lügen.«

»Ja, Lügen, aber noch etwas anderes.« Ihr Erröten verriet ihm, daß sie verstand, was er meinte. »Was sonst?«

»Nun – ich war Jungfrau ...«

»Du hast mir deine Liebe geschenkt.«

»Keineswegs.«

»Doch, Jade. Weißt du noch, was ich in jener ersten Nacht sagte?«

Sie erinnerte sich an jedes einzelne Wort. »Nein.«

»Jetzt lügst du schon wieder. Du merkst dir alles, was du hörst oder liest.«

»Nur was ich lese«, flüsterte sie. Von plötzlicher Panik erfaßt, versuchte sie, sich zu befreien.

Caine kam noch näher, bis seine Schenkel die ihren berührten. »Dann will ich deinem Gedächtnis auf die Sprünge helfen, meine kleine Lügnerin. Ich sagte, daß du jetzt mir gehören würdest. Für immer.«

»Das hast du nicht erst gemeint. Von diesem albernen Versprechen entbinde ich dich.« Beim Gedanken an die heißen Liebesstunden schloß sie sekundenlang die Lider.

»Jetzt ist nicht der geeignete Zeitpunkt, um ... Caine, hör auf!« rief sie, als er ihre Stirn küßte. »Ich habe dich getäuscht und belogen. Außerdem – du wußtest damals nicht, daß ich Pagan bin. Was in jener Nacht gesagt wurde, müssen wir vergessen.«

»Ich will es nicht vergessen.«

»O Caine, ich kann unmöglich bei dir bleiben. Du solltest mich verachten. Ich bin eine Diebin.«

»Du warst eine Diebin. Das ist jetzt vorbei. Von heute an wird sich einiges ändern.«

»Du würdest es niemals schaffen, dich zu ändern. Dafür bist du viel zu starrsinnig.«

»Ich rede nicht von mir!« herrschte er sie an. »*Du* wirst dich ändern!«

»Nein.«

»Doch. Du wirst alles aufgeben, was früher war.«

»Warum?«

»Weil ich es will. Deshalb.«

Jade weigerte sich, ihn zu verstehen. »Was ich tue, geht dich nichts an. Meine Männer sind von mir abhängig, ich werde sie nicht im Stich lassen.«

»Die müssen sich eben einen anderen Anführer suchen!« brüllte er. »Mit deinen Diebereien ist nun endgültig Schluß.«

Ihre Ohren dröhnten, doch sie war zu wütend und verängstigt, um darauf zu achten. »Wenn ich von hier fortgegangen bin, wirst du mich nie wiedersehen. Keine Bange, ich werde nicht zurückkehren, um dich zu berauben.« Nun hielt sie das Gespräch für beendet. Mit aller Kraft versuchte sie, Caine von sich zu schieben. Und da sah sie Nathan und Black Harry bei der Tür stehen. Vermutlich hatten sie einen Teil der Diskussion belauscht. Sie fürchtete, daß sie ebenso laut geschrien hatte wie Caine. Und das war einzig und allein seine Schuld. Immer wieder verwandelte er sie in eine Xanthippe.

»Warum interessiert es Sie, was sie tut, Caine?« fragte Nathan.

Jade zuliebe setzte Caine eine sanfte Miene auf. »Nathan, wir sollten uns mal unterhalten. Jade, du wartest mit Harry im Speisezimmer. Sterns«, fügte er hinzu, als der Butler auftauchte, »Sie sorgen dafür, daß wir nicht gestört werden.«

Nur Black Harry schien zu verstehen, was nun geschehen würde. »Einen Augenblick, mein Junge!« sagte er zu Caine, stapfte an Nathan vorbei und riß eine Silberschale vom Kaminsims, dann eilte er zur Tür zurück. »Es wäre ein Jammer, wenn dieses schöne Stück zu Bruch ginge. Ich nehm's lieber mit«, erklärte er, als Jade protestieren wollte. »Caine ist einverstanden, Mädchen, also hör zu schimpfen auf.«

Nathan kam in den Salon, und der Butler zerrte Jade hinaus. Nachdrücklich schloß er die Tür hinter sich, nachdem auch Black Harry den Raum verlassen hatte.

»Worüber werden sie denn sprechen?« fragte Jade ihren Onkel. »Sie kennen sich doch kaum ...« Ein lauter Krach beendete ihre Spekulationen. »Mein Gott, sie bringen sich um! Harry, so tu doch was!«

Sie versuchte, Sterns beiseite zu schieben und in den Salon zurückzukehren, aber Harry umfaßte ihre Schultern. »Seit sich die zwei zum erstenmal gesehen haben, brennen sie darauf, die Fäuste zu schwingen. Laß sie in Ruhe und geh mit mir ins Speisezimmer. Gleich wird das Dessert serviert.«

»Harry, bitte!«

»Komm schon, meine Männer warten auf mich.« Als sie zu kreischen anfing, gab er es auf, ihr gut zuzureden. Ihre schrille Stimme störte ihn nicht sonderlich, da sie vom Lärm im Salon fast übertönt wurde. »Du warst schon immer ein halsstarriges Mädchen«, murmelte er und marschierte ins Eßzimmer zurück, die Silberschale fest unter den Arm geklemmt.

In diesem Moment klopfte es an der Haustür, und Sterns fühlte sich zwischen zwei Pflichten hin und her gerissen. »Mylady, würden Sie bitte nachsehen, wer da draußen ist!« überschrie er den Krach. Die Arme vor der Brust verschränkt, lehnte er an der Salontür.

Jade postierte sich neben ihm, in der gleichen Haltung.

»Mylady wird diese Tür bewachen, während Sie feststellen, wer da ist.«

Energisch schüttelte er den Kopf. »Mich können Sie nicht überlisten, Lady Jade. Sie wollen da hinein, zum Marquis.«

»Natürlich. Caine prügelt sich mit meinem Bruder, und einer von beiden wird den anderen ermorden.«

Ein neuer Krach erschütterte die Mauern, und der Butler mutmaßte, daß einer der beiden Männer das Sofa an die Wand geworfen haben mußte. Als er Jade gegenüber diese Möglichkeit erwähnte, widersprach sie. »Es klang eher so, als wäre ein Körper quer durchs Zimmer geflogen. O Sterns, bitte ...« Seufzend verstummte sie, weil er noch entschiedener den Kopf schüttelte.

Plötzlich schwang die Haustür auf. Jade und Sterns richteten ihre Aufmerksamkeit auf die zwei Besucher, die in die Halle traten. »Der Herzog und die Herzogin von Williamshire«, wisperte der Butler entsetzt.

»Wagen Sie es bloß nicht, sich von dieser Tür zu entfernen, Sterns!« Jade eilte Caines Eltern entgegen und knickste. Der Herzog lächelte sie an, aber seine Frau beachtete sie kaum, denn ihr Interesse galt der Salontür, durch die in diesem Augenblick ein obszöner Fluch drang. Erschrocken schnappte Gweneth nach Luft.

»Sie haben ihr die Unschuld geraubt, Sie Bastard!« Nathans Anklage hallte durch das große Foyer, und auf einmal hoffte Jade inständig, Caine würde ihren Bruder erdrosseln.

Dann erinnerte sie sich an die Gäste. »Guten Tag!« platzte sie heraus. Um trotz des Höllenlärms verstanden zu werden, mußte sie schreien und fühlte sich wie eine Närrin.

»Was geht hier vor?« fragte die Herzogin. »Sterns, wer ist diese Lady?«

»Ich bin Lady Jade«, verkündete sie. »Mein Bruder und ich sind mit Caine befreundet.«

»Aber was ist denn im Salon los?« wollte die Herzogin wissen.

»Nur eine kleine Meinungsverschiedenheit. Nathan, mein Bruder, und Caine führen eine ziemlich lebhafte

Diskussion über ...« Hilfesuchend schaute sie den Butler an, weil ihr keine plausible Erklärung einfiel.

»Über den Ackerbau!« schrie Sterns.

»Den Ackerbau?« Der Herzog von Williamshire blinzelte verwirrt.

»Das ist doch lächerlich!« Gweneth schüttelte so heftig den Kopf, daß ihre kurzen blonden Locken wippten.

»Ja, über den Ackerbau«, bestätigte Jade. »Caine glaubt, Gerste und Weizen dürften nur jedes zweite Jahr gesät werden. Und Nathan meint, kein Feld sollte jemals brachliegen. So ist es doch, Sterns?«

»Gewiß, Mylady«, brüllte der Butler und schnitt eine Grimasse, als das Geräusch von klirrendem Glas die Luft erzittern ließ. »Mein Herr vertritt einen sehr entschiedenen Standpunkt, was dieses Thema betrifft.«

»Ja, einen äußerst entschiedenen Standpunkt«, stimmte Jade zu und senkte niedergeschlagen den Kopf, als der Herzog und seine Frau sie entgeistert anstarrten. »Würden Sie die Güte haben, sich nach oben zu begeben?«

»Wie bitte?« hauchte die Herzogin.

»Würden Sie die Güte haben, sich nach oben zu begeben?« wiederholte Jade.

»Wir sollen nach oben gehen?«

»Ja. Dort werden Sie von jemandem erwartet. Ich vermute, im zweiten Zimmer rechts, aber ich bin mir nicht sicher.« Die letzten Worte mußte sie wieder schreien, weil der Lärm ohrenbetäubende Dimensionen annahm.

Inzwischen hatte sich der Herzog von seiner Verblüffung erholt. »Gott segne Sie, meine Liebe.« Lächelnd umklammerte er Jades Hände. »Es ist so schön, Sie wiederzusehen. Zweifellos haben Sie die Wahrheit gesagt ...« Abrupt verstummte er, als er den konsternierten Blick seiner Frau bemerkte. »Komm, Geweneth, du hast doch gehört – Jade möchte, daß wir nach oben gehen.«

»Du kennst diese Frau, Henry?«

»O Gott, habe ich mich jetzt verraten?« Bestürzt wandte er sich wieder zu Jade, die beschwichtigend abwinkte.

»Ich habe Caine bereits von meiner Zusammenkunft mit Ihnen erzählt.«

Er atmete erleichtert auf. »Heute morgen lernte ich diese junge Lady kennen, Gweneth.« Vergeblich versuchte er, seine Frau zur Treppe zu zerren.

»Wo? Ich verlange eine sofortige Erklärung, Henry.«

»Sie kam zu mir in die Bibliothek, während du noch schliefst. Komm jetzt, Liebes. Du wirst alles verstehen, wenn ...«

»Henry! Sie hat rotes Haar!«

»Ja, in der Tat«, bestätigte er und schob sie mit sanfter Gewalt zu den Stufen.

Gweneth begann zu lachen. »Und grüne Augen!« schrie sie, um den Krach zu übertönen. »Die sind mir sofort aufgefallen.«

»Was für eine ausgezeichnete Beobachtungsgabe du hast, mein Schatz ...«

Jade starrte Caines Eltern nach, bis sie den Oberstock erreicht hatten. »Jetzt ist wirklich der Teufel los, Sterns.«

Der Butler nickte. »Ich glaube, das ist eine äußerst präzise Einschätzung der Lage, Mylady. Aber bemerken Sie die plötzliche segensreiche Stille?«

»Ja. Die beiden haben sich umgebracht.«

»Mein Herr würde Ihren Bruder niemals töten. Nun werde ich den Gentlemen wohl eine Karaffe Brandy kredenzen. Mittlerweile müssen sie durstig sein.«

»Nicht durstig, Sterns. Tot.«

»Man sollte immer optimistisch bleiben, Mylady.«

»Das bin ich ja«, murmelte Jade. »Holen Sie den Brandy, ich bewache inzwischen die Tür.«

»Ich verlasse mich auf Sie, Lady Jade.«

Jetzt wollte sie nicht mehr in den Salon gehen. Sie war wütend auf Caine und ihren Bruder, und sie schämte sich in Grund und Boden, weil der Herzog und die Herzogin von Williamshire ausgerechnet auf dem Höhepunkt der lautstarken Auseinandersetzung eingetroffen waren. Am liebsten hätte sie geweint.

Aber warum kümmerte es sie denn, was Caines Eltern von ihr hielten? Bald würde sie dieses Haus verlassen. Sie wäre gern nach oben gegangen, um zu packen, doch sie wollte es nicht riskieren, der Herzogin noch einmal zu begegnen.

Als Sterns mit der Kristallkaraffe und zwei Gläsern zurückkehrte, öffnete sie ihm die Salontür. Beim Anblick der Verwüstung zuckten sie beide zusammen. Jade bezweifelte, daß auch nur ein einziges Stück der schönen Möbel unversehrt geblieben war.

Sterns entdeckte die beiden Männer noch vor ihr. Und seine Überraschung ließ auch schneller nach als ihre. Er straffte die Schultern und schritt zu der Stelle, an der Caine und Nathan am Boden nebeneinandersaßen, an die Wand gelehnt.

Jade stolperte dem Butler nach und preßte eine Hand auf den Mund, als sie die beiden Kämpfer musterte. Keiner sah wie ein Sieger aus. Aus einer Rißwunde an Caines rechter Schläfe sickerte Blut auf die Wange herab, doch das schien ihn nicht zu stören. Er grinste wie ein tückischer Kobold.

Nathan war gleichermaßen lädiert. Er drückte ein Taschentuch an einen blutenden Mundwinkel, und Jade wollte verdammt sein, wenn er nicht genauso albern grinste. Die Umgebung seines linken Auges begann anzuschwellen.

Nachdem Jade festgestellt hatte, daß weder Caine noch ihr Bruder mit einem Fuß im Grab standen, fing sie erst vor Erleichterung und dann vor Zorn zu zittern an.

»Haben die Gentlemen ihre Meinungsverschiedenheit beigelegt?« erkundigte sich Sterns.

»Ja.« Caine musterte seinen Nebenmann und rammte ihm eine Faust ans Kinn. »Nicht wahr, Nathan?«

Ehe Nathan antwortete, schlug er zurück. »Klar.« Seine Stimme klang entnervend fröhlich.

»Die Kinder sollten jetzt in ihre Zimmer geschickt werden, Sterns«, fauchte Jade.

Die beiden schauten zu ihr auf, wechselten einen Blick und schienen die Beleidigung umwerfend komisch zu finden, denn sie brachen in gellendes Gelächter aus.

»Dein Bruder hat sich tatsächlich wie ein Kind mit mir rumgebalgt«, bemerkte Caine gedehnt, als er sich wieder unter Kontrolle hatte.

»Den Teufel hab' ich!« konterte Nathan. »Geben Sie den Brandy her, Sterns.«

Der Butler ließ sich auf ein Knie nieder, reichte jedem Mann ein Glas und schenkte die goldbraune Flüssigkeit ein.

»Wollen Sie die beiden auch noch betrunken machen, Sterns?« fragte Jade.

»Das wäre eine eindeutige Verbesserung ihres jetzigen Zustands, Mylady«, erwiderte er trocken, erhob sich und sah sich um. »Ich glaube, ich hatte recht. Es muß das Sofa gewesen sein, das gegen die Wand geprallt ist.«

Schweigend starrte Jade auf die Reste eines ehemaligen Teewagens.

»Lassen Sie die Karaffe da, Sterns«, befahl Caine.

»Wie Sie wünschen, Mylord. Darf ich Ihnen auf die Beine helfen, ehe ich mich zurückziehe?«

»Ist er immer so überkorrekt?« fragte Nathan, und Caine lachte.

»Sterns? Gewiß nicht. Wenn ich mich beim Dinner auch nur um eine Minute verspäte, ißt er meine Portion.«

»Pünktlichkeit ist eine Tugend, die ich Ihnen erst noch beibringen muß, Mylord«, warf der Butler ein.

»Helfen Sie ihm lieber auf die Füße, Sterns«, schlug Nathan vor. »Er fühlt sich so schwach wie ein Baby.«

Die beiden grinsten wieder, dann rief Caine: »Nein, helfen Sie lieber ihm, Sterns. Er mußte viel mehr Hiebe einstecken als ich.«

»Du gibst wohl niemals auf, was, Caine?« fragte Nathan. »Und dabei weißt du ganz genau, daß ich diesen Kampf gewonnen habe.«

»Unsinn, du hast mich doch nur ein bißchen gekratzt.«

Jade hatte genug gehört. Entschlossen wandte sie sich ab, um diese beiden Schwachsinnigen zu verlassen. Aber Caine beugte sich blitzschnell vor und hielt ihren Rocksaum fest. »Setz dich, Süße.«

»Wohin denn?« zischte sie. »Ihr habt alle Sessel in diesem Zimmer ruiniert.«

»Wir müssen uns unterhalten, Jade. Dein Bruder und ich haben uns geeinigt.« Caine warf Nathan einen kurzen Blick zu. »Sie wird Ärger machen.«

Eifrig nickte Nathan. »Wie immer.«

Caine stellte sein Glas auf den Boden und erhob sich langsam. »Würdest du mir erlauben, ein paar Minuten unter vier Augen mit deiner Schwester zu sprechen, Nathan?«

»Klar.« Mühsam rappelte sich Nathan auf.

»Ich will nicht mit dir allein sein, Caine«, protestierte Jade.

»Welch ein Pech ...«

»Deine Eltern sind oben«, warnte sie, als er sie in die Arme nahm. Sie hatte erwartet, ihn mit dieser Mitteilung zu erschrecken, wurde aber bitter enttäuscht. »Sie haben den Lärm gehört«, fügte sie hinzu. »Und Sterns erklärte ihnen, ihr würdet über den Ackerbau streiten.«

Verwundert drehte sich Caine zu seinem Butler um.

»Über den Ackerbau?«

Der Butler nickte. »Was Besseres fiel mir unter diesen Umständen nicht ein, Mylord«, erwiderte er, ehe er Nathan aus dem Salon folgte.

»Sie haben ihm nicht geglaubt«, wisperte Jade bedrückt, als müßte sie eine schwere Sünde gestehen.

»Das kann ich mir vorstellen«, erwiderte Caine trokken, dann bemerkte er, daß sie den Tränen nahe war.

»Und das hat dich so furchtbar aufgeregt?«

»Nein, das nicht.« Vor lauter Wut konnte sie sich keine passende Beleidigung ausdenken. »Jetzt gehe ich in mein Zimmer. Ich muß mich erholen – und ich möchte dabei nicht gestört werden.« Daß sie ihre Sachen packen wollte, erwähnte sie nicht. Für einen neuen Streit fehlten ihr die Kräfte.

Ohne ein weiteres Wort eilte sie in die Halle. O Gott, sie hätte sich so gern ausgeweint ... Aber das konnte sie erst, wenn sie mit Harry gesprochen hatte. Sicher würde er ihren Entschluß verstehen.

Sie fand ihn im Speiseraum, wo er das Tafelsilber inspizierte. Als sie nach ihm rief, steckte er gerade eine Gabel in seine Schärpe. Grinsend wandte er sich zu ihr.

»Das nehme ich alles mit. Caine wird sich freuen, wenn ich es meiner Silbersammlung einverleibe.«

»Natürlich wird er sich freuen, Onkel. Kann ich dich kurz allein sprechen?«

Sofort trotteten seine Männer in die Halle. Jade setzte sich zu ihm und ergriff seine Hand. In knappen Worten erklärte sie ihm ihre Pläne und berichtete von den letzten beiden Wochen, verschwieg aber die Alpträume und ihre intime Beziehung zu Caine. Beides hätte dem Onkel nur Sorgen bereitet. Außerdem konnte er ihr ohnehin nicht helfen, konnte weder die Alpträume verscheuchen, noch die Liebe zu Caine aus ihrem Herzen reißen.

Er grunzte mehrmals, dann stimmte er ihr zu. Daß sie auf sich selber aufpassen konnte, bezweifelte er nicht. Immerhin war sie seine Schülerin und so wichtig wie seine besten Männer. »Ich warte auf dich im Cottage«, versprach er und küßte ihre Wange. »Gib auf deine Kehrseite acht, Mädchen. Ungeziefer schleicht sich gern von hinten an. Denk an McKindry.«

Seufzend nickte sie. Er meinte den Piraten, der sie mit einer Peitsche geschlagen hatte, und diesen Zwischenfall pflegte Harry immer wieder zu erwähnen, damit sie eine Lehre daraus zog.

Sie überließ ihn wieder der interessanten Beschäftigung, Caines Eigentum zu sichten, und ging nach oben. Auf dem Weg zu ihrem Zimmer kam sie an Colins Tür vorbei, die geschlossen war. Trotzdem hörte Jade das dröhnende Gelächter des Herzogs, vermischt mit dem lauten, undamenhaften Schluchzen seiner Frau. Die Freude über die Wiedervereinigung mit dem totgeglaubten Sohn mußte die Herzogin völlig überwältigt haben.

Nun bin ich nicht mehr für Colins Sicherheit verantwortlich, sagte sich Jade. Das ist endgültig erledigt.

Im Korridor wurde sie von Matthew und Jimbo erwartet. Letzterer überreichte ihr das Abschiedsgeschenk, um das sie Harry gebeten hatte.

»Wir begleiten dich doch?« flüsterte Matthew.

Jade nickte. »Wir treffen uns am Hinterausgang.«

»Ich sattle drei von Caines Pferden«, verkündete Jimbo.

»Die meisten Pferdediebe enden am Galgen«, mahnte Matthew, aber sein breites Grinsen verriet, daß er den Plänen seines Kameraden durchaus zustimmte.

»Caine wird's niemandem erzählen«, meinte Jimbo. »Eine Schande ist das! Wie können wir jemals ehrlich werden, wenn uns niemand Einhalt gebietet?«

Die beiden stiegen die Hintertreppe hinab, und Jade öffnete ihre Tür. Wenig später war ihre Reisetasche gepackt. Sie ging in Caines Zimmer und legte die langstielige weiße Rose, die Harry ihr besorgt hatte, auf die Bettdecke. »Ich bin Pagan«, wisperte sie. Sie wollte den Raum verlassen, doch da entdeckte sie den schwarzen Morgenmantel, der beim Fenster über einem Stuhl hing. Impulsiv faltete sie ihn zusammen und klemmte ihn unter ihren Arm. Das Kleidungsstück roch nach Caine, und sie brauchte etwas für die künftigen einsamen Nächte – etwas, woran sie sich festhalten konnte, das sie über ihre Alpträume hinwegtrösten würde.

Der Augenblick des Abschieds war gekommen.

Caine und Nathan glaubten, Jade würde sich in ihrem Zimmer ausruhen. Der Marquis wollte sie aufsuchen, aber ihr Bruder erklärte, sie habe eine kleine Atempause nötig, um ihre Nerven zu besänftigen.

»Vielleicht hast du es noch nicht gemerkt, Caine, aber sie beugt sich nur ungern dem Willen anderer Leute.«

Da Caine das oft genug gemerkt hatte, gab er keinen Kommentar dazu ab.

Danach drehte sich das Gespräch um die aktuellen Probleme. Harry wurde von der Bestandsaufnahme des Tafelsilbers weggeholt, damit er seine Vorschläge beisteuern konnte. Dabei beobachtete Caine ihn forschend und gelangte zu einer bemerkenswerten Erkenntnis. Der Pirat benahm sich sehr zivilisiert. Diese Feststellung behielt Caine natürlich für sich, da er Harry nicht kränken wollte.

Als der alte Mann erfuhr, daß ein Schiff verbrannt werden sollte, runzelte er mißbilligend die Stirn. »Ich vergeude nicht gern gutes Holz. Aber der Verlust meiner schönen *Emerald* würde mich noch tiefer treffen. Da stieße ich mir lieber einen Dolch ins Herz, als mein Schiff zu zerstören. So viele Jahre lang war es Jades Heim.«

Ehe Caine einen Kommentar dazu abgeben konnte, überraschte Harry ihn, indem auch er erklärte, Jade müsse aus dem Piratengeschäft aussteigen.

Über zwei Stunden verstrichen, ehe die Pläne zur allgemeinen Zufriedenheit geschmiedet waren. Harry schlenderte ins Speisezimmer zurück.

»Er wird dir noch die Haare vom Kopf fressen, Caine«, meinte Nathan, »und dein Haus ausrauben. Harry ist nun mal ganz versessen darauf, den Schein zu wahren.«

»Meinetwegen kann er haben, was er will. Und jetzt hat sich deine Schwester lange genug ausgeruht. Ich muß mit ihr reden.«

»Wenn du ihr einen Vortrag hältst, wird sie nur ...«

»Das habe ich nicht vor«, wurde Nathan unterbrochen. »Ich werde ihr einfach nur sagen, was ich von ihr erwarte.«

»Das wird sie aber als Vortrag betrachten.«

Nathan und Caine gingen in die Halle, sahen die Herzogin die Stufen herabsteigen und blieben stehen. Sie lächelte, betupfte sich aber die Augenwinkel mit einem Taschentuch. Offenbar hatte sie Freudentränen vergossen.

Bei Nathans Anblick verlor sie beinahe das Gleichgewicht und mußte sich am Treppengeländer festhalten.

Doch sie fand ihre Fassung rasch wieder und eilte nach unten. »Caine, ist das Colins Piratenfreund?« wisperte sie im Flüsterton, aber Nathan hörte es trotzdem.

»Ich bin nicht Pagan, Madam, aber ein Freund Ihres Sohnes.«

Seine Stimme klang wohl etwas zu rauh für ihren Geschmack, denn sie umklammerten Caines Arm. Die dunkelbraunen Augen starrten Nathan unsicher an, aber sie lächelte tapfer. »Sie sehen wie ein Pirat aus.« Während sie eine Antwort abwartete, ordnete sie die Rockfalten ihres rosa Kleides.

»Bist du schon vielen Piraten begegnet, Gweneth?« erkundigte sich Caine.

»Noch keinem einzigen«, gestand sie. »Aber dieser Gentleman paßt zu dem Bild, das ich mir von einem Piraten gemacht habe. Vielleicht wegen seines langen Haars und der Narbe an seinem Arm.«

»Außerdem ist er mit Blut besudelt«, betonte Caine gedehnt.

»Das auch«, bestätigte seine Stiefmutter.

Er hatte seine Bemerkung scherzhaft gemeint, aber die Komik entging ihr, wie ihre ernste Miene verriet. »Außerdem schreien Piraten gern«, ergänzte sie.

»Hat Colin dir nicht erklärt ...«, begann Caine.

»Mein Sohn sagte klipp und klar, Pagans Identität sei ein Geheimnis«, unterbrach sie ihn. »Aber ich bin nicht dumm«, fügte sie mit einem vielsagenden Blick auf Nathan hinzu. »Ich weiß, wer Pagan ist. Und Henry weiß es auch.«

»Henry?« fragte Nathan.

»Mein Vater«, wurde er von Caine informiert.

»Henry irrt sich niemals«, behauptete Gweneth, und Nathan nickte grinsend.

»Dann muß ich wohl Pagan sein. Wenn Henry sich niemals irrt ...«

Besänftigend lächelte sie ihn an. »Keine Bange, Sir, ich werde Ihr Geheimnis bewahren. Und wo ist die schöne junge Lady, zu der ich so furchtbar unhöflich war, Caine?«

»Du bist nie unhöflich.«

»Ich habe mich nicht förmlich vorgestellt. Nun, wo ist sie?«

»Sie ruht sich oben aus«, antwortete Nathan. »Warum fragen Sie?«

»Das können Sie sich doch denken!« erwiderte Gweneth ungeduldig. »Ich muß mich bei ihr für mein Benehmen entschuldigen und ihr danken, weil sie unsere Familie so glücklich gemacht hat.«

»Nathan ist Jades Bruder«, erklärte Caine.

»Das wußte ich sofort. Seine grünen Augen haben ihn verraten.« Die Herzogin beugte sich zu dem Mann, den sie für den berüchtigten Piraten hielt. »Neigen Sie sich herab, mein Lieber. Ich will Sie küssen, weil Sie so ein treuer Freund sind.«

Nathan war leicht verwirrt, weil Caines Stiefmutter ihren Wunsch in dem gebieterischen Ton eines Feldwebels äußerte. Plötzlich fühlte er sich verlegen wie ein Schuljunge und hatte nicht die leiseste Ahnung, warum. Aber er tat, was sie verlangte.

Die Herzogin küßte ihn auf beide Wangen. »Sie müssen sich unbedingt das Blut abwaschen, mein Guter. Dann wird Henry Sie herzlich im Kreis der Familie willkommen heißen.«

»Wird mein Vater ihn auch küssen?« fragte Caine, der Nathans Unbehagen sehr genoß.

»Natürlich nicht«, entgegnete seine Stiefmutter.

»Warum werde ich in die Familie aufgenommen?« erkundigte sich Nathan.

Lächelnd sah Gweneth zu Caine auf. »Ich hätte erkennen müssen, das Lady Aisely nicht zu dir paßt, mein Junge.«

»Wer ist Lady Aisely?« forschte Nathan, um dem Verlauf der Konversation folgen zu können.

»Eine dumme Gans«, entgegnete Caine.

Die Herzogin ignorierte die Beleidigung. »Henry merkte es sofort. Die grünen Augen – und das rote Haar ... Und Henry irrt sich nie.« Sie warf einen Blick auf Nathan, der ihr zunickte, obwohl er nicht wußte, wovon sie redete. Aber er fand die Loyalität, die sie ihrem Gatten gegenüber zeigte, sehr ehrenwert.

Caine sprach Nathans Gedanken aus. »Henry ist unfehlbar.«

»Mein Baby ist schrecklich schwach«, bemerkte Gweneth. »Und dürr wie ein Gerippe.« Sie ging zum Speisezimmer. »Ich muß Sterns suchen. Er soll eine warme Mahlzeit für Colin bereiten lassen.«

Weil es Caine drängte, endlich Jade aufzusuchen, vergaß er Harry und dessen Männer. Nathan dachte hingegen an dieses Problem. Er erwog, den Marquis zu warnen oder die Herzogin auf die Gäste hinzuweisen, beschloß dann aber, einfach abzuwarten, was geschehen würde. Außerdem stürmte Caine bereits die Treppe hinauf, und seine Mutter öffnete die Speisezimmertür.

Nathan begann zu zählen. Bei Fünf erklang ein schriller Schrei, der Caine auf den Stufen erstarren ließ. Er drehte sich um und sah Nathan grinsend am Türrahmen des Salons lehnen. »Was zum Teufel ...«

»Harry.«

»Verdammt!« Caine rannte die Stufen hinab, während die Herzogin immer lauter kreischte. »Du hättest mich dran erinnern sollen, Nathan.«

Caine rannte die Stufen hinab, während die Herzogin immer lauter kreischte. »Du hättest mich dran erinnern sollen, Nathan.«

»Ja, vielleicht«, stimmte Nathan zu.

Als Caine die Halle erreichte, erschien sein Vater am Treppenabsatz. »Was, um Gottes willen, geht hier vor? Wer macht soviel Lärm?«

Ehe Caine zu Wort kam, erwiderte Nathan: »Ihre Gemahlin, Sir.«

Caine strafte ihn mit einem vernichtenden Blick und wandte sich dann zum Herzog, hin- und hergerissen zwischen zwei Notwendigkeiten – seiner Stiefmutter zu Hilfe zu eilen, und seinen Vater an einem Mord zu hindern.

Henrys eisiger Blick veranlaßte Caine, das zweite Problem zuerst in Angriff zu nehmen. Außerdem konnte Harry die Herzogin zwar zu Tode erschrecken, würde sich aber niemals an ihr vergreifen.

Und so rannte Caine seinem Vater auf der Treppe entgegen und packte ihn am Arm. »Alles in Ordnung, wirklich.«

Henry wirkte nicht sonderlich überzeugt, und Nathan teilte ihm mit: »Ihre Gattin hat soeben Black Harry kennengelernt, Sir.«

Der Herzog riß sich von seinem Sohn los, und im selben Moment flog die Tür des Speisezimmers auf. Alle wandten sich zu der merkwürdigen Prozession, die herausstapfte. Harry bildete die Nachhut und zog die Herzogin hinter sich her.

Nathan begann zu lachen, und Caine schüttelte den Kopf. Der Herzog konzentrierte seine ganze Aufmerksamkeit auf den riesigen Mann mit dem funkelnden Goldzahn, der zur Haustür stolzierte, eine große Silberschüssel unter dem freien Arm.

Brüllend wollte sich Henry auf ihn stürzen, aber Caine und Nathan versperrten ihm den Weg. »Halt dich da raus«, bat sein Sohn.« »Sag ihm, er soll meine Frau loslassen!«

»Tu doch was, Henry!« jammerte Gweneth. »Dieser – Mann glaubt, ich würde mit ihm gehen.«

»Harry, du kannst nicht ...«, begann Nathan und trat einen Schritt näher.

»Aus dem Weg, mein Junge«, herrschte Henry seinen Sohn an.

»Vater, Harry ist ein Freund – Jades Onkel. Du stehst in seiner Schuld, weil er mitgeholfen hat, Colin zu retten.«

Ungläubig starrte der Herzog ihn an. »Und zum Dank soll ich ihm Gweneth überlassen?«

»Ich werde das regeln, Harry!«

Der Riese wirbelte herum und riß Gweneth an sich. Caine sah die grimmige Miene, aber auch das belustigte Funkeln in den Augenschlitzen. Der Schein mußte gewahrt werden und der Stolz immer neue Nahrung bekommen. »Ich nehme sie mit«, verkündete Harry seinem Publikum, und seine Männer nickten begeistert. »Das wäre auch Caines Wunsch.«

»Keineswegs«, bestritt Caine.

»Wollen Sie die Gastfreundschaft verletzen, mein Junge?«

»Harry, Sie dürfen sie nicht mitnehmen.«

»Das wäre ein nur faires Tauschgeschäft. Dafür kriegen Sie auch mein Mädchen. Sie wollen doch Jade haben?«

»Ja.«

»Gut, dann nehme ich die da.«

Caine wandte sich zu seiner Stiefmutter. »Bitte, hör zu wimmern auf, Gweneth. Es ist schon schwierig genug, mit diesem halsstarrigen Piraten zu verhandeln. Nathan, wenn dein blödes Gelächter nicht sofort verstummt, schlag ich dir die Nase noch mal blutig.«

»Was bedeutet Ihnen diese Frau, Caine?« fragte Harry.

»Sie ist die Frau meines Vaters.«

»Aber nicht Ihre Mama?«

»Meine Stiefmutter.«

»Dann kann's Ihnen ja egal sein, ob ich sie mitnehme oder nicht.«

Caine überlegte, worauf der Mann hinauswollte. »Sie war immer wie eine Mutter zu mir.«

Mit gerunzelter Stirn wandte sich Harry zu seiner hübschen Gefangenen. »Nennen Sie ihn Ihren Sohn?«

Langsam schüttelte sie den Kopf. »Ich glaube, das wäre nicht sein Wunsch.«

»Also ist er nicht Ihr Lieblingskind.«

Der Herzog von Williamshire gab den Versuch auf, sich an Caine vorbeizuschieben. Ein Lächeln umspielte seine Lippen. Endlich verstand er, was das alles bedeutete, denn er erinnerte sich an Jades Mahnung, er möge alle seine Kinder gleichermaßen lieben. Offenbar hatte sie mit Harry über ihre Sorge gesprochen.

»Ich habe kein Lieblingskind!« kreischte die Herzogin. »Ich liebe alle meine Kinder!«

»Aber Caine ist nicht Ihr Sohn.«

»Natürlich nicht.« Jetzt wirkte sie nicht mehr verängstigt, sondern nur noch wütend. »Was soll das?«

»Nun, wenn Sie ihn als Sohn betrachteten und er Sie Mutter nennen würde, könnte ich Sie nicht mitnehmen«, erklärte Harry.

»Um Himmels willen, Gweneth, du mußt Caine deinen Sohn nennen!« schrie der Herzog in gespieltem Zorn. Die überraschende Entwicklung der Dinge gefiel ihm so gut, daß er am liebsten laut gelacht hätte.

»Mein Sohn!« platzte Gweneth heraus.

»Ja, Mutter?« Caine ließ Harry nicht aus den Augen und wartete auf die nächste Bedingung.

Aber der Riese ließ seine Geisel kichernd los und stapfte zur Tür hinaus.

Caine folgte ihm nach draußen, während sich Gweneth in die Arme ihres Mannes warf. »Nun, was hatte diese Szene zu bedeuten?«

»Es ging um meinen Ruf«, erwiderte Harry, während seine Männer an ihm vorbeimarschierten. »Ich bin ein Pirat, falls Sie sich daran erinnern können.«

»Und außerdem?« Caine spürte, daß noch mehr dahintersteckte.

»Mein Mädchen grämt sich, weil Colin das Lieblingskind des Herzogspaars ist«, gab Harry zu.

»Wie kommt Sie denn darauf?« rief Caine verblüfft.

Harry zuckte die Achseln. »Das spielt keine Rolle. Jedenfalls will ich nicht, daß sie sich grämt, mag der Grund auch noch so nichtig sein. Übrigens, Sie müssen bei mir um Jades Hand anhalten – in aller Form, vor meinen Männern. Sonst kriegen Sie mein Mädchen nicht.« Grinsend fügte er hinzu: »Natürlich sollten Sie sie erst mal finden.«

Eiseskälte kroch durch Caines Adern. »Verdammt, liegt sie denn nicht oben im Bett?«

Harry schüttelte stumm den Kopf.

»Wo ist sie?«

»Schreien Sie nicht so, mein Junge. Ich kann Ihnen nicht sagen, wo sie ist.« Harry winkte seine Männer zu sich. »Das wäre nicht loyal.«

»Mein Gott, begreifen Sie doch ...«

»Ich frage mich schon die ganze Zeit, warum Sie nicht bemerkt haben, daß Matthew und Jimbo verschwunden sind. Das ist doch sehr aufschlußreich, nicht wahr?«

»Schwebt sie immer noch in Gefahr?«

»Sie wird schon zurechtkommen.«

»Sagen Sie mir, wo sie ist!« befahl Caine.

»Ich glaube, sie läuft vor Ihnen davon.«

Caine vergeudete keine Zeit mit weiteren sinnlosen Diskussionen und riß die Haustür auf, die beinahe aus den Angeln fiel.

»Wohin gehen Sie, mein Junge?« erkundigte sich Harry mit einem belustigten Unterton in der Stimme.

Caine hätte ihn am liebsten umgebracht. »Ich folge ihr.«

»Können Sie so was?«

Caine würdigte den alten Mann, der ihm durch die offene Tür nachschaute, keiner Antwort.

»Jade hat Sie mit ihrem kleinen Täuschungsmanöver tief beeindruckt, was?« rief Harry ihm nach.

Caine blieb stehen und drehte sich um. »Was wollen Sie damit sagen?«

»Nun, es wäre an der Zeit, daß Sie das Mädchen auch ein bißchen beeindrucken – falls Sie dazu imstande sind.«

Auch diesmal gab Caine keine Antwort. Er nahm immer zwei Stufen auf einmal und stürmte in sein Schlafzimmer. Als er gerade sein Hemd wechselte, holte Nathan ihn ein. »Was passiert jetzt?«

»Jade ist weg.«

»Verdammt! Und du willst ihr nach?«

»Ja.«

»Ich begleite dich.«

»Nein.«

»Du könntest meine Hilfe brauchen.«

»Ich werde sie auch allein finden.«

»Verstehst du es, Spuren zu lesen?«

»Darin habe ich gewisse Erfahrungen.«

»Sie hat eine Nachricht hinterlegt«, bemerkte Nathan.

»Die habe ich gesehen.«

Nathan schlenderte zu Caines Bett und nahm die langstielige weiße Rose vom Kissen. Er atmete den süßen Duft ein, dann trat er ans Fenster und schaute hinaus. »Liebt sie dich?«

»Ja.« Nun klang Caines Stimme etwas sanfter. »Aber sie weiß es noch nicht.«

»Als sie die Rose hierherlegte, wollte sie dir Lebewohl sagen«, erklärte Nathan und warf die Blume aufs Bett zurück.

»Nein.«

»Vielleicht versucht sie, dich mit diesem Abschiedsgeschenk daran zu erinnern, wer sie ist.«

»Zum Teil.« Caine schlüpfte in seine Stiefel und ging zur Tür.

»Und der andere Teil?« fragte Nathan und folgte ihm.

»Harry hat recht.«

»Was?«

»Er meinte, Jade wolle mich beeindrucken.«

»Ja, auch das«, stimmte Nathan lachend zu.

Während Caine die Treppe hinabrannte, rief er nach Sterns, der in der Speisezimmertür erschien. »Lyon wird Richards suchen. Wenn die beiden hier eintreffen, sollen Sie auf meine Rückkehr warten – egal, wie lange es dauert.«

»Und wenn dein Freund Richards nicht findet?« wandte Nathan ein.

»Er wird ihn finden. Wahrscheinlich komme ich erst morgen früh zurück. Halten Sie inzwischen die Stellung, Sterns. Sie wissen, was zu tun ist.«

»Sie meinen die Wachtposten, Mylord?« Caine nickte und eilte zur Haustür, aber die nächste Frage des Butlers hielt ihn zurück. »Wohin gehen Sie?«

»Auf die Jagd.« Die Tür fiel ins Schloß.

14

Matthew und Jimbo fühlten sich so müde wie Jade, als sie ihr Ziel erreichten. Sie hatten beschlossen, die Nacht in dem einsamen Gasthaus zu verbringen, wo Harry oft abstieg, wenn er sich auf der Flucht befand.

Um etwaige Verfolger irrezuführen, hatte Jade auf einem Umweg bestanden, der sie zwei Stunden gekostet hatte. Der Gastwirt, ein Freund von Black Harry, gehörte nicht unbedingt zur respektablen Gesellschaftsschicht, und deshalb stellte er keine unnötigen Fragen. Wenn er es seltsam fand, daß eine feingekleidete junge Lady mit zwei Burschen reiste, die so aussahen, als würden sie einem Mann für zwei Penny die Kehle durchschneiden, so verlor er kein Wort darüber.

Jade bezog ein Zimmer direkt am Treppenabsatz, Jimbo und Matthew quartierten sich in den benachbarten Räumen ein. Wegen der papierdünnen Mauern brauchten sie nicht zu befürchten, jemand könnte sie überrumpeln und ihre derzeitige Festung stürmen. Außerdem vermochte nicht einmal eine Maus lautlos die alten, knarrenden Stufen hinaufzusteigen.

Nachdem Jade gebadet hatte, wickelte sie sich in Caines Morgenmantel. Erschöpft, mit steifen Gliedern, kroch sie ins Bett. Die Schußwunde war inzwischen verheilt, juckte aber unangenehm.

Ehe sie einschlief, flehte sie den Allmächtigen an, er möge ihr in dieser Nacht den Alptraum ersparen. Sonst würde sie vielleicht schreien und Matthew und Jimbo alarmieren.

Es war kühl geworden und Jade vergrub sich unter der Decke. Sie spürte nichts, als Caine neben ihr ins Bett stieg. Er schlang einen Arm um sie, und da kuschelte sie sich mit einem wohligen Seufzer an den vertrauten Körper.

Mondlicht sickerte durch das kleine Fenster. Caine lächelte, als er sah, daß Jade seinen Morgenmantel trug. Behutsam zog er sie aus, entfernte den Dolch, der unter dem Kissen lag, und küßte ihren Hals.

Es dauerte eine Weile, bis sie erwachte. »Caine?« wisperte sie schläfrig.

»Ja, Liebling?« Seine Zunge liebkoste ihre Ohrmuschel, und sie erschauerte. Genau diese Reaktion hatte er sich gewünscht. Seine Hand glitt zu ihren Brüsten, und Jade seufzte wieder. Seine Nähe war so wundervoll. Endlich mußte sie nicht mehr frieren. Caine streichelte sie zärtlich und wartete, bis ihr bewußt wurde, wo sie war. Falls sie schreien wollte, würde er sie daran hindern.

Das volle Erwachen kam wie ein Blitzschlag. Sofort erstickte Caines Hand Jades Stimme. »Wenn du schreist, muß ich Matthew und Jimbo abwehren, wenn sie hier hereinstürzen, und dabei würde ich die beiden womöglich verletzen.« Er drehte sie auf den Rücken und legte sich auf sie. »Das möchtest du doch, nicht?«

Jade schüttelte den Kopf, und Caine zog langsam die Hand von ihren Lippen. »Du bist nackt«, hauchte sie.

»Du auch. Sehr praktisch, was?«

»Nein.«

»Doch. Und es fühlt sich gut an, nicht wahr?«

Es fühlte sich himmlisch an, aber das gab sie natürlich nicht zu. »Wie bist du hier hereingekommen?« Statt die Frage zu beantworten, küßte er ihr Kinn, und sie stemmte sich gegen seine Schulter. »Caine, was machst du hier?«

»Ich beeindrucke dich, Liebling.«

»Was?«

»Nicht so laut!« mahnte er. »Oder willst du die Jungs wecken?«

»Das – das sind keine Jungs.«, stammelte sie atemlos. Das Kraushaar auf seiner Brust kitzelte ihren Busen, und die Knospen schwollen an. Sie wollte nicht, daß er sie verließ, und diese Erkenntnis verwirrte sie. »Du beeindruckst mich, Caine. Ich weiß nicht, was du meinst.«

»Sicher weißt du es.« Er küßte ihre Nase. »O Gott, wie ich deine Sommersprossen liebe!«

»Bist du gekommen, um dich zu verabschieden?« flüsterte sie.

»Keineswegs. Ich will mit dir schlafen.«

Ihr Herz schlug immer schneller. Dieses verdammte Grübchen in seiner Wange, dachte sie. Es ist einfach unwiderstehlich und so jungenhaft. Aber er hat den Körper eines ganzen Mannes, mit harten, kampferprobten

Muskeln ... Obwohl sie es nicht wollte, strichen ihre Zehen über seine Beine.

»Eines Tages wirst du begreifen, wieviel du mir bedeutest, meine Süße. Du bist mein Licht, meine Wärme, meine zweite Hälfte. Nur wenn ich bei dir bin, spüre ich, daß ich lebe. Ich liebe dich.« Caine hauchte einen Kuß auf Jades Lippen. »Und eines Tages wirst auch du mir sagen, daß du mich liebst. Vorerst genügt es mir, aus deinem Mund zu hören, wie sehr du mich begehrst.«

Sie schüttelte den Kopf, und er sah Angst und wachsende Verwirrung in ihren Augen. Zärtlich lächelte er, als er ihre Beine auseinanderschob und sich zwischen ihre seidigen Schenkel schmiegte. Während er den harten Beweis seiner Erregung drängend an Jades weichem Fleisch rieb, fragte er leise: »Du begehrst mich doch?«

Mit einem verräterischen Stöhnen schloß sie die Augen. Caine knabbert an ihrer Unterlippe, bis sie bereit war, seiner Zunge mit ihrer zu begegnen. Nach einem langen, heißen Kuß ließ er seinen Mund über ihren Hals wandern. »Du gehörst mir, und je eher du das akzeptierst, desto besser für dich.«

»Und was dann, Caine?«

Er hob den Kopf, um ihr ins Gesicht zu schauen, sah wieder Furcht und Verletzlichkeit. »Du wirst lernen, mir zu vertrauen. Und dann führen wir ein glückliches gemeinsames Leben, für immer.«

»Niemand lebt ewig.«

»Wir schon.«

»Unsinn! Geh von mir runter, Caine. Du bist ...«

»Sehr halsstarrig und zielstrebig. Ich verlasse dich nicht.«

»Natürlich nicht. Ich werde dich verlassen.«

»Jade, ich liebe dich.«

Ihre Augen füllten sich mit Tränen. »Bald wirst du

mich satt haben. Ich werde mich nicht ändern, weder für dich noch für sonst jemanden.«

»Gut.«

Sie hob die Brauen. »Gut?«

Caine nickte. »Wenn du eine Diebin bleiben willst – meinetwegen. Was immer du auch tust – niemals werde ich deiner müde. Und ich verlasse dich nie.«

»Du wirst keine andere Wahl haben.«

Seine Lippen streiften ihre Stirn. »Ich brauche wohl noch etwas Zeit, um dich zu überzeugen. Gewährst du mir zwei Monate?«

»Caine, ich glaube nicht ...«

»Das bist du mir schuldig.«

»Was?« erwiderte sie entrüstet. »Wieso glaubst du, ich sei dir etwas schuldig?«

»Weil du mich getäuscht und mir große Sorgen bereitet hast ...«

»Aber ich habe auch deinen Bruder gerettet«, fiel sie ihm ins Wort.

»Und da wäre auch noch das Problem meines verletzten Stolzes«, fuhr er unbeirrt fort. »Kein Mann sollte den Eindruck gewinnen, er würde manipuliert.«

»Caine, um Himmels willen ...«

»Versprich mir, noch zwei Monate bei mir zu bleiben, oder ich mache einen solchen Krach, wenn ich mit dir schlafe, daß Matthew und Jimbo hereinkommen.« Sein Blick verriet, wie ernst er diese Drohung meinte.

»Du solltest dich schämen.«

»Versprich es mir, Jade. Sofort!«

Caine hatte die Stimme erhoben, und sie preßte hastig eine Hand auf seinen Mund. »Würdest du mir erklären, wieso du auf zwei Monaten bestehst? Nicht auf einem oder drei?« Statt einer Antwort zuckte er nur die Achseln, und sie verdrehte gequält die Augen. »Während dieser zwei Monate wirst du mich vermutlich Nacht für Nacht in dein Bett zerren?«

»Genau«, bestätigte er grinsend. »Weißt du, wenn immer ich dich anschaue, kriege ich Lust auf dich.« Fordernd drückte er sie an sich. »Fühlst du, wie sehr ich dich begehre – wie heiß ich mich danach sehne, in dir zu sein?«

Seine freimütigen Worte trieben ihr das Blut in die Wangen. »Du solltest nicht so reden. Und ich dürfte dir nicht zuhören.«

»Es gefällt dir doch.« Seine Lippen preßten sich auf ihre, und er schob wieder seine Zunge dazwischen, um ihren Mund zu schmecken. Jade wehrte sich nicht.
Ein wildes Verlangen besiegte ihre Widerstandskraft. Sie hob sich ihm entgegen, dann erstarrte sie, als das Bett laut knarrte. »Wir können nicht ...«, stöhnte sie.

»Doch«, flüsterte Caine. Mit einem verzehrenden Kuß erstickte er ihren Protest, seine Hand glitt zwischen ihre Schenkel und schürte das Feuer, das in ihrem Körper erwacht war. Bald vergaß sie Matthew und Jimbo und dachte nur noch an die Erlösung von der süßen Qual. Sie mußte endlich davon befreit werden. Ihre Finger gruben sich in seine Schultern, und sie hätte ihn schreiend angefleht, ihre Begierde endlich zu stillen, wäre ihr Mund nicht von diesem betörenden Kuß verschlossen worden.

Als sie immer ungeduldiger die Hüften an ihn preßte, warf er die Decke neben dem Bett zu Boden, umschlang Jade fest mit beiden Armen und sank mit ihr darauf. Sie lag über ihm und versuchte, zur Seite zu rollen, aber er hielt sie fest. »Nimm mich jetzt in dir auf, Liebste«, bat er und öffnete ihre Schenkel.

Langsam vereinten sie sich und konnten kaum atmen vor Entzücken. Als Caine tief in Jades Wärme eingedrungen war, schlang er die Finger in ihr Haar und zog ihren

Kopf hinab, um sie wieder zu küssen. Zunächst bewegte er sich nur zögernd, doch er verlor schon nach kurzer Zeit die Kontrolle über seinen Körper, und der Rhythmus des Liebesaktes beschleunigte sich. »Komm mit mir in den Himmel«, hauchte er.

Während sie gemeinsam den Höhepunkt erreichten, biß sich Jade in die Lippen, um nicht aufzuschreien, dann sank sie erschöpft auf Caines Brust hinab und spürte sein Herz an ihrem schlagen.

»Was denkst du?« fragte er. Als sie nicht antwortete, zupfte er an ihren zerzausten Locken. »Ich weiß, daß du Erfüllung gefunden hast. Oder willst du es leugnen?«

»Nein«, wisperte sie scheu.

Er umarmte sie, hob sie hoch, während er aufstand, und sie landeten wieder im Bett. »Nun, habe ich dich beeindruckt?«

»Vielleicht ein bißchen«, gab sie zu. Plötzlich schob er wieder seine Finger zwischen ihre Schenkel, und sie schnappte nach Luft. »Was machst du?«

»Ich beeindrucke dich wieder, Süße.«

Und er hielt Wort. Dabei bewies er viel mehr Durchhaltevermögen als Jade. Als er endlich von ihr herabglitt, fühlte sie sich völlig ausgelaugt. Sie schmiegte sich in Caines Arme, und seine Liebesworte begleiteten sie in den Schlaf.

In dieser Nacht hatte sie keine Alpträume.

Am nächsten Vormittag kehrten sie in Caines Haus zurück. Matthew und Jimbo konnten gar nicht schnell genug zur Shallow's Wharf aufbrechen, beide tief betrübt über ihre mangelnde Wachsamkeit in der vergangenen Nacht. Offensichtlich hatten sie den Marquis unterschätzt. Matthew glaubte, die Schande nicht zu überleben, aber Jade versprach immerhin, niemandem davon zu erzählen.

Verdammt, am Morgen hatte Caine ihn sogar wachrütteln müssen. Wie dieser große Mann unbemerkt ins Zimmer gelangt war, verstand Matthew noch immer nicht.

Wieder in Harwythe, kleidete sich Jade um und ging dann in die Bibliothek, um Kopien von den Briefen anzufertigen. Wenig später erschien Caine und erklärte ihr seinen Plan. Sie wandte ein, man könne Richards nicht trauen, und er entgegnete: »Wenn du ihn kennenlernst, wirst du ihn ebenso zuverlässig finden wie Lyon.«

»Ich mag Lyon, aber darin sehe ich keinen Grund, ihm zu trauen.«

»Was stört dich an ihm?«

»Ich habe seine Akte gelesen. Im Vergleich zu Lyon hast du das Leben eines Chorknaben geführt.«

Caine schüttelte den Kopf. »An deiner Stelle würde ich Lyon gegenüber nichts von dieser Lektüre erwähnen.«

»Das habe ich auch nicht vor. Ich erinnere mich nur zu gut an deine schroffe Reaktion auf mein Geständnis, daß ich über dein Vorleben informiert bin.«

Ärgerlich starrte er sie an. »Wie viele solche Dossiers hast du eigentlich gelesen?«

»Nur ein paar. Und jetzt muß ich mich auf die Briefe konzentrieren. Stör mich nicht ständig.«

Die Bibliothekstür öffnete sich, und Nathan trat ein.

»Wie nett du aussiehst!« meinte Jade und musterte anerkennend seine Kleidung.

»Das Hemd kommt mir irgendwie bekannt vor«, sagte Caine gedehnt.

»Es gehört dir«, gestand Nathan grinsend. »Ich finde, es paßt mir sehr gut. Colin hat sich auch ein paar Sachen von dir ausgeliehen. Bevor wir ins Meer geworfen wurden, hatten wir nicht genug eingepackt. Übrigens – dieses

Haus liegt so abgeschieden – geradezu ideal für einen Angriff. Es wundert mich, daß noch nichts dergleichen passiert ist.«

»Oh, das ist schon passiert«, bemerkte Jade, ohne von ihrer Schreibarbeit aufzublicken. »Am Tag unserer Ankunft wurde auf Caine geschossen.«

Da sie nicht weitersprach, übernahm es der Marquis, den Zwischenfall zu schildern.

Nathan zog die Stirn in Falten und begann umherzulaufen wie ein Tiger im Käfig. »Und danach geschah nichts mehr?«

»Doch.« Caine lehnte sich an die Schreibtischkante.

»Was? Wann?«

»Nichts ist passiert«, warf Jade ein. »Sonst hätte ich's gemerkt.«

»In den vergangenen zehn Tagen wurde ich noch viermal erfolglos attackiert«, berichtete Caine.

»Warum hast du mir das nicht erzählt?« rief sie empört.

»Ich wollte dich nicht beunruhigen. Und es bestand ja auch gar keine Gefahr. Matthew und Jimbo waren sehr wachsam.«

»Du wußtest also, daß die beiden da waren?« fragte Nathan.

»Ja, und ich ließ sie in Ruhe, bis sie meinen Stall niederbrannten. Danach führte ich ein kurzes Gespräch mit ihnen. Konntest du mich nicht auf andere Weise beschäftigen lassen, als du meinen Vater besuchen wolltest, Jade?«

Zerknirscht senkte sie den Kopf. »Nun ja, vielleicht hätte ich Matthew und Jimbo genauere Anweisungen geben sollen. Aber die beiden waren immer sehr tüchtig, und so überließ ich es ihnen, das Ablenkungsmanöver zu organisieren.«

»Außerdem hast du ein überflüssiges Risiko auf dich

genommen, als du allein weggeritten bist. Verdammt, Jade, du hättest getötet werden können.«

»Ich war sehr vorsichtig.«

»Den Teufel warst du!« fauchte er. »Du hattest nur Glück.«

Jade beschloß, das Thema zu wechseln. »Wenn du mich dauernd unterbrichst, werde ich nie mit dieser Schreiberei fertig.« Sie beugte sich wieder über den Tisch.

»Wollt ihr nicht Colin besuchen? Sicher freut er sich über eure Gesellschaft.«

»Komm, Caine«, sagte ihr Bruder. »Soeben wurden wir weggeschickt.«

Caine schüttelte den Kopf. »Jade, ich gehe nur, wenn du mir versprichst, nie wieder ein sinnloses Wagnis einzugehen.«

Ohne Zögern nickte sie. »Ich gebe dir mein Wort.«

Sein Ärger verflog, und er beugte sich hinab, um sie zu küssen. Sie versuchte, ihm auszuweichen und wisperte:

»Nathan ist hier.«

»Ignorier ihn einfach.«

Ihre Wangen waren hochrot, als er seine Lippen von ihren löste. »Ich liebe dich«, flüsterte er, ehe er Nathan aus der Bibliothek folgte.

Minutenlang starrte Jade untätig auf das Papier. War es möglich? Liebte er sie wirklich? Darüber durfte sie nicht nachdenken, sonst würden ihre Hände niemals zu zittern aufhören. Und Richards würde die Briefe nicht lesen können. Außerdem – was spielte es für eine Rolle, ob er sie liebte oder nicht? Sie mußte ihn ohnehin verlassen, nicht wahr?

Im Lauf des Tages wurde sie immer nervöser, und beim Dinner ertrug sie die innere Anspannung kaum noch. Nathan hatte beschlossen, oben bei Colin zu essen, und Jade saß mit Caine und Sterns im Speisezimmer. Während der Mahlzeit entfachte sich ein hitzige Debatte über die Trennung von Kirche und Staat. Anfangs plädierte Caine lebhaft für die Trennung, und Jade vertrat den entgegengesetzten Standpunkt. Als er sich dann auf ihre Seite schlug, verteidigte sie sofort die Meinung, die er zuvor geäußert hatte. Es war eine sehr animierte Diskussion, bei der Sterns als Schiedsrichter fungierte.

Das Tischgespräch machte Caine wieder hungrig, und er nahm sich die letzte Hammelfleischscheibe, die ihm prompt von seinem Butler entrissen wurde. »Die wollte ich haben, Sterns.«

»Ich auch, Mylord«, entgegnete Sterns und verschlang seine Beute. Jade hatte Mitleid mit Caine und gab ihm die Hälfte von ihrer Portion ab.

Als es an der Haustür pochte, starrten sich Herr und Diener an. Caine verlor den stummen Kampf und stand seufzend auf. »Ich gehe schon.«

»Wie Sie wünschen, Mylord«, erwiderte Sterns mit vollem Mund.

»Sei vorsichtig!« rief Jade.

»Keine Bange«, wurde sie von Caine beschwichtigt.

»Niemand kann unbemerkt von meinen Leuten bis zum Haus gelangen.«

Zehn Minuten verstrichen, während der Butler seine zweite Tasse Tee genoß. Schließlich wandte er sich an Jade. »Vielleicht sollte ich mal nachsehen, wer da ist.«

»Wahrscheinlich Caines Papa.«

»Nein, Mylady. Ich habe dem Herzog und der Herzogin befohlen, sich vorerst von Harwythe fernzuhalten. Es würde Argwohn erregen, wenn sie ihren Sohn plötzlich Tag für Tag besuchten.«

»Sie haben es ihnen tatsächlich befohlen?«

»Natürlich, Lady Jade.« Der Butler erhob sich und verließ mit einer formvollendeten Verbeugung den Raum.

Ungeduldig trommelte Jade mit den Fingern auf die Tischplatte, bis Sterns endlich zurückkehrte. »Sir Richards und der Marquis von Lyonwood sind angekommen«, verkündete er von der Tür her. »Mylord wünscht sowohl Brandy als auch Ihre Anwesenheit in der Bibliothek, Mylady.«

»So früh sind die beiden da?« Verwirrt sprang Jade auf und glättete den Rock ihres goldgelben Kleides. »Heute war ich nicht mehr auf Besuch vorbereitet.«

»Sie sehen sehr hübsch aus, Lady Jade«, versicherte der Butler eifrig. »Und Sie werden unsere Gäste sehr sympathisch finden. Es sind wirklich nette Gentlemen.«

»Oh, Lyon kenne ich schon. Und Richards werde ich sicher auch mögen.« Trotz ihrer zuversichtlichen Worte nahm ihr Gesicht einen besorgten Ausdruck an, während sie zur Tür ging.

Sterns bemerkte es sofort. »Mylady, Sie haben wahrhaftig keinen Grund zur Sorge.«

Strahlend lächelte sie ihn an. »Oh, ich mache mir keine Sorgen, ich übe nur.«

»Wie bitte?« fragte er verwirrt und folgte ihr. »Wofür üben Sie, Lady Jade?«

»Ich muß angstvoll dreinschauen – und wie eine schwache Frau wirken.«

»Natürlich«, stimmte er seufzend zu. »Sind Sie vielleicht krank, Mylady?«

Sie wandte sich lächelnd zu ihm, als sie die Bibliothekstür erreichte. »Man muß stets den Schein wahren und tun, was die Leute von einem erwarten. Verstehen Sie?«

»Nein.«

»Ich muß Caine seinen Stolz wiedergeben«, flüsterte sie verschwörerisch.

»Ich wußte gar nicht, daß er ihn verloren hat.«

»Ich auch nicht – bis er es erwähnte. Nun, Sie wissen

ja, wie die Männer sind.« Sie holte tief Atem, dann bedeutete sie dem Butler, ihr die Tür zu öffnen. Den Kopf gesenkt, die Hände vor der Brust gefaltet, stand sie auf der Schwelle. Ihre plötzlich veränderte Haltung verblüffte Sterns so sehr, daß seine Kinnlade nach unten klappte.

Als Caine sie zu sich rief, zuckte sie sichtlich zusammen, als hätte ihr seine Stimme Todesängste eingejagt. Dann betrat sie zögernd die Bibliothek. Ein älterer grauhaariger Mann mit sanftem Lächeln und rundem Bauch erhob sich zuerst. Das war offenbar Richards. Während er ihr vorgestellt wurde, knickste Jade höflich. Dann begrüßte sie Lyon, der ebenfalls aufgestanden war. »Es freut mich, Sie wiederzusehen«, hauchte sie schüchtern, und er hob erstaunt die Brauen, denn er hatte sie ganz anders in Erinnerung.

Caine saß hinter dem Schreibtisch, und Jade nahm an der Seite des Tisches auf einer Stuhlkante Platz, mit kerzengeradem Rücken, die Finger im Schoß ineinandergeschlungen. Richards und Lyon ließen sich ihr gegenüber nieder.

Jades Angst schien zu wachsen, während Caine sie beobachtete. Doch er nahm ihr ihr Spiel nicht ab. Offenkundig führte sie irgendwas im Schilde, aber er mußte bis später warten, um sie danach fragen zu können.

Richards räusperte sich und wandte sich zu Jade. »Wie ich sehe, sind Sie sehr besorgt, meine Liebe. Ich habe die Briefe gelesen, die ihr Vater verwahrte. Und ehe ich Sie befrage, möchte ich betonen, daß ich Sie wegen der Verfehlungen des Grafen nicht weniger achte.«

Sie glich immer noch einem verschreckten Reh, brachte jedoch ein scheues Nicken zustande. »Danke, Sir Richards«, murmelte sie. »Es ist sehr freundlich von Ihnen, mir nichts vorzuwerfen. Ich hatte befürchtet, Sie würden mich verurteilen.«

Caine verdrehte die Augen, und Richards, der ansonsten nicht zu Gefühlsbezeugungen neigte, beugte sich vor und ergriff Jades Hände. Er sah so aus, als hätte er sie am liebsten in die Arme genommen, um sie zu trösten.

Ihre Miene kam Caine so verletzlich vor wie bei jener ersten Begegnung in der Taverne. Damals hatte sie ihn genauso beklommen angestarrt. Was mochte sie damit bezwecken?

»Keiner von uns klagt Sie an«, versicherte Lyon und beugte sich ebenfalls vor, die Hände auf die Knie gestützt. »Sie haben schwere Zeiten hinter sich, Jade.«

»Ja, in der Tat«, stimmte Richards zu.

Caine unterdrückte ein Lächeln. Sowohl sein Vorgesetzter als auch sein Freund gerieten zusehends in Jades Bann. Lyon hätte es eigentlich besser wissen müssen. Immerhin kannte er sie bereits. Doch ihr schüchternes Getue schien ihn zu überzeugen.

»Darf ich Ihnen jetzt ein paar Fragen stellen?« bat Richards.

Jade nickte. »Gewiß, aber wäre es nicht besser, Nathan würde Ihnen Rede und Antwort stehen? Männer können viel logischer denken. Wahrscheinlich werde ich alles durcheinanderbringen.«

»Jade«, sagte Caine warnend, und sie schenkte ihm ein bebendes Lächeln.

»Ja, Caine?«

»Benimm dich.«

Richard schaute ihn kurz an und runzelte die Stirn, dann wandte er sich wieder zu Jade. »Wir werden Nathan später befragen. Wenn die Erinnerung nicht zu schmerzlich für Sie ist, schildern Sie bitte in allen Einzelheiten, was sich seit Ihrer Ankunft in London ereignet hat.«

»Natürlich ... Sehen Sie – alles begann mit den Briefen, die mein Vater Onkel Harry gegeben hatte. Zwei Tage später wurde Papa getötet, und Harry holte mich an Bord seines Schiffes. Er hob die Briefe auf und überantwortete sie mir, als er den Zeitpunkt für richtig hielt. Ich las sie und zeigte sie Nathan. Damals arbeitete mein Bruder mit Colin zusammen und vertraute sich ihm an. Wie Caine Ihnen vermutlich schon erzählt hat, wurden Nathan und Colin angegriffen. Die Schurken hielten beide für tot, und Pagan beschloß, diese bezahlten Mordgesellen nach London zurückkehren zu lassen, wo sie ihren vermeintlichen Erfolg meldeten.«

»Eine kluge Entscheidung«, warf Richards ein.

»Oh, ja. Der Plan war ganz einfach. Pagan nahm einen Arzt gefangen, der die Verletzten betreute. Sobald Colin reisefähig war, sollte er seinen Bruder aufsuchen, von den Briefen berichten und um Hilfe bitten.«

»Und wieso wurde dieser Plan vereitelt?« erkundigte sich Richards.

Sie warf einen anklagenden Blick auf Caine. »Das ist seine Schuld. Wie Sie wissen, bezichtigte man Pagan des Mordes an Colin und Nathan, und Caine wollte sich rächen. Dafür hätte er keinen ungünstigeren Moment wählen können. Die restlichen Mitglieder des Tribunals durften nicht riskieren, daß Caine den Piraten fand und mit ihm redete. Und so brachte sich Caine ungewollt in Gefahr.«

»Nicht ungewollt«, wiedersprach Caine, und Jade zuckte die Achseln.

»Colin nahm Pagan das Versprechen ab, Caine nichts zu erzählen. Er wußte, sein Bruder würde einfach drauflosstürmen – und er wollte ihn selbst informieren. Um die Wahrheit zu sagen – ich glaube, Colin hat sich das nicht richtig überlegt. Aber er hatte damals schreckliche Schmerzen, und offenbar wollte er Caine mit aller Macht schützen. Um ihn zu besänftigen, stimmte Pagan zu.«

»Und wie passen Sie in dieses Bild?« fragte Lyon.

»Nathan ist mein Bruder. Ich kehrte nach England zurück, auf seinen Landsitz. Einige von Pagans Männern begleiteten mich und paßten abwechselnd auf Caine auf. Man unternahm mehrere Anschläge auf ihn, und da wurde beschlossen, ich solle Mittel und Wege finden, um Caine von seiner Jagd abzubringen. Zwei Tage vor meiner geplanten Abreise kam es zu einer Reihe von Zwischenfällen. Bei einem Spaziergang beobachtete ich drei Männer, die das Grab meiner Eltern öffneten. Vor Zorn schrie ich auf, und sie entdeckten mich natürlich. Einer der Schurken schoß auf mich. Ich rannte zu Nathans Haus, um Hilfe zu holen.«

»Wurden Sie nicht von Pagans Leuten bewacht?« fragte Richards.

Jade schüttelte den Kopf. »Die wurden alle für Caines Schutz gebraucht. Außerdem standen Hudson, Nathans Butler, und die anderen Bediensteten zur Verfügung.«

»Und was geschah dann?« drängte Lyon.

»Inzwischen war es dunkel geworden, und die Diener konnten nicht mehr zum Grab gehen. Man entschied, bis zum nächsten Morgen zu warten. Nachts wurde das Haus durchsucht, aber ich schlief tief und fest, und so hörte ich nichts. Die Eindringlinge kamen sogar in mein Zimmer und wühlten in meinen Sachen herum.«

»Offenbar hat man Ihnen Drogen verabreicht«, meinte Richards.

»Ich kann mir nicht vorstellen, wie ... Am Morgen ritt ich zum Grab, um festzustellen, ob die Schufte irgendwelche Spuren hinterlassen hatten. Hudson zweifelte an meinen Beobachtungen. Deshalb wollte ich ihn überzeugen. Die Bösewichte lauerten mir auf, erschossen Nathans Pferd, und ich fiel zu Boden.«

»Großer Gott, Sie hätten sterben können!« rief Richards.

»Zum Glück zog ich mir nur ein paar blaue Flecken

zu«, erklärte Jade. »Ich rannte zum Haus zurück und erzählte Hudson, was geschehen war. Er beauftragte einige Männer, den Schurken zu folgen, und bei ihrer Rückkehr berichteten sie, es gebe keinerlei Hinweise auf ein Verbrechen. Der tote Hengst war verschwunden. Wie man das bewerkstelligt hatte, weiß ich nicht. Caine meint, man brauche mehr als drei Männer, um ein Pferd in einen Wagen zu heben. Ich wollte so schnell wie möglich nach London und ließ eine Kutsche anspannen. Kurz nach der Abreise schrie der Fahrer plötzlich, das Haus würde brennen, und ich sah den Rauch. Als wir zurückkehrten, stand das Gebäude in hellen Flammen, und es wurde bis auf die Grundmauern zerstört. Ich befahl Hudson und den anderen Dienstboten, in Nathans Londoner Residenz zu ziehen, und brach zu meinem eigenen Ziel auf.«

»Wollten Sie ebenfalls zu Nathans Stadthaus fahren?« fragte Lyon.

»Nein«, entgegnete Jade lächelnd. »Ich suchte eine Taverne namens 'Taugenichts' auf, um Caine an seiner Jagd auf Pagan zu hindern.«

Lyon nickte, und Richards blinzelte verwirrt. »Ich verstehe nicht ... Wie wollten Sie das anfangen? Caine läßt sich nicht so leicht zum Narren halten, meine Liebe.«

»Das erkläre ich später«, warf Caine ein. »Sie soll erst einmal ihre Geschichte zu Ende erzählen.«

»Auf meinem Weg nach London wurde die Kutsche überfallen, und man schlug mir auf den Kopf. Ich verlor die Besinnung, und als ich zu mir kam, brannte der Wagen. Die Türen waren mit Ästen verbarrikadiert, und ich zwängte mich durch ein Fenster hinaus, dessen Rahmen ich herausgebrochen hatte.

»Und dann?« erkundigte sich Richards.

»Ich ging zu Fuß weiter.«

»Die ganze Strecke bis nach London?« fragte Lyon.

»Nein. An einer Postkutschenstation konnte ich mir ein Pferd ausleihen. Es wurde gerade nicht bewacht. Wahrscheinlich saß der Verwalter beim Essen.«

Wenig später hatte Jade ihren Bericht beendet, ohne zu erwähnen, daß sie Pagan war. Caine nahm an, daß es ihm überlassen bleiben würde, Lyon und Richards darüber zu informieren. Was mochte sie planen? Bei ihren letzten Worten hatte sie sich sogar die Lider mit einem Taschentuch betupft.

Jades Erklärungen schienen seinen Vorgesetzten tief zu erschüttern. Er lehnte sich im Sessel zurück und schüttelte den Kopf.

»Wissen Sie, wer die anderen Mitglieder des Tribunals sind?« fragte sie ihn.

»Nein.«

»Aber Sie kennen Hammond? Soviel ich weiß, fingen Sie beide gemeinsam mit Ihrer Tätigkeit an.«

»Ja, aber nach ein paar Jahren wurden wir vom Kriegsministerium in verschiedenen Abteilungen eingesetzt. Hammond befehligte mehrere junge Männer. Einige lernte ich kennen.«

»Wir haben nun ein paar Anhaltspunkte«, warf Lyon ein. »Es dürfte nicht lange dauern, bis wir die Wahrheit herausfinden werden.«

»Der erste Brief ist von einem gewissen William unterzeichnet«, bemerkte Caine. »Damals hatte er noch keinen Decknamen. Verdammt, wie viele Williams arbeiten für das Kriegsministerium?«

»In Hammonds Akte werden nur drei genannt«, entgegnete Jade. Alle starrten sie verwundert an, und sie fügte errötend hinzu: »Pagan hat die Akten gelesen. Das war notwendig. Es gibt einen William Pryor, einen William Terrance und einen William Clayhill. Alle drei arbeiteten für Ihre Abteilung, Sir Richards. Zwei leben noch, haben aber den Dienst quittiert. William Terrance starb vor drei Jahren.«

»Sind Sie sich bezüglich dieser Fakten ganz sicher?« fragte Lyon.

»Völlig sicher.«

»Wie kam Pagan zu unseren Akten?« Richards war sichtlich irritiert. »Bei Gott, niemand kann unser Sicherheitssystem durchdringen!«

»Pagan schon«, erwiderte Caine und erklärte etwas genauer, auf welche Weise der Pirat ihn geschützt hatte. Er erzählte auch, daß Colin und Nathan beinahe den Haien zum Opfer gefallen wären. Danach herrschte ein langes Schweigen. Jade schlang ihre zitternden Finger ineinander. Jetzt mußte sie nicht Theater spielen, denn die Erinnerung an jene schreckliche Szene quälte sie immer noch.

»Drei eifrige junge Männer, die auszogen, um die Welt zu retten ...«, flüsterte Richards. »Doch dann wurde ihr Machthunger wichtiger als alles andere.«

Jade nickte. »Ist Ihnen aufgefallen, welche Worte unter den ersten Briefen stehen, Sir? 'Zum Wohle Englands.' Später wurden die Männer immer kühner und änderten ihr Motto.«

»Ja, dann schrieben sie: 'Zum Wohle des Tribunals.' Und das sagt alles. Es läßt sich nicht mißdeuten.«

»Jades Vater wurde von den zwei anderen Tribunalmitgliedern getötet, weil er sich weigerte, ihren Plänen zuzustimmen«, berichtete Caine. »Und dann brachten sie auch noch Hammond um.«

Richards nickte. »Wir müssen die beiden finden. Glücklicherweise scheint Pagan auf unserer Seite zu stehen. Wenn ich bedenke, welchen Schaden er anrichten könnte, nachdem er den Inhalt unserer Akten kennt, gefriert mir das Blut in den Adern.«

»Oh, Pagan ist ein Ehrenmann – wie die meisten Diebe, Sir«, beteuerte Jade hastig. »Sie müssen nicht befürchten, daß diese Informationen in die falschen Hände gelangen werden.«

»Hat der Bastard auch meine Akte gelesen?« fragte Lyon.

Caine gab keine Antwort, denn er sah keinen Grund, sein diesbezügliches Wissen mit dem Freund zu teilen und ihn aufzuregen.

»Wie mutig muß dieser Pirat sein!« meinte Richards. Immerhin wimmelt es in diesem Gewässer von Haien ...«

Jade unterbrach ihn. »Haben Sie noch weitere Fragen, Sir?«

Er tätschelte ihre Hand. »Wir haben Sie ermüdet, nicht wahr, meine Liebe? Das alles ist natürlich sehr schlimm für Sie.«

»Vielen Dank für Ihre Rücksichtnahme.« Sie erhob sich, und er stand ebenfalls auf. Als er sie an seine Brust zog, wehrte sie sich nicht und erwiderte die Umarmung sogar.

»Wir werden die Schurken finden, das verspreche ich Ihnen.«

Sie verbarg ihre Hände zwischen den Falten ihres Rocks, ging zu Lyon, der sofort aufsprang, und ließ sich in die Arme nehmen. »Danke für Ihre Hilfe, lieber Freund. Ich bitte Sie, Christina herzliche Grüße auszurichten, und ich kann es kaum erwarten, sie wieder zu besuchen.« Mit einer leichten Verbeugung wandte sie sich zur Tür.

»Jade?«

»Ja, Caine?« Lächelnd drehte sie sich um.

»Was hatte das alles zu bedeuten?«

»Du sagtest, der Stolz eines Mannes sei wichtig, nicht wahr?«

»Ja.«

»Und du sagtest auch, wenn ein Mann manipuliert oder getäuscht würde, sei sein Stolz verletzt.«

»Ja, das sagte ich. Und?«

»Wenn andere ebenso zum Narren gehalten würden – Freunde, die den Respekt Englands verdient haben ... Wäre die Wunde des Stolzes dann gelindert?« Endlich verstand er, zwinkerte ihr zu und grinste arrogant. »Ich werde Nathan und Colin hierherschicken«, kündigte sie an, ehe sie den Raum verließ. Leise schloß sie die Tür hinter sich.

»Wovon hat sie geredet?« fragte Richards.

»Über eine persönliche Sache.« Caine wandte sich zu Lyon. »Nun, was hältst du jetzt von ihr?«

Sein Freund goß sich etwas Brandy in sein Glas. »Sie ist immer noch verdammt schön, aber plötzlich so schüchtern. Das muß an deiner Gesellschaft liegen.« Als Caine lachte, fragte Lyon verdutzt: »Ist mir irgendwas Komisches entgangen?«

»Hören Sie auf mit dieser Diskussion über Frauen«, befahl Richards. »Caine, Sie müssen mir etwas versprechen.«

»Ja, Sir?«

»Haben Sie Pagan getroffen?«

»Ja.«

»Wenn diese Angelegenheit vorbei ist, müssen Sie mir eine Zusammenkunft mit ihm ermöglichen.«

Caine lehnte sich in seinem Sessel zurück und pflichtete Jade bei. Soeben hatte sie ihm seinen Stolz zurückgegeben.

»Ich möchte Pagan unbedingt kennenlernen«, betonte Richards, und Caine nickte.

»Das haben Sie soeben getan, Sir.«

15

»Jade, komm zurück!« rief Caine, während seine Freunde die Neuigkeit zu verdauen suchten, die sie gerade gehört hatten.

Als sie nicht gehorchte, rief Caine nach Sterns. Der Butler mußte vor der Tür gestanden haben, denn er betrat sofort die Bibliothek. Er verneigte sich vor seinem Herrn – eine Mühe, die er sich stets ersparte, wenn sie allein waren – und fragte: »Sie wünschen, Mylord?«

»Bringen Sie Jade hierher.«

»Ich glaube, Sie hat Ihren Befehl gehört, Mylord«, erwiderte Sterns in seinem hochnäsigen Ton, »zieht es aber vor, der Aufforderung nicht Folge zu leisten. Noch etwas?«

Caine hätte ihn gern erwürgt, aber er bezähmte seinen Zorn. »Bringen Sie sie her – wenn es sein muß, mit Gewalt.«

Der Butler nickte und entfernte sich. Caine sah Lyon grinsen. Offenbar hatte er sich schneller von dem Schrekken über Jades Identität erholt als Richards, der immer noch völlig verwirrt vor sich hinstarrte.

Jade kam in die Bibliothek. »Was willst du, Caine?«

»Gib sie ihnen zurück!«

Seine Stimme klang wie ein Pistolenschuß, und Jade hob in gespielter Unschuld die Brauen. »Was meinst du?« flüsterte sie, eine Hand an die Brust gepreßt, und klimperte mit den Wimpern.

Er war nicht im mindesten beieindruckt. »Das weißt du verdammt gut!« donnerte er. »Gib sie ihnen zurück!«

»Caine, es ist unhöflich, mich vor deinen Gästen anzuschreien.«

»Sie wissen, wer du bist.«

»Was?« Sie eilte zum Schreibtisch und stützte sich darauf. »Was genau wissen sie?«

»Daß du Pagan bist.«

Empört schnappte sie nach Luft. »Warum hast du nicht gleich eine Annonce in die Zeitung setzen lassen?«

»Ich mußte es ihnen sagen.«

»Damit hättest du bis nach meiner Abreise warten können.«

»Das ist unmöglich, da du nicht abreisen wirst.«

»Mein Gott, es stimmt also wirklich?« rief Richards.

Sie warf einen Blick über die Schulter und starrte ihn erbost an. »Nein, natürlich nicht.«

»Doch, es stimmt«, widersprach Caine.

»Verdammt, bist du unfähig, ein Geheimnis zu bewahren?« Sie eilte zur Tür.

»Ich sagte, du sollst sie zurückgeben, Jade.«

»Warum?« Wütend drehte sie sich wieder um.

»Weil diese Gentlemen zufällig meine Freunde sind.«

»Wenn man nicht mal seine Freunde bestehlen darf – wen denn dann?« Auf diese absurde Frage wußte er keine Antwort, und sie fauchte: »Hast du dein Versprechen vergessen? Du sagtest, ich könnte meine Tätigkeit fortsetzen.« Mühsam bezwang er den Wunsch, aufzuspringen und sie zu schütteln, als sie verächtlich hinzufügte: »Ich breche mein Wort nie.«

Caine holte tief Atem, bedeutete ihr, näher zu kommen, und sie gehorchte zögernd. »Ich meinte es ernst, als ich erklärte, du könntest deine Tätigkeit fortsetzen.«

»Warum machst du dann so ein Aufhebens um ...«

»Du darfst weiterhin stehlen, aber ich werde deine Beute stets zurückgeben.«

»Nein!«

»Doch.«

»Das – das ist lächerlich!« stammelte sie. Hilfesuchend wandte sie sich zu Lyon, dessen Grinsen verriet, daß er ihr nicht beistehen würde. Sir Richards war immer noch zu perplex, um einzugreifen. Sie war also auf sich allein gestellt, so wie immer. »Nein.«

»Doch. Gib sie sofort zurück.«

»Ich habe sie vertauscht. Kann ich jetzt gehen?«

Caine nickte und wartete, bis sie die Tür erreicht hatte, dann rief er: »Du darfst diesen Raum verlassen, wage es aber bloß nicht, aus dem Haus zu fliehen. Ich würde dir überallhin folgen, und du willst mir doch keine neuen Unannehmlichkeiten bereiten, oder?«

Sie antwortete nicht, aber er spürte ihre Wut. Krachend fiel die Tür hinter ihr ins Schloß.

»Jade ist ziemlich temperamentvoll.« Caines Grinsen deutete an, daß ihm dieser Wesenszug keineswegs mißfiel. »Haben Sie sich inzwischen von Ihrem Schock erholt, Richards?«

»Ja.«

»Und Sie sind nicht auf die Idee gekommen, sie könnte Pagan sein?«

»Überhaupt nicht.«

Caine nickte zufrieden. »Es freut mich zu wissen, daß sogar mein Vorgesetzter getäuscht wurde. Nun ist mein Stolz wiederhergestellt.«

Colin kam in die Bibliothek, auf seinen Stock und Nathans Arm gestützt. »Du behandelst mich wie ein Kind«, murrte er, als der Freund ihm in einen Sessel half.

»Du bist ja auch ein Kind.« Nathan rückte einen Schemel heran, legte das verletzte Bein darauf, dann musterte er die Besucher, die ihn beobachteten. Caine machte ihn mit den beiden bekannt, und er setzte sich auf die Armstütze von Colins Sessel. »Jade hat mich gebeten, Sie zu fragen, wie spät es ist.«

Richards blinzelte verdutzt. »Ich würde sagen, kurz vor neun, nicht wahr, Lyon?«

Als Lyon, der weniger begriffsstutzig war, die Uhr aus

seiner Tasche zog, lachte er. »Ich glaube, das ist Ihre, Richards. Und Sie haben meine. In Zukunft sollten wir Jade nicht mehr umarmen.«

Der ältere Mann war sichtlich beeindruckt. »Das hätte ich nie gedacht ... Caine, sahen Sie, wie sie die Uhren nahm? Und riefen Sie sie deshalb zurück?«

»Nein, ich hab's nicht gesehen. Aber da sie sich von Ihnen und Lyon umarmen ließ, ahnte ich, daß sie etwas im Schilde führte. Normalerweise ist sie etwas distanzierter.« Seufzend fügte Caine hinzu: »Offenbar hat die Frau beschlossen, mich wahnsinnig zu machen.«

»Das ist ihr bereits gelungen«, meinte Nathan gedehnt.

»Vor der Hochzeit hat Christina mich auch fast wahnsinnig gemacht«, bemerkte Lyon lächelnd. »Trotzdem habe ich mich in sie verliebt. Und wie ist es dir mit Jade ergangen, Caine?«

»Genauso. Ich liebe sie.«

»Dann möge der Allmächtige dir helfen. Wenn ihr verheiratet seid, wird's keineswegs einfacher. Wann soll das frohe Fest denn stattfinden?«

»Ja, das würde mich auch interessieren«, sagte Nathan.

»Du heiratest sie doch?« Colin starrte seinen Bruder durchdringend an.

»Natürlich.«

»Offenbar haben Sie keine andere Wahl, mein Junge«, bemerkte Richards. »Werden Sie das Ehegelübde mit einer Pistole im Rücken sprechen?«

»Wenn eine Pistole erforderlich ist, wird sie auf Jade zielen, nicht auf mich. Leider muß ich sie noch zur Heirat überreden, und sie wird mich wahrscheinlich sogar zwingen, in Gegenwart ihrer Männer vor ihr niederzuknien.«

Nathan grinste, und Colin schüttelte den Kopf. »Dazu zwingt sie dich sicher nicht, Caine.«

»Mag sein. Aber Black Harry wird wohl kaum auf eine solche Geste verzichten.«

»Wer ist Black Harry?« fragte Richards.

»Nathan, gib die nötigen Erklärungen ab«, befahl Caine, »Inzwischen hole ich Jade zurück.«

»Ist sie denn schon wieder weggelaufen?« rief Nathan.

»Selbstverständlich.« Caine sprang auf und ging zur Tür. »Es wird nicht lange dauern.« Da er bereits seine Reithose trug, eilte er direkt zu dem Korral, wo die Pferde untergebracht waren. Die gefleckte Stute war verschwunden. »Wie viele Männer folgen ihr?« fragte er den Stallmeister.

»Die drei Wachposten, die an der Hintertür standen.«

Caine legte seinem Hengst nur das Zaumzeug an und machte sich nicht die Mühe, ihn zu satteln. Während er sich an der schwarzen Mähne festhielt, stieg er auf.

An der Grenze seiner Ländereien fand er Jade.

Sie stand an einem Bach und ließ die Stute trinken. Als sie ihn herangaloppieren hörte, wollte sie in den Wald laufen. Doch der Rappe war schneller. Ohne ihn zu zügeln, schlang Caine einen Arm um Jades Taille und hob sie auf den Pferderücken. Wortlos schwang er das Tier herum und ritt zurück, von der Stute gefolgt.

An der Haustür wurden sie von Sterns erwartet. Caine zerrte Jade in die Halle. »Sperren Sie sie in ihrem Zimmer ein!« schrie er den Butler an. »Postieren Sie zwei Wächter vor ihrer Tür und zwei unterhalb des Fensters!«

Mit grimmiger Miene verriegelte er die Tür hinter sich und lächelte erst, als er wieder in der Bibliothek angekommen war und sich an den Schreibtisch gesetzt hatte.

»Ich nehme an, du hast sie eingefangen«, sagte Nathan.

»Ja«, bestätigte Caine. »Was hast du meinen Freunden mittlerweile erzählt?«

Das Gespräch drehte sich bald wieder um die Briefe,

und die Männer schmiedeten bis nach elf Uhr Pläne. Richards und Lyon wurden im Nordflügel einquartiert. Beide schienen die Unterredung nur ungern zu beenden.

Richards bestand darauf, die Kopien der Briefe in sein Zimmer mitzunehmen. »Sicher enthalten sie Informationen, die ich bei der ersten Lektüre übersehen habe.«

Niemand widersprach ihm. Caine eilte zu Jades Zimmer. Er entließ die Wächter, sperrte die Tür auf und trat ein. Jade saß im Bett und las. Sie schaute nicht von ihrem Buch auf.

»Du brauchst mehr Licht, sonst verdirbst du dir die Augen«, meinte er. »Und das Kaminfeuer muß geschürt werden. Hier drin ist es verdammt kalt.« Sie ignorierte ihn immer noch, und er seufzte. »Es ist lächerlich, so zu tun, als wäre ich nicht hier.«

»Genauso lächerlich wie dein Entschluß, alles zurückzugeben, was ich stehle!« konterte sie, ohne den Kopf zu heben.

Caine zündete zwei weitere Kerzen auf dem Nachttisch an und ging zum Kamin. »Wo ist Sterns?«

»Im Bett. Du würdest einen guten Butler abgeben, Caine. Dein Diener hat dich hervorragend ausgebildet.«

»Offenbar willst du einen Streit vom Zaun brechen, Süße, aber da hast du dir den Falschen ausgesucht.«

»Ich möchte nicht streiten«, fauchte sie, klappte das Buch zu und beobachtete, wie er einen Holzscheit in die glühende Asche warf. Im Feuerschein schimmerte seine Haut wie Bronze. Sein Hemd war bis zur Taille geöffnet, die Ärmel hatte er hochgekrempelt. Unter dem dünnen Stoff zeichnete sich das Spiel der harten Muskeln ab, als er den Schürhaken ergriff. Jade konnte sich keinen attraktiveren Mann vorstellen.

Caine ließ sich auf ein Knie nieder und lächelte sie an. Sein zärtlicher Blick krampfte ihr das Herz zusammen.

Wie gut und vertrauensvoll er war ... Er verdiente eine bessere Frau als sie. Warum erkannte er das nicht?

Tränen brannten in ihren Augen, und sie begann zu zittern. Plötzlich schien sich die Bettdecke in Eis zu verwandeln. Jade fror und hatte Angst. Erlaub mir nicht, von hier fortzugehen, dachte sie. Zwing mich, bei dir zu bleiben, für immer ... O Gott, wie wundervoll wäre es, ihn zu lieben, sich an ihn zu lehnen ... Was sollte aus ihr werden, wenn er sie verlassen würde? Würde sie das überleben?

»Was hast du denn?« fragte Caine, als er sah, wie bleich sie geworden war. Er richtete sich auf und kam zu ihr.

»Nichts. Mir ist nur kalt.« Und ich fürchte mich, wollte sie hinzufügen. »Leg dich zu mir«, schlug sie vor und hob einladend die Decke. Verzweifelt sehnte sie sich nach seinen kraftvollen Armen. Aber er ignorierte ihre Bitte, nahm eine Decke aus dem Schrank und breitete sie über das Bett.

»Ist es so besser?«

»Ja, danke«, erwiderte sie und verbarg ihre Enttäuschung.

»Wenn du nicht zu müde bist, möchte ich dir ein paar Fragen stellen.«

»Frag mich im Bett, da hast du's bequemer.«

Er schüttelte den Kopf, setzte sich in einen Sessel und legte die Beine aufs Fußende der Matratze. »So ist es sehr komfortabel«, meinte er und unterdrückte ein Lächeln.

Offenbar begehrte sie ihn, und er wollte, daß sie es aussprach.

Jade versuchte, sich ihren Ärger nicht anmerken zu lassen. Wie dumm der Mann war. Spürte er denn nicht, wie gern sie in seinen Armen liegen wollte? Verdammt, sie hatte doch erklärt, sie würde frieren. Daraufhin hätte er sich sofort zu ihr legen und sie küssen müssen ... Sie stieß einen Seufzer aus, doch Caine schien noch immer nicht zu begreifen, was sie sich wünschte. Statt dessen erkundigte er sich wieder nach den idiotischen Akten. Es kostete sie große Mühe, sich zu konzentrieren. Und sie mußte unentwegt auf ihre Hände hinabstarren, damit Caines betörendes Lächeln sie nicht aus dem Konzept brachte.

»Jade?«

»Ja?«

»Ich habe gefragt, ob du die Akten unserer Williams gelesen hast.«

»Sie sind nicht unsere Williams.«

»Möchtest du nicht antworten?«

»Worauf?«

»Anscheinend bist du mit deinen Gedanken woanders.«

»Nein.«

»Willst du schlafen?«

»Keineswegs.«

»Dann antworte. Hast du die Akten der ...«

»Ja, ich habe sie gelesen«, unterbrach sie ihn. »Soll ich erzählen, was darin steht?«

In diesem Augenblick klopfte es an der Tür, und Nathan schaute herein. Bei Caines Anblick runzelte er die Stirn. »Was machst du hier?«

»Ich rede mit Jade. Und was willst du?«

»Ich kann nicht schlafen.« Nathan schlenderte zum Kamin und lehnte sich an das Sims. Er war barfuß, trug kein Hemd, und Caine sah Narben auf dem breiten Rücken. Er erwähnte sie nicht, fragte sich aber, wie der junge Mann so kräftige Peitschenschläge überlebt haben konnte.

»Da ist Caines Morgenmantel, falls du frierst, Nathan.« Jade zeigte auf einen Stuhl. »Du könntest dich erkälten.«

»Geh wieder ins Bett, Nathan«, befahl Caine.

»Ich würde meiner Schwester gern ein paar Fragen stellen.«

Nathan hatte die Tür offengelassen. Aus diesem Grund brauchte Sir Richards nicht anzuklopfen. Er trug einen königsblauen Schlafrock, der bis zu seinen nackten Füßen reichte, und die Versammlung in Jades Zimmer entzückte ihn sichtlich.

Voller Unbehagen zog sich Jade die Decke bis ans Kinn und beobachtete Caine. Wie würde er auf diese Invasion reagieren? »Holen Sie sich einen Stuhl, Sir Richards«, schlug er resignierend vor.

»Oh, sehr gern.« Richards lächelte Jade an. »Ich konnte nicht schlafen, und da beschloß ich, Sie zu besuchen und ...«

»... und zu befragen, falls sie wach ist«, vollendete Caine den Satz.

Richards rückte einen Stuhl neben das Bett. »Natürlich schickt sich das nicht«, bemerkte er, was ihn allerdings nicht zu stören schien, denn er grinste fröhlich. »Nathan, würden Sie Lyon holen? Mittlerweile sind ihm sicher ein paar Fragen eingefallen, die er an Jade richten möchte.«

»Vielleicht schläft er schon«, wandte sie ein.

»Ich hörte ihn im Zimmer neben meinem umherwandern. Das Tribunal hat uns alle ziemlich aufgeregt, und so bald werden wir in dieser Nacht keine Ruhe finden.«

Wenig später kehrte Nathan mit Lyon zurück, und Jade kam sich plötzlich albern vor. Immerhin saß sie im Bett, nur mit ihrem Nachthemd bekleidet. »Warum gehen wir nicht in die Bibliothek? Ich ziehe mich an und ...«

»Das ist nicht nötig«, wurde sie von Caine unterbrochen. »Lyon, Jade wollte uns gerade erzählen, was in den Akten der Williams steht.«

»Muß ich das Wort für Wort wiederholen?« fragte sie.

»Das wird Tage dauern.«

»Nennen Sie nur die wichtigsten Fakten«, bat Richards.

»Morgen fahre ich mit Lyon nach London zurück, dort werden wir die Dossiers von Anfang bis zum Ende lesen.«

Jade zuckte die Achseln. »Gut, dann beginne ich mit Terrance, der vor vier Jahren starb.«

»Einverstanden.« Lyon beugte sich vor und lächelte aufmunternd.

Sie lehnte sich in die Kissen zurück und zählte die wesentlichen Punkte des Dossiers auf. Richards und Lyon waren tief beeindruckt. Nachdem sie ihre Verblüffung überwunden hatten, unterbrachen sie Jade mehrmals, um nach den Einzelheiten der Aufträge zu fragen, die William Terrance ausgeführt hatte.

Um zwei Uhr morgens gähnte sie ausgiebig, und Sir Richards meinte: »Es ist wohl an der Zeit, Lady Jade etwas Ruhe zu gönnen und ins Bett zu gehen.«

Als er Lyon und Nathan zur Tür folgte, rief sie ihm nach: »Sir Richards? Und wenn der gesuchte William nicht zu den dreien in den Akten gehört?«

Er wandte sich zu ihr. »Dies ist nur ein Anhaltspunkt. Wir werden sämtliche Akten in allen Ministerien studieren. Das kostet natürlich Zeit, aber wir werden unsere Bemühungen fortsetzen, bis wir die Wahrheit kennen.«

»Vielleicht sind die beiden anderen Mitglieder des Tribunals inzwischen auch tot.«

Ihre Stimme klang so hoffnungsvoll, daß er es bedauerte, sie enttäuschen zu müssen. »Wohl kaum. Irgendwer will diese Briefe haben. Zumindest eines der Mitglieder ist quicklebendig.«

Erleichtert atmete Jade auf, als sie wieder mit Caine allein war. Sie fühlte sich völlig erschöpft und hatte nur noch einen einzigen Wunsch – in seinen Armen zu liegen. Wieder lüftete sie einladend die Decke, aber er gab ihr nur einen keuschen Kuß auf die Stirn und blies die Kerzen aus. »Gute Nacht, meine Süße, und angenehme Träume.«

Verdutzt starrte sie auf die Tür, die hinter ihm ins Schloß fiel. Er begehrte sie nicht mehr ... Rasch verdrängte sie diesen schrecklichen Gedanken. Nein, er war nur böse, weil sie einen weiteren Fluchtversuch unternommen hatte, und müde nach dem langen Tag.

Sie hatte keine angenehmen Träume, ertrank in schwarzem Nichts, umzingelt von Ungeheuern, die sie immer tiefer hinabzogen ... Ihr eigenes Stöhnen weckte sie. Instinktiv wandte sie sich zur Seite, um bei Caine Trost zu suchen, doch er lag nicht neben ihr. Nein, sie konnte nicht länger im Bett bleiben. Zitternd stand sie auf, trat ans Fenster und blickte in die sternenlose Nacht. Seufzend dachte sie über ihre unglückselige Situation nach, dann beschloß sie, klein beizugeben. Sie würde zu ihm gehen.

Caine erwachte, sobald sich die Tür öffnete. Da es dunkel war, mußte er sein Lächeln nicht verbergen.

»Ich kann nicht tanzen, Caine«, verkündete sie und warf die Tür hinter sich zu. »Und damit du's gleich weißt«, fuhr sie fort und schlenderte zum Bett, »nähen kann ich auch nicht.« Er lag auf dem Rücken, die Augen geschlossen. Eine Zeitlang betrachtete sie ihn, doch als ihre Ungeduld die Oberhand gewann, rüttelte sie ihn an der Schulter. »Nun?«

Statt einer Antwort hob er die Decke. Jade zog ihr Nachthemd aus und sank ins Bett. Er nahm sie in die Arme, ihr Zittern verebbte, und wenig später schlief sie ein.

Im Morgengrauen erwachte er und liebte sie, und während er beteuerte, wie viel sie ihm bedeutete, sank sie wieder in tiefen Schlaf.

Caine weckte sie erst gegen Mittag. Er war bereits angezogen. Gähnend weigerte sie sich, die Augen zu öffnen und wollte die Decke beiseite stoßen, um ihn wieder ins Bett zu locken.

Doch er hielt die Decke beharrlich unter ihrem Kinn fest. Schließlich hob sie blinzelnd die Lider, sah den Butler am Fußende des Betts stehen und wurde feuerrot.

»O Sterns, nun schämen Sie sich meiner, nicht wahr?«

»Keineswegs, Mylady. Ich bezweifle nicht, daß mein Herr Sie in sein Bett gezerrt hat.«

»Vielleicht an den Haaren?« fragte Caine trocken.

»Das würde ich Ihnen durchaus zutrauen, Mylord.«

»Genau das hat er auch getan«, behauptete Jade. »Aber Sie dürfen es niemandem erzählen, Sterns.«

Der Diener lächelte sanft. »Es gibt niemanden, dem ich es erzählen könnte.«

»Sie meinen – Sir Richards und Lyon wissen es schon?« Als er nickte, wandte sie sich erbost zu Caine.

»Du hast es ihnen verraten! Auch das hättest du in der Zeitung veröffentlichen können.«

»Ich habe ihnen nichts gesagt«, entgegnete er. »Aber du hast vergessen, deine Tür zu schließen, als du...« Mit einem Blick auf Sterns unterbrach er sich. »... als ich dich in mein Zimmer zerrte. Und auf dem Weg nach unten bemerkten sie dein leeres Bett.«

Am liebsten hätte sie sich für den restlichen Tag unter der Decke verkrochen.

»Jade, warum stapelt sich das Tafelsilber unter meinem Bett?«

»Frag Sterns, er hat's drunter verstaut.«

»Ich hielt dies für einen geeigneten Ort, das Silber zu verwahren, Mylord«, erklärte Sterns. »Einer Ihrer Gäste, der große Mann mit dem Goldzahn, hätte es gern in seinen Besitz gebracht. Und so schlug Mylady vor, es zu verstekken.«

Sie erwartete, Caine würde ihr danken. Statt dessen

lachte er nur. »Komm nach unten, wenn du angezogen bist, Jade. Richards möchte dich wieder befragen.«

Er verließ den Raum, aber Sterns folgte ihm nicht.

»Die Herzogin hat Ihnen ein paar Kleider von einer ihrer Töchter geschickt, Mylady. Sie glaubt, sie würden Ihnen passen.«

»Warum hat sie ...«

»Ich bat sie darum. Als ich Ihre Sachen auspackte, Mylady, stellte ich fest, daß Sie nur zwei Kleider haben. Die neue Garderobe finden Sie im Schrank. Unsere Köchin wird Ihnen als Zofe dienen. Ich hole sie sofort.«

Jade erkannte, daß jeder Widerspruch zwecklos war, denn Sterns hatte sich von einem Butler in einen Kommandanten verwandelt. Er wählte sogar das Kleid aus, das sie tragen sollte – ein elfenbeinweißes mit spitzenbesetzten Manschetten. Die Herzogin hatte sie auch mit Unterwäsche ausgestattet, und Sterns legte die seidenen Kostbarkeiten und hauchdünne Strümpfe auf das Fußende des Betts, dann stellte er elfenbeinweiße Schuhe bereit.

Eine Viertelstunde später war sie gewaschen und angezogen. Sie saß auf einem Stuhl mit gerader Lehne, während ihr die Köchin, eine ältere rundliche Frau, die roten Locken hochsteckte und damit umging wie mit einem Rührteig. Aber Jade ertrug diese Unannehmlichkeiten ohne zu protestieren, weil sie die Begegnung mit Lyon und Sir Richards hinauszögerten.

Doch der gefürchtete Augenblick ließ sich natürlich nicht vermeiden. »Sehr hübsch sind Sie«, meinte die Köchin, als die Frisur fertig war, und reichte Jade einen Handspiegel. »Eine schlichte Zopfkrone, aber die Löckchen an den Schläfen machen Ihr Gesicht weicher.«

»Vielen Dank. Sie sind sehr tüchtig.«

Die Frau nickte und eilte nach unten. Nun mußte auch Jade das Zimmer wohl oder übel verlassen, sonst würde

Caine sie holen. Als sie die Tür öffnete, entdeckte sie verblüfft und ärgerlich die zwei Wachposten im Flur. Ihr Anblick schien die Männer zu verwirren. Einer stammelte, sie sei bildschön, der andere platzte heraus, sie sehe wie eine Königin aus.

Beide folgten ihr die Treppe hinab. Die Speisezimmertür war geschlossen und der größere Mann lief voraus, um sie zu öffnen. Sie bedankte sich, straffte die Schultern und überquerte die Schwelle.

16

Sie saßen an dem langen Tisch, auch Sterns, und alle starrten Jade an. Caine erhob sich, rückte ihr einen Stuhl zurecht und küßte ihre Stirn.

Nathan brach das drückende Schweigen. »Laß die Finger von meiner Schwester, Caine.«

»Meine Finger berühren sie gar nicht, nur meine Lippen«, erwiderte Caine und gab ihr noch einen Kuß. Seufzend verdrehte sie die Augen.

Sterns servierte ihr das Frühstück, während die Gentlemen ihre Diskussion fortsetzten. Sir Richards saß an einem Ende der Tafel, Caine am anderen.

Nachdem Jade gegessen hatte, wandte sich Richards zu ihr. »Meine Liebe, wir haben entschieden, daß Sie uns nach London begleiten müssen. Selbstverständlich werden wir alle nötigen Maßnahmen ergreifen, um Sie zu schützen.« Er ergriff einen Federkiel und zog ein Tintenfaß zu sich heran. »Wenn ich Ihnen Fragen stelle, möchte ich mir Notizen machen.«

»Warum soll ich nach London mitkommen?«

Verlegen wich er ihrem Blick aus, und Lyon grinste.

»Nun ja ...«, begann Richards. »Wir müssen in den Aktenraum. Wenn ich um die Schlüssel ansuche, wird man meinen Namen im Anmeldebuch vermerken.«

»Sie wollen nachts hinein«, ergänzte Colin. »Ohne Schlüssel.«

»Sie sagten doch, sie seien schon einmal in den Aktenraum eingebrochen, um mehrere Dossiers zu lesen, Lady Jade«, bemerkte Richards.

»Dreimal«, warf sie ein.

Sir Richards sah aus, als wollte er weinen. »Sind unsere Sicherheitsvorkehrungen so schlecht?« fragte er Lyon.

»Offensichtlich.«

»O nein«, widersprach Jade, »sie sind ausgezeichnet.«

»Aber warum ...« Richards blinzelte verständnislos.

»Jade ist eben noch besser«, erklärte Caine.

Das Kompliment trieb ihr das Blut in die Wangen.

»Ich kann mir vorstellen, weshalb Sie so großen Wert auf Geheimhaltung legen, Sir Richards. Die Mitglieder des Tribunals sollen nichts von Ihren Ermittlungen erfahren. Aber wahrscheinlich wissen sie schon Bescheid. Sie haben Leute hierhergeschickt, denen Ihre und Lyons Ankunft sicher nicht entgangen ist, und die nach London zurückgekehrt sind, um ihre Auftraggeber zu informieren ...«

»Sie sind nicht zurückgekehrt«, fiel Lyon ihr ins Wort.

»Wieso ...?«

»Dafür hat Caine gesorgt.«

Erstaunt hob sie die Brauen. »Wie hast du das angestellt, Caine?«

»Das braucht dich nicht zu interessieren.«

»Du hast sie doch nicht getötet?« flüsterte sie bestürzt.

»Nein.«

Beruhigt atmete sie auf, dann zog Colin ihre Aufmerksamkeit auf sich. »Jade, du kannst in London bei Lyon und Christina wohnen. Caine steigt natürlich in seinem Stadthaus ab.«

»Sie kommt mit mir«, erklärte Caine.

»Denk doch an den Skandal!« rief Colin.

»Es ist fast Sommer. Die meisten Leute sind bereits aufs Land gezogen.«

»Es würde genügen, wenn sie ein einziger sieht ...«

»Ich habe gesagt, sie wohnt bei mir, Colin«, fiel Caine seinem Bruder mit scharfer Stimme ins Wort.

Jade verstand den Sinn dieser Debatte nicht. »Was soll das alles?«

Als Colin ihr erklärte, welchen Schaden bösartige Klatschgeschichten anrichten können, wurde sie blaß. Sterns setzte sich zu ihr und streichelte ihre Hand. »Nehmen Sie's doch von der heiteren Seite, Lady Jade. Mylord muß nichts mehr in der Zeitung veröffentlichen.« Ihr vernichtender Blick beeindruckte ihn nicht im mindesten.

»Keine Bange. Alles ist arrangiert.«

Sie wußte nicht, was er meinte, aber wie ein Grinsen andeutete, schien er etwas im Schilde zu führen.

Sterns lenkte sie von ihren Mutmaßungen ab, indem er arrogant auf seine leere Tasse zeigte. Sofort stand sie auf, um frischen Tee aus der Küche zu holen. Nachdem sie den Raum verlassen hatte, wandte sich der Butler zu Caine.

»In einer halben Stunde müßten Ihre Gäste eintreffen.«

»Gäste?« rief Colin. »Wir können keine verdammten Gäste brauchen.«

»Hast du den Verstand verloren, Caine?« fragte Nathan. »Wie kannst du ausgerechnet jetzt jemanden einladen?«

Caine starrte seinen Butler an, dann grinste er schwach.

»Ich habe niemanden eingeladen. Wollen Sie uns nicht mitteilen, wer diese Gäste sind, Sterns?«

»Ich habe mir erlaubt, Ihre Eltern, Lady Jades Onkel, seine Leute und noch eine Person ins Haus zu bitten.«

»Warum, zum Teufel?« stieß Nathan hervor.

Der Butler lächelte ihn an. »Natürlich wegen der Zeremonie.«

Alle schauten in Caines ausdrucksloses Gesicht. »Die Lizenz, Sterns?« erkundigte er sich.

»Die liegt bereit.«

»Ist dieser Mann nicht Ihr Butler, Caine?« fragte Richards.

Caine kam nicht dazu, ihm zu antworten, denn Nathan platzte heraus: »Sie wird nein sagen.«

»Ich werde sie sicher eines Besseren belehren«, entgegnete Caine und nickte seinem Diener zu. »Das haben Sie sehr gut gemacht, Sterns.«

»O ja, gewiß«, prahlte der Butler. »Ich habe für alles gesorgt.«

»Wenn Sie so tüchtig sind – könnten Sie uns auch erklären, wie Caine meine Schwester umstimmen will?« fragte Nathan.

Sterns zog eine ungeladene Pistole aus seinem Hosenbund und legte sie auf den Tisch. »Sir Richards, Sie schlugen doch vor, eine Waffe auf Lady Jades Rücken zu richten, nicht wahr?«

Ohrenbetäubendes Gelächter erklang. Jade stand in der Tür, die Teekanne in der Hand, und wartete, bis sich die Männer beruhigt hatten. Dann füllte sie Sterns' Tasse und stellte die Kanne auf das Sideboard. Sie setzte sich und fragte, was die Pistole auf dem Tisch bedeuten sollte, bekam jedoch keine Antwort. Alle begannen wieder zu lachen, und sie vermutete, daß jemand einen obszönen Scherz gemacht hatte, den man in ihrer Gegenwart nicht wiederholen mochte.

Sie glaubte, nun würde man ihr wieder Fragen stellen,

aber Caine überraschte sie mit der Aufforderung, sie solle in ihr Zimmer zurückkehren.

»Warum? Ich dachte ...«

»Du mußt deine Sachen packen«, unterbrach er sie.

Jade nickte und stand auf. »Wahrscheinlich wollt ihr euch noch ein paar unanständige Witze erzählen«, bemerkte sie, ehe sie zur Tür ging. Alle strahlten sie an, und sie wußte nicht, was sie davon halten sollte.

In der Halle wurde sie von den zwei Wächtern erwartet. Sie halfen ihr, die Kleider aus Caines Schrank in ihr Zimmer zu bringen, und postierten sich dann im Flur, während sie alles einpackte. Danach setzte sie sich ans Fenster und las in ihrem Buch.

Wenig später klopfte es an der Tür, und sie ließ Black Harry herein, der ihr ein Dutzend langstielige weiße Rosen überreichte. »Für dich, Mädchen.«

»Danke, Onkel«, entgegnete sie verdutzt, »aber – was machst du hier? Ich dachte, wir treffen uns im Cottage.«

Er küßte ihren Scheitel. Du siehst sehr hübsch aus, Pagan«, lobte er und ignorierte die Frage. »An diesem stolzen Tag müßte Caine meine Kleider tragen.«

»Wieso?« Ihre Verwirrung wuchs. Noch nie hatte sie ihren Onkel so nervös und besorgt gesehen.

»Weil mein Hemd die gleiche Farbe hat wie dein schönes Kleid.«

»Aber was ...«

»Das wollte ich gerade erklären.« Er umarmte sie hastig, zerquetschte dabei die Blumen und trat zurück. »Caine hat mich gefragt, ob er dich heiraten darf.« Vorsichtshalber machte er bei dieser Mitteilung noch einen Schritt nach hinten und rechnete mit einem Wutausbruch, aber Jade zuckte nur anmutig mit den Schultern. Er sah allerdings, daß sie die Rosen fest umklammerte. »Gib auf die Dornen acht, Mädchen!«

»Was hast du geantwortet, Onkel?«

»Er hat in aller Form um deine Hand angehalten, und ich wollte ihn nicht auf die Knie zwingen – obwohl er beteuerte, er würde sogar niederknien, um meine Erlaubnis zu erringen. Aber er sagte es laut und deutlich, vor meinen Männern.«

»Und deine Antwort?«

»Ich erklärte, ich sei einverstanden.« Rasch trat er noch einen Schritt zurück, aber auch jetzt zuckte sie nur die Achseln, legte den Rosenstrauß aufs Bett und setzte sich daneben. Verständnislos strich sich Harry über das Kinn. »Warum bist du nicht zornig? Caine meinte, du würdest dich sträuben. Bist du gar nicht wütend?«

»Nein.«

»Du magst ihn doch?«

»Ja.«

»Und? Irgendwas ist doch los mit dir.«

»Ich habe Angst, Onkel.«

Dieses Geständnis erstaunte ihn dermaßen, daß er nur flüstern konnte. »Nein ...«

»Ja.«

Harry schüttelte den Kopf. »Du hast dich doch nie gefürchtet.« Er setzte sich neben sie aufs Bett und legte einen Arm um ihre Schultern. »Warum jetzt?«

Sie hatte sich schon oft gefürchtet, aber das konnte sie ihm nicht sagen, denn sonst würde er glauben, er hätte seine Pflichten ihr gegenüber vernachlässigt. Und so erwiderte sie: »Ich muß meine Arbeit aufgeben.«

»Dafür ist es auch höchste Zeit, wo ich nun in den Ruhestand trete. Vor meinen Männern hab' ich's verheimlicht, aber meine Augen sind immer schlechter geworden, und ein blinder Pirat taugt nichts.«

»Wer soll die Leute jetzt befehligen?«

»Nathan. Er will die *Emerald* haben. Immerhin gehörte

sie seinem Vater. Sicher wird er einen großartigen Piraten abgeben, Mädchen. Er hat gelernt, richtig gemein zu sein.«

»Ja, er wird bestimmt ein wunderbarer Pirat. Aber – Onkel Harry, ich kann unmöglich die Frau werden, die Caine sich wünscht.«

»Genau die bist du.«

»Ich würde so viele Fehler begehen.« Jade war den Tränen nahe, beherrschte sich aber ihrem Onkel zuliebe. »Von den Dingen, die eine gute Ehefrau können muß, verstehe ich nichts. Ich weiß nicht einmal, wie man mit Nadel und Faden umgeht.«

»Das stimmt.« Seufzend erinnerte er sich an ihren Versuch, seine Socken zu flicken. Die hatte sie an ihr Kleid genäht.

»Und ich kann nicht tanzen«, jammerte sie. »Alle feinen Damen können das.«

»Du wirst es lernen, wenn du nur willst.«

»O ja, ich wollte immer ...«

»Was?«

»Irgendwohin gehören.«

Harry begriff nicht, was sie meinte. »Hätte ich dich Lady Briars überlassen sollen? Sie hätte dich gern zu sich genommen und kämpfte verbissen um dich. Ihretwegen schlichen wir uns sofort nach dem Begräbnis deines Vaters davon. Ich dachte, sie würde uns die Behörden auf den Hals hetzen. Wie du weißt, bin ich nicht dein richtiger Vormund. Aber dein Papa hatte mich beschworen, dich aus England wegzubringen.«

»Und du hast Wort gehalten. Das war sehr ehrenwert.«

»Und jetzt wünschst du, ich wäre nicht so ehrenwert gewesen?«

Jade schüttelte den Kopf. Zum erstenmal in all den Jahren spürte sie Harrys Verletzlichkeit. »Ein Leben ohne dich kann ich mir nicht vorstellen, und ich habe mir niemals gewünscht, daß die Dinge anders verlaufen wären. Du liebst mich wie eine Tochter. Sicher, Lady Briars hätte mir alle damenhaften Fertigkeiten beigebracht, aber sie hätte mich nicht so geliebt wie du. Außerdem hast du mich etwas viel Wichtigeres gelehrt – wie man überlebt.«

»O ja, das hab ich getan«, pflichtete er ihr grinsend bei, und seine Laune besserte sich sofort. »Aber du bist ja auch ein Naturtalent, die geborene Diebin und Lügnerin. Du machst mich sehr stolz, Mädchen.«

»Danke, Onkel.« Sein Lob ließ sie erröten. Harry pflegte mit Komplimenten zu sparen, und wenn er so etwas sagte, meinte er es ernst.

Seine Miene wurde wieder düster, als er sich ihrer betrüblichen Bemerkung entsann. »Vorhin erklärtest du mir, du wolltest irgendwohin gehören.«

»Das – das sollte nur heißen, daß ich eine gute Ehefrau sein möchte«, log sie.

»Dann hast du dich aber etwas unklar ausgedrückt.« Erleichtert atmete er auf. »Und ich wollte schon immer Opa werden.«

Jade wurde rot. »Ich weiß auch nicht, wie man Babys kriegt.«

»Die meisten Frauen wissen das erst, wenn's soweit ist. Und jetzt sag mir – liebst du Caine? Er hat's jedenfalls behauptet.«

Sie wich der Frage aus. »Und wenn er mich eines Tages satt hat? Dann wird er mich verlassen.«

»Niemals.«

»Wenn wir lange genug verlobt sind, wird er vielleicht merken, welch ein Fehler es war, um mich anzuhalten. Und falls er's nicht merkt, könnte ich in dieser Zeit all das lernen, was von einer Ehefrau verlangt wird ...«

Harry fiel ihr ins Wort. »Hör mal, diese lange Verlobung ...«

»Das ist der einzige Ausweg. Ich bestehe auf einem Jahr. Damit ist Caine sicher einverstanden.«

Beglückt über ihren Entschluß sprang sie auf und stürmte aus dem Zimmer. Harry rückte seine schlechtsitzende Brille auf der Nase zurecht, packte die Rosen und folgte ihr. »Warte!«

»Ich muß sofort mit Caine reden!« rief sie über die Schulter. »Bestimmt wird er meine Entscheidung billigen.«

»Bestimmt nicht«, murmelte Harry. »Halt, Mädchen, ich muß dir noch was sagen!« Sie war bereits in der Halle angekommen, als er den Treppenabsatz erreichte. »Sie sind alle im Salon!« schrie er, während er die Stufen hinabpolterte.

Wie erstarrt blieb sie stehen, als sie die Tür öffnete und die Versammlung sah. Harry holte sie ein und ergriff ihren Arm. »Jetzt müssen wir alles richtig machen, Mädchen«, flüsterte er.

»Warum sind so viele Leute hier?« Jade kannte alle außer dem kleinen, kahlköpfigen Mann, der sich bei der Terrassentür postiert hatte. Er hielt ein Buch in der Hand und war in ein Gespräch mit dem Herzog und der Herzogin von Williamshire vertieft.

Caine unterhielt sich vor dem Kamin mit Lyon. Er mußte Jades Anwesenheit gefühlt haben, denn er wandte sich zu ihr, mit ernster Miene. Sofort sah er ihr an, daß sie nicht verstand, was hier vorging. Er wappnete sich gegen das Feuerwerk, dessen Ausbruch er befürchtete, und ging zu ihr.

»Ich fand keine Zeit, ihr's zu erklären«, teilte Harry ihm mit.

»Das habe ich mir schon gedacht. Jade, meine Süße, wir werden ...«

»Nein, ich sag's ihr«, unterbrach ihn Harry. »Mädchen, die Verlobung wird kein ganzes Jahr dauern.« Sie schaute ihn mit ihrem unschuldigen Engelsblick an, und er umfaßte ihren Arm noch fester. »Ihr werdet heiraten.«

Vergeblich versuchte sie, sich loszureißen. »Wann?« flüsterte sie heiser.

Harry schnitt eine Grimasse. »Jetzt.«

Sie öffnete den Mund, um lauthals zu protestieren, aber Caine trat rasch vor sie hin und schirmte sie gegen das Publikum ab. »Wir können's auf einfache Art machen, Jade – oder auf die harte Tour. Such dir's aus.« Er beobachtete, wie sie in Panik geriet und zu zittern begann.

»Falls du den einfachen Weg wählst, gehen wir nun zum Priester und lassen uns trauen.«

»Und – die harte Tour?«

»Ich würde dich an den Haaren da hinüberzerren«, entgegnete Caine und setzte eine Miene auf, die keinen Zweifel an seiner Entschlossenheit erlaubte. »So oder so, wir heiraten.«

»Caine ...« Ihre angstvolle Stimme schnitt ihm ins Herz.

»Entscheide dich.«

»Ich werde dir nicht gestatten, mich zu verlassen«, wisperte sie. »Vorher verlasse ich dich.«

»Was faselst du da, Mädchen?« fragte Harry.

»Nun, wofür entscheidest du dich?« Caine ignorierte Jades Worte ebenso wie Harrys Einmischung.

Ihre Schultern hingen nach vorn. »Für die einfache Art.«

»Gut.«

»Ich führe sie zum Priester«, verkündete Harry. »Nathan! Du folgst uns!«

»Einen Augenblick noch«, befahl Caine. Er ging zum Geistlichen und sprach mit ihm, während Jade bebend an der Tür stehenblieb und Harry die Herzogin mit lüsternen Blicken verschlang.

Caine gab dem Priester ein Papier, und dann war es soweit. Er bezog Stellung neben seinem Bruder, den er stützte, und Jade stand an seiner anderen Seite und mußte ebenfalls gestützt werden, von Harrys Arm.

Sie sprach das Ehegelübde zuerst, weil Caine es so verlangte. Und während er die Worte wiederholte, ließ er seine Braut nicht aus den Augen. Ihr Kopf war gesenkt, und als er verstummte, hob er ihr Kinn und zwang sie, ihn anzuschauen. Sie wirkte so verängstigt und verwundbar. Tränen verschleierten ihren Blick. Er liebte sie so sehr und wollte ihr alles geben. Aber erst mußte sie lernen, ihm zu vertrauen.

Der Priester schloß die Bibel, faltete das Papier auseinander und begann zu lesen. »Versprechen Sie, bei Ihrer Frau zu bleiben, so lange Sie leben? Schwören Sie vor Gott und diesen Zeugen, sich nie von ihr zu trennen, bis daß der Tod Sie scheidet?«

»Ja«, antwortete Caine, und Jade starrte verblüfft auf das Papier. »Und jetzt die letzte Frage«, befahl er dem Geistlichen.

»Das ist irregulär«, wisperte der kahlköpfige Mann und wandte sich widerstrebend an Jade. »Versprechen Sie, ihrem Mann noch heute zu sagen, daß Sie in lieben?«

Sie lächelte strahlend. »Ja.«

»Nun dürfen Sie die Braut küssen.«

Bereitwillig machte Caine von dieser Erlaubnis Gebrauch, und als er sich aufrichtete, sagte er: »Jetzt gehörst du mir.« Zärtlich umarmte er sie. »Denselben Fehler mache ich nicht zweimal, Süße.«

»Ich verstehe nicht ...« Sie war immer noch den Tränen nahe und rang verzweifelt nach Fassung. »Warum hast du den Priester nicht bewogen, auch mir das Versprechen abzunehmen, dich nie zu verlassen? Glaubst du, ich würde mein Wort brechen?«

»Nein. Aber du sollst es mir freiwillig geben. Sag es mir, wenn du dazu bereit bist ...«

Er wurde unterbrochen, denn nun drängten sich die Gratulanten heran. Harry stand mit seinen Männern in einer Ecke und betupfte sich die Lider mit einem Zipfel seiner Schärpe. Caines Stiefmutter hieß die Braut hocherfreut in der Familie willkommen. Natürlich weiß sie nicht, daß sie eine ganz gewöhnliche Diebin als Schwiegertochter bekommt, dachte Jade.

Gweneth warf einen angstvollen Blick auf Harry. »Wird dein Onkel euch oft besuchen?«

»Er lebt weit weg von England. Wahrscheinlich kommt er nur einmal im Jahr zu uns.«

Caine sah die Herzogin erleichtert aufatmen und lachte. »Dein Onkel macht Mama etwas nervös.«

»Du hast nichts zu befürchten, Gweneth«, versicherte Jade. »Onkel Harry ist sehr nett. Wenn du ihn erst mal besser kennst ...«

Dieser Vorschlag schien die Herzogin zu entsetzen, und Caine meinte: »Harry hat mir bereits anvertraut, daß er meine Mutter näher kennenlernen will.«

Jade hatte Harrys Versuch, Gweneth aus dem Haus zu zerren, nicht beobachtet. Deshalb verstand sie weder das Grauen ihrer Schwiegermutter noch Caines Belustigung.

»Mein Sohn, daß ist nicht der rechte Zeitpunkt ...«

»Oh, du nennst ihn Sohn!« rief Jade. »Und du hast Mutter zu ihr gesagt, Caine!«

»Er ist mein Sohn«, verkündete Gweneth. »Wie soll ich ihn denn sonst nennen? Er hat es mir erlaubt.«

Jade lächelte zufrieden. »Und ich dachte, er würde gar nicht richtig zur Familie gehören. Das war offenbar ein Irrtum.«

Caine und seine Mutter gaben keine Erklärung ab, sie sahen sich nur strahlend an.

Plötzlich fragte Gweneth: »Wo ist Henry? Harry kommt auf uns zu ...« Ehe Jade und Caine sie zurückhalten konnten, raffte sie ihre Röcke und floh zum Herzog.

»Du hattest Angst, ich würde nicht zur Familie gehören?« flüsterte Caine.

Verlegen hob sie die Schultern. »Jeder muß irgendwohin gehören, sogar du.«

Harry drückte ihr den Blumenstrauß in die Hände. »Die letzten Rosen, die Jimbo für dich besorgt hat, Mädchen, also freu dich dran.« Dann wandte er sich zu Caine.

»Mein Junge, ich muß dir mitteilen, wie wir das Schiff verbrennen wollen. Morgen wird es angestrichen.«

»Wenn ihr mich entschuldigt – ich möchte mit Nathan reden«, sagte Jade, die ihren Bruder allein auf der Terrasse stehen sah.

Caine hörte zu, während Harry seine Pläne erläuterte, aber sein Blick folgte Jade. Sie sprach sehr lange mit Nathan, der mehrmals nickte. Als sie ihm eine weiße Rose überreichte, blinzelte er verwirrt. Er schüttelte den Kopf, doch sie hielt ihm die Rose beharrlich hin. Schließlich nahm er sie, grinste und umarmte seine Schwester.

Gerührt sah Caine die tiefe Liebe in den Augen seines Schwagers. Er mischte sich nicht ein und wartete geduldig, bis Jade zu ihm zurückkehrte. Auch Harry und seine Männer beobachteten Nathan. Als er die Rose hochhob, brach lauter Jubel aus. Die Leute stürzten sich auf ihn, Matthew und Jimbo klopften ihm lachend auf die Schultern.

»Was hat das zu bedeuten?« fragte Caine und schlang einen Arm um Jades Taille.

»Ich habe Nathan etwas geschenkt. Willst du wissen, was?« Ihre Augen leuchteten so zauberhaft, daß er auf ganz andere Gedanken kam.

»Eine Rose«, flüsterte er und küßte ihre Stirn. »Gehen wir für ein paar Minuten nach oben?«

Sein Blick nahm ihr den Atem. »Unmöglich. Unsere Gäste ... Und wir müssen nach London ...«

Er seufzte. »Dann hör auf, mich so anzuschauen.«

»Wie denn?«

»Als wolltest du mit mir nach oben gehen.«

»Das will ich doch ...«

Da küßte er ihren Mund, und für einen Moment versank die Welt um sie herum. Dann erinnerte er sich an das Versprechen, das sie dem Priester gegeben hatte. »War da nicht irgendwas, das du mir sagen wolltest?«

»Ja. Daß ich Nathan eine weiße Rose geschenkt habe.«

Sie sah ihn aufrichtig und unschuldig an, und er wußte, daß sie nicht scherzte. Da beschloß er, ihr das Geständnis ihrer Liebe erst zu entlocken, wenn sie allein waren. Verdammt, er mußte es bald hören.

»Verstehst du die Bedeutung dieses Geschenks, Caine?« Er schüttelte den Kopf, und sie erklärte »Ich habe ihm meinen Namen übertragen – Pagan.«

»Was?«

Sie nickte. »Von jetzt an heißt er Pagan.«

»Aber Pagan muß doch sterben. Hast du das vergessen?«

»Nur für eine kleine Weile. Die Männer brauchen einen neuen Anführer. Und Natahn will die *Emerald* haben. Er muß seine Frau holen.«

»Er ist verheiratet?« fragte Caine verblüfft.

»Seit seinem vierzehnten Geburtstag. Auf Wunsch des Königs.«

»Wo ist seine Frau?«

»Sie ist ihm weggelaufen. Begreifst du jetzt, warum er manchmal so mürrisch ist?«

»O ja. Gibt es noch viele Geheimnisse, die du mir bisher vorenthalten hast?«

Jade fand keine Zeit, um zu antworten, denn jetzt gesellte sich Sir Richards zu ihnen und verkündete, es sei an der Zeit, nach London aufzubrechen.

»Zieh dein Reitkostüm an, Jade«, sagte Caine. »Wir fahren nicht mit dem Wagen.«

Sie nickte, verabschiedete sich von den Gästen und eilte nach oben. Sterns brachte ihre Reisetasche dem Stallmeister, um sie an ihrem Sattel festbinden zu lassen. Als sie Caines Zimmer betrat, schlüpfte dieser gerade in sein Reitjackett. Er trug bereits eine braune Kniehose und hohe Stiefel. Das weiße Hemd hatte er anbehalten, aber die Krawatte abgenommen.

»Ich bin bereit!« rief Jade von der Tür her.

»Eigentlich habe ich mir den Beginn unserer Ehe anders vorgestellt.«

»Wir hätten mit der Hochzeit warten können.«

»Nein, auf keinen Fall.«

»Warum benutzen wir nicht die Kutsche?«

»Weil wir einen Umweg durch die Wälder nehmen und unbemerkt nach London gelangen müssen. Wir stehlen uns klammheimlich in die Stadt.«

Sie lächelte. »So ähnlich wie McKindry.«

Caine steckte ein langes Messer in einen Stiefelschaft.

»Wer ist McKindry?«

»Der Mann, der mich mit der Peitsche geschlagen hat. Vergiß deine Pistole nicht.«

»Nein.« Er wandte sich zu Jade. »Der Bastard heißt also McKindry?«

»Schau nicht so böse drein, das ist lange her.«

»Wie lange?«

»Damals war ich acht oder neun. Harry rechnete mit McKindry ab, und mir war es eine gute Lehre. McKindry hatte sich heimlich an mich herangeschlichen, von hinten. Und jedesmal, wenn ich mich von Harry trenne, ermahnt er mich, an McKindry zu denken. Jetzt gelingt es niemandem mehr, sich unbemerkt an mich heranzupirschen.«

Was für eine Kindheit muß das gewesen sein, fragte sich Caine und verbarg seinen Zorn. »Wie oft ließ Harry dich allein?« Er wandte sich zum Schrank, damit sie sein Gesicht nicht sah.

»Immer wieder – bis ich gut genug war, um ihn zu begleiten. Beeil dich, Caine, sonst wird Sir Richards ungeduldig. Ich gehe schon mal nach unten ...«

»Komm her, Jade.« Seine Stimme war ein heiseres Flüstern, sein Blick sehr ernst. Verwirrt über sein Verhalten, gehorchte sie.

»Ja, Caine?«

»Du sollst nicht nur an McKindry denken, sondern auch noch an etwas anderes.«

»Woran?«

»Daß ich dich liebe.«

»Das werde ich nie vergessen.« Sanft strich sie mit den Fingerspitzen über seine Wange und wollte ihn küssen, doch er schüttelte den Kopf.

»Du sollst dich an noch was erinnern – an dein Versprechen, nie mehr aufs Meer zu fahren.«

Erstaunt hob sie die Brauen. »Das habe ich nicht versprochen.«

»Dann tu's jetzt«, befahl er.

»Gut, ich gebe dir mein Wort.«

»Wenn Harry dich sehen will, muß er nach England kommen. Wir werden niemals zu ihm reisen. Ich erzähle ihm, was du mir versprochen hast. Sicher wird er nicht protestieren.«

»Wie lange weißt du es schon, Caine?«

»Daß du Angst vor dem Wasser hast?« Schüchtern nickte sie, und er fuhr fort: »Seit jenem ersten Alptraum.« Voller Mitgefühl nahm er sie in die Arme.

»Harry würde das nie verstehen«, erwiderte sie tonlos, dann runzelte sie nachdenklich die Stirn. »Hältst du mich für feige?«

»Du kennst die Antwort«, entgegnete er, und sie lächelte.

»Nein, du findest mich nicht feige. Verzeih, daß ich dich mit dieser Frage beleidigt habe. Ich bin es nicht gewöhnt, zuzugeben ...«

»Meine Süße, wenn Poseidon soviel durchgemacht hätte wie du, würde er auch nicht mehr zur See fahren wollen.«

Vor Erleichterung, daß er ihr diese Last von der Seele genommen hatte, lachte und weinte sie zugleich. »Nathan ist viel stärker als ich. Er wird sich wieder aufs Meer wagen.«

»Nathan ist übermenschlich, also zählt er nicht.«

»Oh, er ist eher menschlich. Wenn ich dir ein Geheimnis verrate – wirst du's für dich behalten und ihn nicht damit necken?«

»Ich verspreche es.«

»Er wird oft seekrank.«

Caine lachte. »Dann wird er einen grandiosen Piraten abgeben.«

»Ich liebe dich«, platzte sie heraus und drückte das Gesicht an seine Brust.

Sofort hörte er zu lachen auf. »Hast du was gesagt?« frage er und gab vor, sie nicht verstanden zu haben. Mit einem Finger hob er ihr Kinn hoch und schaute ihr in die Augen. Es dauerte lange, bis sie es über sich brachte, die Worte zu wiederholen, und sie mußte ihren ganzen Mut aufbieten. Ihr Herz hämmerte wie rasend, und ihr Magen krampfte sich zusammen.

Hätte er nicht geholfen, wäre sie unfähig gewesen, das Geständnis noch einmal abzulegen. Sein liebevolles Lächeln nahm ihr die Angst, und das Grübchen in seiner Wange war ein zusätzlicher Ansporn. »Ich liebe dich«, schluchzte sie.

»War es denn so schwierig, mir das zu sagen?« Zärtlich küßte er ihre Tränen weg.

»Ich bin es nicht gewöhnt, auszusprechen, was ich empfinde. Und es gefällt mir kein bißchen.«

Caine hätte gelacht, wäre sie ihm nicht so verletzlich erschienen. »Beim ersten Mal hat's dir auch nicht gefallen, mit mir zu schlafen«, erinnerte er sie und preßte seine Lippen auf ihre.

Caine wollte sie hochheben und zum Bett tragen, doch da wurden sie von Sir Richard's durchdringendem Ruf gestört. Seufzend ließen sie einander los.

»Komm, meine Süße, es ist an der Zeit.« Caine nahm Jade bei der Hand und zog sie zur Tür.

17

Lyon und Richards warteten in der Halle. Schweigend gingen sie alle zum Wald, wo Matthew und Jimbo die Pferde bereithielten.

Caine ritt voraus, gefolgt von Jade, der Lyon den Rükken deckte, und Sir Richards bildete die Nachhut.

Die Vorsichtsmaßnahmen, die Caine ergriff, kamen Jade keineswegs übertrieben vor. Zweimal machte er kehrt, um sich zu vergewissern, daß sie nicht verfolgt wurden. Die damit verbundenen Unannehmlichkeiten nahm sie gern in Kauf. Wenn er zurückritt, blieb Lyon an ihrer Seite. Dabei sprach er jedesmal von seiner Akte, die sie gelesen hatte. Offenbar sorgte er sich, sie könnte noch jemand anderem in die Hände fallen. Schließlich schlug sie ihm vor, das Dossier zu entwenden, damit er seinen Seelenfrieden wiederfände. Doch er schüttelte den Kopf und versuchte, nicht zu lächeln, während er erklärte, daß wäre unmoralisch. Und sollte einmal irgendwer Lyons Aktivitäten in Frage stellen, würde die Akte seine ehrenhafte Handlungsweise belegen. Die Wahrheit war sein Schutz.

Jade widersprach ihm nicht, dachte jedoch, das Dossier wäre in seinem Haus besser aufgehoben als im Kriegsministerium.

Sie beschloß, sich darum zu kümmern.

Als sie den Stadtrand von London erreichten, sank die Sonne. Der lange Ritt hatte Jade ermüdet, Caine nahm sie für den letzten Teil des Weges auf seinen Schoß, und sie protestierte nicht. Dankbar schmiegte sie sich an seine Brust. Was für ein freundlicher, zuverlässiger Mann er war ... Bei ihm konnte sich eine Frau sicher fühlen.

Beinahe wäre sie eingeschlafen, doch da hielten sie vor seinem Stadthaus. Er ging hinein, schickte die Dienstboten ins Bett und führte Jade in die Bibliothek. Der Rauchgeruch hing immer noch in der Luft, und die meisten Wände waren von Ruß geschwärzt. Doch das Personal hatte gute Arbeit geleistet und einen Großteil der Schäden behoben.

Auch Lyon und Richards kamen in die Bibliothek, und der ältere Mann erklärte: »Sobald es dunkel ist, brechen wir auf.«

»Es ist besser, bis Mitternacht zu warten«, erwiderte Jade. »Denn vorher haben zwei Wachposten Dienst.«

»Und was geschieht um Mitternacht?«

»Von da an hält nur einer Wache – Peter Kently, der stets betrunken ist, wenn seine Schicht beginnt. Wenn wir uns bis halb eins gedulden, wird er seine Flasche geleert haben und schlafen.«

Sir Richards starrte sie entgeistert an. »Wieso wissen Sie ...«

»Sir, wenn man solche Unternehmungen erfolgreich durchführen will, muß man bestens vorbereitet sein.«

Während Sir Richards über die mangelnde Arbeitsmoral der Regierungsbediensteten schimpfte, erkundigte sich Lyon nach den Schlössern, und Jade antwortete:

»Die Hintertür läßt sich nur mühsam öffnen.«

Richards atmete auf. »Wenigstens ein kleiner Lichtblick!«

Mitleidig schaute sie ihn an. »Mühsam – aber nicht unmöglich, Sir. Wie Sie sich vermutlich entsinnen, konnte ich dieses Problem lösen.« Er stöhnte so betrübt, daß sie hastig hinzufügte: »Aber bei jenem ersten Mal habe ich sehr lange gebraucht. Diese doppelten Schlösser sind äußerst kompliziert.«

»Wie lange hat es gedauert, Jade?« fragte Lyon.

»Oh, fünf bis sechs Minuten.« Richards schlug die Hände vors Gesicht, und sie versuchte, ihn zu trösten.

»So schlimm ist es doch gar nicht. Es kostete mich fast eine Stunde, in den Raum zu gelangen, wo die Akten unter Verschluß liegen.«

Er sah nicht so aus, als wollte er noch länger getröstet werden, und so überließ sie die Männer ihren Besprechungen und ging in die Küche, um etwas Eßbares zu finden. Mit einem beladenen Tablett kehrte sie in die Bibliothek zurück. Sie stärkten sich mit Äpfeln, Käse, kaltem Hammelbraten und Brot. Dazu tranken sie dunkles Ale. Nach der Mahlzeit zog Jade ihre Reitstiefel aus, kuschelte sich in einen Ohrensessel und schlummerte ein.

Mit gedämpften Stimmen diskutierten die Männer über das Tribunal. Als sie einige Stunden später erwachte, las Caine gerade die Briefe, die sie aus dem Gedächtnis kopiert hatte. Konzentriert runzelte er die Stirn, dann lehnte er sich plötzlich lächelnd zurück. Offenbar hatte er die Antwort auf eine wichtige Frage gefunden. Jade richtete sich neugierig auf.

»Bist du zu bedeutsamen Erkenntnissen gelangt?«

»O ja«, bestätigte er sichtlich zufrieden. »Immer ein Schritt nach dem anderen ...«

»Er ist so ein logischer, methodischer Mensch«, erklärte sie Richards und Lyon in einem Tonfall, als müßte sie einen Charakterfehler entschuldigen. »Er kann einfach nicht anders. Und er ist so vertrauensselig.«

»Vertrauensselig?« Lyon lachte laut auf. »Das meinen Sie doch nicht ernst, Jade. Caine ist der mißtrauischste Zyniker von England.«

»Ein Wesenszug, den ich bei der Zusammenarbeit mit dir entwickelt habe«, ergänzte Caine gedehnt.

Lyons Bemerkung verblüffte Jade. Offenbar war er sich seiner Sache völlig sicher. Auch Sir Richards nickte. Lächelnd wandte sie sich zu Caine. »Dann fühle ich mich geehrt, weil du mir traust.«

»Ebenso wie du mir, meine Süße.«

Sie hob die Brauen. »Und was soll das heißen? Willst du mich beleidigen?« Als er grinste, fragte sie Lyon:

»Haben Sie eigentlich eine Ahnung, wie schwierig es ist, mit einem so verdammmt logischen Mann verheiratet zu sein?«

Caine erwiderte an Stelle seines Freundes: »Ich habe nicht die leiseste Ahnung.«

Sie beschloß, das Thema nicht weiterzuverfolgen, stellte die Füße auf den Boden und streckte die steifen Glieder. Wäre sie allein gewesen, hätte sie undamenhaft geächzt.

»Ich bin es nicht gewöhnt, so lange zu reiten«, gab sie zu.

»Heute haben Sie sich sehr gut gehalten«, lobte Lyon.

»Wenn das alles überstanden ist, werden Christina und ich einen Empfang für euch beide geben.«

»Das wäre nett«, meinte Caine. »Weißt du, Lyon, Jade und Christina sind sich sehr ähnlich.«

»Ist sie eine Diebin?« platzte Jade begeistert heraus.

»Wir haben uns von Anfang an gut verstanden. Kein Wunder ...«

Caine fiel ihr ins Wort. »Tut mir leid, dich enttäuschen zu müssen, Liebste, aber Christina ist keine Diebin.«

Traurig seufzte sie, und Lyon lachte. »Sie ist auch nicht besonders logisch. Meine Frau stammt aus einer ungewöhnlichen Familie, Jade, und könnte Ihnen einiges beibringen.«

»Gott helfe uns!« rief Caine, der über Lady Christinas bemerkenswerte Herkunft informiert war. Ein Dakota-Stamm in der amerikanischen Wildnis hatte sie großgezogen.

Jade mißverstand seine Reaktion. »Ich bin eine gelehrige Schülerin, und Christina wird bestimmt keine Mühe mit mir haben.« Sie ließ ihm keine Zeit, ihr zu widersprechen, und fuhr rasch fort: »Jetzt ziehe ich mich um. Wir müssen bald aufbrechen.«

In Caines Schlafzimmer vertauschte sie ihr Reitkostüm mit einem schwarzen Kleid und hängte ein dunkles Cape um ihre Schultern. Die Kapuze würde ihr leuchtendes Haar im Lampenlicht verbergen.

Die halbe Strecke bis zum Kriegsministerium legten sie in einem Mietwagen zurück, den Rest des Weges gingen sie zu Fuß. In der Gasse hinter dem Ziegelgebäude trat Jade an Caines Seite, ergriff seine Hand und spähte zum obersten Stockwerk hinauf. »Da stimmt was nicht.«

»Was?« fragte Richards hinter ihr. »Ist es nur ein Gefühl oder ...«

»Hinter dem dritten Fenster von rechts brennt Licht. Das dürfte nicht sein.«

»Vielleicht der Wachposten ...«

»Der müßte am Vordereingang stehen. Und in diesem Büro hätte er nichts verloren.«

Caine wandte sich zu Lyon. »Wenn jemand die Akten

durchsieht, wird er das Haus durch den Hinterausgang verlassen.«

»Laßt ihn vorbei«, ordnete Sir Richards an. »Ich folge ihm.«

»Soll ich Sie begleiten?« schlug Lyon vor. »Wenn es mehrere sind ...«

Richards schüttelte den Kopf. »Ich werde feststellen, wer der Anführer ist, und ihm nachschleichen. Sie werden hier gebraucht, mein Junge. Wir treffen uns in Caines Haus.«

Sie zogen sich in nächtliche Schatten an der Ziegelmauer zurück, in einiger Entfernung vom Hintereingang, und warteten geduldig. Caine legte einen Arm um Jades Schultern. »Es ist dir nicht recht, daß ich hier bin, was?« wisperte sie, als sein Griff fast schmerzhaft wurde.

»Natürlich nicht. Wenn es da drin Ärger gibt...«

»Darum wird sich Lyon kümmern«, unterbrach sie ihn. »Und wenn jemand getötet werden muß, was Gott verhüten möge, wird er es tun. Er ist daran gewöhnt.«

Lyon hörte diese Bemerkung und hob die Brauen. Er fragte sich, ob sie Caines Akte genau gelesen hatte. Sein Freund besaß nämlich die gleichen Fähigkeiten wie er selbst.

Das Geflüster verstummte, sobald die Hintertür knarrte. Zwei Männer eilten heraus. Im Mondlicht konnte Jade die Gesichter deutlich sehen und schnappte unwillkürlich nach Luft. Sofort preßte Caine ihr eine Hand auf den Mund.

Einer der Männer versperrte die Tür. Wie ist er zu einem Schlüssel gekommen, fragte sich Jade. Sie schwieg, bis die beiden um eine Ecke bogen und Sir Richards die Verfolgung aufnahm. Dann murmelte sie:

»Die Sicherheitsvorkehrungen sind wirklich beklagenswert.«

»Ja«, stimmte Caine zu. »Du hast die Leute erkannt?«

Sie nickte. »Es sind zwei von den dreien, die Nathans Kutsche überfallen haben. Der größere schlug mich auf den Kopf.« Caines Miene jagte ihr Angst ein, und sie fürchtete, er würde den beiden nachlaufen. »Bitte, du mußt auch jetzt logisch sein. Vorerst darfst du nicht Rache üben.«

»Natürlich, ich warte. Aber wenn das hier vorbei ist ...« Er beendete den Satz nicht, nahm sie bei der Hand und führte sie zur Tür. Mit einem Spezialwerkzeug, das Harry ihr zum zehnten Geburtstag geschenkt hatte, öffnete sie das Doppelschloß innerhalb weniger Minuten.

Lyon trat zuert ein, gefolgt von Jade, der Caine auf den Fersen blieb.

Sie schob Lyon beiseite und eilte voraus. Über die Hintertreppe stiegen sie zum dritten Stock hinauf. Jade erinnerte sich an die knarrende Stufe auf der zweiten Treppenflucht und bedeutete beiden Männern, sie zu meiden. Da fühlte sie Lyons Arme um ihre Taille. Er hob sie über die Stufe hinweg, und sie lächelte ihn dankbar an.

Der Wachposten schlief nicht an seinem Schreibtisch im Vorraum des Büros. Er war tot. Jade sah einen Messergriff zwischen seinen Schultern hervorragen und wich erschrocken zurück.

Rasch legte ihr Caine wieder eine Hand auf den Mund – offenbar glaubte er, sie würde schreien.

Durch das Glasfenster in der Tür, die ins Büro führte, sahen sie zwei Schatten. Caine zog Jade in eine Ecke des Vorzimmers und bedeutete ihr, hier zu warten. Dann folgte er Lyon ins Büro. Es beeindruckte sie, wie lautlos die beiden sich bewegten. Sie hätten tüchtige Diebe abgegeben.

Aber sie brauchten zu lange. Jade wartete und rang ungeduldig die Hände, den Rücken an die kalte Wand gedrückt. Sie wußte nicht, was sie tun sollte, wenn Caine irgend etwas zustieß. Sie brauchte ihn so sehr – auch wenn sie ihn bald verlassen mußte ...

Sie merkte nicht, daß sie die Augen zusammenkniff, bis sie Caines Hand auf der Schulter spürte. »Komm, wir sind allein.«

»Und die Männer da drin?« wisperte sie. »Um Himmels willen, sprich leise, wenn du arbeitest.«

Caine antwortete nicht, und sie begleitete ihn ins Büro. Sie warf ihren Umhang über einen Schreibtisch, während Lyon eine zusätzliche Kerze anzündete. Da entdeckte sie die beiden Männer am Boden in einer Ecke und hielt den Atem an. »Sind sie tot?«

Sie konnte nicht aufhören, die beiden übereinanderliegenden Gestalten anzustarren, und Caine stellte sich vor sie hin, um ihr die Sicht zu versperren. »Nein.« Als sie erleichtert aufseufzte, fragte er: »Mußte denn keiner von deinen Männern jemals ...«

»Gewiß nicht,« unterbrach sie ihn, »sonst hätte ich ihnen das Fell über die Ohren gezogen. Ein Mord kam nie in Frage. Und jetzt red nicht so viel, beeil dich lieber. Wenn sie aufwachen, werden sie Alarm schlagen.«

»Die wachen noch lange nicht auf.« Caine drückte sie auf einen Stuhl. »Ruh dich aus, es wird eine Weile dauern.«

»Ich soll mich beim Arbeiten ausruhen?« fragte sie entsetzt. »Niemals!«

»Terrances Akte fehlt«, verkündete Lyon, über ein Schubfach gebeugt, und grinste breit. »Interessant, was?«

»Die Leute, die hier die Lampen angezündet haben, fanden es anscheinend auch interessant«, fauchte Jade. »Sei doch leise, Lyon!«

»Ja, hochinteressant«, antwortete Caine seinem Freund.

»Können wir jetzt gehen?« Sie warf wieder einen Blick auf die Männer am Boden.

»Warum bist du so nervös, Jade?« fragte Caine. »Du warst doch schon mehrmals hier.«

»Damals habe ich mit Profis zusammengearbeitet«, betonte sie.

Lyon wechselte einen belustigten Blick mit Caine. »Sie macht sich Sorgen um uns.«

»Nein, das wäre beleidigend«, entgegnete Caine.

Sie konnte es nicht fassen, daß er in einer solchen Situation scherzte. »Selbstverständlich mache ich mir Sorgen. Ihr seid waschechte Amateure. Sogar ein Schwachsinniger würde begreifen, daß wir jetzt keine Zeit für so ein Geschwätz haben. Beeilt euch doch!«

»Sie beleidigt uns tatsächlich«, meinte Lyon gedehnt und begann zu lachen, besann sich aber anders, als sie ihn erbost anstarrte.

Nun gingen die beiden Männer endlich mit dem nötigen Ernst an ihre Aufgabe. Zwei Stunden lang studierten sie die Akten, und Jade störte sie nicht. Aber sie wagte es auch nicht, sich auszuruhen, und lauschte angespannt, um etwaige Eindringlinge sofort zu bemerken.

Schließlich klappte Caine den letzten Aktenordner zu. »So, wir sind fertig.«

Sie sprang auf, nahm ihm den Ordner aus der Hand und legte ihn in ein Schubfach, an den richtigen Platz. Dabei kehrte sie den Männern den Rücken, und sie brauchte nicht lange, um Caines und Lyons dicke Dossiers herauszunehmen. Dann drehte sie sich um, fest entschlossen, ihren Willen durchzusetzen, falls sie protestierten. Doch das Glück stand auf Jades Seite, denn die beiden Männer waren bereits in den Vorraum gegangen.

»Wollt ihr nicht ihre Taschen durchsuchen?« fragte sie und zeigte auf die zwei Bewußtlosen.

»Das haben wir bereits getan«, erwiderte Caine.

Sie wickelte die Akten in ihren Umhang, blies die Kerzen aus und folgte den Männern nach unten. Da sie allein im Gebäude waren, glaubten Lyon und Caine offenbar, sie müßten nicht leise sein. Abwechselnd murmelten sie Flüche vor sich hin, und der eine erwies sich dabei als ebenso einfallsreich wie der andere.

»Mit euch gehe ich nie wieder einbrechen«, erklärte Jade. »Es würde mich nicht überraschen, wenn uns draußen die Polizei auflauern würde.«

Weder Caine noch Lyon achtete auf Jades Geschimpfe, und bald wurde sie ohnehin zu müde, um ihnen Vorträge zu halten.

Sir Richards stand in der Gasse. »Vier Häuserblocks weiter wartet ein Mietwagen«, verkündete er und eilte ihnen voraus.

An der Straßenecke stolperte Jade. Lyon hob sie hoch und legte sie auf Caines Arme. Sie glaubte, daß er dabei die Akten im zusammengerollten Cape gespürt haben mußte. Offenbar nicht, denn er grinste wortlos, und sie setzten ihren Weg fort.

In der Kutsche schlief sie ein, den Umhang an die Brust gepreßt. Solange Caine bei ihr war, fühlte sie sich sicher. Zum erstenmal seit langer Zeit mußte sie nicht mehr an McKindry denken. Caine würde auf sie aufpassen. Natürlich konnte er niemals ein brauchbarer Dieb werden. Aber er würde verhindern, daß sich die bösen McKindrys an sie heranschlichen.

Als Jade erwachte, lag sie auf Caines Bett, und er versuchte ihr das Cape zu entwinden. »Warten sie unten auf dich?« flüsterte sie gähnend.

»Ja, Süße. Komm, laß dir helfen ...«

»Ich kann mich selber ausziehen. Brauchst du mich noch ..?«

Sie wollte fragen, ob ihre Anwesenheit in der Bibliothek erforderlich war, aber er unterbrach sie. »Ich brauche dich immer, und ich liebe dich.« Er beugte sich herab und küßte sie. »Schlaf jetzt. Sobald wir fertig sind, kehre ich zu dir zurück.«

»Ich will dich nicht brauchen!« gestand sie mit angstvoller Stimme, und er lächelte fast mitleidig.

»Ich weiß, aber du brauchst mich nun mal.«

Obwohl sie nicht wußte warum, fand sie seine Worte tröstlich. Und sie bewunderte sein Selbstbewußtsein. Nachdem er aus dem Zimmer gegangen war, seufzte sie laut auf. Sie fühlte sich einfach zu müde, um an die Zukunft zu denken. Würde der Alptraum sie auch in dieser Nacht heimsuchen? Plötzlich erkannte sie, daß ihr nicht mehr so schrecklich davor graute wie früher. Ehe sie einschlummerte, galt ihr letzter Gedanke dem Versprechen, das sie ihrem Mann gegeben hatte. Sie würde nie mehr aufs Meer fahren.

Caine sank erst nach sieben Uhr morgens ins Bett, und Jade öffnete gerade lange genug die Augen, um zu beobachten, wie er sich neben ihr ausstreckte. Er zog sie an seine Brust. Bald verrieten seine gleichmäßigen Atemzüge, daß er schlief.

Gegen Mittag ging sie nach unten und machte sich mit dem Hauspersonal bekannt, dann frühstückte sie im Speisezimmer.

Plötzlich erschien Caine in der Tür, nur mit einer hellen Kniehose bekleidet. Er sah erschöpft und wütend aus.

»Komm her, Jade.«

»Bist du mit dem falschen Fuß aus dem Bett gestiegen?« Sie stand auf und schlenderte zu ihm. »Oder schaust du immer so mürrisch drein, wenn du aufgewacht bist?«

»Ich dachte, du wärst geflohen.« Verwundert hob sie die Brauen, aber er ließ ihr keine Zeit, über dieses sonderbare Geständnis nachzudenken, nahm sie auf die Arme und trug sie ins Schlafzimmer zurück. Das Ausmaß seines Zorns wurde ihr erst bewußt, als sie den Muskel entdeckte, der in seinem Kinn zuckte.

»Caine, ich bin nicht geflohen.« Lächelnd strich sie über die Bartstoppeln an seinem Kinn. »Du mußt dich rasieren, mein Gemahl.«

»Ja, genau. Ich bin dein Gemahl.« Er warf sie aufs Bett, zog seine Hose aus und legte sich bäuchlings neben sie, einen Arm um ihre Taille geschlungen.

Caine war splitternackt, Jade vollständig angezogen. Sie hätte über die absurde Situation gelacht, wäre sie nicht so empört gewesen. Wie konnte er es wagen, ihr zu mißtrauen? Sie wollte ihm gründlich die Meinung geigen, aber er schlief ein, und sie hatte nicht das Herz, ihn zu wecken. Und so wählte sie aus dem Schatz ihrer Erinnerungen ein Buch aus, das ihr gut gefallen hatte, las es in Gedanken noch einmal und wartete geduldig, während ihr Mann seinen dringend benötigten Schlaf nachholte.

Erst um zwei Uhr nachmittags erwachte er, offensichtlich in besserer Stimmung. Er lächelte Jade an, und sie runzelte mißmutig die Stirn. »Warum traust du mir nicht?«

Gähnend drehte er sich auf den Rücken und verschränkte die Hände hinter dem Kopf. »Zieh dich aus, Liebling, dann reden wir drüber.«

Jade wurde rot, als sie das harte Zeichen seiner Erregung erblickte. »Ich – ich glaube, wir sollten sofort darüber sprechen«, stammelte sie.

Er zog sie an sich, küßte sie leidenschaftlich, dann befahl er ihr erneut, sich auszukleiden. Seltsamerweise machte es ihr jetzt nichts mehr aus, ihm zu gehorchen. Seine Überredungskunst war äußerst wirkungsvoll. Und er war ein wunderbarer Liebhaber. Zweimal erreichte sie ihren Höhepunkt, ehe auch er Erfüllung fand.

»Worüber willst du mit mir reden?« fragte er, als sie danach müde und glücklich in seinen Armen lag.

Daran konnte sie sich nicht erinnern. Sie brauchte eine Stunde, um sich anzuziehen, weil sie immer wieder innehielten, um einander zu küssen. Erst auf dem Weg nach unten fiel es Jade wieder ein, worüber sie sich beschweren wollte. »Habe ich dir nicht bewiesen, daß du mir trauen kannst?«

Caine blieb am Fuß der Treppe stehen und wandte sich zu ihr. »Du traust mir ja auch nicht. Ich spüre, daß du dich bei der erstbesten Gelegenheit von mit trennen willst. Das stimmt doch?«

Tränen glänzten in ihren Augen. »Darüber will ich nicht sprechen.« Mühsam rang sie nach Fassung. »Ich bin hungrig und ...«

»Du fürchtest immer noch, ich könnte dich verlassen, so wie Nathan und Harry. Und du hast auch Angst vor mir.«

»Ja, und das gefällt mir nicht. Es macht mich so ...«

»Verletzlich?« Sie nickte, und er seufzte geduldig. »Wie lange wird es dauern, bis du deine Furcht ablegst?«

»Wie lange wird es dauern, bis du meiner müde wirst?«

»Mißverstehst du mich absichtlich?«

»Nein.«

»Um deine absurde Frage zu beantworten – ich werde nie genug von dir bekommen. Und wann wirst du lernen, mir zu trauen?« Caines Stimme war so hart wie sein Blick.

»Ich habe gesagt, daß ich dich liebe«, flüsterte Jade.

»Ja.«

»Und ich hab vor Gott das Ehegelübde gesprochen.« Er spürte ihre Unsicherheit, ihre wachsende Panik. »Was verlangst du denn sonst noch?«

»Jade ...«

»Ich will dich nicht verlassen!« stieß sie hervor. »Und ich vertraue dir. Ich weiß, du wirst mich vor allen Gefahren schützen und immer lieben. Aber ein Teil von mir weigert sich einfach, vernünftig und logisch zu denken.«

Er umarmte sie, weil er es nicht mehr ertrug, die Qual in ihren Augen zu sehen. »Liebling, ich muß dir etwas erzählen. Als du das erste Mal davonliefst, hatte ich schreckliche Angst. Nie zuvor hatte ich so etwas empfunden, und ich haßte es. Und jetzt merke ich, daß du schon sehr lange mit solchen Gefühlen lebst.«

Jade wischte ihre tränennassen Wangen an seinem Hemd ab, ehe sie erwiderte: »Vielleicht ...«

»Deshalb lerntest du, nur auf dich selbst zu bauen, dich auf niemanden zu verlassen, nicht wahr?«

Sie zuckte die Achseln. »Ich rede nicht gern darüber. Jedenfalls liebe ich dich von ganzem Herzen. Und ich weiß, daß du meine Liebe erwiderst.«

Sie schwiegen eine Weile, und Jade nutzte diese Zeit, um ihr Herz zu besänftigen, das wie rasend schlug. Und Caine dachte inzwischen über eine Möglichkeit nach, sie von ihrer Angst zu befreien. Schließlich schlug er vor: »Vielleicht sollten wir unsere Ehe vorerst auf sechs Monate beschränken. Wenn du mir versprichst, nur so lange bei mir zu bleiben – würde das deine Furcht lindern?«

Bestürzt schaute sie zu ihm auf. »Du hast beteuert, du würdest mich nie verlassen. Und jetzt redest du von sechs Monaten ...«

»Ich werde dich nicht verlassen. Aber du glaubst meinen Worten nicht. Deshalb sollst du mir nur sechs Monate zubilligen.«

»Gilt dieses Versprechen auch für dich?«

»Natürlich.«

Sie barg wieder das Gesicht an seiner Brust, damit er ihr Lächeln nicht sehen konnte. Endlich konnte sie aufatmen. Eine schwere Last war ihr von der Seele genommen.

»Nun, gibst du mir dein Wort, Jade?«

»Ja.«

»Eigentlich ist dieser Zeitraum zu kurz. Du müßtest mir ein Jahr zugestehen, damit wir wenigtens unseren Hochzeitstag feiern können. Den werde ich nie vergessen. Nun? Versprichst du, mich ein Jahr lang nicht zu verlassen?«

»Ja. Und du mußt es mir auch versprechen.«

»Ich werde dich ein Jahr lang nicht verlassen. Du glaubst mir doch?«

»Sicher.«

»Und du bist erleichtert?«

Es dauerte lange, bis Jade antwortete, bis ihr die Wahrheit bewußt wurde. Und dann traf die Erkenntnis sie wie ein warmer Sonnenstrahl, erfüllte ihr Herz und verscheuchte die kindlichen Gefühle der Verwundbarkeit, die sie während so vieler einsamer Jahre in sich vergraben hatte. Caine würde sie niemals verlassen – und sie ihn auch nicht.

»Du bist doch erleichtert, meine Süße?«

»Ich vertraue dir rückhaltlos.«

»Fürchtest du dich nicht mehr?«

Sie schüttelte den Kopf. »Caine, ich will dir etwas sagen ...«

»Ich habe dir die Angst genommen, nicht wahr?«

Er sah so selbstgefällig aus, daß sie ihn nicht enttäuschen mochte. Ein Mann brauchte seinen Stolz. »Du hast mir geholfen, einige Dinge klarer zu sehen. Und – ja, du hast mir meine Angst genommen. Danke.«

Liebevoll küßten sie sich, und dann flüsterte er: »Wollen wir wieder hinaufgehen?«

»Wenn du mich gefüttert hast. Ich sterbe vor Hunger.« Als er sie zum Speisezimmer führte, gestand sie: »Jetzt habe ich ein ganz merkwürdiges Gefühl.«

»Was für eins?«

»Ich – fühle mich frei. Begreifst du das? Es ist, als sei ich aus einem versperrten Zimmer geholt worden. Aber das ist natürlich lachhaft.«

Er rückte ihr einen Stuhl am Tisch zurecht und nahm ihr gegenüber Platz. »Warum findest du es lächerlich?«

Jade verdrehte die Augen. »Weil es keine verschlossene Tür gibt, die ich nicht öffnen könnte.«

Er bestellte etwas zu essen, und als das Dienstmädchen Anna den Raum verlassen hatte, bat er Jade, ihre Abenteuer zu schildern. »Ich möchte alles über dich wissen, was wichtig ist.«

»Wenn du's erfährst, wirst du dich nur ärgern.«

»Nein, ich verspreche dir, nicht wütend zu werden, was immer du auch erzählen magst.«

»Ich will zwar nicht prahlen«, begann sie, »aber ich besitze die natürliche Gabe, überall rein- und wieder rauszukommen. Onkel Harry meint, ich sei die geborene Diebin und auch Lügnerin.«

»Sicher wollte er dich nicht kränken.«

»Natürlich nicht. Das war als Kompliment gedacht. Und solche Worte aus Harrys Mund haben um so mehr zu bedeuten, da er normalerweise sehr sparsam mit seinem Lob umgeht. Er möchte nicht zu nett sein, denn er fürchtet, daß sonst andere Leute die Wahrheit über ihn herausfinden könnten.«

»Welche Wahrheit? Daß er trotz allem ein kleines bißchen zivilisiert ist?«

»Wie hast du das erraten?«

»Wenn er so ein schlimmer Barbar wäre, hättest du dich nicht zu einer so vollendeten Lady entwickelt.«

Sie strahlte vor Freude. »Wie lieb, daß du das gemerkt hast ... Mein Onkel ist sehr intelligent.«

»Er hat dir Lesen und Schreiben beigebracht?«

Jade nickte. »Glücklicherweise. Sein Augenlicht verschlechterte sich zusehends, und ich konnte ihm abends vorlesen.«

»Aus dem Gedächtnis?«

»Nur wenn wir keine Bücher bei uns hatten. Harry stahl alle, die er nur kriegen konnte.«

»Und seine Sprechweise gehört auch zu seinem Täuschungsmanöver?«

»Ja. Er will immer den Schein wahren. Sogar wenn wir allein sind, drückt er sich möglichst derb aus, damit er stets in Übung bleibt und vor seinen Männern nicht aus der Rolle fällt.«

»Offenbar nimmt er seine Position als Anführer geradezu fanatisch ernst.«

»O nein, das verstehst du falsch. Das Täuschungsmanöver macht ihm Spaß.« Sie berichtete von mehreren denkwürdigen Eskapaden, und Caine verbarg seine Gefühle, weil er versprochen hatte, sich nicht zu ärgern. Am liebsten hätte er dem guten alten Harry den Hals umgedreht, während Jade einen besonders gefährlichen Zwischenfall wiedergab.

Dann entschied er, es sei vielleicht besser, nicht alles von ihrer Vergangenheit zu wissen. »Die übrigen Geschichten hebe ich mir lieber für ein anderes Mal auf.«

Jade lächelte die Dienerin an, die ein Tablett auf den Tisch stellte. »Gut, dann erzähle ich morgen weiter.«

Energisch schüttelte er den Kopf. »Ein Abenteuer pro Monat genügt mir. Mehr verkrafte ich nicht. Ich will vorläufig noch keine grauen Haare bekommen. Verdammt, Jade, wie oft hättest du getötet werden können ...«

»Hast du dein Versprechen vergessen?« unterbrach sie ihn lächelnd. »Du fängst an, dich zu ärgern.«

Er lehnte sich zurück. »Wechseln wir das Thema. Wann hast du gemerkt, daß du mich liebst? Habe ich dich dazu gezwungen?«

Jade lachte. »Du kannst niemanden zwingen, dich zu lieben. Aber ich glaube, ich liebte dich schon, als ich deine Akte las.« Sie lächelte über seine sichtliche Verblüffung. »Das stimmt.«

»Auf manche Dinge, die ich getan habe, bin ich nicht sonderlich stolz. Du hast doch das ganze Dossier gelesen?«

»Ja. Du warst stets zielstrebig und methodisch, aber niemals unmenschlich. Und so verläßlich. Die Leute konnten immer mit dir rechnen. Diese Eigenschaft bewunderte ich an dir, und dann lernte ich dich kennen. Ein wenig kamst du mir wie McKindry vor, weil du dich heimlich an mich heranschlichst, um mein Herz zu stehlen, ehe ich wußte, wie mir geschah. Und wann hast du erkannt, daß du mich liebst?«

»Bei einer unserer hitzigen Diskussionen.«

Jade hob die Brauen. »Wir haben nicht diskutiert, sondern einander angeschrien.«

»Nun ja, manchmal ging es bei unseren Gesprächen etwas laut zu.«

»Also hast du dich zuerst in meinen Verstand verliebt?«

»Nein.«

Sie lachte, erfreut über seine Ehrlichkeit. »Da fällt mir ein – warum hat Sterns uns nicht in die Stadt begleitet?«

»Weil er London haßt. Der Trubel hier geht ihm auf die Nerven.«

»Er fehlt mir. Irgendwie erinnert er mich an dich. Er ist so arrogant und rechthaberisch wie du.«

»Kein Mensch versteht, warum ich ihn ertrage. Aber um die Wahrheit zu sagen – ich begreife nicht, wie er mich erträgt. Als ich ein kleiner Junge war, half er mir oft aus der Klemme, und er rettete mir sogar ein paarmal das Leben.« Caine schilderte, wie er bei einem Bootsunfall beinahe ertrunken wäre. Der Butler hatte ihn nur aus dem Wasser gezogen, um ihn gleich wieder hineinzuwerfen und ihm das Schwimmen beizubringen. Jade lachte schallend, als sie sich vorstellte, wie der vollständig bekleidete Butler mit mürrischer Miene neben seinem Schützling hergeschwommen war.

Dann wurde sie wieder ernst.»Caine, hast du letzte Nacht zusammen mit deinen Freunden irgendwelche Schlüsse gezogen, nachdem ich ins Bett gegangen bin?«

»Der Mann, dem Richards bis nach Hause folgte, war Willburn. Erinnerst du dich, daß Colin erzählte, Willburn sei der Vorgesetzte gewesen, dem er sich anvertraut habe?«

Jade nickte. »Nathan sagte, er habe Willburn stets mit Argwohn betrachtet. Aber mein Bruder verläßt sich auf niemanden außer auf Harry und Colin – und natürlich auf mich.«

»Colin irrte sich, denn Willburn arbeitet für das Tribunal. Jetzt steht er im Dienst des letzten noch lebenden Mitglieds. Das zweite muß William Terrance gewesen sein, der nach Richards' Meinung den Decknamen Price trug. Also bleibt nur noch Ice übrig, wo ja auch dein Vater tot ist.«

»Wie wollen wir Ice finden? Wir haben kaum Anhaltspunkte. In den Briefen stehen nur wenige persönliche Informationen.«

»Immerhin wird erwähnt, daß Ice nicht in Oxford war. Und sowohl Fox als auch Price waren erstaunt, als sie Ice kennenlernten.«

»Woraus schließt du das?«

»Aus einer Bemerkung deines Vaters im dritten – nein, im vierten Brief an Price.«

»Ich entsinne mich, aber das hielt ich für unwichtig.«

»Richards glaubt, Ice könnte ein Ausländer sein. Aber das bezweifle ich. Die Briefe enthalten noch weitere wesentliche Hinweise, Jade. Ich brauche nur noch etwas Zeit, um sie alle miteinander in Verbindung zu bringen.«

Sie war überzeugt, daß ihm das gelingen würde. Sobald sich Caine ein Problem vornahm, löste er es auch.

»Richards läßt Willburn überwachen«, fuhr er fort. »Er hofft, der Mann wird uns zu Ice führen. Das wäre immerhin ein Ausgangspunkt, aber ich verspreche mir nicht allzuviel davon. Es gibt noch andere Möglichkeiten. Übrigens, du darfst dieses Haus nicht verlassen, meine Süße.«

»Du auch nicht.«

»Einverstanden.«

»Womit sollen wir uns bloß die Zeit vertreiben?« fragte sie in unschuldigem Ton.

»Wir könnten lesen«, erwiderte er gedehnt.

Jade stand auf, trat hinter seinen Stuhl und schlang die Arme um seinen Hals. »Und ich könnte sticken lernen.« Sie beugte sich hinab und knabberte an seinem Ohrläppchen. »Aber weißt du, was ich am liebsten tun würde, mein Gemahl?«

»Ich glaube, das kann ich mir vorstellen«, entgegnete er heiser vor Erregung.

»Du weißt es? Bringst du's mir bei?«

»Alles, was ich kann, Liebste«, versprach er, stand auf und umarmte sie.

»Und nach welcher Musik soll ich's lernen?«

Diese Frage fand er ziemlich seltsam, aber das sagte er ihr nicht. »Wir machen unsere eigene Musik«, erwiderte er, führte sie in die Halle und zog sie die Treppe hinauf.

»Wie denn?«

»Jedesmal, wenn du stöhnst, summe ich.«

»Sollten wir nicht lieber in den Salon gehen?«

»Im Bett ist es bequemer, aber wenn du unbedingt im Salon ...«

»Wie soll ich denn im Bett tanzen lernen? Davon reden wir doch, oder?«

Triumphierend lächelte sie ihn an, überzeugt, daß sie ihn hereingelegt hatte. Doch Caine ließ sich nichts anmerken, eilte mit ihr die Treppe hinab in den Salon, wo er ihr einige Tanzschritte beibrachte. Bedauerlicherweise würde sie ihre neu erworbenen Fähigkeiten niemals in der Öffentlichkeit zeigen können, denn die gute Gesellschaft wäre schockiert über diesen sündhaften, erotischen Tanzstil, den er ihr zeigte. Und so entschieden er es auch behauptete – sie weigerte sich zu glauben, daß die feinen Damen und Herren beim Walzer alle Kleider ablegten.

Sie amüsierten sich während der nächsten Stunden, aber sobald die Dunkelheit hereinbrach, stritten sie.

»Was soll das heißen?« rief Jade, als er sein Jackett anzog. »Du gehst weg? Wir hatten doch vereinbart, daß du das Haus nicht verläßt ...«

»Ich werde vorsichtig sein«, unterbrach er sie und küßte ihre Stirn. »Lyon und Richards erwarten mich, meine Süße. Leider muß ich jede Nacht ausgehen, bis die Angelegenheit erledigt ist. Mach dir keine Sorgen und sag mir, daß du auf mich warten wirst.«

»Ich – ich werde auf dich warten«, stammelte sie.

»Das weiß ich«, seufzte er, »aber sag mir wenigstens, du würdest es nicht tun.«

Jade verbarg ihren Ärger nicht. »Caine, wenn irgendwas passiert, werde ich sehr böse.«

»Ich werde aufpassen.«

Sie folgte ihm zum Hinterausgang. »Erinnerst du dich an McKindry?«

Verwundert drehte er sich um. »Das war deine Lektion.«

»Auch du kannst daraus lernen.«

»Gut«, entgegnete er besänftigend. »Ich werde an McKindry denken. Jade ...«, fügte er hinzu und öffnete die Tür.

»Ja?«

»Du wirst doch noch hier sein, wenn ich zurückkomme?«

Diese Frage erstaunte und kränkte sie, und sie wäre ihm erbost über den Mund gefahren, hätte er nicht so verletzlich ausgesehen. »Habe ich dich so verunsichert?«

»Antworte!« befahl er.

»Ich werde hier sein, wenn du nach Hause kommst.«

18

Diese Worte wurden zu einem Abschiedsritual. Jeden Abend, ehe er das Haus verließ, versprach Caine, an McKindry zu denken. Und Jade beteuerte, sie würde bei seiner Rückkehr da sein.

Während der dunklen Nachtstunden, in denen sie auf ihren Mann wartete, dachte sie über seine Verwundbarkeit nach. Zunächst glaubte sie, daran sein sie schuld. Schließlich hatte sie ihm ihre eigene Unsicherheit oft genug gezeigt. Doch sie spürte, daß auch sein bisheriges Leben mit dieser Verletzlichkeit zusammenhing. Sir Harwick hatte Caines leibliche Mutter als Xanthippe bezeichnet und erklärt, diese Frau habe sogar versucht, den Sohn gegen den Vater aufzuhetzen. Das konnten keine friedlichen Zeiten für Caine gewesen sein.

Je länger ihr das alles durch den Kopf ging, desto größer wurde ihre Überzeugung, daß er sie ebenso brauchte wie sie ihn. Und diese Erkenntnis tröstete sie.

Lady Briars schrieb mehrere Briefe, um Jade einzuladen. Aber Caine erlaubte seiner Frau nicht, das Stadthaus zu verlassen, und lehnte die Einladungen schriftlich ab, mit der Begründung, Jade sei indisponiert.

Letzten Endes kam die Freundin ihres Vaters zu ihr. Jade erinnerte sich nur verschwommen an sie und erlitt beim Anblick der schwachen, gebrechlichen alten Dame schreckliche Schuldgefühle, weil sie eine Krankheit vorgeschützt hatte. Doch Lady Briars war immer noch eine Schönheit mit ihrem silbergrauen Haar und den blauen Augen, und ihr Verstand war so messerscharf wie eh und je.

Jade servierte Tee im Salon und setzte sich neben Caine auf das Sofa. Offenbar war er fest entschlossen, sich am Gespräch der beiden Frauen zu beteiligen. Die Lady erwähnte Nathans tragischen Tod und drückte ihr Beileid aus. Jade spielte die trauernde Schwester sehr überzeugend, haßte aber dieses Täuschungsmanöver, als sie in Lady Briars' aufrichtige Augen schaute. »Als ich in der Zeitung davon las, war ich völlig verblüfft«, berichtete die Besucherin. »Ich hatte keine Ahnung, daß Nathan geheime Aufträge für die Regierung erledigte. Und es tat mir so leid zu erfahren, daß dieser gräßliche Pirat auch Ihren Bruder getötet hat. Natürlich kannte ich den Jungen nicht, aber sein Herz muß aus Gold gewesen sein.«

»Auch ich bin Colin nie begegnet«, bemerkte Jade, »aber Caine hat mir alles über ihn erzählt. Er war ein guter Mensch, Lady Briars, und er starb für sein Vaterland.«

»Wie wurde Pagan eigentlich in diese Angelegenheit verwickelt?« erkundigte sich die alte Frau. »Die Einzelheiten verstehe ich noch immer nicht, mein Kind.«

Caine übernahm es, diese Frage zu beantworten. »Nach allem, was das Kriegsministerium herausfinden konnte, wurden Colin und Nathan überfallen, als sie gerade in einer geheimen Sache ermittelten.«

»Welch eine Ironie des Schicksals, daß ihr zwei zueinandergefunden habt ...« Nun schwang ein leichtes Lächeln in Lady Briars' Stimme mit.

»Eigentlich nicht«, erwiderte Caine. »Wir versäumten beide die Gedenkfeiern zu Ehren unserer Brüder. Jade suchte mich auf, um über Nathan zu sprechen. Und ich hatte wohl auch das Bedürfnis, über Colin zu reden. Wir fühlten uns sofort zueinander hingezogen.« Er machte eine Pause, um Jade zuzuzwinkern, und fuhr dann fort: »Ich glaube, es war Liebe auf den ersten Blick.«

»Das verstehe ich«, entgegnete Lady Briars. »Sie sind zu einer schönen jungen Frau herangewachsen.« Seufzend schüttelte sie den Kopf. »Niemals werde ich begreifen, warum der Freund Ihres Vaters sie damals nach dem Begräbnis so schnell entführt hat. Ich wollte bei der Krone um die Vormundschaft ansuchen, denn ich hatte mir immer eine Tochter gewünscht. Und ich glaubte, bei mir wäre es Ihnen besser ergangen. Aber wo ich Sie nun wiedersehe, muß ich zugeben, daß Sie ordentlich erzogen wurden.«

»Onkel Harry bestand auf unserer sofortigen Abreise«, erklärte Jade. »Er war nicht unser legitimer Vormund, und wir wußten, Sie würden um Nathan und mich kämpfen, Mylady.«

»Ja, das hatte ich vor. Wissen Sie – teilweise fühle ich mich für Nathans Tod verantwortlich. Wäre er bei mir aufgewachsen, hätte ich ihm gewiß nicht erlaubt, diese gefährlichen Seereisen zu unternehmen.«

»Er war ein erwachsener Mann, als er beschloß, für die englische Regierung zu arbeiten «, warf Caine ein. »Sie hätten ihn wohl kaum daheim festhalten können, Lady Briars.«

»Trotzdem ist es mir immer noch rätselhaft, warum Ihr Vater nicht mich zum Vormund bestimmt hat, Jade.«

»Ich glaube, es zu begreifen«, erwiderte Jade. »Harry erzählte mir, daß Papa sich gegen England gewandt hatte.«

»Ich kann mir nicht vorstellen, warum. Mir kam er immer recht zufrieden vor.«

Jade zuckte die Achseln. »Wahrscheinlich werden wir seine Beweggründe nie erfahren. Harry meinte, Papa sei von Dämonen verfolgt worden, die in seinem Kopf hausten.«

»Vielleicht«, stimmte Lady Briars zu. »Aber nun genug von Ihrem Vater. Schildern Sie mir Ihr früheres Leben, Jade. Wie war es denn, auf dieser kleinen Insel zu wohnen? Lernten Sie lesen und schreiben? Und wie wurden Sie beschäftigt? Gab es gesellschaftliche Veranstaltungen?«

»Die Leute auf der Insel gehören nicht zur Gesellschaft, Lady Briars«, entgegnete Jade lachend. »Die meisten tragen nicht einmal Schuhe. Und ich konnte nicht lesen und schreiben lernen, weil Harry keinen Lehrer für mich fand.« Diese Lüge tischte sie der alten Frau auf, weil Caine entschieden hatte, niemand dürfe von ihren Kenntnissen wissen. Dies hielt er für vorteilhaft, denn wenn sich herumsprach, sie sei Analphabetin, würden die Feinde glauben, sie hätte jene Briefe nicht lesen können. Sie fand diese Argumentation zwar etwas zweifelhaft, doch sie widersprach ihrem Mann nicht. Um Lady Briars' Neugier zu befriedigen, erzählte sie amüsante Geschichten aus ihrer Kindheit. Dann beendete sie ihren Bericht mit dem Geständnis, das Inselleben sei geruhsam, aber auch etwas langweilig gewesen.

Als sich das Gespräch um die kürzlich vollzogene Trauung drehte, beantwortet Caine die Fragen der alten Dame. Jade staunte über die Lügen, die ihm mühelos über die Lippen kamen. Offenbar besaß auch er ein Naturtalent. Die

Freundin ihres Vaters schien sich ehrlich für das alles zu interessieren, und Jade fand sie sehr liebenswert. »Warum haben Sie nie geheiratet?« erkundigte sie sich. »Ich weiß, das ist eine kühne Frage, aber Sie sind eine schöne Frau. Sicher wurden Sie von vielen jungen Männern umschwärmt.

Lady Briars errötete vor Freude über dieses Kompliment und strich über ihr Haar. Dabei bemerkte Jade, daß die Hände der Besucherin zitterten, und hielt das für eine Alterserscheinung. »Mein Kind, ich hatte meine Hoffnungen für lange Zeit in Ihren Vater gesetzt. Thornton war ein wunderbarer Mann. Aber der zündende Funke sprang nicht über, und so wurden wir nur gute Freunde. Ich denke immer noch oft an ihn, und manchmal suche ich die kostbaren kleinen Geschenke hervor, die er mir gegeben hat. Besitzen Sie einige Dinge, die Sie an Ihren Papa erinnern, Jade?«

»Nein, alles ist verbrannt.«

»Verbrannt?«

»Es wird Sie sicher betrüben, Lady Briars. Das Haus meines Bruders, das Sie renovieren halfen, ging in Flammen auf.«

»Oh, Sie Ärmste!« wisperte die Lady. »Das müssen schlimme Zeiten für Sie gewesen sein.«

Jade nickte. »Aber Caine war mir ein großer Trost. Ich weiß nicht, wie ich diesen letzten Monat ohne ihn überstanden hätte.«

»Ja, da hatten Sie Glück.« Lady Briars stellte ihre Teetasse auf den Tisch. »Sie haben also nichts, was Sie an Ihren Vater erinnert? Nicht einmal eine Familienbibel, eine Uhr oder Briefe?«

Als Jade den Kopf schüttelte, ergriff Caine ihre Hand. »Liebling, du vergißt die Truhe.«

Sie sah ihn an und fragte sich, was er im Schilde führen

mochte, ließ sich ihre Verwirrung aber nicht anmerken. »Ach ja, die Truhe.«

»Also besitzen Sie doch ein Erinnerungsstück.« Lady Briars nickte sichtlich zufrieden. »Ich wollte schon nach Hause eilen und etwas für Sie auswählen. Eine Tochter muß ganz einfach ein oder zwei Gegenstände besitzen, die das Andenken an den Vater wachhalten. Ich entsinne mich einer hübschen Porzellanfigur, die Ihr Papa mir zum sechzehnten Geburtstag schenkte ...«

»Oh, die könnte ich Ihnen niemals wegnehmen«, fiel Jade ihr ins Wort.

»Gewiß nicht«, bestätigte Caine. »Außerdem hat sie ja die Truhe. Wir fanden noch keine Gelegenheit, hineinzuschauen. Jade war so krank in den letzten Wochen.« Lächelnd wandte er sich zu seiner Frau. »Meine Liebe, sollen wir demnächst in Nathans Stadthaus gehen? Natürlich nur, wenn du dich kräftig genug fühlst. Wir müssen den Nachlaß ihres Bruders ordnen«, erklärte er der alten Dame.

Jade glaubte, er hätte den Verstand verloren. Um ihr Unbehagen zu überspielen, lächelte sie, während sie auf die nächste Überraschung wartete. Sie mußte sich nicht lange gedulden.

»Vielleicht möchten Sie uns in Nathans Haus begleiten und einen Blick in die Truhe werfen, Lady Briars«, schlug er vor.

Das lehnte die Besucherin ab. Sie bestand darauf, Jade bald bei sich daheim zu sehen. Dann verabschiedete sie sich, und Caine führte die gebrechliche Frau zum Wagen hinaus. Bis zu seiner Rückkehr wanderte Jade rastlos im Salon umher, und sobald er eintrat, rief sie: »Was soll das alles?«

Statt zu antworten, schloß er die Tür, und sie sah ihn grinsen. Offenkundig war er hochzufrieden mit sich selbst. »Caine, es war mir sehr unangenehm, als diese liebe Frau so schamlos angeschwindelt wurde. Außerdem bin ich in dieser Familie für Lügengeschichten zuständig – nicht du. Wieso, um Himmels willen, hast du von dieser Truhe erzählt? Damit sie sich nicht bemüßigt fühlt, mir eins ihrer kostbaren Erinnerungsstücke zu überlassen? Nun? Was hast du zu deiner Verteidigung vorzubringen?«

»Die Lüge war notwendig.«

»Keine Lüge ist notwendig. Das hast du mir erst vor wenigen Tagen versichert.«

»Regt es dich wirklich so auf, daß ich geschwindelt habe?« fragte er verblüfft.

»Allerdings. Ich habe gelernt, auf deine Ehrlichkeit zu bauen, Caine. Aber wenn diese Lüge wirklich nötig war, mußt du einen Plan haben. Glaubst du, Lady Briars wird irgendwem von der imaginären Truhe erzählen?« Sie dachte, nun hätte sie alles durchschaut, und runzelte enttäuscht die Stirn, als er ihrer Vermutung lächelnd widersprach. »Nein? Dann solltest du dich in Grund und Boden schämen, daß du die alte Frau so abscheulich hinters Licht geführt hast.«

»Wenn du mir eine Möglichkeit geben würdest, meine Handlungweise zu erklären ...«

Jade verschränkte die Arme vor der Brust. »Hoffentlich hast du eine plausible Erklärung, oder gnade dir Gott!«

In dieser Positur erinnerte sie ihn an Onkel Harry, und er umarmte sie lachend.

»Nun?« drängte sie ungeduldig. »Warum hast du eine liebe Familienfreundin belogen?«

»Sie ist keine liebe Familienfreundin.«

»Natürlich ist sie das. Du hast es doch gehört – sie verwahrt alle Geschenke von meinem Vater, den sie sehr liebte.«

»Sie hat ihn getötet.«

Wie betäubt starrte Jade ihn an, schüttelte langsam den Kopf, und Caine nickte bekräftigend. Ihre Knie wurden weich, und sie mußte sich an ihn lehnen. »Du meinst – Lady Briars ist ...«

»Ice.«

»Unmöglich! Sie ist eine Frau!«

»Und Frauen können nicht morden?«

»Nein – oder doch. Ich weiß nicht ...«

In ihrer Verwirrung tat sie ihm leid, und er beschloß, sie nicht länger auf die Folter zu spannen. »Alles weist daraufhin, Jade. Setz dich, dann will ich's dir erklären.« Er führte sie zum Sofa, drückte sie behutsam darauf und nahm neben ihr Platz. »Es ist völlig logisch.«

Sie lächelte schwach. Allmählich erholte sie sich von ihrer Verblüffung. »Das dachte ich mir bereits, daß es logisch sein muß.«

»Als ich die Briefe noch einmal las, wurde ich mißtrauisch. Und ich sagte neulich, ich würde nie denselben Fehler zweimal machen.«

»Damals wußte ich nicht, was du meinst.«

»Ich dachte, Pagan sei ein Mann. Nie kam ich auf den Gedanken, der Pirat könne eine Frau sein. Und bei der Jagd nach Ice wollte ich diesen Irrtum nicht noch einmal begehen.«

»Und wieso hältst du Lady Briars für Ice? Ich kann es nicht fassen. Ice hat mehrere Menschen getötet, und in einem Brief droht er meinem Vater, Nathan und mich zu ermorden, wenn er die Briefe nicht bekommt.«

»Nicht er, Liebling – sie. Auch Frauen können töten.«

»Ja, aber es ist so undamenhaft.«

»Erinnerst du dich an den Brief, in dem die Decknamen erörtert werden? Ice gesteht, der Name mißfalle ihm. Das gab mir zu denken. Ein Mann würde sich nicht um so was kümmern. Eine Frau schon.«

»Mag sein.«

»Natürlich gibt es noch substantiellere Anhaltspunkte. Lady Briars engagierte das Personal für Nathans Landsitz – lauter Leute, die ihr treu ergeben sind. Sie suchten das ganze Haus nach den Briefen ab. Und rate mal, wo Hudson, Nathans Butler, aufgetaucht ist.«

»Er wohnt im Stadthaus meines Bruders und bewacht es, bis wir es schließen.«

»Nein, derzeit hält er sich in Lady Briars' Residenz auf. Sicher werden wir feststellen, daß inzwischen auch Nathans Stadthaus gründlich durchforstet wurde.«

»Ich habe Hudson nie über den Weg getraut«, bemerkte Jade. »Er wollte mir immer wieder Tee aufzwingen. Der war sicher vergiftet.«

»Laß dich nicht von deiner Phantasie mitreißen. Übrigens, all diese verwirrenden Zwischenfälle waren Hudsons Werk. Die Leute öffneten das Grab deiner Eltern, um nachzusehen, ob die Briefe darin lagen, dann brachten sie alles wieder in Ordnung.«

»Hat Hudson auch Nathans schönes Pferd erschossen?«

»Nein, das war Willburn.«

»Ich werde es meinem Bruder erzählen.«

Caine nickte. »Zu Hudsons Pflichten gehörte es, die Spuren zu verwischen. Übrigens, der Hengst wurde tatsächlich in einem Wagen weggebracht. Es muß sieben starke Männer gebraucht haben, ihn hochzuheben.«

»Wie hast du das alles herausgefunden?«

»Du bist beeindruckt, nicht wahr?«

Er stieß Jade mit dem Ellbogen an, bis sie widerstrebend zugab: »Ja, ich bin beeindruckt, und nun erzähl mir den Rest.«

»Meine Männer haben einzelne Fakten festgestellt, also gebührt das Verdienst nicht mir allein. Das Pferd wurde in einer Schlucht aufgestöbert, etwa zwei Meilen von der Hauptstraße entfernt.«

»Warte nur, bis ich das Nathan sage«, murmelte sie, und Caine tätschelte ihre Schulter.

»Du kannst ihm alles verraten, wenn es vorbei ist.«

»Gut. Hast du noch mehr auf Lager, Caine?«

»Nun, nachem ich überzeugt war, Lady Briars müßte Ice sein, befaßte ich mich mit ihrer Vergangenheit. An der Oberfläche schien alles seine Richtigkeit zu haben, aber als ich mich etwas genauer informierte, fielen mir merkwürdige Dinge auf.«

»Zum Beispiel?«

»Für eine Frau unternahm sie viele Reisen. Allein in Frankreich war sie mindestens siebenmal.«

»Und das erscheint dir seltsam? Vielleicht hat sie dort Verwandte.«

»Nein. Außerdem ging sie meistens während der Kriegszeit auf Reisen. Und es gibt noch andere verräterische Anhaltspunkte.«

»Ich glaube, ich habe den klügsten Mann der Welt geheiratet. Was sagen Sir Richards und Lyon zu deiner Entdeckung?«

»Ich habe ihnen noch nichts mitgeteilt, denn ich wollte zuerst völlig sicher sein. Nachdem ich heute Lady Briars Fragen gehört habe, habe ich keine Zweifel mehr. Wenn ich Richards und Lyon abends in White's treffe, werde ich sie einweihen.«

»Mit welchen Fragen hat Lady Briars deinen Argwohn erregt?«

»Unter anderem erkundigte sie sich, ob du lesen und schreiben kannst. Da die meisten wohlerzogenen englischen jungen Damen diese Künste beherrschen, fand ich die Frage sonderbar.«

»Aber sie wußte, daß ich auf einer Insel aufwuchs.

Deshalb stellte sie diese Frage. Sie wollte herausfinden, ob ich gut ausgebildet bin und ...«

Caine unterbrach Jade. »Und sie interessierte sich ein bißchen zu sehr für die Dinge, die dein Vater dir möglicherweise hinterlassen hat.«

Ihre Schultern sanken nach vorn. »Und ich hielt sie für aufrichtig.«

»Wir müssen ein engmaschiges Netz um Nathans Stadthaus ziehen. Im Augenblick lasse ich es nur von zwei Mann bewachen.« Fröhlich lächelte er sie an. »Vermutlich wird die Residenz deines armen Bruders niederbrennen.«

»Das scheint dich nicht sonderlich zu stören ... Oh, da fällt mir etwas ein. Lady Briars muß wissen, daß es eine Lüge war, als ich behauptete, ich könne nicht lesen. Offenbar erkundigte sie sich nur danach, um festzustellen, ob wir ihr auf der Spur sind.«

Caines Grinsen erlosch. »Wovon redest du?»

»Hudson sah mich fast jeden Abend in einem Buch lesen. Nach dem Dinner saß ich oft in Nathans Bibliothek. Da gab es viele wunderbare Bücher, die ich noch nicht auswendig kannte. Der Butler machte mehrmals Feuer im Kamin. Davon hat er Lady Briars sicher erzählt.« Um Caines Enttäuschung zu lindern, streichelte sie seine Hand. »Was wirst du jetzt tun?« Sie bezweifelte nicht, daß er bald einen Alternativplan schmieden würde, denn er war ganz einfach zu logisch und methodisch, um nicht alle Möglichkeiten zu berücksichtigen.

»Sobald wir die Briefe von der *Emerald* bekommen, werden wir die Handschrift mit den Einladungen vergleichen, die Lady Briars dir hierhergeschickt hat.«

»Die Schrift darin erscheint mir unbekannt.«

»Offenbar hat jemand anders diese Einladungen geschrieben. Sie ist alt, aber nicht unvorsichtig.«

»Soll ich mich in ihr Haus stehlen?«

»Du bleibst hier«, entgegnete Caine gebieterisch. »Die Sache wird immer gefährlicher, und ich habe noch einiges zu erledigen, ehe es vorbei ist. Versprich mir, dieses Haus nicht zu verlassen, Jade.«

»Also gut. Und was hast du vor?«

»Lyon kann es kaum erwarten, ein bißchen Druck auf Willburn auszuüben. Und ich denke, es ist an der Zeit, ihm diesen Wunsch zu erfüllen. Bis jetzt war Willburn ziemlich ungefällig. Wir hofften, er würde uns zu Ice führen, aber er verkriecht sich in seinem Haus. Ja, wir müssen endlich mit ihm reden.«

»Es mißfällt mir, daß du jeden Abend weggehst, Caine. Ich finde, du solltest daheimbleiben, bis das Schiff verbrannt und das Gerücht über Pagan Tod im Umlauf ist. Übrigens, es wird mich tief betrüben, wenn die Bewohner von London mein Ableben feiern.«

»Oh, sie würden gewiß trauern«, erwiderte er lächelnd. »Doch das werden wir nie erfahren. Es ist überflüssig, das Schiff in Brand zu stecken.«

»Warum?«

»Weil ich weiß, wer Ice ist. Und Lady Briars wird versuchen, mich aus dem Weg zu räumen – nachdem sie nun über meinen Verdacht informiert ist.«

»Hättest du mich nicht zu der Lüge über mein Analphabetentum gezwungen, hätte sie keine Ahnung.«

»Schau nicht so selbstgefällig drein, Liebste.«

Jade ignorierte diese Aufforderung. »Sicher wird sich Harry freuen, wenn er kein Schiff verbrennen muß. Du läßt ihn doch benachrichtigen?«

»Ich werde jemanden zur Shallow's Wharf schicken. Du mußt mir genau erklären, wo es ist. Es ist doch ein Deckname für einen ganz bestimmten Ort?«

Sie schmiegte sich an ihren Mann. »Wie klug du bist!

Du wirst doch vorsichtig sein ? Vergiß nicht – Lady Briars hat es auf dich abgesehen. Kehr niemandem den Rücken. Ich brauche dich so sehr.«

»Und ich dich. Obwohl es mir gar nicht gefällt, daß ich so abhängig von dir bin.«

»Du kannst ja so tun, als wäre es anders, wenn du dich dann besser fühlst ...«

»Unsinn ...« Caine küßte ihren Hals. »Möchtest du noch eine Tanzstunde bei mir nehmen?«

»Muß ich dann wieder auf den Knien umherrutschen?«

»Es hat dir doch Spaß gemacht, oder? Dein Mund war so süß ...«

»Ja, es hat Spaß gemacht«, gab sie leise zu.

»Wollen wir?«

»Ja«, antwortete sie atemlos.

»Oben oder hier?«

»Oben. Aber diesmal übernehme ich die Regie ...« Während des restlichen Tages lagen sie sich in den Armen. Viel zu schnell ging die schöne Zeit zu Ende. Bald erinnerte Jade ihren Mann wieder an McKindry, und er nahm ihr das Versprechen ab, bis zu seiner Rückkehr im Haus zu bleiben.

»Erschöpft schlief sie bis zum Morgengrauen, dann erwachte sie und drehte sich zur Seite, um Caine zu umarmen.

Er war nicht da. Besorgt eilte sie in die Bibliothek hinab. Auch dort fand sie ihn nicht. So lange war er noch nie weggewesen. Eine Stunde verstrich, und er kam nicht heim. Irgend etwas mußte schiefgelaufen sein. In Jades Magen breitete sich ein vertrautes Unbehagen aus, so wie früher, wenn ein Plan vereitelt worden war.

Nun mußte sie auf alles gefaßt sein. Rasch zog sie sich an, steckte den Dolch in ihre Tasche und befestigte eine Spezialspange in ihrem Haar, dann ging sie rastlos auf und ab.

Caine ließ das Haus von zwei Männern bewachen. Einer stand in den Schatten am Vordereingang, einer vor der Hintertür. Sie beschloß mit Cyril zu sprechen, der an der vorderen Tür postiert war. Vielleicht würde er wissen, was man tun konnte.

Als sie die Haustür öffnete, sah sie, wie ein Mann ein Kuvert in Cyrils Hand drückte und dann davonrannte.

Cyril sprang die Eingangstreppe herauf. »Ein Brief für Sie. Um diese späte Stunde! Das hat wohl nichts Gutes zu bedeuten, Mylady.«

»Hoffentlich eine Nachricht von Caine. Kommen Sie herein, Cyril, und verriegeln Sie die Tür. Irgendwas stimmt da nicht«, fügte sie hinzu und erbrach das Siegel. »So lange war Caine noch nie weg.«

»Aye, ich spüre auch, daß da was nicht in Ordnung ist.«

Sobald sie das Blatt entfaltet hatte, wurde sie blaß. Sie erkannte die Handschrift sofort. Der Brief stammte von Ice.

»Was steht denn drin, Mylady?« flüsterte Cyril mit einer Stimme, die nicht zu diesem großen, kräftigen Mann paßte.

»Caine steckt in Schwierigkeiten. In einer Stunde soll ich in ein Gebäude an der Lathrop Street gehen. Wissen Sie, wo das ist?«

»Das muß dieses Lagerhaus sein. Die Sache gefällt mir nicht. Ich wittere eine Falle. Was passiert, wenn wir nicht hingehen?«

»Dann wird mein Mann getötet.«

»Ich hole Alden.« Er wollte zur Hintertür laufen, aber Jades Ruf hielt ihn zurück.

»Ich gehe nicht hin.«

»Aber ...«

»Ich muß hierbleiben. Es könnte eine Finte sein, und ich habe Caine versprochen, das Haus nicht zu verlassen. Wissen Sie, wie lange der White's Club geöffnet ist?«

»Inzwischen hat er sicher geschlossen.«

»Vielleicht hat Caine mit einem gewissen Willburn gesprochen. Haben Sie eine Ahnung, wo dieser Mann wohnt?«

»Ja, sechs oder sieben Häuserblocks entfernt.«

»Schicken Sie Alden hin. Möglicherweise reden Lyon und Caine gerade mit diesem Verräter.«

»Und wenn nicht?«

»Während Alden zu Willburn geht, laufen Sie zu Lyons Haus. Wenn Lyon nicht daheim ist, suchen Sie Sir Richards auf. Sie kennen doch die Adressen der beiden Gentlemen?«

Cyril nickte. »Und wer beschützt Sie, während wir nach Caine fahnden? Sie sind hier ganz allein.«

»Ich versperre alle Türen. Bitte, beeilen Sie sich, Cyril. Vor Ablauf einer Stunde müssen Sie Caine finden. Wenn Ihnen das mißlingt, steht es fest, daß dieser Brief ein Trick ist.«

»Wir tun unser Bestes«, versicherte Cyril auf dem Weg zum Hintergrund der Halle.

Jade kehrte ins Schlafzimmer zurück und verriegelte die Tür. Wenige Minuten später wurde gegen die vordere Haustür gehämmert. Das konnte nicht Caine sein, denn der besaß einen Schlüssel. Plötzlich klirrte berstendes Glas.

Hatte sie den Feinden ungewollt in die Hände gespielt? Waren sie überzeugt gewesen, sie würde die Wächter auf die Suche nach Caine schicken? Dieser Gedanke tröstete Jade ein wenig, denn er bedeutete wahrscheinlich, daß man ihn nicht gefangengenommen hatte. Sie betete, diese Vermutung möge stimmen. Und sie flehte den Allmächtigen auch an, ihr nicht böse zu sein, denn sie würde wahrscheinlich jemanden töten müssen – und zwar sehr bald, nach den Schritten zu urteilen, die die Treppe heraufpolterten.

Sie nahm eine Pistole aus Caines Nachttischschublade, trat in eine Ecke und hob die Waffe. Sobald die Eindringlinge das Schloß aufgebrochen hatten, würde sie den ersten erschießen, der das Zimmer betrat. Ihre Hand zitterte nicht. Tödliche Ruhe überkam Jade.

Die Tür flog auf, eine dunkle Gestalt stand auf der Schwelle. Jade wartete, um sicherzugehen, daß es ein Feind war und keiner von Caines Männer, der den Auftrag hatte, sie zu retten.

»Zünd eine Kerze an!« befahl eine rauhe Stimme. »Ich sehe das Biest nicht.«

Jade drückte ab. Sie mußte den Mann in den Bauch getroffen haben, denn er krümmte sich schreiend zusammen. Mit einem lauten Krach landete er am Boden.

Diese Runde habe ich gewonnen, sagte sie sich, aber der Sieg geht an Ice ... Nun wurde sie von drei Männern umzingelt. Dem ersten schnitt sie mit ihrem Dolch in die Hand, der zweite Schurke entriß ihr die Pistole, während der dritte die Faust auf ihr Kinn schlug. Bewußtlos brach sie zusammen.

Jade kam erst zu sich, als sie in ein dunkles, feuchtes Gebäude getragen wurde. Nur wenige Kerzen brannten, aber im schwachen Licht sah sie gestapelte Kisten entlang der Steinwände. Am Ende des langen Korridors stand eine weißgekleidete Frau. Lady Briars erwartete die Gefangene.

Der Mann, der Jade auf den Armen hielt, ließ sie einfach fallen, als er seine Anführerin erreichte. Taumelnd stand Jade auf und rieb sich das schmerzende Kinn, während sie ihre Feindin anstarrte. Der Ausdruck in den blauen Augen jagte ihr einen Schauer über den Rücken. »Nun verstehe ich, warum Sie Ice heißen«, hörte sie sich flüstern. »Das bedeutet 'Eis'. Sie besitzen keine Seele, nicht wahr, Lady Briars?«

Statt einer Antwort bekam sie eine schallende Ohrfeige. »Wo sind die Briefe?«

»In Sicherheit. Glauben Sie, der Diebstahl der Briefe könnte Sie retten? Zu viele Leute wissen, was Sie getan haben ...«

»Sie Närrin!« schrie Lady Briars, und ihre Stimme klang so grausam, daß Jade glaubte, dem Teufel persönlich gegenüberzustehen. Sie bekämpfte den Impuls, sich zu bekreuzigen. »Ich will die Briefe haben, Jade, und der Welt damit beweisen, was für glorreiche Leistungen ich vollbracht habe. Niemand wird sich mir in den Weg stellen, bald werden alle erkennen, wozu das Tribunal fähig ist. Wir werden England regieren. Und nun möchte ich die Briefe haben. Sie sollen an einem sicheren Ort verwahrt werden, bis ich den Zeitpunkt für gekommen halte, mein Genie zu enthüllen.«

Offensichtlich war die Frau wahnsinnig. Jade spürte, wie sich ihr ganzer Körper mit einer Gänsehaut überzog. Verzweifelt überlegte sie, wie sie ihrer Gegnerin Vernunft beibringen sollte, erkannte aber sofort, wie sinnlos ein solcher Versuch wäre. »Wenn ich Ihnen die Briefe gebe – lassen Sie Caine dann in Ruhe?«

Lady Briars kicherte schrill. »Wenn? Wissen Sie nicht, wer ich bin? Sie sind außerstande, mir zu trotzen, Jade.«

»Oh, ich weiß, wer Sie sind – die Frau, die meinen Vater getötet und ihr Land verraten hat – eine verrückte Ausgeburt der Hölle ...« Jade verstummte, als die alte Frau sie wieder schlug. Sie wich zurück, dann straffte sie die Schultern. »Lassen Sie Caine gehen, und Sie erhalten die Briefe.«

Die Lady wandte sich zu einem ihrer Komplizen. »Sperren Sie unseren Gast im Hinterzimmer ein. Ich werden Sie als Köder benutzen, Jade, um Caine hierherzulokken. Er muß sterben – aber erst, wenn er mir die Briefe gebracht hat. Danach werde ich auch Sie töten, kleine Jade. Ihr Vater war der wahre Verräter, denn er stellte sich gegen mich. Oh, wie gern wäre ich dabeigewesen, als sein Sohn starb! Für dieses Versäumnis werden Sie mich entschädigen, mein Kind, indem Sie ganz langsam von meiner Hand sterben werden ... Schafft sie jetzt weg!«

Vor Erleichterung war Jade den Tränen nahe. Caine befand sich nicht in der Gewalt dieser Verbrecherbande. Er würde hierherkommen, um sie zu befreien, aber vorerst war er in Sicherheit. Sie lächelte fast, während sie in ihr Gefängnis geführt wurde. Nun durfte man sie auf keinen Fall fesseln. Sie begann zu wimmern, um ihren Feinden weiszumachen, sie hätte Angst. Sobald die Tür der Hinterkammer geöffnet wurde, stolperte sie hinein und warf sich jammernd in die Ecke.

Die Tür fiel hinter ihr ins Schloß, und sie klagte laut, bis sich die Schritte der Männer entfernt hatten. Dann sah sie sich um, Mondlicht drang durch ein Fenster hinein, etwa fünfzehn Fuß über dem Boden. Es gab nur ein einziges Möbelstück, einen alten, zerkratzten Schreibtisch mit drei Beinen. Wenn sie daraufstieg, würde sie das Fenster sicher nicht erreichen.

Sie zog die Spange aus ihrem Haar und begann das Türschloß zu bearbeiten. In ihrer Aufregung kam sie nicht so schnell voran, wie es ihr unter normalen Umständen gelungen wäre. Es dauerte zehn Minuten, bis die Tür geöffnet war.

Pechschwarzes Dunkel erfüllte das Lagerhaus. Obwohl Jade vermutete, daß Lady Briars alle ihre Leute mitgenommen hatte, verließ sie das Gebäude so leise wie möglich. Auf der Straße schlug sie zunächst die falsche Richtung ein. Erst nach zwei Häuserblocks erkannte sie ihren Irrtum.

Angstvoll folgte sie dem richtigen Weg. Sie würde fünfzehn Minuten brauchen, um Caines Haus zu erreichen. Während sie dahinrannte, schickte sie inständige Gebete zu ihrem Schöpfer. Sie gelobte, nie wieder zu lügen oder zu stehlen, wenn Caine am Leben bleiben würde. »Ich weiß, lieber Gott, du hast mir diese besonderen Talente geschenkt, aber du kennst mich – ich werde niemals ein Versprechen brechen. Und ich werde auch nicht in die Fußstapfen meines Vaters treten. Laß mich lange genug leben, damit ich es beweisen kann – und weil Caine mich braucht.«

Sie mußte innehalten, da sie heftiges Seitenstechen bekam. »Allmächtiger, wenn du mir noch ein kleines bißchen Kraft gibst, werde ich auch nicht mehr fluchen.«

Seltsam, das Seitenstechen verebbte, und sie konnte wieder atmen. Offenbar hatte der liebe Gott auf dieses letzte Gelübde gewartet. »Danke«, wisperte sie, raffte wieder ihre Röcke und lief weiter.

Erst in der Straße, in der sie wohnten, verlangsamte sie ihre Schritte und suchte den Schutz der nächtlichen Schatten. Als sie drei Männer vor der Haustür entdeckte, begann sie wieder zu rennen. Die Schurken waren nicht imstande, sich ihr entgegenzustellen. Friedlich lagen sie übereinander. Offenbar war Caine nach Hause gekommen.

Jade konnte sich nicht entsinnen, wie viele Leute Lady Briars begleitet hatten. Sie machte sich neue Sorgen. Sollte sie durch die Hintertür ins Haus schleichen oder kühn durch den Vordereingang eintreten, um es mit ihrer Feindin aufzunehmen? Diese Frage wurde beantwortet, als Caines Gebrüll zu ihr drang. »Wo ist sie?« Seine verzweifelte Stimme krampfte ihr das Herz zusammen, und sie eilte durch die Vordertür ins Haus.

Sie traf alle im Salon an. Lyon umklammerte Caines

Schulter, Lady Briars stand vor den beiden Männern und Richards neben ihr. Hinter dem Operationsleiter hatten Cyril und Alden Stellung bezogen.

»Sie wird verhungern, ehe Sie sie finden!« kreischte Lady Briars. »Niemals werden Sie Jade aufstöbern!«

»Doch, das wird er.«

Wütend schrie Lady Briars auf, als sie Jades sanften Widerspruch hörte.

Die Männer wirbelten zur Tür herum, und Jade glaubte, Tränen in Caines Augen zu sehen. Oder lag es daran, daß ihr eigener Blick verschleiert war?

»Jade?« rief Lyon, ebenso verwirrt wie Sir Richards. »Wie sind Sie ...«

»Ich wurde eingesperrt.«

Es dauerte eine Weile, bis sie es verstanden, und dann brach Lyon als erster in Gelächter aus. »Sie wurde eingesperrt, Caine.«

Sie lächelte, bis ihr Mann zu ihr kam. Und als er ihre Wange mit den Fingerspitzen berührte, begann sie zu schluchzen, stürmte aus dem Salon und die Treppe hinauf. Sie schlug die Tür hinter sich zu und warf sich weinend aufs Bett. Caine folgte ihr und nahm sie in die Arme. »Jetzt ist alles vorbei, Liebling.«

»Ich habe das Haus nicht verlassen, ich blieb hier, bis sie mich wegbrachten. Glaub mir, ich habe mein Wort gehalten.«

»Still, Jade, ich dachte niemals ...«

»Ich hatte solche Angst!« klagte sie, das Gesicht an seine Brust gepreßt.

»Ich auch.« Zärtlich drückte er sie an sich. »Als Cyril mir sagte ... O Gott, ich dachte ... Ich hatte so verdammte Angst.«

Sie wischte sich die nassen Lider an seinem Jackett ab. »Du darfst nicht mehr 'verdammt' sagen, Caine. Ich habe ein Gelübde abgelegt und dem lieben Gott versprochen, daß ich nie mehr fluchen werde.«

»Ich verstehe«, erwiderte er lächelnd.

»Um dich zu retten, hätte ich alles versprochen, Caine. Ich brauche dich so sehr.«

»Und ich dich, Liebste.«

»Wir dürfen auch nie mehr stehlen und lügen. Das habe ich ebenfalls gelobt.«

Er verdrehte die Augen. »Und deine Versprechungen sind genauso gut wie meine?« Nun unterdrückte er ein Grinsen, weil sie ihn so ernsthaft ansah. Und er erwähnte auch nicht, daß er noch nie gestohlen hatte.

»Natürlich. Wir teilen doch alles, nicht wahr? In dieser Ehe sind wir gleichberechtigte Partner.«

»Ja, das sind wir. Und sonst hast du nichts gelobt?«

»Du meinst – daß ich mit dem Tanzen aufhöre?« fragte sie lächelnd.

»Und mit der Liebe?«

»Nein, Caine, wir werden weder das Tanzen noch die Liebe aufgeben. So etwas würde ich niemals versprechen.«

Er hätte ihr gern die Kleider vom Leib gerissen, aber zuvor mußte im Salon noch einiges erledigt werden.

In den nächsten Tagen fand er kaum Zeit für seine junge Frau. Gemeinsam mit Lyon informierte er das Kriegsministerium über die Ergebnisse ihrer Ermittlungen. Lady Briars wurde ins Newgate-Gefängnis gebracht. Man beabsichtigte, sie später in eine Irrenanstalt einzuliefern – eine Maßnahme, mit der Jade durchaus einverstanden war.

Danach begann ein glückliches Eheleben auf Harwythe. Aber Jade spürte Caines Unsicherheit immer noch. Am Morgen des ersten Hochzeitstages verlangte er von ihr das Versprechen, ein weiteres Jahr bei ihm zu bleiben. Sie fand, daß der Augenblick denkbar ungünstig für eine solche Diskussion war, weil sie gerade in den Wehen lag und vor Schmerzen die Zähne zusammenbeißen mußte. »Caine, jetzt kriegen wir erst mal unser Baby ...«

»Ich weiß, Liebes.« Sanft strich er über ihren gewölbten Bauch. »Das habe ich schon vor einiger Zeit bemerkt. Versprich es mir, dann lasse ich dich in Ruhe. Du bist völlig erschöpft. Gestern abend hast du dich viel zu lange mit Lyon und Christina unterhalten. Natürlich bin ich froh, daß Christina dir bei der Niederkunft beistehen will, aber ich rufe trotzdem den Arzt.«

Sie war zu müde um zu widersprechen. In der Nacht hatten die Wehen begonnen und ihr keinen Schlaf gegönnt. Um den Rat ihrer Freundin zu befolgen, hatte sie Caine nicht geweckt. Christina meinte, über solche Dinge sollte man Ehemänner erst informieren, wenn es sich nicht mehr vermeiden ließ, weil sie zu leicht die Fassung verlören.

Seit jenem Abend, an dem Jade der jungen Frau Lyons Akte übergeben und sie beschworen hatte, diese Papiere zu verstecken, war die Freundschaft noch inniger geworden. Oft saßen sie stundenlang beisammen und erzählten sich Geschichten aus der Vergangenheit.

Caine zupfte seine Gemahlin an den Haaren. »Gib mir jetzt dein Wort.«

Erst nachdem sie die nächste Wehe überstanden hatte, erwiderte sie: »Ja, ich versprech's. Und jetzt kriegen wir unser Baby. Hol Christina.«

Das Kind, mit dessen Ankunft sie jeden Moment rechnete, präsentierte sich erst drei Stunden später. Während der Wehen zeigte sich Caine ruhig und gelassen, und Jade entschied, Christina müsse sich geirrt haben. Nicht alle Ehemänner verloren in solchen Situationen die Fassung.

Als er es nicht mehr ertrug, seine Frau leiden zu sehen, schickte Christina ihn in die Bibliothek hinab. Aber nach fünf Minuten kehrte er zurück, umklammerte Jades Hand und bat sie um Verzeihung, weil sie durch seine Schuld so gräßliche Schmerzen erdulden mußte. Natürlich war er eher ein Hindernis als eine Hilfe. Doch bei der Geburt geriet er wenigstens nicht in Panik, und dann hielt er endlich seine hübsche Tochter in den Armen.

Sterns konnte sich nicht bezähmen. Sobald er das Babygeschrei hörte, stürzte er ins Zimmer, entriß seinem Herrn den Säugling, bewunderte wortreich dessen Schönheit und badete ihn. Mit Caines Hilfe wechselte Christina die Bettwäsche der jungen Mutter und lobte seine tapfere Haltung. Dabei tat sie so, als würde sie die Blässe und den Schweiß auf seiner Stirn ebensowenig bemerkten wie die Tatsache, daß er kaum zwei zusammenhängende Worte hervorbrachte.

Seine Disziplin ließ ihn erst im Stich, als Christina nach unten eilte, um ihrem Mann die wunderbare Neuigkeit mitzuteilen. Sterns wiegte seinen kleinen Schützling hin und her, und Jade fehlte die Kraft, ihren Gatten aufzufangen.

»Ist er in Ordnung?«Sie war sogar zu schwach, um über die Bettkante zu schauen.

»Er ist in Ohnmacht gefallen«, erklärte der Butler.

»Das weiß ich. Aber – ist er in Ordnung? Hat er sich irgendwo den Kopf angeschlagen?«

»Es geht ihm gut.« Sterns machte sich nicht einmal die Mühe, einen Blick auf seinen Arbeitgeber zu werfen. »Nun verlangt das Baby meine volle Aufmerksamkeit. Mylady, Sie haben ihre Sache wirklich gut gemacht. Wenn der Marquis aus seiner Ohnmacht erwacht, wird er mir gewiß beipflichten.«

Jade strahlte vor Glück, und ihre Augen füllten sich mit Tränen. »Würden Sie ihn vom Boden aufheben, Sterns?« Als sie Caine stöhnen hörte, fügte sie rasch hinzu: »Wir dürfen niemandem erzählen, daß er umgekippt ist, denn sonst würde er vor Verlegenheit sterben.«

»Keine Bange, Mylady, ich werde Stillschweigen bewahren.«

Das Funkeln in Sterns' Blick hätte ihr verraten müssen,

daß er dieses Versprechen nicht halten wollte. Drei Tage später las sie in der Zeitung von Caines Ohnmacht. Der infame Butler hatte einen Journalisten informiert.

Der Marquis von Cainewood trug es mit Fassung, und die Witze der Gratulanten störten ihn nicht im mindesten. Nichts konnte ihn in Wut bringen. Er hatte sein Vorhaben verwirklicht, den berühmten Piraten gejagt und gefangen. Und jetzt gehörte dieser Pirat ihm.